Bombay

Du même auteur

La voix de ceux qui crient, rencontre avec des demandeurs d'asile, Paris, Albin Michel, 2018

Dharavi. from mega slum to urban paradigm, Delhi, London, Routledge, 2013

Intouchable Bombay. Le bidonville des travailleurs du cuir, Paris, CNRS Éditions, 2002

Marie Saglio

Bombay

roman

serge safran
éditeur

Photo de couverture : Éléonore Boissinot

www.sergesafranediteur.fr
ISBN : 979-10-97594-78-7

Nous aussi
avons pris rendez-vous avec le destin, et
éprouvons
les douleurs d'enfantement d'une nouvelle
cité,
mais nous préparons à un long temps d'exil
dans le désert d'une
décharge.

Arun Kolatkar, *Cantique des ordures,*
Kala Ghoda

Je crois à la vérité de cette histoire parce qu'elle est impossible à inventer.
Je crois à sa vérité qui est à la limite de l'invraisemblable
et sans compromis avec l'acceptable.

Erri De Luca, *La nature exposée*

Dédicace

Vous êtes là recroquevillée en un tas de chiffons sur la civière, traversée de spasmes. Malgré la tension de votre visage, vous avez le même regard qu'il y a trente ans, lorsque nous nous sommes rencontrées ; il est éclairé d'une joie intense. Et vous me lancez de votre voix dégradée et tremblante où fuse, dansante, votre espièglerie : « *Tu l'écriras n'est-ce pas, le voyage, tout le voyage… the long journey… the whole journey. You'll write it all.* » Et vous employez ce tutoiement de la première heure qui m'ébranle et m'oblige. Vous le lancez, mi-sérieuse, mi-rieuse ; mais ces mots vous le savez sont pour moi une injonction.

Je vous ai dit au revoir du regard sur ce serment. Je vais l'écrire donc le voyage, tout le voyage. Pas le vôtre Nirmalataï, celui-là je ne le connais pas ; mais le nôtre. Celui que je vous dois. Celui de l'Inde inouïe.

À Nirmalataï (1933-2019), une promesse, celle d'éprouver ce monde

À Alexandra, Irène et Pierre, une autre promesse, celle d'un monde prodigieux

À ceux de l'Inde qui m'ont rebaptisée Mira, la promesse d'une mémoire

Prologue

Il n'y a pas de retour possible. Pas en Inde. En Inde le retour s'appelle renaissance. Et pour renaître il faut d'abord mourir. Et Shiv n'est pas mort ; Shiv ne veut pas mourir.

Devant lui, les immeubles de brique s'effacent dans le *fog** londonien. Le crachin piquant attise sa morosité. Shiv a du mal à réfléchir. De sa fenêtre, son regard se perd sur les reflets de la chaussée huileuse. Ici la pluie est triste et froide, il ne l'aime pas. Il doit fermer les yeux et écouter les clapotis sur le zinc pour faire venir l'autre image, apaisante. Il se laisse envelopper par le souvenir de la pluie en Inde, celle qu'il attendait des mois durant, cette pluie chaude qui venait purifier et rassurer. Pendant toutes ses années d'expatriation, c'est la seule chose à laquelle Shiv n'a pu s'habituer. Il tente de se concentrer sur la proposition mais il n'y parvient pas.

L'Inde : voilà soudain qu'on lui parle d'y retourner pour une mission professionnelle. Shiv devrait se sentir enthousiaste. Or il est tout le contraire : circonspect. Pourtant cette mission est pour lui, cela ne fait aucun doute. C'est que, là où

* Les mots marqués d'un astérisque sont expliqués dans le glossaire.

ses collègues de bureau voient de la logique, « cette mission est pour toi Shiv », il sent d'autres forces, qu'il peine à nommer.

Quand sa hiérarchie a cherché le candidat pour travailler à l'assainissement de la grande décharge de Bombay, elle a pensé à lui : choix raisonné. Lui s'est senti désigné : prédestiné. Il a donc obtempéré, mais avec une indéfinissable crainte, comme on plie devant le sacré.

Il se demande ce qu'il va retrouver à Bombay. Lorsque l'appréhension monte, il se surprend à répéter les mots des sages : « Accomplis ce pour quoi tu es fait ». Soit, il va jouer le jeu de sa propre bataille.

Shiv sait bien pourquoi il est parti. Il est parti pour ne pas revenir. Toutes ces années à espérer celle qui ne viendra jamais, Laleh la ravissante, Laleh de ses désirs, Laleh l'interdite. Il est parti pour chercher autre chose. Mais que cherche-t-il au juste ?

Shiv était donc parti. Dans un autre monde, bicolore, rouge et noir. Loin de l'Inde et de toutes les couleurs de l'âme. Loin de l'Inde qui virait désormais au safran avec la montée des hindouistes. Loin de Laleh. Loin de leur ville à tous les deux, Bombay. Il lui fallait sortir de son histoire. Déchirer la page de Laleh.

Il revient pour une belle cause, se persuade-t-il : nettoyer le plus grand dépôt d'ordures de l'Inde.

Et eux, et les autres, en Inde, qui retrouveront-ils ? Que penseront-ils ? Pas ses parents, il n'en a plus vraiment, mais ceux de la grande famille indienne, la famille des ancrages et des loyautés ? Vont-ils se demander qui revient lorsqu'ils le verront arriver ? Oh ! non, l'Inde absorbe tout si facilement.

Elle sait si bien digérer l'incident et l'incorporer dans sa grande histoire de renaissances.

Ce temps à Londres lui a certainement fait du bien. Shiv a fière allure avec ses quelques années de plus. Bel homme, visage régulier traversé par les premières rides du sourire, le regard doux aussi chaud que la voix. Ni calvitie naissante, ni embonpoint — il fréquente la gym et multiplie les séances de squash avec ardeur, pour prévenir. La trentaine largement passée, c'est déjà un homme mûr, mais il a encore sa carrière devant lui et il la veut réussie, alors il « s'entretient » comme on dit ici, dans ce pays aux conventions faciles, un peu plaquées : culture de breloque. L'inverse de l'Inde, où les conventions ne sont pas des parures, elles sont des obligations, on les observe sinon la machine se dérègle et rien ne va plus.

Bombay, Londres. Villes des sirènes, villes des affaires, villes des bas-fonds. Plantées de pilastres géorgiens, grandies de brique et de fonte, manoirs néogothiques pour universités : Londres et Bombay ont les lubies britanniques en commun, et la puissance. Ports mondiaux, reliés intimement par la sève du commerce colonial, un héritage qui transparaît dans leur majesté d'empires déchus. Elles partagent le cri déchiré des mouettes comme des âmes perdues sur la mer. Shiv est transpercé, là-bas comme ici, chaque fois qu'il entend leur appel sauvage. Devant lui, les mouettes tournent dans le ciel gris.

Ces villes, tout les unit et tout les sépare.

Londres : la foule en ordre, travailleuse, ne fait que traverser la rue. Bombay : la foule en désordre s'y déploie, bruyante. Londres et ses folies contrôlées. Londres est originale et courtoise, griffée et décalée, vieillotte et moderne à la fois. Bombay aussi est victorienne. Son cœur aussi bat la nuit. Mais le jour, elle flambe, déborde, explose, toujours démesurée et incorrecte.

Reste la pluie, si différente. Et le temps. Londres est efficace et rapide. Bombay, elle, n'est excitée que de surface. Au fond sa folie est lente, historique. Ses conventions lourdes, installées. Peut-être est-ce cela que Shiv appréhende, il n'a pas envie de secouer la poussière du temps. Il a laissé derrière lui tant de choses. Et pourtant, cette mission est pour lui.

***

Station Notting Hill Gate : Shiv quitte la ligne jaune pour prendre l'orange vers la City. Il n'a même pas remarqué qu'il changeait tant son trajet est machinal. Rien à voir avec les trains de Bombay, une odyssée. À Londres, il a tout le loisir de regarder, de dévisager même, c'est un de ses passe-temps favoris. Regarder dans les yeux, sans craindre l'autorité du supérieur, promu demi-dieu en Inde.

Le métro est reparti. Devant lui une jeune femme, fine dans son joli tailleur, cheveux au carré qu'elle rejette en arrière par de petits coups de tête, vient de se casser un ongle en ouvrant son sac. Elle peste au téléphone, en français. À l'évidence, elle travaille comme lui à la City, il l'a déjà aperçue entre deux sandwichs chez Honest Burgers, il lui trouve une classe qui manque aux Anglaises. Il pense avec un peu de lassitude aux cheveux roux d'Alice et à son teint barbouillé : sa petite amie commence à l'ennuyer, il va falloir arrêter. « D'accord, mais en évitant les larmes et tout le pathos. Cette fille est plus stylée qu'Alice. Les Françaises, le bon côté de cette ville… Enfin, les Frenchies et les Pakis, sinon Londres ne serait pas Londres. »

Un an plus tôt, l'élection du maire, Sadiq Khan, un Pakistanais d'extraction modeste, l'avait d'abord dérangé. Londres aux sikhs et aux Gujaratis d'accord, mais à un Paki... Shiv a toujours été surpris par le nombre de Pakistanais à Londres. Les Indiens ne pèsent pas lourd à côté : quelques migrations issues des anciennes colonies d'Afrique de l'Est, des îles… Il se sent loin de tout ça, lui qui est de la diaspora suréduquée, celle qui se vend cher sur les marchés internationaux. Décidément rien de commun avec ces musulmans illettrés, cette migration ouvrière qui a mal tourné, chômage explosif, femmes voilées à demi cloîtrées. Voilà Shiv pris dans ses contradictions, car finalement il n'est pas si mal ce maire qui prône respect et tolérance. L'intégration sociale, ce ne peut qu'être bon en ces temps d'islamophobie aiguë. Finalement Shiv admire ce Paki-Brit… Serait-il lui-même devenu un Indian-Brit ? Probablement lorsqu'il mange son hamburger préféré. Mais, dans le fond, pas une seconde il ne se sent quelque chose en commun avec les Anglais.

Station Bank, il descend à Station Bank, il a presque failli rater l'arrêt.

Il se sermonne maintenant, tandis qu'il marche à travers les bureaux, démultipliés par milliers, monde sous verre du capital mondial. Il se souvient de la toute nouvelle *City* de Bombay, BKC (prononcez Bikéci), qui, quand il est parti sept ans plus tôt, avait à peine entamé son show, surgie d'un lambeau de terre en plein milieu de la mégapole. Nouvelle jungle, mais pas de bidonvilles celle-là, de béton. Il imagine ce qu'a dû devenir le centre indien de la finance internationale : probablement un décor de science-fiction.

Il se raisonne et se violente même : « Arrête de t'emballer. Tu t'y crois déjà. Pas sûr qu'il faille revenir à Bombay. Du sérieux ! Réfléchis plutôt. La décharge de Gandapur, tu n'es jamais allé par là, c'est un monde retors, un océan avec ses requins, rien à voir avec tes loups de la finance, ce n'est pas ton élément. »

Shiv est assailli de pensées, souvenirs, réminiscences, l'Inde s'invite à tous les coins de rue, clins d'œil enturbannés, enseignes *shanti aum** et *masala zone**. Il approche du bureau et de la réunion. C'est un jour important, le jour de la distribution des projets stratégiques. Il sait qu'il est dans la liste des finalistes pour le projet de Bombay. Mais rien n'est sûr. D'autant que son collègue de bureau, Raja Singh, avec quatre ans d'ancienneté de plus que lui et lui aussi Bombaïte, tiendrait sans doute mieux le poste. Mais Shiv partage avec lui un petit secret dont n'est pas encore informée sa hiérarchie. Et aujourd'hui sera décisif.

En marchant, Shiv a atteint la façade de béton blanc flanquée des imposantes lettres de carbone : W.A.R.R.I.O.R. Ltd. En petit italique, décrypte qui le veut : *Waste Recycle & Re-use Industrial Organisation.* Il a franchi le tourniquet, positionné sa carte aimantée devant l'ascenseur, ajusté sa cravate, et se laisse transporter au seizième étage, l'étage de la direction, avec ce léger haut-le-cœur dû à l'appareil qui monte trop vite, qui lui rappelle que sa destinée va se jouer à l'instant dans cette tour immaculée.

Poignées de main efficaces, sourires brefs, les six candidats et les quatre managers sont rapidement installés autour de la table, dans le bureau d'angle avec vue à 180 degrés sur Londres. Le DG de W.A.R.R.I.O.R. rappelle la donne :

— Ce semestre, il y a trois projets à visibilité pour le groupe. Si vous êtes réunis aujourd'hui, c'est parce que vous êtes les six ingénieurs pressentis pour vous répartir les tâches. Vous avez déjà été briefés par vos *chief executives* et vous avez évalué les *pros and cons*.

Shiv écoute, fébrile, le directeur général présenter les projets. Ce dernier décline :

— On a trois projets retenus. Un, la première centrale à compost dans les East Midlands. Deux, le plan au Kenya avec la Banque mondiale. Là, il s'agit de faire attention, car les Bridés nous talonnent, ce n'est pas très correct dans l'Afrique anglophone, il faut être plus chinois qu'eux.

Ron le DG est un Anglais pur jus à l'humour froid, un peu limite. Mais avec Shiv il a toujours été parfaitement correct, malgré sa sémantique de flingueur et son goût pour moquer le basané.

Raja Singh est assis à sa gauche. Il connaît par cœur le DG et reste de marbre. « Et si finalement Raja prenait le projet ? », se dit Shiv qui en frémit. Raja Singh est la star de W.A.R.R.I.O.R. Un *data scientist* brillant, capable en quelques stats de mesurer la valeur des déchets et le volume exact pour un parfait retour sur investissement ; il a orienté

W.A.R.R.I.O.R. vers des contrats juteux. Depuis deux ans, il a rejoint Shiv à la cellule stratégique. Les deux Indiens du groupe, considérés comme des *high potentials*, directement sous la tutelle du directeur du plan, pourraient bien prendre le poste un jour : ça commente dans les couloirs. Mais Raja Singh s'ennuie, trouve qu'il devrait coder plutôt que s'occuper des poubelles. L'*Information Technology* rapporte plus. Deux jours auparavant, alors que Shiv et lui se croisaient devant la machine à café, il a lancé qu'il partait s'amuser ailleurs : « Pas une blague. La direction n'est pas encore au courant. »

Shiv et lui attendent tous les deux le moment.

Le D.G. reprend :

— Et trois le projet en partenariat avec Bombay. Sur Gandapur, la plus grande décharge de la ville. De l'Inde. Ça se fera en deux temps : d'abord une étude stratégique avec un essai sur zone pilote. On évalue la faisabilité. Ensuite on accompagne la construction de la centrale. À terme, l'idée est d'alimenter en énergie la zone nord-est qui développe ses villes nouvelles. Bombay et l'État réhabilitent à gogo en ce moment, on rase les bidonvilles, on construit du neuf par millions. Nous on fera tourner les turbines. Qu'en dites-vous ?

Raja Singh résume :

— *Smart City* vivra de ses déchets.

La phrase tourne dans la tête de Shiv comme une drôle de métaphore. C'est ça l'économie circulaire dont les écolos leur rabattent les oreilles ? Ces monceaux d'ordures sont déjà ceux sur lesquels Bombay s'est construite deux siècles plus tôt pour relier ses sept îlots en une seule presqu'île. « Bombay a toujours été pionnière », se rassure Shiv.

— Donc les gars, on a besoin de vous ! poursuit le DG en se tournant vers les deux Indiens. Pour la phase une, l'étude de faisabilité, il faut mesurer gestion des déchets, récupération et revalorisation. Vous prenez à deux. Raja, tu seras sur place : tu récupères les *data*, tu ouvres le pilote à Gandapur et tu feras le pont avec les autorités. C'est une affaire de six mois. Shiv tu restes au siège et tu compiles : nature des déchets, relevés de sols, tu présentes l'étude technique, avec au moins trois scénarios s'il te plaît, les Indiens, on ne sait jamais. Et pour les échéances, ce n'est pas *Indian time*…

La petite pointe de cynisme ne lui parvient pas. Shiv se répète la proposition, et quelque chose ne va pas. Ron le regarde :

— Tu en fais une tête Shiv ! Jaloux de Raja ? Tu veux rentrer au bercail ? Tu y tiens tant que ça ? Pourtant pas une seule fois tu n'es rentré en Inde depuis que tu es chez nous. Allez, reste avec nous, tu pourras continuer à admirer les petites Anglaises.

Shiv est ailleurs, même si dans sa tête il poursuit mécaniquement : « Non, les petites Françaises. »

Quand soudain Raja s'y met, à le taquiner, Shiv n'en revient pas. Et Raja s'en donne à cœur joie :

— Enfin, je sais bien qu'en bon expat, Shiv doit faire avec shaadi.com *trusted matrimony & matchmaking service*, mais là ça tarde un peu… Il ferait peut-être bien d'aller faire un petit tour en Inde. Shiv ?

Devant l'ascenseur, Raja et Shiv ont fait courtoisement passer les autres devant eux. Enfin seuls, ils se font face.

(Quinzième étage)

— Quand même tu es gonflé, pourquoi tu attends que le projet parte au comité exécutif ? Ce sera autrement plus difficile de négocier après !

(Douzième étage)

— Mon vieux, je mène ma négo comme je veux. Et ce que je veux, c'est du giga fric sur mon giga compte parce que je me tire dans les gigabits. Et une giga indemnité, ça se travaille.

(Neuvième étage)

Devant le haussement d'épaules de Shiv, Raja lui donne une claque amicale dans le dos.

— Ne t'en fais pas vieux, je donne ma dèm demain. Et je commence la programmation dans une Fintech après-demain... Bombay c'est pour toi.

(Septième étage)

— … C'est juste un peu de stratégie, en accord avec mon avocat.

(Quatrième étage)

Raja tance Shiv qui semble décontenancé :

— Oh ! ce grand sensible…

(Deuxième étage)

Il s'enquiert :

— *So, back to India?*

(Premier étage)

Shiv répond, fermement :

— *Back home.*

(Rez-de-chaussée)

Shiv sort le premier, il entend à peine l'ironie de Raja qui s'est mis à chantonner :

— *To my hometown, troubled times had come, to my home…*

Il est déjà en Inde.

Le Retour

Seule Serafina, levée au creux de la nuit avant même les autres domestiques, a senti qu'il manquait des musiciens à l'orchestre matinal. Lentement, les premières lueurs de l'aube ont révélé le quartier de Vikas Nagar, dessinant les grands bungalows* gardés par les tamariniers et découvrant à leurs pieds les formes allongées dans de vieilles hardes. Elle n'entend pas les mainates joindre leur chant de crécelle au hautbois des coucous. Elle ne perçoit pas les frous-frous des balais de *fataques** se mêler au concert des pas, ni la cadence des queues des chiens errants contre les grilles métalliques.

En cette heure virginale, bien avant le cliquetis des tasses du premier *chaï**, bien avant les cris gutturaux des vendeurs ambulants, manque la musique familière qui scande les jours confus dans la tête de la petite servante. Elle est prise d'appréhension et, elle d'ordinaire si légère, éveillée par la fraîcheur rose, se sent enveloppée d'une épaisse odeur, âcre et inquiétante. C'est la première fois qu'elle sent la mort de si près mais elle ne le sait pas.

De l'autre côté de la rue, sous la chevelure du banyan, trône une monumentale poubelle de ferraille, coque de bateau renversée, où sont jetés journaux, épluchures et rats morts. La poubelle possède ses habitants : les chiens galeux, bêtes folles, la queue entre les pattes, qui viennent renifler et s'étourdir la tête en déchiquetant les emballages, le museau étouffé dans le papier. Des hommes aux membres rouillés, aux cheveux hirsutes, à la tête éclatée comme de vieux pétards, y montent pieds nus, culbutant dans les ordures, faisant cliqueter leur long pic de fer. Les chiffonniers arrivent comme des lépreux. Ces apôtres de la honte travaillent pour des recycleurs. Ils se hissent dans la poubelle et commencent leur opération de triage, leur arme à la main ruisselant de fiente, avec l'aurore.

Ce matin-là, Serafina s'étonne d'entendre pour tout concert le bruit sourd du fer qui frappe la terre, messager des silhouettes noires. Les chiffonniers ne sont pas dans la poubelle, occupés à trier. Comment ont-ils osé franchir la frontière de la rue et entrer dans l'enceinte de Bheeramal Mansion ? Comment osent-ils maintenant se planter devant elle, si débile soit-elle, elle, la servante de Shantiji ? La voilà, l'enfant bossue, dressée comme un serpent, petite dévote prête à défendre le seuil du territoire sacré qui abrite sa déesse.

Les chiffonniers invitent d'un coup de tête Serafina à les suivre. Elle descend le perron et ses pieds nus aiment rencontrer la chaleur de la terre. Elle ne comprend ni l'odeur, ni le silence. Et soudain, au détour du banyan, devant elle, surgit la mort, bien rangée, raide et par douzaine. Les chiens sont couchés les uns à côté des autres, presque sages, museaux baissés, pattes alignées, et leur poil galeux est déjà attaqué de vermine. Serafina ne peut s'empêcher de regarder leurs yeux ouverts. Alors elle se met à les compter. Trente-six. Sans doute se trompe-t-elle, car après vingt, cela devient compliqué. Elle croise un regard. À la surprise des chiffonniers, elle s'approche tout près pour constater que l'animal vit encore, son regard perdu cherchant à se poser comme une âme flottante. Il s'accroche sur Serafina. De ses gémissements, la servante, incapable de proférer un mot, attire l'attention de l'assemblée. En réponse, le pic traverse le flanc agonisant, et l'animal tressaille brièvement en même temps qu'il lâche un soupir rauque. Serafina perçoit avec stupeur le râle humain de la bête, tandis que la terre boit le sang carmin. Elle bascule et s'échappe des hommes, claudiquant jusqu'au bungalow, dans lequel, personne ne sait où, elle disparaît en pleurnichant. Ses larmes réveillent tout le bungalow et surtout Dayanand, qui la fait taire d'un grognement désapprobateur. Terrée dans sa nuit, Serafina ne voit plus que le regard de l'animal supplicié. Elle a saisi sa petite croix et se demande maintenant où se promène l'âme errante.

Sur un second grognement de Dayanand, elle reprend ses tâches, le sol, puis les draps, puis la vaisselle, entrecoupant ses frottements frénétiques par une course folle jusqu'au chat lové au coin de la porte d'entrée pour s'assurer qu'il est bien vivant, lui. Serafina demeure morose, emmurée dans son silence, car elle a senti la mort, et cette mort lui rappelle quelque chose de proche qu'elle ne sait nommer. C'est une présence vivante et mystérieuse.

Ce jour-là, les habitants du quartier ont collecté quelques roupies pour remercier les chiffonniers de leur travail. Ils les félicitent, en particulier Hari, le chiffonnier le plus ancien du quartier. C'est lui qui a réuni les hommes de son bidonville pour traiter l'affaire. Hari empoche les billets soigneusement pliés, mais il ne ressent aucun contentement, pas même celui du travail accompli. Lui aussi a vacillé en silence quand le pic de fer a traversé l'animal. Il réprouve ce type de commandes qui déborde de ses tâches. Tuer des animaux, il n'aime pas ça.

De tout petits morceaux de viande bourrée de poison, l'inodore strychnine, le tue-chien des arbres vomiquiers, disparaissent au coin de la benne, glissés dans un papier journal et roulés dans la poche de l'un des hommes. Rien, il n'y a rien qui ne serve. Aucun geste n'est gratuit.

***

L'avion traverse un nuage épais. La tête contre le hublot, Shiv déambule dans ses rêveries : « Fumée ! Bombay : fumée, a annoncé le bulletin météo. Brouillard à Londres, soleil à Ankara, nuages à Chiraz. Mais à Bombay : fumée. Le nuage de pollution a-t-il fait disparaître le ciel ? »

Le voyage a été long. Shiv a survolé des montagnes vertes comme des cratères avec leur volute de nuages. Il a vu des mers orange scintiller sous la lune. Enfin, il a senti son pays approcher et son odeur de feu.

L'avion commence sa descente, Shiv distingue Bombay et ses deux villes : la ville haute et brillante qui nargue de ses tours la ville basse et noire. Les îlots de néons insolents triomphent du cloaque et de ses minables lueurs.

De l'autre côté de la piste d'atterrissage, un homme se tient courbé sur ses genoux de bronze, dans un short où ses jambes maigres flottent. Des dizaines comme lui fouillent à main nue dans une décharge, un chiffon déplié sur la tête. Ils suivent l'avion qui se pose. Ils regardent sans étonnement et retournent au travail de la grande poubelle.

Shiv débarque à l'aéroport flambant neuf, récente réussite architecturale de la mégapole. Il est rentré par la nouvelle Porte de l'Inde. Le toit de la nef s'étend comme une gigantesque tente du désert, soutenue par une forêt de colonnes et d'arcades, ouverte sur quatre mille fenêtres de verre. Le nouveau hub international a des allures de palais du Golfe avec son maillage en moucharabieh. Shiv avait pourtant cru comprendre que les musulmans n'étaient pas bienvenus en Inde en ce moment.

« Et maintenant cette odeur mêlée de pisse et de santal qui vous prend à la gorge ! Du jasmin lavé à la javel, voilà comment l'Inde m'accueille… » Il approche du hall des arrivées et se prépare à la rencontre, à la fois anxieux et excité.

Les visages sont écrasés contre la vitre qui sépare les familles des passagers débarqués, les regards stupéfaits, arrêtés dans l'attente, les bouches au bord du cri. Les prunelles avides dans les cernes gris rendent indiscret ce regard, plus d'un milliard de fois distribué, au décuplement monstrueux. Soudain Shiv se sent englouti dans le ventre maternel : il est bien arrivé. Les visages se confondent dans le mouvement des étreintes et des mains retrouvées, des baisers humides mêlés au fleuve noir des cheveux. Les grands yeux écarquillés palpitent : ce sont les yeux à facettes de mille mouches. Bleues, vertes et dorées, les femmes dans leurs saris, miroitantes et protectrices, plaquent leurs enfants contre leur chair débordante. Des hommes irrévérencieux écartent Shiv, mais lui reste subjugué par cet accueil.

Il lui faut enjamber les colis de chiffons et les sacs de jute, les paquets suspects et les valises de carton. Quelques parasites s'abattent et sifflent : « Taxi ? Taxi ? » Les corps allongés sur le sol et la frénésie des mains tendues rendent hystérique sa marche vers la sortie. Shiv retrouve ses réflexes : se séparer de cette masse informe. Pourtant, le trouble s'installe, son embarras personnel, qu'il doit éloigner s'il veut avancer. Il évite de toucher les hommes, ils le savent. Mieux, il retient son souffle, il sait retenir son souffle très longtemps. Une distance invisible le protège. Il décide de s'engouffrer dans la fournaise du jour et s'ébroue comme un pestiféré.

Le chauffeur l'a vite reconnu, et le suit de ses yeux endormis. Il a pris ses valises et sa mallette. Shiv est plus mince et plus grand que les autres, il marche droit devant, et il n'a pas envie de voir. Il n'est ni *dark* ni *fair*, il ne se laisse pas identifier, il ne porte pas le cordon sacré de sa caste. En revanche, dès qu'il ouvre la bouche, il est trahi par son hindi sanskritisé et son anglais impeccable, malgré l'accent hinglish qui marque les *t* comme des pétards et roule les *r* comme des tambours. Mais c'est surtout sa manière laconique de répondre au chauffeur, sans même le regarder, d'un revers de la main, sa main à quatre doigts. Comme il retrouve vite ses réflexes de caste. Trop vite : il s'en veut. Il avait pourtant tourné le dos à tout ça.

La voiture s'engage. Sur les allées qui bordent l'aéroport, des plantations de palmiers donnent au site des allures baroques de film hollywoodien avec, trônant au bout, l'empire des sables. Bientôt cela fera presque naturel et non plus décor pour touristes. Et, comble du décalé, les abords de l'aéroport, anciens bidonvilles rasés, concentrent les marbriers de la région, qui présentent leurs enseignes loufoques sous des noms de carrières italiennes, *Marmo de Carrara*.

La ville l'accueille avec plus de néons, plus d'argent, plus de laideur, et toujours sa frénésie tapageuse. La voiture chahute sur la route mal goudronnée, coursant les rickshaws* comme des cibles. Ces bolides foncent sur la piste, petits insectes se signalant par leur armure jaune et noire aux gros prédateurs, limousines et autobus. Le dieu miniature dressé sur la plage avant de la voiture sursaute à chaque cahot ; le bâton d'encens, tel un ressort distendu, divague en dessinant de gracieuses volutes de fumée.

L'aurore nimbe le paysage. À nouveau la vision des deux villes heurte Shiv : d'un côté la caresse lumineuse de l'aube qui éveille patiemment les maisons et leurs hôtes repus. De l'autre les ombres immobiles qui jonchent la route, recroquevillées comme du bois mort : des spectres tenus éveillés par la faim.

Cette route, entre l'aéroport et la maison, Shiv a l'impression de la connaître par cœur. Pourtant elle a changé, l'État s'y est repris à plusieurs fois pour nettoyer les bidonvilles à grands coups de bulldozer et renvoi de tout ce foutoir dans les périphéries. Mais rien n'y fait, même derrière la route neuve et les arbres fraîchement plantés, il y a toujours les ombres, par milliers. La ribambelle de cahutes lépreuses ne s'arrête jamais se dit Shiv, elle l'accompagne tout au long de son trajet, et ces ombres réapparaissent dans l'embrasure de chaque seuil, fantômes de sa mauvaise conscience. Ces cabanes de carton semblent le décor d'un cauchemar où s'animent des personnages fantoches. À Londres il avait oublié, délesté de cette violence-là. Comme le retour est brutal.

Il fait un effort de mémoire pour retrouver le chemin qu'il empruntait jadis pour échapper à l'étendue de misère et à la culpabilité. Ingénieur, passionné de chimie, il se récite sa table personnelle, son tableau périodique des éléments : comment appelle-t-on déjà le déroulé de ces huttes de tôle rouillée ? En marathi, *Zopad patti*, ZP prononcez *zèdpi,* étendue de taudis, horizon de chiffons. Sur les cartes, le sigle ZP est l'emblème du vide, avec comme un désert à cet endroit. En hindi *juggi jhompri,* JJ, *djidji. Zèdpi* et *djidji.* Shiv conjure l'effroi, range proprement sans y toucher comme fait l'administration. L'Inde regorge de ces sigles aux assonances réglementaires. Shiv est pris au jeu : « Et puis les SC, èssi, Scheduled Castes, ou les *Sched* comme disent les snobs pour parler des catégorisés, des tout en bas de l'échelle des castes, des arriérés quoi… Et les ST, les OBC, les MBC. » Et son imagination se met à les faire tous, histoire de renouer avec son monde, lui qui est également un acronyme, BS, MA, PhD, Dr. Shivashankar Nikhilesh Saudagar. S.N.S., son nom sonne comme une enseigne de banque, mais c'est un sigle qui en impose, se dit-il. S.N.S., Senior National Scientist. Il était bien prédestiné.

La voiture tourne et entre dans Vikas Nagar. Shiv remarque un dessin sur les murs répété plusieurs fois. Il l'a déjà aperçu sur les chaînes télévisées ces derniers mois, alors qu'il s'informait des dernières politiques environnementales pour préparer son voyage : les petites lunettes rondes de Gandhi sur fond de drapeau indien, l'emblème de la nouvelle campagne pour

« L'Inde propre » récemment lancée de manière tonitruante par le gouvernement. L'initiative n'est pas pour lui déplaire. Le lancement a été calé le jour de l'anniversaire de Gandhi pour répéter le geste symbolique du Mahatma, promu parrain du programme. Le chef du gouvernement, Mittron, est descendu lui-même balayer les rues avec son équipe, comme Gandhi l'avait fait à l'époque pour rendre leur dignité aux intouchables. Dans le programme, un des objectifs majeurs est de réduire la pratique de défécation en plein air à laquelle les Indiens pauvres sont condamnés. « Comme ces slogans sont vains, se dit Shiv. Que peuvent faire ces pauvres bougres ? Si on veut qu'ils cessent de chier dehors, il faut construire massivement des toilettes publiques, équiper les nouvelles maisons ! Et surtout changer les habitudes. »

Les publicités fanfaronnes montrent l'avant et l'après de terrains immondes désormais nettoyés, et elles ont choisi les abords de Gandapur, la grande décharge de Bombay, comme vision du pire. Le long de Gandapur, aux abords de la crique, entre les montagnes de déchets qui permettent vaguement de se dissimuler, les milliers d'habitants des bidonvilles viennent déféquer, soit aux aurores, soit à la tombée de la nuit. Les femmes vont au *bhoomi,* nommant pudiquement « le terrain » ; les hommes rient et ajoutent qu'eux vont au *bhoomi theater* comme à un spectacle grivois. Et Shiv, de son écran londonien, a ainsi découvert où l'attend sa prochaine mission. Il regarde encore les lunettes rondes, se souvient des images des immondices. Les bataillons de « L'Inde propre » ont la réponse, Mittron l'assure, l'Inde y croit. L'ingénieur Shiv est au bon endroit.

Bombay est devenue l'épicentre du problème des ordures. C'est le revers de sa prodigieuse expansion économique. Ou plutôt, traduit dans la langue des affaires, la mégapole représente un marché colossal de traitement des déchets. Avec vingt millions d'habitants, chacun produisant près d'un demi-kilo d'ordures par jour — un taux de génération largement supérieur au taux d'urbanisation —, le désastre est bien avancé. Shiv a lu tous les rapports, compilé tous les chiffres, et écouté l'explication de sa hiérarchie une fois remporté l'appel lancé par la municipalité pour nettoyer Gandapur et actée la démission de son collègue Raja Singh. Le DG de W.A.R.R.I.O.R. lui a rappelé en lui confiant la mission :

— Tu restes propre, tu rapportes au siège les analyses de faisabilité et tu estimes le *deal*, O.K. ? Tu ne vas pas là où ça pue, on laisse ça aux Indiens.

Shiv avait souri intérieurement, et lui revenait la devise de Raja : « Les poubelles c'est comme l'argent, ça n'a pas d'odeur. »

Au bord de la route, s'enracinent les gigantesques banyans au tronc large de plusieurs mètres, à l'écorce lacérée par les moussons en rigoles fossilisées, lacis de branches qui entourent la souche mère. À leurs pieds comme à ceux d'une divinité, planté dans la racine saupoudrée de safran, fume l'encens. Shiv, décidément, doit renouer avec les dimensions de l'Inde, après sept ans d'alignement de platanes dans Hyde Park. Des hommes et des femmes, emmaillotés dans des *kurta** de coton blanc, s'engagent avec conviction dans leur marche matinale. Ils dandinent leurs formes boudinées. Shiv les trouve à la fois émouvants et pitoyables, tant leur besoin de confort les fragilise et leurs kilos les embarrassent. Là aussi, les joggers aux muscles travaillés de Hyde Park, dans leurs maillots flashy découpés au laser, lui semblent aux antipodes.

Enfin, la voiture s'immobilise devant le grand bungalow jaune. Derrière le muret, s'élève la maison entourée de manguiers et de frangipaniers. Le hall d'entrée se poursuit en une véranda qui donne sur le jardin, tandis que les six chambres à l'étage se dessinent dans des tourelles aux balcons de bois typiques de l'architecture coloniale. La bâtisse art déco a un air de résistante, elle qui a connu épidémies et révoltes sous les Britanniques et a traversé les moussons sans perdre une tuile.

Serafina se précipite à la rencontre de Shiv, ouvre la porte, se courbe jusqu'à ses pieds, et, montée comme un ressort, le fait entrer en sautillant, Quasimodo bossue et fofolle. La domestique n'a pas l'air surprise. Shiv s'en étonne, il est parti si longtemps. Il lui faut quelques instants pour se souvenir des divagations de la petite servante. Qu'est-ce que le temps pour elle, qui ne connaît qu'une seule et même heure, retenue dans l'enfance auprès de ceux qui se sont tus ?

Elle fait de grands gestes silencieux, un doigt sur ses lèvres. Il la suit, amusé, tandis qu'elle l'emmène dans sa chambre en chuchotant :

— Chhh, Shantiji pas bruit.

Shiv retrouve sa maison comme on retrouve son pays. La chambre est une grande pièce blanche et fraîche, aux multiples ouvertures : les oiseaux viennent y chercher l'ombre et échapper à la morsure du soleil. Des moineaux traversent la chambre comme de petites flèches, et avec précision sautillent d'un bord de fenêtre à un coin de table. Dans la chevelure des banyans, les énormes corbeaux se tiennent en veille, comme une nuée vorace. Les gros guettent les petits.

Par la fenêtre, Shiv aperçoit le « grand jardin », le *bada-bagicha* comme on l'appelle. Dans le coin le plus reculé, un amas de branchage et de planchettes mal assurées signale la petite cabane de Manju, la fille de Shantiji, qui en a fait son repaire jusqu'à ses douze ans. Cette cabane, personne n'y rentre jamais, elle trône comme un sanctuaire qui inspire le respect. Shiv observe la cahute habitée d'histoires ensevelies. Les écureuils y ont élu domicile depuis des décennies, depuis que Manju s'est envolée. Il s'étonne de retrouver si vive la présence de la petite âme. Et puis soudain il réalise : ce jardin n'est plus celui qu'il a quitté sept ans plus tôt. Il était bien plus grand, il a été réduit de moitié ! Il cherche les lauriers à gauche et la rangée d'arbres aux papillons qui en cette saison devraient illuminer le coin de leurs fleurs orange comme des lampions de feu. Rien. Il se souvient de ce que lui avait annoncé Shantiji, « La spéculation foncière absorbe tout l'espace de Bombay », elle restreint les terrains en minables parcelles achetées à prix d'or.

Des deux côtés du bungalow, se dressent les échafaudages et le béton gris des fondations de futures tours, les reines de Bombay. Dans la ville-chantier, bientôt le bungalow à un étage sera une rareté et rejoindra la liste des *heritage buildings*. La ville est tapissée d'enseignes de promoteurs. À leur côté, les effigies chromo des derniers candidats aux élections barbouillent les murs. Shiv se sent soudain perdu entre ces grandes figures : la ville va trop vite et ne l'a pas attendu.

Les draps blancs tendus sur le lit sont un appel à la paresse, Shiv ferme la fenêtre, s'allonge et s'assoupit. Un bruit sourd le réveille : les choucas voraces disputent aux moineaux les fruits cassis du jamelonier. À coups de bec et de griffes, ils les projettent comme des balles entre les plumes et le feuillage. Sur la vitre, le festin mortel laisse un filet de sang.

Les doigts difformes de Serafina pianotent sur la poignée de porte. Elle regarde Shiv en riant de ses yeux qui divaguent et annonce :

— Shantiji venir, Shantiji venir !

Elle apporte une coupe de semoule épicée, qu'il avale dans un rituel silencieux tandis que dehors, la ville se lève. Soudain elle est comme tétanisée. Shiv demande :

— Serafina, *thik hai* ? Tout va bien ?

Elle le prend et le tire par la manche en jouant les porteuses de petits secrets et lui désigne le chat, en boule, sur le seuil où il a élu domicile. Des frissons de frayeur le parcourent lorsque quelqu'un approche. Il se rétracte, figé. Mais il ne bouge pas de sa retraite. Serafina déclare en soupirant fort qu'elle chiens n'aime pas, elle peur, peur yeux comme yeux hommes pareil. Shiv ne comprend pas, il sent seulement sa lointaine terreur.

***

Dans l'embrasure de la porte, Shantiji est là. C'est un corps de vieille femme, mais une puissance missionnaire. Elle ne frappe pas à la porte. Pourquoi prévenir, pourquoi s'annoncer ? Quelle précaution retenir ? Peut-être pour retrouver le rituel en même temps que ses façons si personnelles, Shiv fait mine de se prosterner à ses pieds dans un salut révérencieux. Shantiji le redresse aussitôt. Elle prend son visage dans ses mains comme un calice.

Shiv est impressionné par sa stature. Elle a un de ces corps qu'impriment les épreuves, plantée comme un arbre solide, les hanches larges et les attaches fines. Sa longue tresse grise fait pendant à son collier de mariage noir et or qu'elle continue à porter pourtant veuve : elle n'a cure des codes. Son regard irradie comme pour rappeler son mandat avec le monde. Et, dans son visage, l'enfance est intacte comme un trésor, avec ce détail que Shiv préfère à tout : son nez court, qui, avec sa bouche rieuse, lui donnent un air malicieux malgré ses soixante-dix ans.

Shiv est tellement heureux, son appréhension initiale se dissipe, lui qui s'est tant demandé ces derniers jours qui il allait retrouver. Retrouverait-il la femme puissante malgré son âge, le *guru* si présent aux autres ? Ou avait-elle déjà entamé sa marche vers l'autre rive, délaissant les affaires du monde, s'entourant de silence ? Mais la maladie est là, dont l'ampleur le frappe soudain. Le déclin est inscrit dans la lenteur de ses gestes, dans ses cernes de cendre, dans le tremblement à peine perceptible qui ne se calmera qu'avec une piqûre : le mal qui s'immisce et qui maintenant s'enracine, cynique. Elle lui avait dit de loin que c'était trop compliqué pour se rendre dans les villages, qu'elle devait se reposer désormais. Alors l'ombre de l'inquiétude vient voiler la joie des retrouvailles.

Shantiji l'implore :

— Oh ! Shiv, laisse-moi prendre ton visage dans mes mains que je te voie, je perds la vue tu sais, et j'ai besoin de te reconnaître. J'ai eu si peur de ne pas avoir le temps de te revoir.

Il la laisse parcourir longuement son visage de ses yeux infirmes.

Il sait maintenant qu'elle ne lui tiendra pas rigueur de tout ce temps loin d'elle et de Bombay, elle sait le temps nécessaire à trouver ce qu'on ne cherche pas. Tandis que son sourire s'élargit, Shantiji prévient :

— Tu choisis une période compliquée pour revenir. L'Inde ne va pas très bien. Mais peut-être n'as-tu pas choisi.

Après un silence qui force Shiv à la réflexion :

— Quel est ton programme ?

Soudain c'est elle, dans la manière dont elle a lancé cela, la femme ardente qui apparaît, jetée dans les campagnes, pour les écoles à construire, les hommes à encourager, les vies à animer. Shiv la revoit soudain le jour où il l'a rencontrée.

C'était il y a vingt-cinq ans, dans son hameau perdu où pourtant tous les échos du monde se répercutent. En début d'après-midi, les allées du village sont vides, écrasées par la torpeur du jour. Soudain, la silhouette longue de son père surgit, il rentre du bourg en milieu de journée, sur sa bicyclette. Cela n'arrive jamais. La mère de Shiv s'inquiète : a-t-elle oublié quelque chose, les *chapati** ou les piments dans son déjeuner qu'il emporte chaque matin ?

— Les enfants, leur dit son père en rassemblant Shiv et ses sœurs, quelqu'un de très important vient nous voir. Il faut nous préparer ; les filles, vous allez colorer le riz ; et toi Shivu, tu vas aller chercher du bois au bord du champ carré.

Tout travail demande temps et patience, même les plus petits le savent. Shiv prend soin de choisir des branchettes de même taille, de ce bois de mûrier qui dégage une odeur de fruits et fait un fagot ravissant. De retour avec le butin, son père le reçoit avec une gifle retentissante.

— J'ai dit le bois du champ carré, pas des brindilles, comment veux-tu qu'on allume le foyer ?

Sanglotant et vexé, Shiv s'enferme dans une bouderie butée, il condamne d'avance l'invité, cet intrus qui lui a valu une claque dont il se souvient encore aujourd'hui. Lorsque tout le village se précipite pour accueillir Shantiji, lui se terre de honte à l'ombre de sa maison. Pourtant la visiteuse l'intrigue, lui qui a imaginé un personnage détestable. Il regarde de loin et découvre Shantiji : elle rit beaucoup, parle haut et fort avec gaieté. Le chef du village et son père l'entourent de cérémonies, formulant des excuses sur l'humilité des lieux. Shiv sort de son abri et de sa rage, s'approche curieux, et finit par accompagner la troupe jusqu'à la mairie. Tout l'après-midi les hommes discutent avec la visiteuse sous les grandes pales du ventilateur. Elle exige un terrain central, immédiatement. Dans quelques mois, le village aura son école, au milieu du village, et tous les enfants, de hautes comme de basses castes, pourront apprendre à lire, non plus quelques rares élus comme Shiv. C'est ce qu'elle promet. Et c'est bien ce qui arrive. Cette femme extraordinaire rassemble les foules et fait des prodiges, Shiv le comprend d'emblée.

Shantiji n'a rien de l'arrogance de sa caste, cette caste brahmane de la côte du Konkan, les *Konkanastha* ou *Chitpavan* : lignée fière qui arbore toute une série de héros de l'Inde indépendante. Elle est la petite-fille d'un des cousins au troisième degré du célèbre Vinayak Samodar Savarkar, l'idéologue des extrémistes hindous qui a promis l'Inde à ses Fils Authentiques, les hindous, libérés du joug des barbares, les musulmans.

Shantiji a vécu dans une famille divisée par son héritage, une moitié adulant Savarkar et sa grandeur prophétique, l'autre rejetant sa rage nationaliste ayant abouti au bain de sang de la Partition et à l'assassinat de Gandhi. Le mythe de celui qu'on surnommait Veer Savarkar, le Brave, continue de provoquer le même effroi en elle que lorsque son père lui racontait l'histoire, enfant. C'est que Savarkar avait en effet défié les colons avec plus d'intransigeance que tous les nationalistes réunis. Arrêté en Inde pour ses appels à la sédition, envoyé en Angleterre pour y être jugé, il avait sauté du bateau qui le ramenait vers le bagne indien. Il avait tenté de rejoindre le port de Marseille à la nage. Aventurier ? Fou ? La petite fille portée par la voix de son père imaginait ce grand-oncle plonger dans les eaux bleues de la Méditerranée. Il avait nagé vers les calanques, mais les crêtes déchiquetées s'étaient dressées en forteresse. Les autorités françaises, refusant sa demande d'asile, le remirent aux Britanniques, qui l'envoyèrent dans les îles Andaman. La petite Shanti se le représentait comme un Robinson, seul sur cet archipel sauvage, perdu au milieu du golfe du Bengale, où il écrivit son célèbre pamphlet *Hindutva.* Son père, toujours, coupait court :

— Tu vois, je n'aime pas les idées violentes de cet ancêtre, et c'est pour ça que j'ai décidé de t'appeler Shanti, pour conjurer le sort.

Son prénom à elle, tout de paix, l'avait ainsi prédestinée à condamner toute violence.

Le père de Shantiji avait refusé de reconnaître en Savarkar un grand patriote, et, célèbre éditeur de Bombay, s'opposa à la publication de l'immonde pamphlet. Shantiji et ses frères admiraient leur père, homme affranchi, au pays où affronter la grande famille indienne est impensable. Ils furent élevés de la même manière, éclairée et critique, sensibles aux idées progressistes. Shanti, cadette et fille unique, fit des études d'histoire et se jeta dans le travail social. Elle fut mariée à un homme de lettres qu'elle aimait et estimait, une rareté pour les femmes de sa génération. Elle savait qu'elle devait s'absoudre de cette part obscure dont elle avait hérité : une énergie furieuse qui pouvait aller jusqu'à la rage de détruire. Mais la passion du travail social l'avait apaisée et rendue généreuse.

Son prénom s'ornait désormais de la particule de respect *ji* que l'on doit aux personnes influentes. Elle avait rapidement acquis une stature nationale, mais avait su se concentrer sur son périmètre, le Maharashtra, ce pays du centre, son berceau familial. Ses deux frères, l'aîné qui avait poursuivi à la direction des éditions familiales, le second qui était avocat, assuraient la respectabilité de cette partie de la famille. L'autre branche l'inquiétait, qui revendiquait toujours les idées douteuses du grand-oncle. Il y avait même ce Mandev, un de ses cousins, qui avait participé à l'organisation de la branche des jeunesses nationalistes hindoues. De fait elle voyait rarement la grande famille ; elle redoutait les multiples fêtes qui étaient prétexte aux réunions de cousins, et il y en avait trop, la fête de Ganesh surtout qui ouvrait au désordre la maisonnée.

Mais la violence nationaliste incube le virus depuis longtemps, Shantiji le sent. Et les années passant, une épidémie safran risque d'éclater.

Shantiji regarde intensément Shiv et le questionne :

— Alors Shiv, quel est ton programme ?

— *Solid Waste Management*. À Gandapur.

— *SWM. Stupid White Men* ?

— Shantiji, merci de me rappeler la supériorité indienne. Mais enfin pour une fois nous pouvons faire équipe.

— W.A.R.R.I.O.R. vous a demandé de refroidir la terre, de dessaler la mer, sans grand succès...

— Là, peut-être pourrons-nous arriver à traiter les déchets de Bombay. C'est un contrat très réaliste.

— C'est bien ambitieux ! Ces montagnes d'ordures sont nos nouveaux temples. Et Argent n'est pas un dieu très bienveillant. Tous ces relents de consumérisme... nous allons étouffer sous tant de gloutonnerie. Tu restes combien de temps ?

— Six mois ici, six mois à Londres. Nous proposerons notre plan au gouvernement du Maharashtra, et, s'il prend, au ministère. Je passerai à Delhi au siège de W.A.R.R.I.O.R. une fois ou deux.

— Pourquoi Bombay ?

— Faites le calcul. Quatre millions de tonnes de déchets par an, la moitié seulement collectée par les services municipaux. Il faut s'attaquer au reste qui finit dans les décharges de Bombay. Tout ça s'étale sur les bidonvilles, pousse dans les fossés, aux abords des criques, là où les pauvres s'entassent, et finit dans la mer. Nous allons en crever si on ne fait rien.

— La solution ?

Shiv sourit, amusé de voir qu'elle pense toujours avec un temps d'avance.

— Ici à Bombay, nous n'avons pas d'espace. Impossible d'enfouir. La seule solution, c'est incinérer et recycler ce qui peut l'être. À Gandapur, la plus grande décharge de la ville où W.A.R.R.I.O.R va commencer, il faut trier et brûler une partie, l'énergie permettra d'alimenter le réseau des nouvelles habitations.

— Que feras-tu de ceux qui vivent sur la décharge ?

— Nous travaillerons avec eux.

— N'oublie pas une chose : toi, eux, vous vivez dans le même monde, vous parlez le *bombaiya*, mais vous n'avez pas les mêmes logiques. Vous ne voyez pas les mêmes couleurs, vous ne cherchez pas les mêmes choses. Chacun reste avec ses intérêts, sa vie, son dieu. Mais c'est un beau programme, conclut-elle en terminant par un geste de bénédiction.

Ils se taisent, dépassés par les enjeux. Ils regardent dehors, en face de la véranda, là où se dresse l'avocatier venu du Sud, du pays des rizières aux terres gonflées d'eau. L'arbre se courbe en un homme gris aux bras desséchés d'où pendillent des breloques ridées. Sur la table, les journaux dénoncent, méticuleux, un monde malade. La sècheresse a provoqué des incendies gigantesques sur la côte occidentale. Chaque année, les sols se réchauffent un peu plus, découvrant leur calotte crevassée comme un puzzle mortel. À l'Est, la mer monte et submerge les terres de sel, contaminant les cultures. Comme par des équilibres maléfiques, l'eau n'apaise plus, mais rend l'air toujours plus dense, qui, mêlé à la pollution des oxydes de soufre et d'azote, se transforme en pluie acide. Ces bouffées de fièvre ont développé les parasites. Le paludisme a repris dans des zones d'où il était éradiqué. Les moussons capricieuses apportent de l'eau infectée, des coulées de boue et des inondations ravageuses. Les humeurs climatiques ne laissent aucun répit. De quelle colère, de quelles implacables représailles décide la nature ?

Shiv regarde toujours l'avocatier et se sent submergé de nostalgie pour le monde ancien de sa terre villageoise. Où est l'eau argentée des fleuves d'où semblait naître le monde, par ces matins qui aveuglaient les hameaux de leur lumière ? Lorsque les paniers d'osier pendaient aux toits des halles de poissons et dégouttaient leur jus aqueux. Lorsque les chairs grasses se chevauchaient dans une obscénité nonchalante. Les saisons se suivaient, amples et régulières, apportant leurs fruits. Les mangues regorgeaient : l'enfant attrapait les plus mûres pour les malaxer jusqu'à rendre fluide la pulpe chaude qu'il buvait comme le nectar des dieux. Après les moissons de l'été, tous attendaient les pluies gorgées de fraîcheur, l'heure où terre et ciel échangent leurs robes, où le fleuve gris revêt une clarté lumineuse, où l'azur noircit sous l'orage. Voilà que les lacs n'offrent maintenant que des flottilles de poissons crevés, aux ventres gonflés, pourrissant sous un soleil meurtrier.

Les fleurs désertent les rives maladives. Auparavant, jamais les hommes n'avaient eu à se plaindre de l'eau. Aujourd'hui la colère du ciel exige de nouveaux apprentissages.

Shantiji l'observe, il est trop silencieux. Elle connaît les doutes et la sensibilité de Shiv. Elle sait qu'il va s'armer de ses qualifications techniques, ses calculs, ses taux d'acidité. Qu'il va faire appel à ses divinités personnelles, Mercure-Arsenic-Plomb, qu'il subodore dans chaque sol, et dont il aligne soigneusement les échantillons et comptabilise les taux jusqu'à l'obsession. Mais elle a, elle, son analyse, et elle est implacable.

— Vois-tu, reprend-elle, la véritable éducation tient dans la capacité des hommes à lutter ensemble. Mais ils sont déchirés par leurs peurs. Ils continuent de migrer vers des horizons toujours plus lointains au lieu d'écouter la Terre. Et la peur conduit à la violence. Comment leur faire prendre confiance ?

C'est ainsi qu'elle quadrille depuis des décennies les villages du Maharashtra, confiante dans le pacte ancien passé avec la terre, et elle appelle les hommes à s'organiser, les femmes à s'éduquer pour laisser un espoir aux futures générations.

Elle le ranime :

— Pas d'état d'âme. *Chalo** ! On y va !

Shiv sent son aura. Il se dit qu'elle pourrait agenouiller à son passage un million de fidèles. Il est venu répondre à l'appel, il est là pour assurer la faisabilité d'un projet désormais urgent. Et l'urgence bat comme le pouls de l'air.

***

— Alors, tu es content d'être ici ? demande Shantiji avec entrain.

— Quel bonheur Shantiji, de vous voir, de retrouver cette maison… Mais le jardin, je le reconnais à peine. Pourtant il y a bien la petite cabane.

— Tu as remarqué Shiv, nous sommes entourés de nouvelles tours. Nous avons dû vendre une partie du jardin il y a quelques années, Dayanand a négocié avec un affreux promoteur qui ne nous laissait plus tranquilles et voulait tout le terrain. Au moins nous avons préservé Bheeramal Mansion.

— Je ne rêve pas, vous avez déplacé la cabane ?

Shantiji précise, comme songeuse :

— Manju rentre si peu désormais… Oui, j'ai fait déplacer sa cabane. Qu'on garde quelque chose d'elle…

Shiv regarde le jardin amputé et bénit Shantiji d'avoir conservé cette relique du temps de Manju.

Shiv poursuit, avide de nouvelles :

— Que s'est-il passé ce matin ? Serafina est toute retournée. Elle parle des chiens.

De loin leur parviennent les bruits de la petite servante affairée. Son corps d'estropiée la tient à genoux dans la buanderie, l'eau mousseuse clapotant en bulles blanchâtres et explosant en cloques joyeuses autour d'elle. Ses bras difformes s'enroulent en même temps que le linge qu'elle essore. Elle frappe, tord, claquement sec, long frisson, claquement sec, long frisson.

À chaque mouvement, elle laisse s'échapper comme un miaulement. Fatiguée de son excitation incessante, Shantiji l'envoie s'enquérir de l'humeur du temple situé à une centaine de mètres du bungalow.

— Serafina, sors donner l'herbe à la vache du temple veux-tu et ne reviens qu'après les prières de midi !

Serafina court en tordant ses jambes, elle fait rire tous ceux qui la croisent et elle rit elle-même des rires qu'elle déclenche. Elle retrouve les disciples accroupis devant le petit temple joyeux des *Varkari*[1]. Les voilà affaissés, contemplatifs de la divinité au pelage luisant qui broute paisiblement. En leur compagnie tolérante, Serafina s'apaise.

Shiv s'enquiert à nouveau auprès de Shantiji :

— Pourquoi Serafina est-elle si énervée ce matin ?

— C'est le quartier, ils ont décidé d'en finir avec les chiens. Certains ont la rage et la propagent, un enfant s'est fait mordre il y a quelques jours.

— Mais s'ils en tuent dix, en reparaîtront cent, vous le savez bien.

— Oui je sais.

— Et rien ne sera réglé tant que les poubelles à ciel ouvert continueront d'attirer des milliers de hères, fussent-ils des chiens ou des hommes.

Shantiji propose :

— Demandons aux chiffonniers, eux ils savent. Hari est tout près, je l'ai aperçu tout à l'heure.

---

1 Mouvement religieux de tradition *bhakti*, qui révère Vitthal (ou Vithoba, une forme de Krishna) et s'appuie sur une longue tradition de saints (dits *Sants*). Présent dans le Maharashtra dès le XIIIe siècle, le mouvement *varkari* prône l'égalité entre les hommes, la non-violence et l'amour de Dieu.

Elle a employé le terme neutre, *kachrawalas* *, ceux qui s'occupent des poubelles. Shiv est sensible à ces précautions. Pour toutes les familles alentours, les chiffonniers ce sont plutôt les *Banghi,* le nom de caste pour désigner les fouille-la-merde. Ce nom siffle comme une insulte. Et il recèle une seconde violence pour les intouchables, car il les confond tous, eux et leurs métiers, avec mépris, éboueurs, extracteurs, ferrailleurs, recycleurs, triqueurs, alors que chacun revendique son savoir-faire, son lignage, son territoire. Respecter la hiérarchie indienne, c'est ne supporter aucune confusion.

Le nom de Hari réveille chez Shiv des souvenirs, en même temps qu'il réalise : Hari, sa famille, mais aussi son escadrille qui travaille journellement dans le quartier de Vikas Nagar depuis des décennies, ne vivent-ils pas justement dans le bidonville de Gandapur ? Gandapur, la soudaine obsession de Shiv. Mais surtout Hari, enfant, était un ami de jeu de Manju. Et Manju est une amie de Laleh. À la pensée de Laleh, le cœur de Shiv s'emballe.

Quelques minutes plus tard, Hari se tient arrêté, un mètre avant le seuil, les yeux rivés au sol. Il plonge à l'approche de Shantiji, comme un disciple qui sent le retour du maître, et veut embrasser ses pieds. Mais Shantiji brise immédiatement ce trop de révérence, et lui demande simplement si sa cheville blessée se remet.

Shiv lui lance un « *namaste** ! » Hari répond en portant la main droite à sa poitrine. Shiv et lui se connaissent depuis toujours, se sont croisés des milliers de fois, mais ne se saluent jamais. On ne salue pas un supérieur en Inde si on n'a pas à s'entretenir, on s'écarte.

Hari vit dans les poubelles. Ses yeux semblent être devenus fous à force de chercher, comme un gobe-mouche, sa pitance dans les ordures. Il s'intéresse à tout, un emballage de plastique, une épingle, une pelote de cheveux : peut-être voit-il déjà la toile cirée, le porte-clés, la savonnette. Quelquefois la convoitise le prend, son regard s'allume comme celui d'un chercheur d'or, et il enfouit prestement dans son sac la vieille montre ou l'antenne cassée qu'il garde pour ses incursions au marché des voleurs. Dans cette vaste brocante qui s'étale le long de la voie ferrée, grand corps en remous traversé par la frénésie du marchandage, les objets disparaissent plus vite qu'ils n'arrivent.

Shantiji l'interpelle :

— Qui a demandé qu'on tue les chiens ?

— Shantiji, c'est l'association des résidents. Elle nous a payés pour qu'on s'en occupe. On devait les faire disparaître dans la décharge de Gandapur.

— Qui avait demandé ?

— L'association des résidents je vous dis, et le syndic D.D. Subhash.

— Pourquoi n'ai-je pas été mise au courant ?

Hari baisse la tête tout en sachant qu'il n'échappera pas à la réponse.

— Il y avait tout le quartier, et toutes les sociétés de résidents, D.D. Subhash a rappelé qu'avec la majorité ce n'était pas la peine de vous demander.

— La tyrannie de la majorité…

— Pourquoi ils n'ont pas demandé aux éboueurs municipaux ? Ils sont payés pour ça pourtant …

Hari s'exclame :

— Oh ! Shantiji, jamais les éboueurs n'auraient accepté de s'occuper des chiens. Et puis il fallait du poison. Et après ôter les chiens morts. Seulement nous, nous pouvions faire cela.

Hari ajoute doucement, sur le ton de la désolation :

— Tuer les chiens comme ça, ce n'est pas bon.

Shantiji connaît parfaitement la hiérarchie. Elle est partout, dans tous les pans de la société, dans tous les métiers, dans toutes les vies. Et Shantiji a suffisamment eu affaire aux très basses castes, celles qu'on appelle les dalits[2], pour ne plus dire intouchables.

En haut, les éboueurs employés par la municipalité, armés de gants et de bottes pour nettoyer la ville, un escadron fier de milliers de personnes qui a accès aux avantages inespérés du salariat. En dessous, toute la gamme de spécialistes des ordures qui négocient directement avec les résidents. D'abord les plus nobles, qui collectent chaque semaine des kilos de journaux et magazines, *seven-roupies-one-kaidji*. Ils montent de monumentaux échafaudages sur leurs bicyclettes, lorsque pesant près d'un quintal, la montagne de papiers doit être transportée

2 Dalit (*lit.* « opprimé » en marathi) désigne les plus basses castes dans le système hindou des castes. Les dalits sont considérés comme impurs et travaillent dans les métiers méprisés, autour des déchets ou du cuir. Les dalits, anciennement appelés intouchables, catégorisés comme *Scheduled castes* (SC) dans l'actuel système de discrimination positive, sont encore victimes de nombreuses discriminations, en particulier dans les villages.

jusqu'aux entrepôts des recycleurs. Puis vient le préposé aux bouteilles et cannettes. Plus bas, toujours indispensables, mais moins bien payés, car en Inde le statut est inversement proportionnel au labeur des bras, les préposés officiels aux ordures ménagères. Chaque jour, devant chaque seuil, ils viennent vider les poubelles et une fois par semaine opèrent un gigantesque nettoyage qui recouvre tout de mousse ammoniaquée, les sols, les escaliers, les pas de porte. Tous s'annoncent journellement par leurs cris éraillés au bas des maisons et des tours, et chaque cri est reconnaissable. Ils embarquent les déchets jusqu'aux entrepôts ou jusqu'aux décharges, où les recycleurs gèrent l'empire de la revente. Ces derniers règnent en maîtres, de mèche avec le réseau de la mafia.

Tout en bas de l'échelle, car il y a toujours le plus bas du plus bas, les chiffonniers, les hommes de la décharge. Ils traitent les déchets des déchets et ce qu'il en reste, ce qui n'a pas été déjà préempté, ce qui a été jeté avec dédain dans les grandes bennes par les autres, où ils fouillent tout le jour, pour extraire, au compte-goutte, de quoi revendre aux recycleurs ou sur le marché des voleurs, jusqu'à ce que la vermine ait rongé définitivement leurs mains ou leurs poumons. Le plus souvent ce sont des armées d'hommes. À Bombay, il y a aussi des armées de femmes. Et directement sur la décharge du bidonville de Gandapur, d'où ils partent le matin, où ils retournent le soir, se trouvent leurs enfants : une affaire de famille.

Hari, qui se tient devant Shiv, est de ceux-là. Derrière lui, son escadron, à peine visible, dos courbé, nez dans le dépotoir. Shiv se dit qu'ils connaissent tout des rouages du métier et du recyclage. Mais surtout, ils connaissent intimement, depuis des générations, leur territoire de fouille, identifient chaque immeuble, chaque famille, son rythme, les entrées et sorties derrière les murs des bungalows ou des tours. Ils n'y entrent jamais. Les vigiles contractés par les résidents veillent à ce qu'ils ne franchissent pas les frontières entre les mondes.

Shiv est en train de renouer avec les codes.

Shantiji congédie Hari en prenant soin de demander qu'on lui serve une triple portion d'*upma**. Cela lui évitera d'attendre avec les autres devant la gare ce soir, avant de rejoindre Gandapur. Hari s'incline devant le petit sac de plastique où a été versée la semoule jaune. Tous savent qu'il la gardera pour sa famille. Il disparaît au coin de la rue et rejoint son bataillon.

Toujours avec un temps d'avance, Shantiji conclut à l'adresse de Shiv :

— Il sait que tu es là désormais. Il pourra te montrer la décharge. La vraie, pas celle dont parle ton bureau de Londres.

Shiv a cette impression étrange d'être conduit par des fils invisibles : en quelques heures, dès les retrouvailles avec Shantiji, le voilà déjà sur la route de la décharge. Et hanté par Lalch.

Le soir, Shiv se promène et tombe sur le groupe des chiffonniers près de la gare. Les intouchables du quartier s'y rassemblent par dizaines en fin de journée. Les restaurants distribuent l'obole journalière. Les regards sont baissés et ne se mobilisent que l'instant de joindre les mains pour qu'y soit déposée la galette de pain et la louche de légumes. Pas de gamelle, pas même un bout de journal pour recueillir l'aumône. Les hommes ne voient pas ce qu'ils mangent. Quelquefois émerge leur unique requête, se rapprocher du halo de lumière des échoppes. Leurs mains s'éclairent alors, mais leurs visages demeurent, eux, confondus à la noirceur de la nuit. Shiv ne voit que des ombres.

***

La pause du déjeuner se prolonge. Shiv a oublié l'éternité de midi. Il décide de sortir, malgré l'appréhension qui le saisit. Il n'est pas l'heure pour sortir. Il n'est jamais l'heure dans cette ville. Pourtant, il faut bien commencer, s'immerger dans une offrande inaugurale, honorer ses hôtes et d'abord son ami Lénine. Il l'a prévenu de son retour en restant flou sur les dates car Lénine est un grand sensible, il risquerait de ne plus en dormir.

D'abord se préparer pour braver le dehors. L'eau froide, versée dans la bassine de fer et dont Shiv s'asperge au godet lui paraît tiède. Il frotte le savon de santal sur sa peau, la mousse fine du *Mysore Sandal Soap* laisse une empreinte orientale. Le voilà prêt, le voilà pur, il peut entrer dans le monde. Il est temps d'affronter Bombay, ce qu'elle est devenue : une aventure risquée, quelquefois fatale, toujours violente. Et s'il en sort victorieux, ce sera, il le sait, au prix de bouffées d'angoisse qui raviveront son amour orageux pour elle, en même temps que sa fierté.

Une nappe d'air brûlant l'accueille. La rue est meurtrière : le soleil terrasse les hommes et les plaque au sol. Et dans l'air épais, flotte à nouveau cette odeur poisseuse, lourde de fumées et de misère. À son arrivée à l'aéroport, Shiv a pensé qu'il retrouvait une odeur de l'Inde. Il s'est trompé. Ce n'est pas l'odeur de l'Inde, c'est celle de Bombay. Sensuelle et écœurante. De camphre et de vermine, mixte comme des alliances indécentes entre un homme bien né et une fille des rues, mélange des odeurs de cuisine et du lait des temples. Décidément, cette ville a toujours un pied dans la splendeur et l'autre dans la fange, se dit-il.

Shiv remarque une nouvelle statue de Shivaji, plantée là, à l'entrée de son quartier. Shiv en a compté au moins cinq depuis l'aéroport, une véritable prolifération. Pourtant ses livres d'histoire ne donnaient pas tant d'importance au personnage. À peine quelques lignes, pas des chapitres entiers. Bien sûr il a appris que Chhatrapati Shivaji Maharaj avait victorieusement repoussé les Moghols et fondé le royaume marathe en 1674, mais de là à en faire un demi-dieu... Ce sont les nationalistes hindous qui sont passés par là, ils ont réécrit la légende : Shivaji est devenu l'icône qui délivre des envahisseurs. Ils rebaptisent de son nom tous les monuments jusqu'à l'obsession : aéroport, université, gare, route, musée. C'est pour cela qu'il le rencontre aujourd'hui partout, à tous les coins de rue : Shivaji sur son cheval de bronze, l'allure conquérante et arborant l'épée, Shivaji menant la conquête contre les ennemis, Shivaji tuant le sultan de Bijapur avec une griffe de tigre, Shivaji repoussant les affreux musulmans, Shivaji libérant Pune, Shivaji narguant les Portugais de Goa. Tous, vous devez tous vous incliner devant Shivaji ! Shiv regarde dubitatif cette figure guerrière à qui il lance, amusé :

— *Areh* *, Shivaji, merci de ton accueil !

Il se souvient soudain que Vikas Nagar est proche du bastion local du parti nationaliste hindou.

Bombay est une fête foraine, l'orchestre est à son comble, fabuleux magma sonore. Au premier plan, les voix : clameurs des portefaix, employés de bureaux pendus à leurs *cellulars,* toux déchirée des tuberculeux. Au second, le dialogue des véhicules : klaxons des voitures, moteurs et pétards, sirènes des ambulances, grelots des bicyclettes. En bruit de fond, le fracas des chantiers et des garages : on frappe, on ferraille, on soude, on scie… Tout semble incandescent, le goudron défoncé des routes, le miroir du ciel blanc, et même le fond des hommes, là où, vivace, croupit la maladie.

Il faut apprivoiser Bombay, la quadriller, la domestiquer, et, pour y survivre, en connaître les dangers, les échauffourées, les surprises, savoir s'enquérir de ses humeurs comme celles d'une compagne imprévisible, savoir tenir sa place dans le flot des rues et dans le flux des hommes. Shiv s'engage donc, se laisse emporter par la foule bigarrée, femmes en *salwar kameez** ou en sari comme des icônes, vaches somnolentes arrêtées en travers de la route, jeunes insolents en lunettes de soleil, chèvres nerveuses, musulmans portant le bonnet de prière, écureuils et rats cascadeurs, femmes en burqa noire, chiens honteux, hommes en pagne de tissu Madras, chats faméliques, sikhs aux turbans acidulés, poules inquiètes, quadragénaires moustachus en costume cravate, pigeons et corbeaux sentinelles, écoliers en uniforme, cafards.

Shiv remonte les trottoirs inexistants, eux-mêmes encombrés de poubelles, d'étrons, de vieillards endormis. Il se questionne, harassé, c'est peut-être le brouillage des frontières qui rend la rue de Bombay si épuisante, lui qui ne distingue pas la route de son bord, qui ne sait plus très bien s'il vient d'enjamber une chèvre ou un enfant, de glisser sur une épluchure ou une merde, d'homme ou de chien. Les sens s'y perdent.

Shiv prend un rickshaw tapissé de stickers *Fast & Furious*. Le petit bolide à trois roues se lance à toute allure sur les voies rapides, sans craindre les nids de poule, et rue avec une agressivité exacerbée. Shiv croit mourir trois fois. Terrifié, épuisé, il attrape un bus. La carcasse déglinguée reprend ses forces en rugissant à grands coups d'accélérateur. Shiv hèle alors un taxi pour tenter de s'extraire de l'étuve assourdissante, mais il ne fait qu'y replonger car les embouteillages ont pris en sept ans des proportions débordantes comme un fleuve sorti de son lit, immobilisant des heures les passagers sous la carrosserie dévorée par le soleil. Surtout la guerre urbaine suppose une telle combativité de la part de ses usagers qu'elle les éreinte tous. Ne reste qu'une possibilité à la ville pour survivre à la cacophonie, la recouvrir du crachat radiophonique de stars bollywoodiennes : « *Dil to pagal hai* ! Mon cœur est devenu fou ! »

Au sortir de Grant Road, laissant derrière lui la multitude enragée, Shiv poursuit sa route dans les ruelles étroites du marché des teinturiers. Les quartiers populaires rassemblent un amas de maisonnettes turquoise rapiécées par des bâches et de la tôle rouillée. Brun et bleu. L'angoisse monte : Shiv est en train de se perdre dans le trop-plein des hommes. Pourtant la ville est généreuse pour qui sait la décrypter. De ces rues sans adresse mais aux mille noms de saints et de héros, chacun possède sa lecture et y trouve sa grammaire. Puisque chercher une adresse à Bombay est aussi le meilleur moyen de se perdre, il faut avancer selon ce que disent les rues.

Shiv sait qu'il se rapproche du quartier parsi[3]. Mais il s'est perdu, il a oublié les codes bombaïtes, et cela malgré ses centaines de visites à Lénine. Il a oublié les façons londoniennes aussi : il n'a même pas prévenu de sa visite. Il reprend, en essayant de se calmer. D'abord la mosquée. Puis la Parsi colony et au bout le temple du feu. Il cherche autour de lui. À cette heure les marchands dorment dans l'obscurité fraîche de leurs petites guérites, et ronflent, adossés aux sacs ballonnés. Il demande son chemin au coolie somnolant sur sa charrette à bras, où il étire démesurément sa sieste. L'homme lui fait signe de regarder le ciel : Shiv aperçoit le faîte d'un arbre immense, il reconnaît la citadelle du quartier parsi.

Tout près sur la gauche, celui-ci se dresse depuis plus d'un siècle, phalanstère fermé s'imposant dans cet obscur chaos de rues, avec ses bâtiments ocres impeccablement tenus, ses escaliers de cuivre vert, sa pelouse coupée tous les trois jours et son immense arbre à pluie. L'arbre bénit de ses bras toutes les âmes de la communauté réunie, il les recouvre de sa myriade de petites feuilles, dans un geste de tendresse renouvelé à chaque coup de vent. Shiv retrouve un miracle de la nature : à chaque

3 Les Parsis forment une communauté adepte du zoroastrisme qui a majoritairement migré d'Iran en Inde à partir du VIIIe siècle pour fuir les persécutions religieuses, aujourd'hui principalement installée à Bombay. La communauté parsie est très éduquée et économiquement puissante, mais démographiquement petite et menacée de disparaître.

averse, les folioles protectrices se replient pour forcer le ruissellement de l'eau jusqu'au sol, puis se déploient à nouveau pour former le grand parasol. Monde merveilleux.

Shiv entre dans le jardin, en même temps que mille yeux notent son arrivée. Le silence l'autorise à poursuivre. Il monte la spirale étroite des marches et sonne. La petite silhouette parfumée de talc de Meher Fehroza Pardej l'accueille avec surprise – toutes ces années ! — reçoit son salut et le fait aussitôt se déchausser, pour entrer dans l'intérieur d'un autre temps. Lui se retrouve une décennie plus tôt.

— Lénine sera tellement content de te voir.

— Il est à Bombay ?

— Oui, avec l'équipe des Ranchi Architects.

— Il est sur quoi ?

— Sur le recensement des bidonvilles.

— Et Laleh ?

Shiv se surprend, la question est sortie de sa bouche : comment a-t-il osé demander ? Il n'est pas venu voir Laleh, il a oublié Laleh, Laleh n'existe plus, il est venu voir Lénine car Lénine est son meilleur ami et il veut lui parler. C'est pour ça qu'il a marché jusqu'ici, c'est tout.

— Laleh va comme il faut.

La vieille femme a haussé les épaules.

Le silence qui suit les renvoie à leurs vies antérieures. Et Shiv ne peut s'empêcher de se laisser emporter. Bien sûr, ces nouvelles minables de Laleh ne lui suffisent pas, il lui en faut cent fois plus, et il cherche désormais sur les murs, les boiseries, un signe de la jeune femme, un châle abandonné sur une chaise, une fleur séchée glissée entre les livres de la bibliothèque.

Il parcourt de ses yeux avides les lieux de ses souvenirs. Quand Laleh est-elle venue la dernière fois dans cette maison où elle a grandi ? Quand ses mains ont-elles touché ces portes, ouvert ces livres ? Quand sa voix musicale a-t-elle partagé le pépiement incessant des perruches ? Shiv est là debout, dix ans plus tôt, éperdu de Laleh. Il respire profondément, à sa recherche, mais les murs ne veulent pas répondre. Et encore moins Mehertaï, qui l'interrompt dans sa rêverie, un peu brutalement.

— Cela me fait tant plaisir de te voir. Prends un *mawa ni boi*.

Elle pousse devant lui les gâteaux feuilletés fourrés de miel et de pistache, dont le goût de sirop beurré le replonge le jour de la fête de Navroz pour le nouvel an persan, chez son ami, où toute la cuisine embaumait la semoule, le sucre et le lait.

Elle le détourne de Laleh, il le voit bien, et c'est mieux ainsi. Elle lui désigne un paquet.

— Regarde ce que j'ai retrouvé. Les livres que tu as prêtés à Lénine il y a vingt ans ! Tu ne veux pas les reprendre maintenant, je fais du rangement et…

Shiv jette un œil et sourit de bonheur. Dans les trois premiers tomes des écrits de Babasaheb Ambedkar, il y a toutes ses années de jeunesse étudiante, ses discussions passionnées avec Lénine sur la justice sociale, la politique de réservation positive, les intouchables. Shiv et Lénine avaient relu vingt fois *Annihilation of Caste*, subjugués par la virtuosité d'Ambedkar qui revisitait l'histoire indienne et appelait à se libérer de ses démons mystificateurs, la religion hindoue et l'oppression des hautes castes. Un instant Shiv se demande s'il pourrait relire ces pages, lui qui vit maintenant sur une autre planète, celle du capital mondial.

— Oui bien sûr Mehertaï, ces écrits révolutionnaires n'ont rien à faire dans cette bibliothèque ! taquine-t-il, heureux de reprendre les livres.

Précisément pense-t-il, Ambedkar avait deux combats, la libération des castes et la libération des femmes. La famille parsie de Laleh n'est pas vraiment progressiste de ce point de vue… Mais il n'ose pas poursuivre. D'autant qu'elle enchaîne déjà :

— Et toi ? Le travail ? Ta vie à Londres ?

Shiv sort du quartier parsi comme on sort d'un livre, tout transi de son histoire. Le visage de Laleh le hante. Il voudrait plonger dans ce visage qui ne cessait de questionner le devenir du monde dans les débats infinis de leurs vies étudiantes. Il voudrait retrouver ce regard pour questionner le devenir de la ville dans laquelle il vient d'atterrir.

En attendant, il faut rentrer au bungalow et la route est longue, et le voilà reparti pour l'aventure de la rue.

***

Une maison en Inde est une dynastie, avec ses dieux, ses héritiers, ses légitimes, ses incestueux, ses adoptés, ses ancêtres, ses fantômes, sur plusieurs générations. Pour l'heure, Shiv n'a pas encore rencontré tous les hôtes du bungalow. Il attend le retour du fils de Shantiji, Dayanand, pour le rite d'accueil. Car c'est lui le maître de maison. C'est lui qui décide des rites.

Dayanand avait été intronisé dans son nouveau rôle à la mort de son père bien des années plus tôt. Il était désormais dépositaire de la mémoire familiale et assurait le culte des ancêtres. Shantiji n'était plus gardienne du foyer. Elle avait revêtu un autre rôle. Sa maison était désormais les villages, sa voie les routes du Maharashtra, et son sacerdoce l'éducation. Tous les jours Shantiji allait rencontrer les femmes des hameaux. Elle leur parlait du futur, les formait, pour qu'elles éduquent ensuite les enfants. Dans les villages immobiles, la misère était pesante, les habitudes écrasantes. Mais Shantiji savait que les mains les plus hardies étaient prêtes à se lever.

Désormais, elle laisse les clés du bungalow à Dayanand et à sa belle-fille : « Dadaji et Neelima s'occupent de tout ! » Elle s'étonne chaque fois qu'elle emploie le diminutif respectable de son fils. D'ordinaire réservé au frère aîné qui a l'autorité, il a été attribué à Dayanand tant il a facilement endossé le rôle de patriarche. Désormais son petit garçon Rahul, de sa bouche délicatement dessinée, réclame son « Dadaji » avec sa voix fluette, lui attribuant encore plus d'ascendant que tous les « Papaji ».

Dayanand — Dadaji pour le respect, Dayu pour les intimes — n'interfère jamais dans les affaires de sa mère. Révérence ou mépris, il n'est pas facile de comprendre. Brillant étudiant d'un English medium College de Bombay, il a ensuite étudié au Management Institute d'Ahmedabad. Il est revenu après les premiers effets du gouvernement Mittron, alors ministre en chef du Gujarat, qui ont plongé l'État dans une vague de haine en 2002. Pour se venger de l'attaque d'un train de pèlerins par des musulmans, des hindous avaient transformé

Ahmedabad en grande torche de la dévastation humaine. Pendant des semaines, la ville fut pillée, violée, vidée au nom du dieu Ram. *Jaï Shri Ram* ! L'année suivante, comme le feu mis à la poudrière, des attaques terroristes feraient tomber Bombay dans l'engrenage de la violence, toujours au nom de la religion. Dayanand refusa, à partir de ce moment, de parler politique autrement que par des affirmations à l'emporte-pièce sur l'ordre et la grandeur de l'Inde. Des émeutes du Gujarat dont il avait vu la fureur, il ne souhaita plus jamais s'entretenir avec quiconque.

Aujourd'hui Dayanand travaille pour l'*Imperial Bank of India* comme *corporate banker* où il fait une belle carrière. Dayanand s'occupe de son travail, de son sport, de sa femme et de son fils unique. Le monde autour de lui est parfait. C'est un homme au contact franc, traits fins, nez droit, aux yeux verts où brille une flamme altière, ces yeux qui certifient sa caste de brahmane *konkanastha*. Un homme qui ne tolère pas les complications. Quant à Neelima son épouse, elle est tout ce que Dayanand a voulu : même caste, éduquée comme il faut, *Bachelor in Arts*, mais pas non plus *Graduate* — et un joli teint clair — *a fair Brahmin girl*. Dayanand et Neelima sont faits l'un pour l'autre. Pour lui, la femme est tout, l'épouse, l'amante, la mère, la compagne, elle tient la maison et le fils. Elle huile ses pieds le soir en des massages qui l'apaisent, délesté de toute angoisse, et il s'évade dans le monde des dieux conquérants de la finance, très loin des cauchemars qui cherchent à ressurgir. Il s'abandonne aux mains féminines qu'il sent presser la plante, replacer chaque doigt, stimuler les nerfs, remonter le long des chevilles le déchargeant des tensions et des images du passé. Et il s'assoupit avant même d'avoir pu rapprocher de lui sa femme parfumée.

Lors des cinq jours de noce qui avait réuni les familles des mariés, autrement dit deux villes entières, Shiv s'était fait la remarque que Neelima était l'exact contraire de Laleh. Les deux jeunes femmes avaient gravité dans les mêmes cercles d'amis et avaient fait leurs études secondaires dans le même établissement. Neelima était toujours un peu trop expansive, vaguement intéressée par ses études, bien plus par l'univers domestique. Laleh était directe et fière, sûre de sa place.

Shiv s'apprête à venir rencontrer le petit monde du bungalow dans la salle à manger. Il se dit qu'il y a beaucoup d'absents, ou d'invisibles, comme on veut.

En descendant de sa chambre, il tombe sur la voiture télécommandée du petit Rahul qu'il ne connaît pas encore, et dont il a appris la naissance quatre ans plus tôt alors qu'il était à Londres. « Drôle de jouet pour un enfant de cet âge », pense-t-il, alors que lui revient en mémoire le tableau de ses propres jeux d'enfant au village, osselets de cailloux, marelles de craie, cache-cache éperdus, singeries dans les arbres.

Il n'y a encore personne dans la salle à manger. Il décide de profiter quelques minutes du jardin, il fait le tour du nouveau périmètre, mesure machinalement – un réflexe d'ingénieur. Réduit d'un bon tiers. Il est face à la petite cabane, jette un œil. Étrangement quelque chose le retient d'entrer. Il distingue les étagères, tout est là, fioles, cristaux magiques, bandelettes, poupées, dînettes, cerf-volant, queues de lézard, sabots de chèvre et boules de coton.

Les retrouvailles sont abruptes avec Dayanand : une poignée de main comme des collègues de bureau. Shiv n'est pas surpris. Lui et Dayanand s'entendent cordialement, ils se sont côtoyés plus de dix ans à Bheeramal Mansion, jusqu'à son départ pour Londres. Dayanand le considère presque comme quelqu'un de la famille. S'il s'énerve régulièrement contre les *Ghatis**, ces villageois ignares qui débarquent de leurs campagnes, jamais il n'a confondu Shiv avec eux. Une affaire de caste sans doute, qui le protège du mépris. Shiv n'est pas riche, non, mais tolérable. Lorsque Shantiji avait proposé au père de Shiv de faire venir son fils à Bombay pour y poursuivre ses études et de lui donner une chambre dans le bungalow, Dayanand, de deux ans son aîné, n'avait montré aucune réticence, au contraire. Sa sœur Manju était sur le point de partir poursuivre ses études universitaires aux États-Unis, Shiv avait pris sa chambre. Dayu à l'époque était poli et distant avec Shiv, il ne souhaitait pas partager son monde. Il savait aussi être aidant et l'aurait certainement défendu si cela avait été nécessaire. Ou peut-être pas. Mais Shiv ne s'aventurait pas dans ses sphères de jeu, qui le dépassaient, celles du Bombay des grandes familles, des habitués du cricket en tenue. Il venait d'un village, il était donc un provincial, un *mufassir** des campagnes arriérées. Dayanand savait les affinités intellectuelles qui le liaient à sa mère, il n'en avait manifestement pas pris ombrage. Sans doute la complicité qui unissait Shantiji et Shiv avait dû être une pression de moins pour lui. Elle, *social worker*. Lui, c'était la finance.

— Eh mon ami, *welcome back* ! Cela fait bien longtemps ! Qu'est-ce qui t'amène ? Le boulot ? Tu reviens définitivement ?

Dayanand a mis toute la sympathie dont il est capable dans cet accueil.

— Cher Dayu ! Ravi de te retrouver en si belle forme. Neelima aussi, tu es resplendissante. Et voilà la petite merveille.

Se tournant vers Rahul, Shiv lui fait un clin d'œil.

— Enchanté, adorable neveu !

Et revenant à la question :

— Oui, je suis là pour une mission professionnelle.

— Comment s'appelle ta boîte déjà ? Oui W.A.R.R.I.O.R. Tu sais que j'ai suivi, quand elle est entrée en bourse ? C'était il y a…

— Cinq ans. Mais tu t'intéresses à ce secteur ?

— Bien sûr, c'est en plein dans mon poste.

— Ton poste ?

— Co-directeur du financement privé à l'Imperial Bank of India. Mes principaux secteurs sont les PME et les financements public-privé. Et bien sûr l'immobilier, mais qui ne finance pas l'immobilier à Mumbai ?

— C'est bien large, s'étonne Shiv.

— Tu as oublié le business indien pour faire une remarque pareille, soupire Dayanand. Tu raisonnes maintenant en Européen. Ici nous accompagnons le développement du pays, avec tous ses acteurs. Je suis les partenariats public-privé et quand l'État lance une opération avec un partenaire privé, par exemple un constructeur immobilier ou du gros capital étranger comme ta boîte, moi je monte le *deal*.

Shiv a Gandapur en tête, il en profite.

— Et le recyclage ? Affaire de petits entrepreneurs ou grand capital ?

— Que ton angle est partiel ! Ce qui compte, c'est l'intérêt de l'Inde, de notre pays, c'est son développement.

La conversation se poursuit. Une bonne demi-heure plus tard, après plusieurs digressions sur les marchés, les bourses, les capitaux et les cotations, ils reviennent à la mission de Shiv. À l'évocation de Gandapur, Neelima émet un énorme « THHOOOO » de dégoût, qui fait hurler de joie Rahul. « Tant mieux pour la diversion » pense Dayanand, même s'il n'apprécie pas l'exclamation vulgaire de sa femme : Rahul vient de découvrir les mains à quatre doigts de Shiv et les fixe, fasciné. Son père craint une remarque déplacée.

— Mais qu'est-ce que tu vas y faire, c'est immonde là-bas ! s'exclame Neelima.

Et elle insiste.

— Ganda-pur, Sale-ville, ça veut bien dire ce que ça veut dire : circulez, y a rien à voir !

Dayanand entreprend de lui expliquer quelques éléments sur le marché immobilier de Bombay, et même en simplifiant beaucoup, doit s'y reprendre à deux fois.

Ils sont occupés, Shantiji écoute. Pendant ce temps, Shiv tente de se souvenir : quand était-ce, le dernier dîner tous ensemble ?

La petite servante a apporté les plats, *daal**, riz au cumin et *naan** de coriandre. C'est, après des préliminaires infinis, le signal de la fin de la conversation, tout le monde se concentre désormais sur son assiette, moment sacré de l'absorption-consommation. « Depuis combien de temps donc nous n'avions pas dîné ensemble ? » se demande toujours Shiv, retrouvant sans grande joie les règles de commensalité indiennes et leur pesanteur...

Il ne peut s'empêcher de commenter :

— Dites-moi, c'est impressionnant ce repas, *pure veg*, ça me fait penser au repas...

Il s'est arrêté net, il allait dire *shraddha*, le repas des funérailles, respectant tous les codes de pureté chez les hautes castes.

— Mais tu es dans une maison brahmane, mon cher Shiv ! lui lance Dayanand.

Il n'a pas le temps d'en dire plus, car Rahul fait désormais des siennes. L'enfant a décidé de pousser sa mère le plus loin possible. Il épie Shiv du coin de l'œil, regarde l'agilité avec laquelle il use de sa main difforme, et entreprend de manger avec quatre doigts comme lui, collant son auriculaire à son annulaire. Il en met partout, Dayanand le gronde.

— Non regarde, je mange comme Shiv Kaka*.

— Mange normalement s'il te plaît, ce n'est pas pour jouer. *Uncle* Shiv n'a pas le choix et il n'en met pas partout comme toi.

Et se tournant vers sa femme :

— Donne-lui à manger correctement.

Retrouvant ses attributs de mère indienne, Neelima termine le repas en nourrissant elle-même l'enfant, formant de ses doigts des boulettes de riz qu'elle lui met directement dans la bouche.

Ça y est, Shiv a retrouvé le moment du dernier repas ensemble, enfin presque, car Manju était là. Un repas mémorable pourtant. Pourquoi a-t-il oublié ? C'était en 2008, juste après les attentats du Taj. Quelques jours après ils s'étaient tous réunis dans le bungalow. Oui, il se souvient, c'était la première fois qu'il dînait avec Neelima, juste mariée à Dayanand, il avait pu apprécier son nez en trompette et ses bonnes joues, son côté sûre d'elle, pas très futée mais gentille. La ville était en deuil, la maison en désordre. Manju était arrivée la veille des États-Unis. Elle mettait tout le monde à cran. Et puis ça avait été épouvantable. Manju avait fait un tel scandale !

***

Depuis le fameux dîner, les jours qui avaient suivi les attaques terroristes de 2008, une chaise est restée vide : celle de Manju. « C'était inévitable », pense Shiv. Car Manju avait depuis longtemps fait comprendre à la famille qu'elle n'en serait pas. « Elle est si différente… »

Elle avait cinq ans de plus que Shiv, trois de plus que son frère Dayanand. Elle était la noiraude, avait pris de son père le teint sombre, tandis que son frère avait le teint clair. *Dark & fair*, Manju & Dayu, la paire faisait sourire tant ils étaient opposés. Lui casanier, elle toujours dehors, et qui avait toute liberté dans le quartier. C'était le mythe de Manju l'inattrapable, le feu follet, qui courait d'une échoppe à l'autre, pour réclamer aux marchands son dû de « *choclate* » ou de « *biscut* ».

Manju avait grandi très libre, dans les sphères de JJ School of Arts, formée à être une future graphiste ou architecte, mais sa passion pour les lettres l'avait emportée : elle rejoignit l'université de Bombay et son département de littérature anglaise, et devint spécialiste de Virginia Woolf. Elle semblait se perdre avec délectation dans les dédales des livres et de la pensée, mettant entre elle et le monde un écran de mots qui lui permettait de s'envoler loin du huis-clos familial. Ce qu'elle fit véritablement en partant pour les États-Unis. Après un master et un doctorat à Princeton, elle s'installa dans l'université prestigieuse qui achetait les *hyphenated Indian-Americans* et les promouvait en nouvelle intelligentsia internationale. Manju rencontra les penseurs de la nouvelle critique postcoloniale, les post-marxistes post-modernes, ceux qui allaient, après avoir tout déconstruit, révolutionner l'économie sociale et les nouvelles humanités, et qui occupaient les plus beaux postes universitaires. Elle revenait périodiquement à Bombay, avec chaque fois un peu plus de détails sur sa vie américaine, qui venait s'opposer à sa vie indienne, dont elle ne voulait plus. Shiv entendait souvent dire qu'elle s'était métamorphosée, mais lui l'avait toujours connue avec son énigme, une forme d'intensité particulière, dans son regard, ses gestes, ses jugements. Il ne savait pas quoi, mais quelque chose en elle semblait se débattre. Il entendait Shantiji s'étonner de ce que « sa petite sauvage » qui gambadait autrefois pieds nus et raffolait du désordre animé de son monde, tout entier contenu dans la cabane du grand jardin, ait finalement choisi l'exact contraire, la vie universitaire américaine, vase clos aux bibliothèques fonctionnant 24 heures sur 24. Manju s'y était enfermée et avait accepté les habits engoncés, les horaires fixes, les ascenseurs, l'opinion de ses pairs et autres contraintes dont elle ne s'était jamais souciée auparavant et qui aujourd'hui étaient la condition de sa survie.

Lorsqu'elle revenait à Bombay, sa présence électrisait le bungalow, à la fois furtive et obsédante, de ceux qui en savent trop mais qui, jusqu'au bout, taisent le secret de famille. Elle s'asseyait sur les coussins du salon ou ramenait une chaise à côté de sa mère à table. Jamais elle n'occupait sa chaise d'avant son départ pour les États-Unis, qui demeurait éternellement vide, comme un symbole de sa défection.

Shiv n'avait pas revu Manju depuis son départ pour Londres. Ils s'étaient envoyés quelques mails au début. Il savait qu'il pouvait compter sur elle, bien plus que sur Dayanand.

La chaise vide trouble Shiv.

Après le piment des épices, la tablée attaque les chickoos dont la chair de miel sait calmer les papilles en feu. Serafina sert l'assiette de cuivre remplie de petites boules rondes aux noyaux luisants comme des yeux d'écureuil. De ses doigts agiles, Neelima épluche la peau de feutre dans un geste gracieux, comme si elle effeuillait des fleurs. Le petit Rahul épie maintenant Shiv pour voir si *Uncle* saura se débrouiller avec sa main infirme.

Shiv se décide à demander des nouvelles de Manju.

— Comment va-t-elle ?

Shantiji répond, souriante :

— Elle a l'air d'aller bien. Elle est revenue l'an passé. Elle viendra peut-être l'an prochain.

— Quand ?

— Pour la fête de Ganesh bien sûr. Tout le monde rentre pour les fêtes de décembre et Manju, elle, rentre pour Ganesh

Chaturthi[4], puisqu'elle est incapable de faire comme tout le monde !

C'est Dayanand qui vient de lancer cette remarque acerbe. Tout ce qui s'appelle Manju l'exaspère.

Shantiji le fait taire.

— Oui, elle vient juste avant sa rentrée universitaire nord-américaine, c'est logique.

Et d'ajouter pour elle-même :

— Déjà beau qu'elle vienne.

Dayanand est ravi de la perche tendue.

— Ah ! oui, vous n'allez pas lui dire, Mère, qu'on a flingué quarante-six chiens ce matin... là elle ne reviendra vraiment plus.

Maintenant c'est Neelima qui s'insurge, elle fait des gestes à son mari en lui désignant le petit, les yeux suppliants.

Dayanand l'ignore.

— Quelquefois ce n'est pas inutile de mettre un peu d'ordre. Rahul va enfin pouvoir aller à pied au jardin sans craindre qu'une de ces bestioles enragées ne l'agresse. Belle chasse. Quarante-six bêtes, un nombre auspicieux ! Tuez-moi tous ces bâtards.

---

4 Fête en l'honneur du dieu hindou Ganesh, dieu à la tête d'éléphant, fils de Shiva et Parvati. Durant onze jours, selon le sixième mois du calendrier lunaire hindou, les fidèles vénèrent la divinité sous la forme d'une statue, jusqu'à l'ultime procession qui permet son immersion dans les eaux sacrées. La fête, initialement développée dans le contexte marathe nationaliste hindou et anticolonial à la fin du XIXe siècle, est très importante à Bombay.

Personne ne relève. Shantiji décide de sonner la fin du repas. Le dîner se termine à l'indienne, en quelques secondes, les convives se lèvent, vont se laver les mains au lavabo, reviennent prendre congé. Après l'absorption, c'est le moment encore plus sacré de la digestion où l'impétrant se retrouve seul avec lui-même et le feu dans son ventre. Shantiji doit terminer les budgets de l'association, son secrétaire l'attend dans le salon. Neelima lance un dernier « *Welcome* ! » à Shiv, rappelant ainsi qui est l'hôte, tandis que Dayanand emmène le petit se coucher.

***

Shiv regagne sa chambre, ivre d'émotions contraires. Toutes ses vies ont ressurgi en même temps. Les journées en Inde sont d'une telle densité : rien à voir avec la chronologie filée de sa vie londonienne. Et il n'a pas encore commencé. Et il n'a pas encore rencontré les hôtes invisibles. Par la fenêtre, il regarde le jardin. Il distingue l'ombre de la petite cabane.

Il s'écroule pour une nuit fiévreuse, excessive. Les premières nuits du retour sont brûlantes, malaisées. Pas comme les nuits anglaises, aseptisées, juste là pour tourner la page des jours. Les nuits indiennes sont aventureuses.

Commencent les rêves et les visites.

Il est à la table du repas, dans le bungalow, cette même table qu'il vient de quitter deux heures plus tôt. Manju occupe sa chaise. Ils sont réunis là comme des années auparavant, Dayanand et Neelima sa jeune épouse, Manju et lui. Il n'y a pas Shantiji. Ils sont immobiles, tous regardent Manju. Manju se tient droite, sans concession. Les boucles de ses cheveux noirs coupés court depuis l'université lui donnent un air à la fois frondeur et mutin : elle a quelque chose du portrait de Savarkar Le Brave avec son regard survolté et sa verve intransigeante comme si elle appelait à la rébellion. Elle s'adresse particulièrement à lui, avec virulence :

— Arrête ces questions ! Arrête de me ramener dans ces lieux ! Arrête d'imaginer qu'un jour je reviendrai autrement que pour des visites de principe. Je n'attends rien d'ici, de mon Inde si belle. Il y a longtemps j'ai beaucoup pleuré et je ne veux plus verser une larme pour elle. Tous ces chiens morts ! C'est grotesque ! Pour quoi faire ? Pour rassurer le quartier des riches ? Attention aux âmes rancunières. Mais je m'en fiche désormais. Qu'ils continuent à saccager l'ordre des choses, je ne suis plus de la partie.

Manju se tait, ses lèvres fines se referment, obstinées. Elle regarde Shiv se lever, avec un air entendu.

Shiv se retrouve maintenant avec Laleh dans la grande chambre blanche. Laleh le tire vers le lit. Elle a cette manière unique de détresser sa natte et de laisser ses cheveux s'épandre autour de ses épaules droites, ils tracent des flammes noires sur sa peau, elle s'assied face à lui, elle vient chercher son regard, de son regard d'onyx qui plonge dans le sien. Il met ses mains sur ses hanches, et sa peau est soyeuse et chaude, et il dessine les contours de ses hanches et de ses cuisses et les courbes sont parfaites et il arrive à son ventre lustré, qui s'offre sous la caresse de sa main comme une colline duveteuse, il sait qu'il va le mener à la toison la plus humide de sa forêt, au creux de son corps déployé dans la lueur de la nuit. Alors il la veut plus près de lui, et il la sent céder sous ses mains, fraîche comme les folioles de l'arbre de pluie, elle palpite et s'ouvre et se referme, et s'ouvre et se referme, et il se sent bientôt l'atteindre… Mais soudain il a ce doute, ses prunelles noires ont comme une étrange lueur jaune, qui lui donne un regard rusé qu'il ne lui connaît pas, et son regard se transforme, Laleh paraît étrangère, il la serre vers lui encore, par les hanches, mais les voilà trop molles et elle lui dit d'une voix inconnue, bien trop fluette pour sa voix, elle demande :

— Mais alors tu ne me reconnais pas, tu m'as oubliée Shiv ?

Et son ventre est flasque désormais, ses cheveux sont de ce blond roux qu'il chiffonne de ses mains, ses yeux sont bizarrement clairs et sa peau est laiteuse, une peau d'Anglaise.

— Mais enfin Shiv, qu'est-ce que tu fabriques, tu ne me reconnais pas, tu ne m'aimes plus ?

C'est sa petite amie londonienne, Alice, qui est dans ses bras et il est arrêté, mou et ballant devant elle.

De ce rêve, Shiv se réveille avec un goût amer, furieux, le voilà ruisselant. Il fustige son désir qui s'est tant égaré à aimer vainement Laleh.

Il se dit qu'il a bien fait de plaquer Alice en partant. Malgré les larmes.

Il est inquiet de l'étrange visite de Manju.

Il ne se rendort pas. Il doit réapprendre à apprivoiser la nuit. À aimer écouter la ville parler tout haut dans son sommeil. À parier sur l'heure en discernant ses clameurs comme des indices. Les voisins sont en grande conversation : il est dix heures. Deux hommes se disputent ; les chiens errants, meutes de hyènes, s'étripent, s'égorgent même ; des chats sauvages miaulent comme des enfants suppliciés : il est deux heures. Un silence surprenant immobilise la nuit : il est trois heures sous la lune. Le concert déchiré des corbeaux réveille le bungalow : il est cinq heures. C'est l'heure où tout commence : le glissement des premières bicyclettes sur le chemin, l'appel guttural du laitier ou le froissement du journal jeté devant la porte, le frôlement des balais, les effluves du premier thé. La ville se lève dans un grand bruit de ferraille. Comme si le générateur, interrompu pour la nuit, reprenait sa marche puissante. Bientôt, les rues se chargent des pépiements des enfants et du chant joyeux de l'hymne national. « *Welcome the day* ! *Jaï din* ! »

Les Rencontres

Un petit couinement réveille Shiv à l'aube : un rat furète au pied du lit, s'arrête et le regarde.

— Bonjour. Tu as des choses à faire aujourd'hui ?

Pourquoi dans ce pays, les animaux lui parlent-ils ? En Angleterre, jamais. Là-bas, un rat est un animal nuisible, invasif, habité par la vermine, et dont il faut se débarrasser. Ici c'est un résident comme un autre, omnivore gourmet, expert en tri sélectif, et un témoin du quotidien des hommes. Cela dit, comme toujours en Inde, il faut respecter la hiérarchie : Shiv accepte de converser avec une souris, moins avec un gros surmulot. Et le museau qui le renifle est de cette espèce brunâtre de trente centimètres : les fameux rats d'égout de Bombay. Le voilà qui insiste et le conseille :

— Dépêche-toi, il faut te préparer.

Shiv appelle Serafina à la rescousse qui déboule en couinant : il éclate de rire, c'est à se demander qui est le chat et qui est la souris. Shiv abandonne.

— C'est bon Serafina, tu peux aller donner de l'herbe à la vache du temple !

Maintenant qu'il est ici, Shiv sait qu'il doit s'en remettre à sa bonne étoile. Elle le guide déjà : Lénine termine justement un recensement dans le bidonville qui côtoie la décharge. Lorsque Shiv l'a découvert, il s'est dit que cette mission était décidément faite pour lui. Mehertaï a bien précisé d'un air légèrement dégoûté « le recensement des *slums*[5] », sans qualifier l'immonde, ce n'était pas nécessaire. L'idée de la plongée dans le peuple d'en bas prend Shiv de vertige. Mais il est impatient de revoir son ami.

Shiv s'engage. Bombay a changé de visage à une vitesse inédite. Il est décontenancé par les nouvelles incarnations de la ville, de grossiers avatars qui s'imposent avec brutalité. Pourquoi si vite ? Qui est responsable ? Les appétits de la finance ? De la politique ? Il y a aussi les architectes à l'évidence. Shiv s'est toujours méfié de cette nouvelle caste démesurément puissante, surgie au début des années 2000 comme le sauveur qui allait résoudre tous les problèmes de la mégapole indienne. Ces apprentis sorciers refont la ville comme ils la fantasment sur leur table à dessin, esthétique et fonctionnelle. Avec ses vestiges coloniaux, façades néogothiques, style victorien revisité et balcons de bois sculpté, Bombay fait l'objet d'une patrimonialisation rapide qui privilégie la récupération bourgeoise et ignore les pauvres. Rajabai Tower de l'université de Bombay, Victoria Terminus, Mount Mary et leurs monumentales façades bicolores ont passé facilement l'examen : considérées comme *Heritage*, les voilà sauvées. Sinon c'est la destruction. Les architectes ont le pouvoir de faire revivre les lieux mais pas les vies. Sur les décombres de la ville ouvrière, s'érigent des centres commerciaux tapageurs exhibant leur luxe avec

5 Terme anglais employé dans l'administration et le langage courant pour désigner les bidonvilles.

impunité. Shiv ne cesse de découvrir avec effroi ces nouveaux monstres, gloutons ayant avalé l'âme populaire de Bombay.

Alors qu'il marche, agressé par la ville insatiable, Shiv pense à la gare de Bandra, espérant retrouver le vieux bâtiment au toit de tuiles rouges qu'il a toujours apprécié. À son arrivée, il est soulagé, au moins la gare n'a pas changé : « Beau spécimen du *heritage Bombay* ». Pour accéder à l'autre bout de la ville qui s'étend sur quarante kilomètres de long, il n'y a pas d'alternative au train local. La gare constitue le point central du trafic urbain, reliant deux grandes lignes, ce qui ajoute quelques millions de passagers à son affluence journalière, et quelques dizaines de passerelles de fer à son grillage labyrinthique. Contrastant avec cette activité frénétique, les vastes auvents et les bancs paresseux invitent à s'asseoir et à rêver… avant de s'engouffrer dans les wagons où s'entassent les corps surchauffés. Shiv s'assied quelques minutes et soudain tout se calme. La tornade autour de lui se dissipe. Et s'il s'arrêtait ici ?

S'armant de courage, il vient se poster sur le quai. Cela fait donc sept ans qu'il n'a pas pratiqué le sport local : le train de Bombay. Il faut être à la fois agile et tactique. Car prendre le train relève à la fois de l'habitude insipide et de l'équipée sauvage. Des dizaines de milliers de cols blancs, ouvriers, artisans, vendeurs, *commuters* l'emploient tous les jours et se déversent sur la métropole affairée. Et des dizaines de milliers y laissent leurs chemises, leurs sacs arrachés, y essuient des coups et des chutes. C'est l'ordinaire des trains, auquel Shiv doit se résoudre s'il veut atteindre Gandapur. À côté de lui, les femmes campent devant leur repère, prêtes à sauter et à dégager l'intrus, en position de défense. Quel repère est le bon ? Shiv cherche dans sa mémoire, il remonte à ses trucs d'enfant, lorsque son ami Lénine l'initiait au train, à son rythme, à ses joies aussi, lorsque, allongés sur le toit, ils laissaient le vent siffler sur leurs têtes. Lénine disait, lui qui connaissait par cœur la grande chenille de rouille :

— Si tu veux voyager sûr, tu évites les wagons de devant qui sont les premiers à s'écraser dans l'accident, et les derniers qui sautent sur les rails détraqués ; choisis toujours la position du centre en N-1.

Depuis Shiv vise le milieu du train, retire un wagon et se tient dans la place, adoubée par Lénine. N-1, c'est de toute façon sa place dans la grande hiérarchie indienne.

Et soudain le wagon s'immobilise dans un crissement métallique. C'est une cohue inouïe, une impulsion sans aucune coordination, une guerre frénétique et assumée pour monter. Shiv s'accroche à la barre centrale, donne quelques coups aveugles dans la masse, tandis que les mains attrapent les barreaux des fenêtres, et que se forment des grappes humaines. Et le train repart, une partie des hommes à moitié dehors, presque amusés du jeu impayable qui leur est offert. Un tour de manège pour rien, avec bouffée d'adrénaline et gros frissons garantis.

Shiv est saisi de panique. La sensation d'être pris dans la vague humaine, déferlante imprévisible, est insupportable. Il se raisonne : « Pas d'affolement, tu sauvegardes ton espace vital. » Un mouvement de trop peut accélérer la pulsation et faire déborder la foule, il le sait. Intérieurement il appelle Lénine à la rescousse. « Regarde, tout va bien, tout le monde est calme, il ne se passe rien. » Autour de lui, les hommes paisibles chiquent du tabac, crachent et mastiquent du riz soufflé, déversant dans la plus totale indifférence leurs cochonneries sur les voies... En face, un train les croise, plus lent. Il aperçoit le compartiment des femmes, et par la porte ouverte, sa distribution : bourgeoises et lycéennes assises, pouilleuses debout, et au bord de la porte, face au vent, les poissonnières accroupies devant leurs paniers remplis. Lui revient ce jour où avaient surgi les hurlements du wagon d'à côté, qui grandissaient au rythme des contractions d'une parturiente, et le premier vagissement d'un nourrisson comme la naissance du monde : le train tout entier avait applaudi. Il se passe tant de choses dans ces trains.

Dans un sifflement de fer éperdu, la bête atteint la gare. Là, c'est autre chose, c'est la périphérie. Une autre bataille s'y déroule, entre ville de chiffons et ville de néons, ville d'en haut et ville d'en bas. Shiv découvre un paysage de béton surgit au milieu des friches. Les ponts routiers se sont développés par dizaines ces dernières années, ils enjambent les zones d'immondices où s'amoncèlent des familles. Quel pied de nez altier à la misère ! Shiv y voit encore la main des architectes et leurs dernières lubies en matière de planification urbaine. Ils sont donc coupables. Coupables d'avoir découpé les territoires de vie des habitants des bidonvilles, coupables d'avoir transformé la question du logement en une lutte pour la survie, coupables d'avoir entassé des familles sur des zones à risque, risque de mort, mort certaine.

Shiv observe, atterré par ces paysages urbains inédits. Il heurte un *dhabbawala*[6]. L'homme porte sur ses épaules jusqu'à douze *tiffins** aux codages cryptés, elles ont failli tomber. Il fustige Shiv du regard. Shiv balbutie des excuses en le suppliant intérieurement de ne pas le maudire, il a besoin de sa bonne étoile à Gandapur. Mais déjà un train arrive et s'arrête ; le gang des *dhabbawalas,* dressés comme des métronomes, s'affaire frénétiquement. Ils rangent à toute vitesse les boîtes qui renferment le *lunch* très spécial de chaque client dans les longs caissons disposés à cet effet : la distribution des déjeuners commence dans trois quarts d'heure exactement. Pas une seconde à perdre.

Shiv passe de l'autre côté de la gare, enjambe les vendeurs de rue et leurs petits stands accolés les uns aux autres en une ribambelle colorée qui proposent bracelets, sacs, barrettes et élastiques, sachets de graines soufflées et biscuits, recharges, piles et batteries, sandales et tongs, parapluies, casquettes et lunettes, tous agglutinés autour de la gare en une ruche sémillante. Des chèvres écorchées pendent à des crochets de boucher, tête ballante, entre les deux battants d'une porte qui ouvre sur l'étal criblé de mouches. Et soudain, mitoyennes de ce spectacle repoussant, il tombe sur plusieurs échoppes de cerfs-volants. Shiv est surpris de trouver ici cette poésie. Mais après tout, le lieu est entouré de terrains vagues, balayés par les vents,

---

6 Désigne à Bombay les livreurs de repas du déjeuner, du domicile où il est préparé par les femmes aux bureaux où travaillent leurs époux. Le système, unique au monde, repose sur une organisation très précise et un système d'acheminement par les trains locaux.

propices donc. Il s'arrête devant les grands oiseaux de toile, fuchsia et orangés, losanges de feu, qu'il imagine se défiant en duels insensés dans les hauteurs du ciel. Il a toujours adoré ces deltas de couleur qui ont bercé les jeux de son enfance. Sans doute sa chemise blanche fait de lui quelqu'un d'important car le vendeur l'invite à entrer dans sa cahute, tandis que, flairant la possible vente, il hèle un gamin aux pieds nus. Celui-ci gambade entre les voitures, les scooters et les vélos et passe trop vite avec les verres de thé, qu'il transporte de l'échoppe d'en face jusqu'à la boutique. Bris de verre, quelques gouttes de sang dans la flaque noire, l'enfant renversé se relève aussitôt, le mépris du motoriste le gifle, les piétons reculent à peine, la scène n'en était pas une. Shiv s'éloigne d'un pas en direction de l'enfant, le vendeur s'inquiète :

— *Come again, not for buying, come again.*

L'enfant s'en va doucement le poignet en sang, il n'existe pas.

Il rappelle à Shiv ce gamin de Manpur, lorsqu'il avait débarqué avec Shantiji, vingt ans plus tôt, dans le bourg silencieux. Ils avaient croisé ce jeune garçon, trop gracile, douze ans peut-être, genoux cagneux, torse nu sur son short sale, il menait une belle vache de sa cravache de noisetier, il observait les visiteurs, à l'évidence des étrangers au village. Shantiji lui avait demandé de l'orienter, il avait aussitôt baissé la tête. Shiv avait remarqué les cicatrices sur son visage troué par endroit des restes de la variole. Il était parti sans répondre comme cet enfant des rues. Il semblait avoir honte.

Shiv se sent défaillir, un malaise qui exige qu'il s'asseye un instant. Le vendeur est soudain son gracieux serviteur. Shiv vient de contracter une dette invisible. Le voilà allongé sur la couche crasseuse de l'hôte, qui l'évente. Quelques minutes passent avant que Shiv se reprenne. Shiv se décide pour le cerf-volant rieur, celui qui s'achève par une pointe moqueuse. Dans le ciel il balancera comme un clown. Il se demande à qui il le donnera… Serafina ? Elle ne va pas en avoir peur ? Non, c'est une grande petite fille, elle connaît bien ces jeux qu'on lui a toujours refusés. Il ne pense même pas à son petit neveu. Ce n'est pas tant son âge, mais c'est son rang de petit prince qui l'empêche de l'imaginer pour ce jeu du vent et des va-nu-pieds.

Avant d'atteindre la décharge et son bidonville, il faut encore passer par les villages de Bombay, ces zones de campagne dans la ville, mangroves, cabanons de pêcheurs, éloignées des lignes de train : le caractère insulaire de la mégapole ressort. Shiv adore ces panoramas solitaires à la végétation sauvage, ils lui rappellent ses racines villageoises et sa liberté d'antan. Flotte une odeur de laiterie. Des vaches invisibles meuglent. Le quartier semble une cité immobile, aux bruits paisibles de bétail et de galops d'enfants, aux bouts de rues qui débouchent droit sur des jardins, et aux courettes de maisons qui s'apparentent à des enclos de ferme. Il marche pendant un kilomètre dans ce monde renversé, un paysage de friches au milieu de la mégapole, sans canalisations, sans routes goudronnées, où des oies et des chèvres barrent son chemin hésitant.

Devant lui s'élèvent les premiers tas d'ordures ; l'odeur épaisse aussi l'oriente, de fer chauffé à blanc et de chairs putréfiées. Et puis soudain la montagne, monumentale, et son pic de plus de vingt mètres de haut : c'est Gandapur, la décharge au centre, l'abattoir au nord, et autour, le bidonville. Dans le ciel, une ronde effrénée de charognards et de mouettes observe la danse des hommes, affairés sur le toit du dépotoir.

Shiv garde les yeux rivés sur cette ronde presque gracieuse, il manque de tomber sur un chien écrasé au milieu d'une ruelle. Les femmes l'enjambent à peine ; les enfants ne le contournent pas. Les tripes éclatées en une mare de sang sont un spectacle qu'ici on ignore. Ces chiens miteux, aux côtes efflanquées offertes aux coups de pied, sont partout. Lui revient le drôle de nettoyage de l'avant-veille dans son quartier bourgeois. Il n'y a que là qu'on tue les chiens. Dans les bidonvilles, ils ont droit de cité à côté des hommes, personne ne vaut plus qu'un autre. La misère est égalitaire dans sa grande mansuétude.

Enfin il entre dans Gandapur. Lénine est facile à trouver dans une des venelles : de loin, Shiv reconnaît sa silhouette d'oiseau dégingandé qui balance ses bras en de grands gestes explicatifs. Lorsqu'il était parti, les recensements des habitants des bidonvilles commençaient tout juste, les missions de son ami avec. Il s'agissait d'évaluer le coût des réhabilitations sur le périmètre de Bombay, gangréné par les *slums*.

Shiv termine un relevé d'un quartier où vivent des tailleurs de pierre, envoyés quatre mois sur un chantier éloigné pour construire un immeuble ; ils reviennent occuper leurs huttes qui avaient été gardées. On ne laisse pas sa maison sans surveillance, surtout dans un bidonville où l'espace est préempté par tous, familles à la recherche d'un toit, homme à la recherche d'une couche, *slumlord** à la recherche de business.

Lénine et trois associés notent les noms des chefs de famille et les professions, pointent les rares maisons en dur, excluent les bicoques de bâches et de bambous qui s'effondreront à la prochaine mousson, tentent de photographier ce qui tient lieu de carte d'identité locale, pour certains la carte de rationnement, pour d'autres les tampons sur les listes électorales. Avec cela les habitants peuvent prouver leur installation dans le bidonville avant la date butoir, preuve sans laquelle ils n'ont aucune chance de candidater aux programmes de réhabilitation. Or rares sont ceux qui ont pu préserver des papiers : les rats, l'humidité, la vie migrante, la pauvreté, tout l'empêche. Et encore plus rares sont ceux qui disposent de la nouvelle carte d'identité biométrique, un ovni de modernité qui n'est pas arrivé dans ces zones reculées. Pas d'identité pour ceux des taudis.

Shiv surprend Lénine comme il est lui-même surpris par son ami, au physique inattendu, son nez aquilin dans son mince visage de Parsi sportif, ses yeux noirs comme des fentes rieuses et sa crinière éternellement retenue par un catogan.

L'accolade franche de Lénine est revigorante. Son humour aussi.

— Alors tu viens dans les bouges retrouver ton vieux copain ?

Ils se contemplent quelques secondes.

Puis n'y tenant plus, Lénine embrasse son ami dans une large étreinte.

— C'est tellement bon de te voir ! Tu n'as pas changé, *bhai**, frère, incroyable, tu es superbe !

Shiv et lui ont les larmes aux yeux de ces retrouvailles improbables au milieu du bidonville. Quelques badauds se sont rassemblés autour d'eux et sourient. Tout est occasion de spectacle dans ce monde de grands enfants.

Shiv n'a pas besoin d'expliquer à Lénine la raison de sa visite, ils ont suffisamment bourlingué ensemble pour s'en douter. Lénine s'est toujours tenu au courant par le réseau des projets de son ami : il attend ce moment depuis longtemps. Ensemble ils retrouvent les pulsations d'une longue amitié.

Après une formation en architecture, Lénine était devenu *social worker*, spécialiste des réhabilitations urbaines et des déplacements de population. De son côté, Shiv avait poursuivi ses études dans le très renommé *Indian Institute of Technology* de Bombay. Encore un pensionnat, cette fois-ci le plus prestigieux de l'Inde. Lénine, de son université gauchiste, s'était inquiété de ce milieu sélectif pour ingénieurs polards, tant il lui semblait loin de la vraie vie. Pourtant, c'est bien sur ce campus fermé, qui bordait le parc national de Bombay, que son ami avait appris à affronter l'adversité environnante. Les léopards s'aventuraient périodiquement en quête de gibier, les moustiques mutants transportaient des malarias incurables. Shiv y retrouvait ses réflexes de campagnard, portait des sandales *chappals** à trois semelles de cuir dur qui claquaient pour éloigner le serpent, gonflait le torse pour effrayer les fauves, se couvrait d'huile de citronnelle jusqu'à goutter de partout pour écarter les insectes. Surtout, et cela plaisait à Lénine, il s'offusquait de la politique éducative inadaptée qui transformait les étudiants en futurs pions de la Banque mondiale, qui distribuait des quotas aux basses castes sans leur garantir un meilleur accès à l'enseignement. Il apprenait la mobilisation et parlait justice sociale et grèves de la faim. C'est bien à l'I.I.T. de Bombay que Shiv commença son éducation de militant environnementaliste, tandis que Lénine s'occupait d'infuser en lui quelques rudiments d'une pensée marxiste.

— Qu'est-ce que tu fiches avec ça ? s'exclame Lénine en découvrant le cerf-volant éclatant de couleur. Je t'ai toujours dit de ne pas te faire remarquer quand tu débarques dans un *slum* pour la première fois !

Il rit, Shiv aussi, sans le courage de se lancer dans des explications. Les enfants se sont multipliés autour d'eux et touchent l'oiseau de papier. Shiv est entouré de mille langues, le roulis du tamoul liquide comme une vague, le bengali aux sonorités suaves, les vacillations sourdes du télugu, les hindis de toute l'Inde du nord… Et surtout le marathi claquant de son enfance, qu'il n'a pas entendu ces dernières années, coupé de sa langue maternelle. Son cœur bat dans ce monde volubile.

Shiv lâche enfin le cerf-volant aux petites mains suppliantes qui s'envolent dans un grand bruissement d'aile et de gambettes.

Zubin Fehroza Pardej, alias Lénine, est le fils chanceux de Mehertaï et Fehroza Ratan Pardej, puissant entrepreneur parsi, constructeur automobile, aujourd'hui décédé, qui a laissé à son fils un empire, que ce dernier, un rebelle éternellement fidèle à ses idées de jeunesse, a toujours méprisé. Zubin a accepté son surnom qui lui vient de ses années potaches à l'Université et l'a même endossé avec une certaine fierté. Lénine garde, à trente-cinq ans, cette fougue et ce jugement sans appel, qui lui fait haïr caste, classe et autre cercle. Né dans la communauté la plus fermée de Bombay, il a tôt fait d'en sortir. À neuf ans le petit Zubin a voulu boycotter sa cérémonie de Naujote[7] en fuguant au moment de l'initiation pour aller rejoindre ses amis dans une course de trains. La tunique de mousseline blanche et la ceinture lui ayant été passées de force, il a décidé de les revêtir pour la fête de Holi[8] afin de les mettre à son goût, fuchsia et indigo, renvoyant ainsi à sa communauté son mépris de la pureté immaculée et des affaires de statut. Le cordon sacré n'a jamais pu rester plus de quelques minutes à son torse. La mort de son père, alors qu'il avait quinze ans, fut une immense tristesse pour Zubin, éprouvant la douleur de sa mère comme jamais il ne l'avait ressentie auparavant. Elle fut aussi une délivrance, sa mère se résignant à supporter les frasques que son père n'aurait pas tolérées, et à assurer la poursuite des études qu'il avait choisies. Zubin vécut alors des années de liberté, adoptant les causes les plus révoltées, taisant ses origines, embarquant dans sa lutte ses amis et jusqu'à sa sœur, Laleh de deux ans sa cadette. Il découvrit aussi sa différence, sa force, son désir pour les hommes. Laleh était protectrice avec sa mère et son frère, elle était sensible et suivait par bienveillance plus que par conviction les extravagances de

7 Cérémonie d'initiation dans la religion parsie, où l'enfant reçoit une tunique et une ceinture sacrée. La tunique de coton blanc symbolise la pureté et la ceinture est nouée en fonction des prières.

8 Fête hindoue qui célèbre le printemps et la fertilité, où toutes les castes se rassemblent et se jettent des pigments de couleur.

son Zubin. Elle refusait un nouveau désastre après la mort du père, qui aurait certainement tué Mehertaï, sa mère. Elle porta toute l'énigme de Zubin dans la douceur.

Lorsque Mehertaï perdit son mari, elle se rapprocha de Shantiji, déjà veuve. Ces amitiés de femmes, issues de l'aristocratie bombaïte, désormais seules et maîtresses, mettaient du sucre dans le lait lorsque la vie était trop dure. C'est à cette époque que Shiv rencontra Zubin. Tous les deux avaient perdu leur père. Shiv découvrait Bombay et ses batailles futures. Pour Zubin, s'ouvrait une nouvelle liberté, qu'il lui faudrait conquérir.

Lénine regarde Shiv avec circonspection, il s'amuse à le contempler.

— Alors c'est ici qu'on se retrouve… tout ce temps après… À Gandapur !

Shiv s'étonne.

— Pour moi c'est logique, c'est un nouveau marché. Mais pour toi, pourquoi Gandapur ? On est loin du centre ! Ça intéresse pour des réhabilitations ?

Lénine arbore le ton docte de ses années universitaires comme en mémoire de leurs souvenirs heureux, et déclame :

— Le recensement, le recensement mon cher ! C'est que cet énorme bidonville au pied de la décharge représente une opportunité extraordinaire pour les constructeurs : c'est un des rares terrains non encore *construits* de Bombay (il insiste sur les mots), tu vois tous ces taudis, ça ne *compte pas*. Et en plus, Gandapur appartient à une circonscription électorale déterminante, qui attise les arrangements faciles entre les services de logement social et les promoteurs immobiliers. Pour le gouvernement, c'est un prodigieux terrain d'action.

Shiv renchérit du même ton potache :

— Tout à fait camarade, vous avez bien étudié le cas. Sachez qu'en plus, il y a la décharge mitoyenne, la plus grosse décharge d'Inde, celle qui a permis d'illustrer la campagne officielle pour « L'Inde propre ». Et pour W.A.R.R.I.O.R, elle offre de nouvelles perspectives de profit.

À l'unisson, ils concluent joueurs :

— *The place to be !*

***

Lénine termine une enquête approximative, mais sur le papier, impeccable. Seuls les habitants prêts à répondre sur les pas de porte ont été comptabilisés, tous les autres, ceux qui travaillent par dizaines à l'étage, ont été ignorés. Les pauvres hères qui viennent s'allonger dans les maisons de sommeil avant de repartir dans les soupentes pour trimer quinze heures d'affilée n'existent pas pour l'administration. Ils n'existent pas non plus pour la moitié de la ville. Ils sont les invisibles. Lénine le sait, il tente de s'en arranger, et, comme un ver dans le fruit, de faire avancer la machine.

Lénine se met en tête de présenter le bidonville à Shiv. Devant eux, la glèbe immonde s'ouvre, indécente, aux mains farfouilleuses, à la foulure des pieds accidentés, aux regards acérés des enfants. De chaque côté s'étendent les milliers de cahutes, certaines plus abouties que d'autres lorsque le bois remplace le carton. Au milieu de ce monde rampant, surgissent soudain, à la fois évidents et inattendus, minarets des mosquées, croix des églises et pignons des temples. En bordure, gisent des montagnes de ferrailles et de squelettes d'engins. Cet espace étrange, à la fois désespéré et débordant d'énergie, débouche, plus au nord, sur l'abattoir, la seule institution digne de ce nom à Gandapur. Le gigantesque *slum* est divisé en plusieurs quartiers, qui se forment selon les arrivées des migrants. Quand, au début des années soixante-dix, le grand abattoir a déménagé de la ville à ses bords, près de la rivière Mithi, des dizaines de castes du cuir, des bouchers aux équarrisseurs, tanneurs, cordiers, cordonniers, se sont installées sur les marécages alentours. Puis la faim n'a cessé d'amener d'autres candidats au travail. Aujourd'hui, de toute l'Inde, débarquent des bras, prêts à prendre place sur la décharge. Ils apprennent le travail sur le tas, dans les filières qui ne sont pas saturées. Celles des métaux et du verre sont entièrement contrôlées, il est conseillé de ne pas s'y aventurer. En revanche, les filières des papiers – cartons et plastiques –, admettent les nouveaux venus, les forment vite et les usent sans remords.

Lénine attrape Shiv par l'épaule.

— Viens je vais te faire visiter. Attention, une personne à la fois. Suis-moi, on va commencer par le compartiment pour dames, ajoute-t-il en riant.

Ils entrent dans un dédale de bicoques, séparées par des venelles si étroites qu'il y règne une obscurité totale. À sa droite, accroupies dans des cabanes de tôle, des femmes trient cuillères, fourchettes et couteaux inusités, kit de repas que les voyageurs inconscients n'ouvrent même pas. Les préposées au triage séparent les plastiques malléables, les souples, les flexibles, les rigides, les durs, les épais, mais aussi les blancs, les crème, les jaunes, les rouges, les clairs, les foncés, les bruns, les bleus, les verts, et les noirs – les blancs les plus prisés –, qui finiront en granulés. Shiv s'arrête un instant devant les femmes et se laisse happer par les mouvements précis de leurs mains aux gestes millénaires. Il revoit sa mère par l'embrasure de la porte, qui, à l'aube, ôtait inlassablement les petits cailloux des lentilles, tandis que la maisonnée dormait. Elle laissait son père, ses sœurs et lui dans la quiétude de l'aube, à l'heure des plus beaux rêves. Il retrouve la même dextérité de ces femmes concentrées sur leurs tâches, mais au lieu de trier les grains avec une incalculable patience, elles trient les déchets des autres.

Il sent une odeur âcre d'huile chauffée à la soude caustique : à sa gauche, des hommes se dressent comme des lutteurs autour de pains gigantesques et les découpent en pièces de deux ou cinq kilos. Les rectangles de savon noir lui semblent sortis de lignes mécanisées, certainement pas de l'approximation d'hommes éreintés : ils débitent à une vitesse industrielle.

Shiv s'arrête devant les ateliers de recyclage d'aluminium. Cette fois, impossible d'identifier le savoir-faire. Il ne voit que les coups, les chocs et la misère. Dans l'ombre épaisse des baraques de tôle, les hommes mettent les pots à bouillir dans des produits corrosifs et brûlants pour que se dissolve la première peinture. Puis d'autres, assis en quinconce, tiennent entre leurs pieds la ferraille usée et tapent de leur marteau dans un vacarme sourd et métallique, du matin au soir, sans relâche, tournant le récipient de leurs orteils agiles jusqu'à en ôter toute aspérité. La cuve vierge revêt alors de nouvelles couleurs et paraît aussi neuve que les hommes sont usés. Au pays des biceps, là où le gage de la virilité est proportionnel à la saillance des muscles, c'est un étrange paradoxe de voir ces athlètes diminués vaciller comme des êtres fragiles. Ils se redressent difficilement, ruisselant d'un sang noir, et passent exténués devant Shiv sans le voir, chercher la lumière du dehors. Shiv commente :

— Chez les hommes, ceux-là ont la médaille d'or des *sweatshop*[9].

— Mais non mon vieux, tu n'as rien vu, rétorque Lénine, il y a bien pire sur la décharge.

Les ateliers de recyclage se déclinent à l'infini, à touche-touche avec les minuscules officines de vêtements, sandales, galettes, biscuits, beignets, et mêmes distilleries d'alcool : la vie à entretenir sous les nuages de moustiques et de mouches. À Gandapur, on peut tout recycler, tout fabriquer, tout vendre, tout imaginer, tout rêver peut-être. Là, tout, même un déchet, a une vie et un destin.

Shiv est troublé. Ces scènes de la vie travailleuse, il les connaît par cœur. Il les a mille fois observées, enfant, dans son village. Sauf que tous ces tableaux ressurgissent là, cette fois dans l'antre de l'enfer. Enfant, il se revoit, les artisans l'émerveillent, magiciens manipulant les éléments d'une impénétrable cosmogonie. Le forgeron martèle les plaques de fer jusqu'à les rendre plus fines qu'une feuille de papier, tandis que l'apprenti procède à ses exécutions précises, déplaçant les

---

9 Terme anglais pour désigner un atelier clandestin où les conditions de travail sont très précaires.

braises de ses pinces de sorcier. Rien à voir avec ces hommes épuisés qui se blessent. La femme du cordonnier lui tend les pièces percées par l'alène, tandis que lui, maintenant le fil de cuir entre ses orteils, coud. Aujourd'hui, elle se terre dans l'ombre d'un homme qui a trop bu. Shiv enfant vient s'asseoir des heures durant à côté des femmes qui trient et coupent les herbes avec une infinie précision de leur serpette courbe, instrument de mort que leurs mains ont domestiqué. Là, au beau milieu de Gandapur, les femmes trient et coupent encore, mais leurs doigts sont déformés, et elles courbent le dos dans des postures d'esclaves. Ce n'est plus la vie pense Shiv, c'est la désolation.

Lénine lui présente les hommes du bidonville. Il l'introduit au leader des chiffonniers, qui connaît tout de Gandapur où il est arrivé vingt-cinq ans plus tôt de son village du Karnataka. Le petit homme, accroupi sur le seuil de sa maison, immobile et en retrait, semble les attendre. Ici, tous l'appellent « le Kannada » en référence à ses origines. Ses mains calleuses sont enfoncées dans les plis de son *lunghi*[10]. Le Kannada s'adresse à Shiv comme s'il le connaissait depuis longtemps. Il précise : il est un migrant, et sa famille une famille de migrants. Sa femme lui a laissé cinq enfants. Tous ses fils travaillent dans la ville, aucun à Gandapur.

10 Le *lunghi* est un vêtement masculin typique de l'Inde, constitué d'un pan de tissu de coton. Il se noue à la taille et se porte long ou replié aux genoux pour travailler.

— J'espère que mes enfants auront une vie meilleure que la mienne, ici c'est la vermine de la vie. Que venez-vous faire là ? Parce que on n'aime pas trop les gens du gouvernement.

Lorsque Shiv entreprend de lui décrire les différents programmes qu'il a accompagnés, en commençant par celui des déplacés ruraux, l'autre répond directement :

— Ici on est en ville, pas dans les campagnes, ça n'a rien à voir. Et on est à la périphérie, pas au centre, ce n'est pas comme dans les autres bidonvilles. Pas la peine d'essayer de tirer des fils pour l'électricité, il n'y a pas de ligne. Pas la peine d'essayer de tirer de l'eau des *pipe lines*, il n'y pas de *pipe*. Reste l'eau de la crique et manger ce qu'on trouve. Il y avait le réservoir de Bangada, mais il est quasi à sec. On essaierait de tricher qu'on n'y arriverait même pas.

Par l'embrasure de la porte, Shiv aperçoit une silhouette silencieuse : la jeune femme prépare le thé qu'elle vient leur porter avec une réserve d'enfant sage.

— C'est ma fille cadette, Kamal, sourit le Kannada. C'est ma fierté, elle étudie à l'Université.

— Bravo ! s'exclame Shiv.

Il se dit que, décidément, la politique de quotas pour les basses castes a fait bouger les choses. Probablement la fille du Kannada a dû en bénéficier. À moins que le sésame ne soit tout simplement Bombay.

Kamal accueille la remarque de Shiv d'un ravissant sourire, qui s'ouvre comme l'aurore, puis se referme. Shiv se dit qu'elle est bien nommée, de ce lotus *Brahma Kamal* dont la floraison prodigieuse est si fugace. Comme son sourire. Sur ses ongles de main il y a le rouge d'un verni écaillé, trace de ses rêves de femme. Sa fragilité est telle que Shiv a l'impression d'entendre le sang battre à ses tempes. Il l'imagine transposée dans un autre monde, celui de la jeunesse dorée de Bombay, qui organise ses raves et cherche le frisson. Là où on invite aussi les enfants des flics véreux. Jamais une basse caste n'osera s'approcher. La jeune fille le sert avec révérence quand Shiv aimerait lui dire de ne pas se courber.

En attendant, il va falloir reprendre les présentations, car le Kannada n'a pas l'air de comprendre la présence de Shiv.

Hari apparaît sur le seuil avec des bouteilles de *frooti* à la mangue. Il sait pouvoir trouver Shiv ce matin-là chez le Kannada, tout se sait dans ces petites sociétés.

— Shivji, salue Hari, Shantiji nous a dit que vous seriez là. Ça fait des mois que nous voyons les *sahebji* – il désigne Lénine et ses acolytes. Ils comptent et prennent nos noms. Qu'est-ce qu'ils viennent faire ici ? Est-ce que cela nous apportera quelque chose ?

Lénine se met à dérouler l'habituel exposé, cette fois plus pour son ami que pour les autres car ils l'ont entendu des dizaines de fois. Il est question des conditions déplorables, de la responsabilité de la municipalité et de l'État, et enfin de l'avenir. Les regards sont perplexes. À l'évidence l'auditoire se méfie.

Puis Shiv commence sa partie.

— En même temps que la réhabilitation d'une zone de Gandapur, on va s'occuper de la décharge.

Les deux chiffonniers le dévisagent, dubitatifs.

— Il y a des dizaines de milliers de personnes qui vivent et travaillent ici.

Shiv prend son souffle.

— Vous recyclez quoi, vous, ici ?

Le Kannada répond laconiquement :

— On recycle tout.

Devant leur incompréhension, Hari précise :

— Tout ça veut dire du papier, du carton, du plastique, de la ferraille, du verre, et pour les Dons, ça veut dire bien plus de choses encore.

Shiv est ébranlé, mais il poursuit :

— Il y a du monde à Gandapur, c'est pour cela qu'il faut commencer par le recensement. Il faudra déplacer des familles le temps de la réhabilitation du bidonville et de l'assainissement de la décharge.

Le Kannada s'enquiert :

— On ne peut pas bouger les choses comme cela ici, vous savez. Ni les choses, ni les hommes.

Shiv poursuit pourtant :

— Les déchets s'entassent, la moitié est toxique. Il faut traiter cela rapidement, construire une usine de traitement. C'est trop dangereux…

— Et le recyclage, rétorque le Kannada. On perd le travail ? Et les Dons ? Vous ne pourrez pas faire sans eux.

— Il faut qu'on se mette d'accord avec eux…

Le Kannada se met à rire.

— Ici pas question de demander quoi que ce soit.

Shiv continue à jouer le naïf.

— Pourquoi ?

— Jamais le Don n'acceptera qu'on touche à la décharge.

C'est ainsi que le Kannada nomme le chef de la mafia installée depuis deux décennies et qui organise la majeure partie des activités de recyclage – ou plutôt, celles qui rapportent. Le business se monte à plusieurs *crores*[11] de roupies, et a pour avantage de toujours fonctionner avec de l'argent frais. Tout en bas, les chiffonniers, tout en haut les caïds basés dans le Golfe qui blanchissent ainsi l'argent de la drogue et des filles. Au milieu les politiques, prêts à échanger des voix contre la liberté du trafic, en récupérant au passage partie du magot pour acheter le silence de la police ou des magistrats.

Ceux qui alimentent le trafic, qui jouent leur survie, ce sont le Kannada et Hari. Comme des millions de migrants, ils acceptent n'importe quoi pourvu que leurs enfants trouvent éducation et avenir. Et cela, seul Bombay peut leur donner.

***

Shiv et Lénine sont surpris par un cortège de femmes et d'enfants qui viennent se poster devant la bicoque du Kannada. Ils veulent lui parler. Cette procession des innocents est une manifestation pour l'eau qui manque depuis plusieurs jours dans le quartier. Ce matin-là, les femmes se sont battues jusqu'au sang devant la pompe à eau pour les dernières gouttes. L'une d'elles a voulu resquiller. Avec une férocité de hyènes, elles se sont jetées l'une sur l'autre, empoignées et mordues. Trois hommes sont venus se joindre au tapage et ont crié pour séparer les furies. De l'esclandre, il ne reste rien que quelques regards de braise : la rage est vite brisée par la lassitude.

11 Un *crore* est une unité indienne de numération qui équivaut à 10 millions (10 000 000).

Lorsque Shiv se rendra au bureau du député local, ce seront également des femmes qu'il y rencontrera. Elles viennent tous les jours, toutes les semaines, tous les mois, sans répit, mécaniques de l'espoir, tenaces. Ce sont des mères. À leur charge d'assurer la survie des hommes et des enfants.

— Que se passe-t-il ? s'inquiète Lénine. Pourquoi toutes ces femmes qui veulent vous parler ?

Le Kannada s'assombrit.

— Cette année, la mousson est mauvaise. Le *tank** est vide.

Lénine bouscule Shiv.

— Eh, regarde le problème ! C'est l'eau, le problème ! Tu connais bien la question !

Les femmes en veulent plus et demandent au Kannada de les suivre. Ils se mettent en marche vers Bangada, l'unique réservoir, à cinq cents mètres de là. Le grand bassin s'ouvre devant eux comme un mirage. Il s'étend, territoire sacré, entre les bicoques aux allures troglodytes et les petits temples faits de bric et de broc, fumant sous l'agitation des fidèles. Shiv est ébloui, le spectacle est d'une telle sérénité, il se retient de s'exclamer. Mais on n'apprécie pas l'esthétique des pauvres : il a presque honte. Et pourtant, à contempler ce lac d'eau vive, Shiv se dit que Ganesh n'a pas complètement oublié le bidonville et ses gueux. Le mythe veut que le dieu vienne s'y mirer les jours de pleine lune, car alors Bangada s'éclaire d'une lumière argentée qui resplendit dans tout Gandapur. Ses berges ont été aménagées en *ghâts** qui permettent de se rendre jusqu'à l'eau par de larges marches. Shiv observe les hommes se glisser entre les cabanes de chiffon, traverser les immondices et descendre pour y faire leurs ablutions. Il emprunte quelques marches, Lénine se moque.

— Tu vas prendre un bain, Shiv ?

Autour de lui, les hommes font couler l'eau baptismale sur leurs crânes nus. À côté, ignorant le rituel, des femmes frappent le linge sur les marches, tandis que les plus vieux poursuivent, immobiles, leur contemplation. Shiv a décidément du mal à saisir Gandapur, sa grandeur misérable, sa misère grandiose.

Lénine, lui, ne semble pas s'émouvoir. Il le tire de sa rêverie.

— Hé, le spécialiste, tu bouges ? Regarde le niveau du *tank* : l'eau arrive à peine aux genoux. Et elle est jaune.

Le Kannada rétorque :

— Dans quelques semaines, le réservoir sera à sec. Pas besoin d'être un expert pour s'en apercevoir.

Le petit équipage repart. Le Kannada est désormais promu commissaire de l'eau. Shiv et Lénine suivent, sans parler. Au détour d'une ruelle, le cortège croise des enfants rassemblés dans une courette, accroupis sur les dalles branlantes. C'est une petite école à ciel ouvert. La maîtresse vient d'entamer une chanson. Les gamins la reprennent. Et tournent leurs menottes comme des marionnettes, et sonnent leurs voix fluettes, claires comme des oiseaux. Soudain une fillette au foulard se met à danser au milieu des autres dans une ronde. Elle rate un pas, vacille, s'accroupit et se cache au milieu de la danse : éclats de rire, petite terreur, rougeurs d'enfants. Le visage du Kannada s'éclaire du sourire de l'enfance, celui de la grâce.

Une bicyclette arrive, chargée de quatre bambins agrippés au conducteur. Ils dégringolent la pyramide comme de petits singes et courent se ranger parmi les enfants, encore tout ébouriffés et joyeux du voyage. Shiv se revoit à dix ans, lorsqu'il partait avec son père chaque matin au bourg, l'un pour le bureau, l'autre pour l'école. Ces allers-retours sur la bicyclette noire étaient les seuls moments d'intimité entre eux. Petit, Shiv se recroquevillait devant lui sur le cadre, les mains serrées de panique sur le guidon, le grand torse de son père le protégeait. La bicyclette tressaillait à chaque caillou, sautait à chaque trou, et son père, sévère, se faisait soudain joueur et s'amusait à prendre plein champ et à le voir sautiller, à moitié déséquilibré et manquant de tomber. Alors pour conjurer la peur, Shiv entonnait la chanson du corbeau et de l'hirondelle, et les trémolos de sa voix suivaient les chocs de la route. Ils riaient en même temps qu'ils risquaient de chavirer. Plus grand, Shiv s'était assis derrière son père sur le porte-bagage, et il l'encerclait de ses bras pour se tenir, et sentait l'homme sec sous la chemise, posait sa joue contre son dos pour se protéger du vent et fermait les yeux pour se laisser aller au voyage.

L'équipage poursuit sa petite épopée en quadrillant savamment les territoires de Gandapur, chacun recélant ses trésors et sa dose de mort.

***

La décharge est une mine. Elle fournit la ville, elle nourrit le bidonville. Elle grandit aussi : les déchets non utilisés servent de remblais et poursuivent l'avancée du terrain sur la mer comme une langue de terre vive. En même temps qu'elle avance, elle grossit en une montagne d'ordures, toujours plus haute, avec de nouveaux chemins sillonnant ses flancs, où montent lentement les camions branlants surchargés d'immondices. Au sommet, sur une sorte de gigantesque terre-plein, une activité frénétique se déploie, de bras, bâtons, pics et serpettes pour éventrer le plus rapidement possible les sacs poubelles déchargés et opérer le tri. Entre les hommes-fourmis, des chèvres maigrelettes broutent les épluchures.

Après une dizaine de minutes, les deux amis entrent sur son périmètre, à peine séparé du bidonville par quelques restes épars de murs. Ce n'est pas l'entrée officielle, celle des camions et des recycleurs, qui se tient sur la route principale : le check-point est bien gardé, n'y entrent que les personnels accrédités, et c'est là que les déchets sortants sont contrôlés, pesés et tarifés. Car depuis la nouvelle loi fiscale de Mittron, *Goods and Services Tax*, même la décharge est taxée : la réglementation évalue scrupuleusement toute cargaison, au kilo près, papiers, cartons, verres, métaux, plastiques et PVC. Il a fallu à peine quelques semaines à la mafia pour qu'elle s'entende avec les agents de la municipalité, et à la police pour qu'elle y trouve son compte.

Shiv et Lénine sont là sur la zone ouverte aux petites mains, celles qui donnent vie à la décharge.

Des femmes de tous âges, portant d'immenses sacs de toile à l'épaule, trient les bouteilles de plastique et choisissent les cannettes. Les enfants jouent tout en travaillant, travaillent tout en jouant. Une petite ébouriffée a revêtu un tissu de rayonne moirée comme une toilette de princesse, et s'est coiffée de plumes de corbeaux en même temps qu'elle plonge ses mains dans les déchets. Sous les yeux de Shiv, les oripeaux se transforment en dentelle et le verre en strass.

Lénine tente d'élucider.

— As-tu remarqué quelque chose ? On ne voit que des femmes et des enfants ici.

Peu d'hommes, certainement. Shiv a en tête l'horrible nombre : deux cent mille chiffonniers à Bombay selon les statistiques officielles. Lénine lui a appris à compter : cela fait donc le double. Dont la moitié d'enfants.

— Oui, reprend Shiv, et ils sont marqués par le travail, ils sont burinés par le soleil.

C'est ainsi qu'il traduit ce qu'ils ont tous en commun, et qu'il a observé chez le Kannada, sa fille et Hari également : des taches sombres sur leurs visages et leurs corps anguleux. La sève de la décharge.

Ce qui le frappe aussi, brutalement, c'est l'univers sonore de Gandapur : ses habitants ne cessent de tousser, secoués, pliés parfois. Il y a les toux sèches et violentes qui claquent comme si elles décapaient l'intérieur, les expectorations glaireuses de ceux qui luttent, les quintes incessantes des asphyxiés. Le bidonville tousse pour expulser l'air empoisonné.

Il est temps de rentrer. Shiv, secoué par la visite, demande à Lénine :

— Qui sont-ils ? Ils viennent d'où ? Tu sais, toi qui viens de les recenser…

— Qui ils sont, d'où ils viennent, ça n'a pas d'importance, ils ont vendu leur âme et leur caste pour travailler dans les poubelles. Ils ont pactisé avec le dieu de la décharge.

Shiv reprend après un moment de silence :

— Le Kannada a de l'autorité. Mais dis-donc, après des mois de votre présence, on dirait que lui et sa troupe, ils sont toujours sceptiques…

— Ils se méfient terriblement du gouvernement.

— Pourquoi ?

— Oh ! tu sais, les taudis ont fait office de laboratoire pendant vingt ans, des centaines ont été déplacés, rasés, rebâtis… Tout y a été testé et raté, car un bidonville se développe, finalement avec ses propres logiques, bien plus coriaces que toute planification. Surtout les habitants savent désormais à quoi s'en tenir avec ces programmes. Deux fois sur trois, ça ne marche pas, et les habitants moisissent sur place avec l'espoir en moins, ou sont parqués en périphérie dans des *transit camps*. Donc ils sont prudents maintenant.

— Tu n'y crois pas aux programmes de réhabilitation ? demande Shiv, interloqué par la distance froide avec laquelle Lénine dresse le tableau.

— C'est que les perspectives de profit sont telles ! Bombay voit fleurir d'immenses chantiers, et les constructeurs, les mafieux bien implantés et les hommes politiques sans scrupule prospèrent ensemble. Il y a toujours un risque. Mais comme tout programme social commence par le recensement et le comptage des ayants droit, il faut bien tenter, en espérant que le pilote ne soit pas trop corrompu.

Lénine s'arrête un moment, presque rêveur.

— Tu y crois ou pas ? insiste Shiv.

— En fait, même une réhabilitation réussie a ses limites. Oh, tout le monde a la conscience tranquille ! Reloger les habitants des taudis dans des cages à poule leur permet de jouir d'un toit en dur, d'eau et d'électricité. C'est bien ce qu'ils voulaient ! Mais une fois dans leur tour, pour ceux qui ont la chance d'être élus, il n'est plus question de revendiquer quoi que ce soit… et quelque part, ils signent leur enterrement.

Lénine se tait car il sait bien que ce qui va manquer, là, dans ces immeubles où sont alignées des dizaines de chambrettes distribuées à raison d'une par famille, c'est finalement ce qui rend la vie supportable au Bombay des pauvres : la vie de rue, ses tableaux quotidiens, le partage de la tourmente dans les rigoles puantes, les caquets pétulants des femmes qui se tiennent en perpétuelles sentinelles pour tenter de limiter le désordre du monde, les enfants curieux jouant avec n'importe quoi, un pneu ou les pattes d'un insecte. C'est la grande famille du bidonville. C'est la vie malgré tout.

— Et à Gandapur, vous en êtes où ? On a quelle marge de manœuvre ? poursuit Shiv.

— On a la confiance du Kannada, en tout cas mon équipe l'a. Toi, il faudra que tu te le mettes dans la poche si tu veux faire quelque chose ici. C'est un grand bonhomme. C'est un *Killikyâta*, un maître dans l'art des marionnettes de cuir. Il sait les fabriquer dans du cuir fin comme du parchemin, il sait même leur donner des couleurs avec le rouge du tanin comme tu n'as jamais vu. Si tu le voyais pendant la fête de Ganesh, il t'anime n'importe quelle statue avec du papier mâché et trois bouts de ficelle. Un vrai artiste. Cela fait vingt-cinq ans que le Kannada a dû quitter son village. Il ne pouvait plus vivre de son métier. Alors il est venu à Bombay, a atterri ici. Il a fait venir sa famille quelques années après. Sans doute il crevait de faim au village et perdait ses yeux, mais là il a perdu bien plus, il a perdu le métier qu'il tenait de son père, sa dignité, toute l'estime de sa caste, tu comprends ? Il n'a même pas transmis le métier à ses fils.

Shiv entend bien ce que dit Lénine. Pourtant il n'a pas eu cette impression du Kannada. Ce dernier lui paraît digne malgré l'épuisement et tellement confiant lorsqu'il regarde sa fille ou les enfants de l'école, d'une espérance qui le tient droit.

— Et Hari ? demande Shiv.

— Hari, c'est un peu différent, il fait partie de la génération de chiffonniers née ici. Ils sont arrivés il y a quarante ans, ils connaissent absolument tout de la décharge. Les recycleurs ne s'y trompent pas, c'est à Hari qu'ils s'adressent pour le plastique. Son père travaillait aussi à Vikas Nagar, dans ton quartier : ils sont connus des résidents qui les apprécient. Hari c'est un malin qui connaît le système : il supervise une partie du plastique à Gandapur et il se garde Vikas Nagar où il a toujours l'espoir de trouver le gros lot.

Shiv pense à Hari qu'ils viennent de quitter, amaigri par les années de sueur, côtes saillantes sous son maillot de corps, le regard tellement frontal qu'il donne l'impression d'un illuminé : le symbole de la réussite des chiffonniers.

Les deux amis entrent dans la gare. Les voilà désormais postés sur le quai, en face des wagons du milieu moins un : deux guetteurs prêts à bondir.

Shiv tente de titiller la fibre marxiste de son ami.

— Et toi Lénine, plutôt que remplir des questionnaires de recensement, tu ne crois pas qu'il y aurait là de quoi organiser quelque chose comme un syndicat des chiffonniers ?

— Oh, il n'est pas facile de les organiser, il y a trop de *turnover*. Surtout les mafieux contrôlent les réseaux, de tous les genres et dans toutes les langues. Ils savent parfaitement les manipuler. Le monde du bidonville est tenu par des contrats invisibles… Et si tu renâcles, ou si tu ne peux pas payer ton loyer, ajoute Lénine après une pause, alors ils s'intéressent à ta fille ou te demandent de petits services, par exemple transporter des trucs pas nets. Tu vois le recyclage, ça permet de blanchir pas mal de choses…

Shiv veut comprendre.

— C'est quoi cette histoire de Don ?

— À Gandapur il y a deux Dons qui se haïssent cordialement et qui gèrent chacun leur territoire : en gros celui du bidonville, Suddhir Bhai, l'Hindou, qui s'occupe des maisons et des cabanes : tous les baux sont possibles du moment qu'ils sont adoubés par le Don. Et en plus c'est l'élu local, il est député. Tu imagines le pouvoir qu'il a ? Donc tout projet de construction ou de réhabilitation passe par lui. Il faudra évidemment que tu négocies avec ce seigneur du lieu. Et il y a un deuxième Don autour de la décharge et de l'abattoir qui se fait appeler le Pathan. C'est un musulman lui. Le Pathan organise depuis quelques années la filière des *Kasaï*[12], des bouchers

12 *Kasaï* et *Qureshi* sont les noms de communautés musulmanes de bouchers.

musulmans des villages, tu sais, des *Qureshi* quoi. Ils viennent ici par milliers, quelquefois de très loin, pour travailler. On dit de ces hommes qu'ils sont rapides et efficaces et qu'ils savent manier le couteau. En gros c'est le Pathan qui maîtrise l'abattage, l'autre gros business de Gandapur à côté du recyclage.

— Ils sont bien organisés ces caïds ? Il faut s'en méfier ? Les éviter ?

Lénine hésite, perplexe. Il lâche finalement :

— La question, en fait, ce n'est pas tant les Dons. Les Dons il y en a toujours eu à Bombay. Bombay et sa mafia, ses gangs, son crime organisé, Bombay et ses *goondas**, ses voyous, des *street goondas*, des gros voyous, des très méchants, ça fait la célébrité de Bombay depuis toujours… Ce sont des héros très populaires au pays de Bollywood ! Ça n'a jamais empêché la population de vivre. Au contraire, ils mettent les bidonvilles au pas, instaurent les règles, ouvrent les marchés… Non, là, c'est une autre affaire. Le danger, la vraie question, c'est les Vigilants.

Shiv ne voit pas très bien où Lénine veut en venir : il a entendu parler des Vigilants, ces milices privées au service des fanatiques hindous. Que viennent-ils faire sur cette glèbe éloignée de tout, où seule compte la sueur des bras ?

Shiv n'a pas le temps de poursuivre. La grosse bête de ferraille s'annonce par ses bruits de machine déglinguée et s'arrête dans un rugissement. Ils montent prestement, non sans avoir essuyé quelques bousculades. Ils sont heureux de se retrouver dans le train comme avant, même s'ils sont accablés par la horde et n'osent pas jouer avec le vent.

Au moment de se quitter, Lénine soupire :

— Des mois à travailler dans ce bouge, je pensais que j'en avais fini et voilà que je vais devoir rempiler.

— Oui, et je vais avoir besoin de toi.

— Tu as les fonds ?

— J'ai rendez-vous au secrétariat de l'Environnement demain, l'État du Maharashtra est partenaire.

Shiv a prononcé cette dernière phrase d'un ton faussement assuré.

Shiv rentre troublé. Shantiji le connaît bien, le sent inquiet, plein de questions. Elle s'amuse à lui répéter les mots bienheureux du poète qu'elle lui a souvent récités, et ils finissent ensemble : « Je cherche ce que je ne puis trouver, je trouve ce que je ne cherche pas. » Elle lui propose de partager un *talipeeth** avec elle, elle sait que ce rituel le rassérènera, c'est comme remettre de l'ordre. Malgré sa fatigue et ses mains qui n'obéissent pas comme avant, elle tient à préparer les galettes qui cuisent épaisses, et à former les trous qui laissent passer le *ghee**. Peut-être est-ce leur saveur des terres noires, que seule sa mère aurait pu lui préparer ainsi, qui fait tant de bien à Shiv ? Il s'attend à se casser les dents sur un caillou, à y trouver une brindille et il a l'impression de manger un morceau de sa campagne.

Shantiji partage avec Shiv le goût des campagnes qu'elle n'aurait jamais pu partager avec Dayanand ou Manju. Ils ne connaissent pas cette autre Inde, l'Inde des villages que Shantiji sillonne, une Inde arrêtée dans ses castes et ses loyautés, une Inde resserrée autour de ses traditions et de ses rites, mais où la rencontre compte, où les mots échangés se gravent dans les mémoires, où l'ordre des hommes suit le rythme de la terre.

Shiv savoure. À côté, silencieuse, Serafina l'observe.

***

Le lendemain, alors que Shiv se presse pour son rendez-vous, la grande rue le reprend. Il faut revivre le même scénario, le bruit, l'agitation dans la fournaise, les enfants à la main pendante. Shiv sent monter l'exaspération, une exaspération qui flirte avec le désespoir. Il laisse libre cours à sa colère : cette ville est devenue invivable, pire, fatale. Et la rage le prend, avec son refrain de reproches : « Tu croyais quoi en rentrant, que ce serait facile ? Mais ces mégapoles du Sud sont des enfers, des jungles de béton qui vont crever sous les bagnoles. »

Du pont où il marche, il voit la ville s'avancer dans un nuage de pollution : les immeubles s'y perdent, et à leurs pieds les huttes se multiplient sur les monticules d'ordures prolongeant les criques. Les hommes et les femmes continuent d'affluer dans la mégapole ; ils s'y agglutinent comme des fourmis à leur ouvrage, s'y accrochent comme des abeilles à leur ruche. Jusqu'à présent, la mer a sauvé Bombay. Ses sables ont donné de quoi remblayer les terrains, ses vents ont balayé l'air vicié. Pourtant, la mer aussi agonise.

Shiv atteint l'océan. Océan Indien, mer d'Arabie, golfe d'Oman, promesses de rêveries orientales. Mais au lieu de s'évader, son regard s'arrête, endigué sur les sables noirs, et se brise sur le triste spectacle des mangroves malades. La mer s'étale en une flaque d'huile inerte. De quoi affoler les pêcheurs *Koli** et leurs derniers villages. L'histoire est cynique, pense Shiv, les habitants originels des îles de Bombay en sont les premiers chassés.

Shiv en veut à Bombay d'entretenir cette mer grise, grise à l'image du ciel lourd et blanc qu'elle reflète, grise de remous dégoûtants. Il en veut à Bombay de faire asseoir ses couples d'amoureux face à la mer, sur les pierres et sous les parapluies abritant du soleil, avec leurs airs contemplatifs comme si ses rivages étaient romantiques. Il lui en veut de les avoir maintenus des heures, Laleh et lui, assis épaule contre épaule, à laisser danser leur regard sur le mouvement de l'eau. Il en veut à la ville d'ignorer les mangroves de la Mithi River jusqu'à les détruire. Les bassins d'eau naturellement filtrée par les bras verts des palétuviers, où se multipliaient jadis les poissons aux chairs succulentes, *bombil** translucide, *pomfret** plat, sont aujourd'hui contaminés. Plus haut à l'embouchure de la Mithi, au niveau de Gandapur, les usines chimiques déversent tranquillement leur poison : à une trentaine de kilomètres du centre-ville, les autorités ne sont pas regardantes. Sur les rivages, des mousses aux dégradés psychédéliques recouvrent les sables noirs. Le monde amphibie, insectes, rats d'eau, couleuvres grosses et crapauds géants, tente encore de survivre caché. Se joue chaque jour un corps à corps insensé avec l'immonde, que tous ignorent.

Face à ces rivages dévastés, Shiv se souvient de leurs manèges amoureux, Laleh et lui, des années plus tôt. Ils ont toujours la grève pour cadre. Il est si difficile de s'aimer dans les grandes maisons aux mille yeux, il y a trop d'histoires, trop de savoirs pour y commencer leur roman. Alors Shiv emmène Laleh là où cocotiers et arbres de pluie se confondent, sur les plages du nord de Bombay, après Juhu, où se nichent les maisons des pêcheurs *koli* sur les criques anthracites. Libres d'être ensemble enfin, ils se glissent dans les embruns et jouent pour quelques heures de liberté ; les vagues sont chaudes. C'est leur première fois. Ils repartent comme ils sont venus, heureux amants, mais plus jeunes encore.

Shiv se rappelle le jour où ils décident d'aller jusqu'aux pêcheurs. Le rivage est noir de monde à cet endroit, c'est la fête de Narali Poornima, le festival des *Koli*. Ils sont tous réunis pour leur supplique annuelle au dieu Varun. À la divinité des flots, mais aussi à Mumba Devi, déesse de Bombay dont les nationalistes hindous ont rebaptisé la capitale, ils demandent de les protéger de la violence des tempêtes et des assauts de la ville. Au rythme festif des percussions, les pêcheurs exécutent les offrandes de noix de coco vertes qui portent les trois yeux de Shiva. Là, entre les danses et les chants, a lieu le grand lancer de cocos. Plus le fruit tombe loin, mieux la prière est entendue. Ce jour-là, Laleh est d'humeur si joyeuse qu'elle demande de participer et on lui confie un fruit lourd comme un obus, elle le jette de toutes ses forces dans la mer, à un mètre ou deux, elle risque de tomber à l'eau, et ils rient devant son geste d'enfant, éclaboussés d'écume. Il manque au moins dix mètres si elle veut faire un vœu et dix autres pour qu'il se réalise ! Alors ils se moquent de tous ces rites. Ils se croient libres de narguer le sort. Leur bonheur les rend immortels. Ou peut-être leur jeunesse. Shiv réfléchit, c'était il y a plus de dix ans désormais.

À l'époque, il rêvait de l'emmener vers d'autres rivages, pas sur les grèves de cette cité malade. Mais elle avait sa manière de lui dire que Bombay était comme une grande maison, et qu'elle devait veiller à la tranquillité de son monde parsi. Elle se sentait engagée, en fille responsable, et protégeait sa mère et la mémoire de son père.

— Viens, suppliait Shiv, partons quelques jours, loin de ce vacarme.

Mais elle riait de son rire charmant qui faisait exploser ses requêtes comme des bulles de mots futiles et sans importance.

La pluie violente qui s'abat soudain met fin à ses rêveries : Shiv tente de s'abriter comme il peut. La pluie fauche la ville de ses bourrasques avec une rage méthodique, dans un sens, puis dans l'autre. Elle joue au balancier avec les cocotiers, elle s'acharne sur le plus orgueilleux jusqu'à avoir raison de lui : il ne reste que sa houppette échevelée et l'immense tronc annelé, écrasé au travers de la rue, qui bloque désormais l'entrée du temple de Mahalaxmi. Shiv se demande quel signal il y a dans cette soudaine bataille engagée entre le ciel et la terre. Au pied des arbres, les petits autels sont savamment entretenus, de fleurs fraîches, de flammèches d'huile et de dévotion journalière. Et les prières reprennent de plus belle. Conjurer, honorer, supplier.

La pluie fait mine de s'apaiser, quelques gouttelettes la rendent joyeuse, comme une grande sœur taquine. Soudain elle reprend avec une violence inattendue. En cette fin du monde, Shiv assiste à la série de drames, recommencée à chaque mousson : les petits boutiquiers voient leur maison ruinée. Les bâches voltigent, les huttes instables s'affaissent libérées de leurs cartons, la marchandise est submergée. Les enseignes brinquebalantes dansent frénétiquement jusqu'à céder, fouettées par le vent. Les rickshaws plongent dans les nids de poules comme des mares, leurs entrailles mécaniques prêtes d'exploser. Le désastre se mue en foire. Les gouttes trempent les saris des femmes et les dénudent, il croise une jeune femme qui lui rappelle Laleh, il rit de cette pluie inconvenante qui la déshabille comme elle rendait Laleh si désirable, il distingue les rondeurs de ses seins et de ses cuisses, et il entend le rire de Laleh.

— Je sais pourquoi tu aimes tant la pluie Shiv !

Elle, libérée de ce moment, les mèches trempées sur son front, et sa bouche mouillée exigeait qu'il la ramenât le plus vite possible.

Shiv se dit qu'ici les éléments continuent de mener le monde, rien à voir avec cette Europe qui semble avoir tout domestiqué. La ville est désormais un vaste cloaque, Shiv a l'impression d'un monde chaviré. Avec de l'eau jusqu'aux genoux, il avance entre les rats qui se laissent dériver en panique. Il fait étrangement sombre.

Et c'est l'effroi en même temps qu'un trouble amusé : des crabes sautillent à travers tout le vieux quartier colonial de Colaba[13], que Shiv a enfin atteint. Comme si la mer toute proche, rendue grosse par la mousson, se confondait avec les

13 Colaba est le vieux quartier du sud de Bombay, à l'architecture coloniale. Il abrite de nombreux bâtiments administratifs.

eaux du déluge et envoyait là son armée d'émissaires. Partout, dans les rues, de petites carapaces grises, par milliers, dansent désormais entre les jambes des piétons ahuris. Personne ne sait s'il faut en avoir peur ou pas : pincent-ils ? piquent-ils ?

Shiv assiste impuissant à la métamorphose de Bombay en Atlantide. Entre les rails du train local il aperçoit des poissons. Gros comme des carpes, ils se faufilent, empruntant les voies de fer comme les tunnels d'un aquarium géant.

Il sent contre sa jambe un pinçon : la carapace dans son pantalon. Et autour de lui, les crabes sont partout. Il presse le pas comme il peut, bientôt il se met à courir en éclaboussant tout ce qui l'entoure et d'abord lui-même. Il faut juste partir, partir de là.

***

Shiv arrive enfin à son rendez-vous au M.M.M.W.A. dont plus personne ne déroule l'impossible nom à rallonge, Municipalities of Maharashtra Management Waste Authority. Les bureaux sont regroupés au centre de Colaba. La façade aux accents néogothiques avec son fronton de palais antique s'impose par sa démesure : l'immeuble pourrait abriter une ville. Dans cette cité fantôme reliée au monde par l'informatique, une poignée d'élites officie pour les hautes sphères du pouvoir, qui en Inde confond la politique et les dieux.

Shiv ne compte pas sur la municipalité. La ville est embrouillée dans les tractations ancestrales entre ses lobbies, ses industriels, ses négociants, les Bhora, les Khoja, les Gujaratis, les Marwari, les Parsis, et leurs intermédiaires, agents, émissaires, les intérêts des uns, la filouterie des autres. En revanche, il compte sur l'État, mieux, il espère de l'État une vision.

Shiv est tout dégouttant d'eau. Surtout il est incommodé par ses chaussures, des *sneakers* de plastique, son premier achat à l'arrivée. Elles l'annoncent trop fort de leur insupportable bruit de ventouse crevée. Il envie ses compatriotes en *chappals*, et même pieds nus. Finalement ils savent faire avec la pluie indienne. Aurait-il oublié ? Il est gêné par ce clappement qui dénonce sa maladresse. Or désormais, Shiv est aux prises avec des gens difficiles, l'aristocratie des gens importants, il va falloir jouer fin, en imposer.

C'est un long parcours, il le sait, il n'est pas question de passer outre les conventions. Il faut gravir tous les échelons en prenant bien soin d'affirmer suffisamment son importance pour passer à l'étape suivante. Sinon, c'est se condamner à une attente indéfinie dans les salles poussiéreuses, abandonné aux mouches.

Shiv est désormais seul avec deux gardes. Il se demande quel est le plus retors. Le maigre, avec son petit air hautain qui met tout son orgueil à décider du sort du visiteur ? Le gros aux gestes lents, qui traîne des pieds ? Celui-ci, il doit pouvoir en faire un allié. Le premier a l'air plus coriace. Car Shiv est pressé, il n'en peut déjà plus, il panique à l'idée de croupir dans l'interminable oubli des heures. Il décide de faire monter la pression : cent pas, regards arrêtés sur l'horloge, brusques soupirs, réclamations incessantes. Tout est bon mais rien n'y fait, le maigre ne daigne plus répondre, le gros somnole.

Tout à coup une agitation frénétique s'empare des escaliers. Il est 13 h 25, Shiv voit les *Dhabbawalas* débouler quatre à quatre, chacun chargé de la douzaine de petits cylindres. Il se souvient un instant du porteur de mauvais augure qu'il avait renversé ; il se met à les dévisager, il faut conjurer le sort. Si intensément que le gros factotum se sent obligé de préciser :

— *Dhabba, khanna, dhabba, khanna,* repas, manger.

Shiv est vexé : voilà qu'un abruti lui explique la vie à Bombay maintenant, a-t-il vraiment l'air d'un étranger ?

Après plus d'une heure d'attente, Shiv accède enfin au personnage, le Chef du Département de l'Environnement, Pratap Bhosle, qui décide de l'attribution des fonds d'urgence. Cet homme massif, aux cheveux de jais huilés, moustache aux effluves de coco, porte une bedaine naissante, trop installée pour le rendre élégant. Quelque chose de grossier comme une éducation plaquée transparaît dans sa voix faussement suave.

Shiv sait qu'il doit retrouver immédiatement sa prestance, car les premiers échanges sont en Inde une véritable inquisition, un jeu de stratèges : la jauge est réciproque, elle permet de décider d'un rapport d'égalité, de mépris ou de révérence. Soit on vous adopte, soit on vous fait comprendre que vous n'êtes pas du même rang.

Everybody is a great man. Peut-être parce que leur nombre déclenche une angoisse insurmontable, chaque Indien parmi un milliard trois a besoin de certifier son illustre différence. Exceptionnel, le meilleur, une célébrité. Bhosle ne se gêne pas : son origine, ses diplômes, ceux de Shiv, leurs positions respectives, ses médailles, tout y passe. Et surtout, la touche personnelle qui permet de préparer les tractations futures.

— Vous saluerez Shantiji de ma part. Une femme si extraordinaire.

Ils peuvent enfin commencer. Shiv n'est pas dupe.

L'homme n'a pas encore déjeuné, à deux heures passées. Il s'excuse pour la forme, et sans la moindre gêne attrape son *tiffin* et déballe son repas. Sur son bureau, les doigts plongés dans les petites coupelles, il se rassasie tout en dodelinant de la tête pour faire comprendre qu'il suit la conversation. Shiv remarque son avidité singulière à avaler tout rond les petites aubergines qu'il écrase entières dans le *chapati*.

Il abreuve Shiv de thé, vante la saveur des mangues, se réjouit des premières pluies. Shiv se met à raconter ses mésaventures, il tient à excuser sa chemise fripée.

— La mousson a pris ces dernières années des proportions inégalées. J'imagine que c'est un paramètre dont vous tenez compte. Parce qu'arriver jusqu'ici en marchant entre les crabes…

Bhosle le regarde comme s'il était fou. Et le temps passe, dense, implacable, assommant. Une chose le rassure : on n'est jamais seul dans l'entreprise indienne. Autour de lui, dans les couloirs, derrière les portes, des dizaines d'inconnus avec des dizaines de requêtes patientent. C'est à qui arrivera à traverser obstacles et vexations pour atteindre le prince. Shiv est chanceux.

Bhosle termine sur un rot tonitruant, se racle la gorge, laissant prévoir de multiples récidives. Puis, daignant enfin considérer le sujet de l'entretien, il arbore ce demi-sourire distant, qui acquiesce et réprouve tout à la fois. Un dialogue implicite se tisse derrière leur conversation, ce dialogue affectif tellement plus juste que le tournoi de mots. Shiv et Bhosle ne s'aiment pas, mais ils vont conclure, ils le savent.

Shiv sent, à chacune de ses propositions, monter une vague de fatigue chez son interlocuteur. Qu'a-t-il ? Exaspéré de le voir parler de ses techniques européennes ? Irrité d'avoir été dérangé dans son repas ?

Il se lance soudain dans l'entretien sans prévenir.

— Avec 22 *crores*, on peut nettoyer toutes les décharges du Maharashtra et même de l'Inde.

— Bombay.

— Bombay, oui, allez-y, la ville entière est une poubelle.

— Il faut commencer à Gandapur.

— La décharge de Gandapur ? Parce que vous comptez y entrer ? Mais elle est bien gardée vous savez.

— Comptez la moitié pour les usines d'incinération. Le reste pour la mise en place d'un réseau d'assainissement pérenne. Le plus intelligent serait un partenariat public-privé. Il faut pouvoir rendre cela profitable...

Bhosle toise son interlocuteur et son demi-sourire se fait soudain entendu.

— Alors avec vos beaux principes, vous aussi vous faites du business finalement ?

Shiv ne sait que répondre à cet homme fat dont les réactions manifestent un désintérêt profond pour la cause.

Il se lance, certain de son argument :

— Et enfin la municipalité n'échappera pas à une réflexion sur les chiffonniers qui fournissent une part importante du recyclage, un travail inestimable, et…

Bhosle est pris d'une soudaine énergie.

— Des méthodes dépassées. Faites moderne. À Delhi, ils croulent sous leurs déchets, ils ne font que les déplacer et les enfouir dans des décharges toujours plus énormes : rien n'est réglé. À Pune, ils peuvent se permettre des traitements de luxe avec des coopératives de recyclage, car Pune est petit. Bombay, ce n'est ni Delhi, ni Pune. Et il faut résoudre le problème à grande échelle et vite. Moi je vous donne les fonds, la part de l'État du Maharashtra, on sera les premiers à fournir un modèle viable : on incinère toute cette merde, avec production d'énergie.

Shiv insiste :

— Mais vous parlez de dizaines de milliers d'hommes et de femmes dont le recyclage est aujourd'hui la vie…

— Des hommes et des femmes, dites-vous… À force de vivre dans les ordures on dirait des rats. Et ça se reproduit à une vitesse…

Shiv est abasourdi. Son interlocuteur le remarque.

— Allez, allez, vous parlez comme les ONG… mais ce n'est pas avec des bons sentiments que vous allez avancer.

Le sourire de Bhosle s'élargit franchement et en même temps qu'il entame ses éructations à répétition, il clôt la conversation :

— Vive les utopistes. Il en faut.

L'enveloppe est débloquée. Shiv sort pourtant avec l'impression étrange d'avoir mis le doigt dans l'engrenage. Il est incapable de dire pourquoi.

Il a oublié les crabes. Ils continuent de pulluler, de moins en moins circonspects, insolemment proches désormais, n'évitant plus les passants. Et si soudain ils attaquaient ? Shiv se met en quête d'un restaurant, peut-être par appréhension, pour se débarrasser de son impression désagréable, de l'entretien, des crabes, ou peut-être par faim. Car cette attente, les doigts de

Bhosle dans la sauce rouge et ses doutes, tout cela lui a donné faim. Il décide de tourner le dos aux exigences alimentaires de sa caste, il a envie de viande, et Bombay offre des expériences gustatives inédites pour un amateur de viande comme lui, largement converti depuis son expatriation. De toute façon il fera amende honorable en retrouvant le bungalow, comme la veille. Quel drôle de dîner quand même... D'ailleurs, il troquerait bien les prétentions *pure veg* de Brahmanes *Konkonashta* dont l'empoisonne Dayanand, contre un bon poisson, puisque ceux de sa caste, les Brahmanes *Saraswat*, mangent du poisson. Comme le dieu Shiva. Et dans sa caste à lui, les dieux sont dans la cuisine. Tout est donc permis.

Il approche de Ansari Cafe, une institution, un des plus anciens restaurants de Bombay, aux triples salons et tables de bois, évoquant les tractations des grands commerçants musulmans qui tiennent le commerce de la ville depuis le Raj. Il commande :

— Ce sera *nalli nihari* et *beef kheema*.

L'idée de la viande juteuse sur le lit de menthe et de coriandre fraîches, accompagnée d'un chutney de piment vert, le fait saliver. Devant l'incompréhension du serveur, immobile et idiot dans son uniforme immaculé, le patron vient l'informer.

— *Mutton kebabs only. No beef.*

Shiv est interloqué : c'est donc vrai ces aberrations qu'il lit depuis Londres, la nouvelle croisade du gouvernement Mittron, l'interdiction de la viande bovine dans les trois quarts du pays : le *beef ban* ?

Shiv est épuisé. Il exige :

— *Cook me some crabs. There are plenty outside.*

Shiv remonte vers Vikas Nagar, les rues sont comme foudroyées, les fils et les câbles balancent dans le vent de la pluie. Les crabes sont toujours là qui sautillent. Il remarque la vache quand il passe devant le temple de Vitthal. Peu lui importe les crustacés décapodes qui circulent entre ses quatre sabots. L'animal diffuse le magnétisme de la douceur. Ses yeux pacifiques calmeraient n'importe qui : la sérénité de cette vache pieuse lui rappelle Gandhi. Il soupire.

— Ce que cette ville exige de compromis quand même…

Il rejoint enfin Bheeramal Mansion, entre, et à l'intérieur, pendent les mêmes fils et câbles recouverts d'une poussière formant des chrysalides monstrueuses.

Dans la torpeur de l'après-midi, les cris de Serafina ont réveillé toute la maison. Quelques crabes sont entrés on ne sait trop comment. Le chat piteux prend peur.

— Appelez les ch… s'étrangle soudainement Dayanand, comme s'il avait dit une énorme bêtise.

Serafina va chercher sa petite croix, certaine de vivre l'apocalypse dans ce monde renversé.

À Shantiji qui s'enquiert d'un « *How was your day* ? », Shiv raconte tour à tour les crabes, le *beef ban*, l'interlocuteur grossier du bureau de la M.M.M.W.A., et conclut que quelque chose ne tourne pas rond. Shantiji le taquine :

— Je vois que l'Europe a chamboulé ton *dharma* !

Elle rit des crabes, elle sait bien qu'ils disparaîtront aussi soudainement qu'ils sont apparus. Elle ne commente pas le *beef ban*. Juste ces mots, comme une mise en garde :

— Shiv, tu as oublié l'Inde et ses dieux ? Derrière toutes les lumières de Divali[14], il y a l'ombre d'une bataille contre le mal.

***

Le soir, les promenades reprennent à Vikas Nagar. La fraîcheur balaye les nappes de chaleur. Une douce odeur de goyave flotte dans les allées de banyans. Les charrettes des marchands sont arrêtées à chaque coin de rue. La cloche du petit temple de Vitthal sonne et les fidèles affluent.

Shantiji se promène avec Shiv en attendant la visite de Lénine, elle s'arrête longtemps devant l'édifice de pierre. Elle s'arrête toujours, Shiv le sait, devant les temples, les mosquées, les églises et tous les lieux de culte. Elle les contemple longuement, mesure l'ardeur des fidèles, la foi, son pouvoir de paix comme de haine. Car tous ces hommes et ces femmes ne veulent boire qu'à une seule source, celle du sacré, la seule capable d'apaiser leurs maux. L'Inde n'obéit qu'aux voix invisibles, elle s'accoutume mal aux tristes logiques terrestres.

Des *bhajans** s'élèvent, chants dévotionnels portés par des chœurs d'hommes aux voix puissantes, rythmées par les percussions. La mélopée rappelle à Shiv le temple de son enfance, et son cœur dansant se met à vibrer comme une caisse de résonance. Toutes les âmes simples sont conviées. Serafina s'oc-

---

14 Divali ou deepavali (*lit.* fête des lumières), est une des fêtes majeures du monde hindou. Elle célèbre le retour du dieu Ram à Ayodhya, son royaume, après sa victoire sur le démon Ravana et sur les forces du mal.

cupe de donner l'herbe bénite en offrande à la vache. Devant la porte, l'animal à la bosse en forme de bonnet phrygien bloque placidement l'entrée. Chaque dévot attrape une poignée d'herbe et nourrit la vache sacrée pour pouvoir se frayer un passage. Devant, les stands d'œillets orange et de noix de coco chevelues sont dévalisés.

Shiv achète un panier de fleurs et de fruits pour l'offrande. La monnaie tombe par terre, le marchand la ramasse. C'est un *penny*, il explique, sa fille regarde fascinée. Shiva lui donne. La jeune femme l'empoche dans un sourire moqueur. Les regards ne s'échangent pas, juste des clins d'œil qui se guettent, s'attrapent et célèbrent la gaieté de l'heure. Elle rit même. Un rire est tellement court. Mais ce n'est pas elle que Shiv voit, c'est le leurre d'un souvenir, celui d'une autre femme.

Elle doit avoir l'âge de Laleh. Ou de Manju. Au moins, d'elle, Shiv se sent autorisé à parler. Il demande à Shantiji :

— Manju revient l'année prochaine. Cela fait long pour vous…

— Je l'espère tant, répond-elle, mais je sais que sa vie est ailleurs désormais.

— Ailleurs dans les hautes sphères de la vie universitaire américaine ?

— Ailleurs qu'en Inde. Ailleurs que dans cette ville.

— Bombay a tellement changé.

— Oui Bombay a tellement changé. Et ce quartier… Vois-tu, là où il y a les charrettes des marchands, avant il y avait une série de petites échoppes toujours ouvertes. Les comptoirs regorgeaient de merveilles à l'unité vendues dans des bocaux de verre : savon à la pièce, shampoing à la pièce, lessive à la pièce, biscuit à la pièce, citron à la pièce, confiserie à la pièce. Un univers miniature très joyeux composait Vikas Nagar. Tout le monde se connaissait… Maintenant tout le monde va au *super market.* Ou pire, au *market city*, un de ces énormes *malls**.

Shiv veut profiter de cet instant où Shantiji raconte, elle d'ordinaire si intensément ancrée dans le présent. Il a tant besoin de ce passé dont il n'a que des bribes. Il la questionne encore :

— Lorsque Manju et Dayanand étaient enfants ?

— Oui. Et lorsque leur père était là aussi.

— Avant mon arrivée à Bombay ?

— Avant ton arrivée.

Shantiji se met à raconter Manju et Dayanand. Manju surtout. Elle dépeint le feu follet et le petit tourbillon de la vie de l'enfant.

— Manju adorait jouer avec les ribambelles de sachets de toutes les couleurs qui dégringolaient en guirlandes comme des breloques. Et puis il y avait Baba de la roulotte de jus où elle aimait se poster. Juste à la place du *stall** où tu viens d'acheter les fleurs. Toute la journée, on entendait la musique de disques rouillés, avec les grandes dents des cylindres qui broient les cannes à sucre. Hari, le fils du chef des chiffonniers, était devenu l'ami inséparable de Manju. Il accompagnait son père, elle l'avait rencontré, planté là, salivant devant la roulotte, implorant un verre. Manju avait partagé le sien que le marchand lui offrait toujours, mais qu'il refusait au gamin chiffonnier. Trop sale, trop pauvre. Manju et Hari ont découvert ensemble le goût exquis du sucre à boire : une expérience qui les a liés pour longtemps ! Ils vivaient pieds nus, lui par nécessité, elle par désobéissance. Quelle chipie !

Shantiji se met à rire et poursuit ; les souvenirs heureux la rendent volubile.

— C'est à ce moment-là que Manju s'est éprise démesurément des bêtes-amies comme elle les appelait. Elle a créé un petit hôpital artisanal dans sa cabane du grand jardin, elle y soignait les oiseaux blessés et les chiens boîteux. Hari lui ramenait des petits blessés. Ils imaginaient des pansements improbables, bandages inventés avec les vieux bouts de tissus et béquilles de brindilles. Surtout ils les nourrissaient de restes, je crois que c'est cela qui explique que les animaux venaient ! Deux pensionnaires avaient trouvé un refuge permanent : une chauve-souris minuscule, pipistrelle aux ailes déformées, et, ce qui nous étonna tous au bungalow, une mangouste. Tu imagines, une mangouste comme on en trouvait il y a encore quelques années dans les jardins de Bombay, un carnassier féroce sous sa fourrure mouchetée, qu'on ne tolérait que parce qu'il chassait les serpents ! Manju l'avait retenue des semaines pour prendre soin de sa patte cassée qui l'avait immobilisée et rendue soudainement vulnérable. Elle la caressait et l'entourait de ses petits bras comme une peluche, sans craindre les griffes acérées et les dents cannibales. Il n'y a plus tout ça depuis longtemps, plus de ces animaux au milieu de la ville… C'était une petite fille follement drôle… très inventive... Elle est si sérieuse maintenant, ajoute Shantiji, pensive.

Ce qui surprend Shiv, c'est cette amitié entre Hari et Manju, née entre deux mondes opposés. Il sait bien que Shantiji méprise les codes et qu'elle n'a jamais fait cas des oppressantes hiérarchies de castes, mais enfin.

— Je comprends mieux pour la cabane.

Elle ne répond pas. Soudain, elle dit :

— Cela n'a pas dû être facile pour Hari de s'occuper des chiens. Il partageait cela avec Manju : il était très respectueux des animaux. Un bien gentil petit garçon lui aussi.

— Vous n'avez pas eu envie de vous occuper de lui qui était si souvent avec Manju ?

— Bien sûr que si. C'était un enfant intelligent. Il a appris facilement à lire et à écrire, c'est un des seuls de Gandapur. Mais les choses ont basculé tu sais. Et puis, la décharge, c'est sa vie. Il a pris la suite de son père.

Shiv n'a pas le temps de demander ce qui a basculé. La mort du patriarche ? La métamorphose du feu follet en une adolescente studieuse ? La ville ?

Lénine arrive. Ils se saluent.

— Je vous laisse à vos discussions techniques, leur glisse Shantiji avec bienveillance, qui rentre d'un pas précautionneux au bungalow.

— Quelle grande dame, s'émeut Lénine. Même malade, elle continue à nous guider.

— Oui. Impressionnante.

Lénine a toujours été admiratif de la personnalité de Shantiji.

— Elle va comment ?

— C'est difficile, elle perd la vue. Mais elle a toute sa tête et c'est ce qui compte, non ?

— Et le reste du bungalow ?

Lénine ne demande pas par politesse. Il connaît bien Bheeramal Mansion où il entre comme s'il était chez lui.

— Eh bien, Manju est toujours aux États-Unis.

Lénine apprécie Manju. Elle et lui s'étaient en quelque sorte reconnus, et sans être très proches, une connivence les liait : ils aspiraient tous les deux à vivre en insoumis.

— Et Dayanand persévère dans sa vie de banquier. Il déroule son plan de carrière. Tu sais qu'il est père ?

— Bien sûr, j'ai même rencontré le petit lors d'une commémoration pour des œuvres sociales.

Lénine ne précise pas plus. Il apprécie moins le fils de Shantiji, sa distance un peu hautaine. Il est probable que Dayanand le méprise un peu pour ses frasques à catogan, mais jamais il ne le lui a directement signifié.

C'est Shiv qui poursuit :

— Il est encore un peu plus sûr de lui, maintenant qu'il a un fils. *Le* Fils.

Plusieurs fois Lénine a interrogé Shiv sur la patience de Shantiji avec ce fils moralisateur, à l'opposé de ce qu'elle représente, elle, l'affranchie. De fait, la relation entre Shantiji et ses enfants est une énigme pour beaucoup.

— Alors comment s'est passée ta visite au M.M.M.W.A. ?

— Ce Bhosle, le type de l'Environnement, il est franchement antipathique. D'un mépris pour la décharge. Et tout ça n'a pas l'air très propre… Mais au moins j'ai les fonds.

— Il va falloir réfléchir, reprend Lénine. Tu as dû en baver pour aller jusqu'à Colaba, la pluie avait complètement arrêté le trafic aujourd'hui.

Shiv n'y tient plus, il démarre :

— Lénine, qu'est-ce que c'est que ce délire ? Cette ville est devenue dingue ou quoi ? J'ai passé la journée dans les rues devenues des ruisseaux, entouré de crabes. De crabes ! Je n'ai jamais vu ça ! Et j'arrive au restau, et là ! Plus de viande de bœuf, ordre du gouvernement ! Si tu avais vu la mine du proprio : « Non, non, cher Monsieur, pas de *beef kheema*, c'est interdit par la loi. » Il en tremblait. On te dit ça à Bombay, où un cinquième de la population est musulmane ? La vitrine internationale où se concentrent les expats ? Bombay est carnivore, pas *veg* !

Lénine sourit.

— Oui la ville est électrique. Pas seulement parce que les moussons sont de pire en pire. Mais parce que le gouvernement Mittron attise les tensions. Il veut la guerre.

— Le *beef ban*, c'est la guerre ?

— Oui. Plus question de s'approcher des vaches. Enfin des bovins. Transporter de la viande bovine, en vendre, en manger, c'est risquer la mort. En gros tous les mangeurs de viande sont des bâtards. Les cibles ce sont les musulmans bien sûr.

— Mais il y a aussi les chrétiens qui en mangent. Et puis les dalits. Et puis moi, ajoute Shiv. Enfin moi quand je suis à Londres.

— Oh ! malheureux, malheureux, malheureux ! mitraille Lénine. Eh bien, dans le monde de Mittron, tous n'ont plus qu'à s'agenouiller devant les Purs, cacher leurs noms, leurs prières et leurs habitudes et faire comme on leur demande, sans quoi c'est la mort. Mittron veut leur peau. Tout ce qui peut léser les musulmans, il le fera. Il a décrété qu'ils étaient des anti-nationaux.

Shiv frémit. Il sait que Bombay peut déborder de haine. Les attaques barbares sont récurrentes depuis les événements d'Ayodhya, lorsque vingt-cinq ans plus tôt les nationalistes hindous avaient lancé leur croisade pour l'hindouité contre les musulmans : la destruction de la mosquée de Babur, dans la ville sacrée d'Ayodhya, avait inauguré l'âge de fer. Et désormais, avec les nationalistes hindous au pouvoir, le mal s'immisce et la violence devient chronique.

Devant eux un cortège d'excités aux drapeaux safran avance, batailleur. Ils arborent une gigantesque bannière flanquée de la fleur de lotus, l'emblème du parti au pouvoir. Ils vocifèrent. Ce sont des *Gau rakshaks**, des protecteurs de la Vache. Ils scandent leur demande par des apostrophes vengeresses.

— Fermez toutes les tanneries de la ville ! Fermez les abattoirs criminels ! Punissez quiconque profane la Vache et l'hindouisme ! *Jaï Shri Ram !* Vive le Dieu Ram !

Shiv et Lénine sont impressionnés par la véhémence des hommes ; ils ne crient pas, ils hurlent, déchirent l'air de leurs invectives. Le cortège avance comme un essaim furieux. À leur passage, Shiv souffle à Lénine aussi gêné que lui :

— Tu ne crois pas si bien dire.

Lénine dodeline de la tête.

— Les Vigilants. Ils pullulent.

Le cortège bruyant s'éloigne. Ils poursuivent leur marche dans les allées ombragées de Vikas Nagar et les oiseaux reprennent leur orchestre. Shiv savoure ces instants avec Lénine. Il aimerait retrouver la proximité de son ami, ses confidences.

— Et toi Lénine, de ton côté, tout va bien ?

Lénine s'engouffre :

— Oh ! j'ai eu mon lot d'ennuis ces derniers temps. Des menaces en tout genre. Parfois, on croit qu'on a enfin touché le but, qu'on va obtenir la dépénalisation de l'homosexualité, et voilà que ces tarés de fachos repartent en croisade. Il y a eu tant d'allers et retours et à chaque fois on rétrogradait vingt ans en arrière… Souviens-toi en 2008, quand on a cru qu'on allait gagner… Imagine qu'on se bat depuis des décennies contre un article du code pénal qui date de l'époque coloniale ! Un article qui parle d'actes contre-nature… au vingt et unième siècle… Contre-nature de quoi ?

Shiv sent la voix de son ami se voiler. Il s'enquiert :

— Et en ce moment ?

Lénine est de plus en plus soucieux.

— Être *gay* à Bombay, c'est plutôt risqué par les temps qui courent. Il y a quelques semaines, ces dingues sont venus m'emmerder jusque chez moi. C'est la première fois qu'il m'arrive ce genre de chose, des trucs dégueulasses placardés sur ma porte.

— Une mauvaise plaisanterie ? suggère Shiv pour l'apaiser.

— Non ce n'est pas un canular. On est chez les Parsis. Tu sais bien que c'est dangereux de jouer avec ça.

Il précise nerveusement :

— Ce sont les gardiens de la morale, les fous de Mittron.

Lénine reprend après un silence malaisé.

— On ne peut plus faire un pas sans risquer de se faire agresser. Tu imagines, dans la ville vitrine de l'Inde moderne, tu dois te cacher ! D'ailleurs mon cher, tu as intérêt à faire attention, on est tout le temps fourrés ensemble, d'ici qu'on se fasse attaquer…

Shiv tente de le rassurer. Il pointe une bague sertie d'un minuscule diamant au majeur droit de son ami.

— Dis-moi Lénine, cette bague, tu ne l'avais pas quand je suis parti ? Ton nouveau fiancé ?

La conversation se fait plus intime. La voix de Lénine retrouve son grain suave.

— Oh ! ça a presque deux ans maintenant. Un Parsi aussi. C'est mon roc, mon repère. C'est vraiment une belle histoire tu sais, une histoire très pure…

Shiv sursaute.

— Tu ne vas pas t'y mettre toi aussi !

Puis, en gloussant :

— Et l'endogamie là, ça n'arrange pas les affaires de ta communauté… Deux beaux géniteurs parsis en moins, c'est un peu rude !

Rappelé à son cercle parsi, Lénine est soudain trop absorbé pour avoir de l'humour. Finalement, il lui adresse un clin d'œil en retour.

— Et toi Shiv, tu en es où ?

— Rien de sérieux.

— Quoi, sept ans ? Rien de sérieux ? Au moins j'espère que tu t'amuses !

— Le jeu a ses limites.

— Et le mariage mon vieux, parce que là, je vais commencer à mettre la pression. Je vais la jouer comme ta mère moi, puisqu'elle n'est plus là, je vais m'y mettre. Un peu de suite dans les idées Shiv !

Shiv rétorque :

— Tu es bien mal placé pour ça, mon frère ! Hein, *frère* !

Quelques instants, Lénine semble hésitant. Puis il reprend, du ton le plus posé dont il est capable :

— Justement, je dois te prévenir, Laleh est en mission pour son cabinet d'avocats dans l'abattoir de Gandapur en ce moment. Je ne t'ai pas prévenu car je veux t'épargner de psychoter inutilement. Mais tu t'en fiches, on est bien d'accord ?

— Naturellement, répond Shiv, dont le cœur vient de bondir.

Il décide de se taire.

Ils repartent vers le bungalow, humant les odeurs de goyave qui se mêlent aux parfums des fleurs de jasmin dont les femmes ornent leurs cheveux.

***

Gandapur : le bidonville, la décharge, l'abattoir. L'abattoir est la dernière pièce du puzzle. Lénine propose :

— On va aller y faire un tour. Après tout, ce sont nos alliés puisque c'est un service de la municipalité… Je n'ai pas eu à les draguer pour faire le recensement, mais toi tu as tout intérêt à les connaître.

L'abattoir a été déplacé cinquante ans plus tôt vers cette zone délaissée de la périphérie de Bombay, là où le sang des bêtes pouvait s'écouler dans les ruisseaux et la crique sans gêner personne, où les vents ne risquaient pas de ramener sur la cité l'odeur immonde des peaux équarries. Même s'il soulève des haut-le-cœur, il n'en demeure pas moins un lieu quasi sacré, autel sacrificiel devenu centre industriel, et le plus grand abattoir de l'Inde. Il est médiatique : lieu historique des luttes contre l'abattage des vaches et symbole de la honte pour les défenseurs des droits des animaux.

Lénine et Shiv n'ont pas demandé de rendez-vous officiel : surtout ne pas affronter l'administration indienne si ce n'est pas obligatoire. Ils iront au culot, jouant la naïveté si nécessaire. Ils choisissent un début d'après-midi épouvantablement chaud, s'assurant ainsi qu'une partie des gardes sera neutralisée, endormie à digérer un repas trop riche.

Difficile de ne pas être surpris par l'immense édifice de béton dans ce monde au ras du sol. Les murs ont été peints d'un ocre rougeâtre qui a dû virer au brun avec le temps, on les dirait badigeonnés de vieux sang. L'abattoir est si grand qu'il semble abriter une ville, avec ses rangées de bâtiments, préaux, hangars, couloirs, rails.

Les deux amis se glissent dans l'enceinte en même temps qu'un chariot de peaux en sort. Avec leurs chemises de clerc et leurs airs supérieurs, on les prend pour des personnels administratifs. La seconde guérite de contrôle exige toutefois des papiers, ils sortent leurs passeports respectifs, Lénine son ordre de mission de l'État du Maharashtra, Shiv celui de W.A.R.R.I.O.R. : les tampons font leur effet, mieux, ils leur ouvrent le grand portail, ce sont des officiels.

Devant eux, entre les grognements et les bêlements, se tient un spectacle zélé : des hommes aux *lunghis* rosis de sang gravitent, se pressent, s'appliquent, les uns à conduire les chèvres, les autres à serrer les porcs, un troisième à maintenir la corde entre les pieds des moutons.

Shiv et Lénine passent devant les étables où sont maintenues les bêtes, si étroites qu'elles leur interdisent de s'affaisser. Les antichambres de la mort sentent le cadavre. Les animaux y demeurent quelques heures, pas plus : la montée de stress risquerait d'altérer la qualité de la viande. C'est là le discours officiel. Traduit par le mollah, dans la seule langue qui fait sens pour les abatteurs, il ne faut pas faire souffrir l'animal, au risque de le rendre *haram*. La tension monte, on va tuer. Les musulmans savent comment affuter le couteau, orienter la tête du mouton vers La Mecque et prononcer la bonne prière. Les abatteurs hindous, eux, bousculent l'animal pour qu'il passe dans l'autre monde : ils décapitent.

— Tu vois ce que je vois ? chuchote Lénine stupéfait.

Oui. Shiv n'en croit pas ses yeux. Là devant eux, au bout de l'abattoir, derrière les hangars, une demi-douzaine de bœufs énormes avance lentement l'un derrière l'autre, comme un cortège d'ahuris.

— Viens, dit Lénine, on fait comme si on était des services de contrôle.

Ils suivent le troupeau. Arrivés dans le hangar, Lénine et Shiv ne savent plus où se mettre ; ils tentent d'éviter les ruades enfiévrées et les bousculades. Chaque animal est maintenu tête baissée par la corde qui attache ses cornes et son museau à un anneau fixé au sol. L'abatteur *kasaï* approche et, avec une dextérité inouïe, tranche le cou de sa lame fulgurante dans un éclair rouge, tout en se déplaçant en permanence, car la bête menace de ses ébats mortels. Une fois mortes, les bêtes sont suspendues à de gigantesques crochets. Dans le hangar à dépeçage, des équarrisseurs, caste d'experts, saignent, dépouillent, éviscèrent, séparent les peaux, découpent les viandes en morceaux formatés, les jarrets, les oreilles, les pattes… Les viandes et les peaux sont marquées au fer et à l'encre violette, afin que les négociants retrouvent les morceaux des bêtes achetées. Fer et tampons encreurs gisent dans un coin de l'auge de pierre. Ne restent que les carcasses, quintaux de chair sanguinolents pendus aux crochets, les têtes sans oreilles et sans langue dodelinant sur le côté. Les yeux vitreux des bêtes mortes suivent les officiants.

Lénine et Shiv sont assommés par ce spectacle. Lénine souffle :

— Si ça se sait qu'on abat des bœufs ici, ce sera un massacre.

Un contremaître approche, étonné de les trouver là sans avoir été prévenu d'une inspection. Lénine sort sa carte avec son aplomb habituel, demande à voir l'arrière.

— Montrez-moi le quai de chargement, s'il vous plaît.

Là, se tient la dernière étape. Les *Kasaï*, leurs *lunghis* retroussés en caleçon qui ceignent leurs larges cuisses, se calent, en rang, à une dizaine de mètres du crochet. Ils doivent prendre leur élan pour venir se placer sous les carcasses pendues qui arrivent à un rythme calibré. Ils fléchissent les jambes, courbent le dos et d'une secousse vive viennent décrocher les carcasses sanglantes, leur tête à quelques centimètres du croc de fer, et les reçoivent, énormes, sur leurs épaules. À la chaîne, ils répètent, et en monstrueux Minotaures, corps d'hommes-tête de buffles, ils marchent sans vaciller sur une trentaine de mètres. Ils jettent les carcasses à l'arrière des camions de livraison. En se débarrassant du monstre, ils beuglent sous l'effort avec une telle ivresse que, quelques secondes, Shiv ne sait plus très bien ce qui distingue l'homme de la bête. Les abatteurs se dirigent alors vers les jets d'eau pour les bestiaux. Les sueurs animales se rencontrent dans des émanations fétides où se lave enfin le sang.

Shiv est envahi par ces vapeurs de mort.

— Ce n'est pas un abattoir, c'est une salle de torture…

Lénine s'étonne, tentant de rester rationnel.

—C'est de la folie ! Le gouvernement a interdit l'abattage des bœufs. Qui peut continuer ainsi à les acheter et à en livrer la viande ?

Un garde les interpelle soudain :

— Vous avez rendez-vous ?

Riant de leur culot complice, ils se retrouvent aussitôt dans le bureau du directeur. Le contexte est tendu, ce dernier comprend mal cette visite impromptue mais leurs cartes exigent qu'il se montre courtois et ne se débarrasse pas trop rapidement des deux visiteurs.

Ils s'installent. Le factotum apporte le thé de rigueur.

— Ah ! si seulement nous avions été prévenus de votre visite, commence le directeur. Mais aujourd'hui l'abattoir reçoit la délégation internationale de P.F.E.R.A., *People for*

Equal Rights of Animals, la grande association américaine de défense du droit des animaux. C'est très délicat. Nous avons par conséquent nos avocats avec nous et…

Soudain Shiv sursaute. Laleh vient de sortir du bureau mitoyen, derrière le directeur, chargée de dossiers, escortée de trois collègues. Ravissante, semblable à son souvenir, habillée d'une chemise de soie et d'une jupe bleue. Il vacille de surprise et d'excitation mêlées, son cœur tambourine dans sa poitrine. Shiv est sur le point de se lever. Lénine pose doucement la main sur son épaule comme pour le retenir. Shiv tremble. Le directeur les fixe, étonné de les voir si surpris, et, en désignant Laleh, répète comme pour l'introniser :

— Nos avocats.

Laleh les remarque, lui et son frère, elle sourit et sort. Shiv veut imaginer qu'elle est troublée. Il parle tout bas, il ne sait pas très bien ce qu'il dit, quelque chose comme « Laleh, ce n'est pas possible ». Il sent la main de Lénine qui le maintient assis.

Lénine décide d'en savoir plus.

— Il n'y a pas eu de pression récemment sur l'abattoir ? Le Maharashtra a voté le *beef ban*, c'est même un des États les plus stricts.

— Naturellement, poursuit le directeur qui souhaite se débarrasser rapidement de ces rigolos, les dernières lois fédérales ont impacté l'abattoir… Il ne faut pas froisser les susceptibilités. Et en tant que service de la municipalité pour les négociants de viande et de peaux dans des conditions sanitaires irréprochables, il est obligatoire de respecter absolument les ordres du gouvernement. Nous avons donc restreint l'éventail des bêtes admises dans l'enceinte : interdiction de négocier avec les détaillants de bœufs, veaux, taureaux, génisses et bufflesses. La seule tolérance permise est pour les vieux buffles. La vache on n'en parle même pas, il n'y a jamais eu de vaches dans cette enceinte.

Lénine s'étonne du ton froid et distant avec lequel le directeur explique. Il décide d'être plus concret.

— Les manifestations des *Gau rakshaks*, par exemple celles qui ont lieu à Bombay ces derniers jours, elles viennent à proximité de l'abattoir ?

— Oh, on respecte, donc c'est calme ici. Bien sûr il y a les Vigilants. Mais il n'y a pas trop de problèmes. Et puis, ajoute le directeur sur un ton docte, un hindou ne consomme pas de viande, la viande de buffles est réservée uniquement aux Penjabi et aux sikhs, à ces guerriers de *sardarji*[15], c'est dans leur culture.

Il conclut, minimisant l'affaire une fois pour toutes :

— Vous voyez, la grande majorité des hindous n'est pas concernée.

Puis se penchant vers les deux compères, il esquisse un sourire complice.

— Satisfaits ?

— Bien sûr.

C'est toujours Lénine qui répond, avec une pointe d'insolence, que le directeur ne relève pas. Shiv est silencieux depuis qu'il a aperçu Laleh. L'entretien est emballé, on peut se dire au revoir

15 *Sardar* : chef militaire ou leader. Surnom donné aux sikhs.

et le directeur fait raccompagner les deux hommes jusqu'à la sortie, une escorte dont Shiv et Lénine se seraient bien passés. Mais ils ont vu bien plus qu'espéré. Lénine, comme toujours lorsqu'il est contrarié, a besoin de mettre des mots. Ce ne sont pas de vieux buffles d'eau, pelage noir, échine plate, longues cornes arquées vers l'arrière, qu'ils ont vus dans les hangars. Ce sont d'énormes bœufs à bosse saillante, au poil roux et blanc, et aux petites cornes latérales. Impossible de se tromper.

Shiv, lui, est comme hypnotisé. Il a vu Laleh, si proche, presque atteignable. À croire qu'il a vu un mirage. L'impression est prodigieuse. Enfin seul avec Lénine, il explose :

— *Areh Bhai*, frère, dis-moi que je… je n'ai pas rêvé ? Laleh, dans ce bouge ! Frère c'est un signe du ciel. Hein, c'est un signe du ciel là. Je reviens faire une mission dans ce coin paumé et elle est là ! Je n'y crois pas. Frère, je ne vais pas laisser filer ça, non, je ne laisse pas filer.

Il chante, il roucoule. Lénine le regarde.

— Eh bien si, mon vieux, tu rêves. Tu rêves complètement ! Laleh est mariée, elle a sa vie, elle est ailleurs.

Shiv défend ses espoirs avec fougue, pris dans une déferlante d'émotions.

— Hors sujet ? Tu veux dire qu'on est en plein dedans. Trop de coïncidences ! Alors quoi : elle est mariée. Mais elle est mariée depuis huit ans et toujours sans enfant ! Tu ne vas pas me dire qu'il n'y a pas un problème, Lénine.

Lénine se crispe et rétorque, agacé :

— Shiv, tu te trompes ! Tu as fait une croix sur Laleh et elle a fait une croix sur toi. Il n'y a pas de retour possible.

— D'accord, mais moi je crois ce que je vois. Et ce que je vois c'est Laleh ici, à deux pas de moi ! C'est inouï Lénine, et d'ailleurs ce n'est PAS une coïncidence ! C'est forcément pour moi ! Pour nous ! Un présage, une étoile, peut-être même un horizon.

— Alors là tu vas droit dans…

Il s'arrête net.

— On est suivis. Dépêche-toi, on va chez le Kannada.

Le Kannada les met en garde :

— L'abattoir, il ne faut pas trop traîner autour. Le *beef ban* a changé la donne. Tout Bombay a peur. Enfin ceux de la ville. Ici, à la périphérie, il faut bien que ça continue, on ne va pas devenir *veg* du jour au lendemain. Donc il y a l'abattoir officiel et les abattoirs informels pour faire tourner le business… Les Dons font venir les *Kasaï* des villages, puisque les locaux ne veulent plus travailler.

Lénine est tellement étonné qu'il demande des précisions.

— Vraiment, on continue donc à abattre des bœufs ici ?

— Si on continue, c'est en silence. D'abord on ne va pas arrêter comme ça le commerce de viande et de peaux. Et puis il y a l'Aïd[16], la fête du sacrifice. Nous on sait très bien qu'ils n'abattent pas que des moutons et des chèvres. Ici, les abatteurs musulmans sont les rois de Bombay. Un *Kasaï* plus un mollah, ça fait au moins deux cents bêtes par jour. C'est leur

---

16 L'Aïd ou encore *Bakr-Id* est la fête musulmane du sacrifice (en ourdou *bakr* signifie chèvre, l'animal sacrifié). Elle est célébrée dans toute l'Inde.

bonus. Le reste de l'année, ils abattent de temps en temps pour un privé et ils travaillent sur la décharge.

Lénine insiste :

— Mais l'abattoir a arrêté officiellement l'abattage des bœufs ?

Le Kannada tarde à répondre.

— Vous êtes à Bombay ! Entre la loi et la pratique, il y a tout un monde de possibles. Il suffit de se taire. Déjà beau que l'abattoir n'ait pas fermé avec le *beef ban*...

Il parle de plus en plus bas.

— En fait, s'il reste ouvert, c'est qu'il est bien protégé…

Puis il dit, sur le ton de la confidence :

— Ça va créer des problèmes. Les Vigilants sont partout. Le Don regarde ça de près. Il attend que le Pathan commette une erreur avec les *Kasaï*… Ce sont des cibles vivantes.

« Cible vivante » : avec ces mots qui percutent Shiv, la blessure se rouvre comme sous la lame d'un scalpel. Elle est pourtant si ancienne. La mort de son père. Le feu. Et le commentaire du journaliste, une « cible vivante ». Shiv titube, il n'écoute plus. Lénine perçoit le trouble de son ami, mais l'attribue à tout autre chose. Le Kannada conclut :

— N'allez pas trop de ce côté, vous risquez d'avoir des problèmes.

Shiv attend d'être seul avec Lénine sur le chemin du retour. Il ne tient pas à parler de Laleh. En revanche il veut comprendre cette histoire de Vigilants.

— Tu peux finir ta phrase cette fois ? Tu as dit que la question, c'était les Vigilants. Alors ?

Lénine soupire, comme s'il redoutait le tableau qu'il va dépeindre.

— Tu n'imagines pas à quel point le feu a pris ces dernières années. Tu as vu à Vikas Nagar, lorsque le cortège des *Gau rakshaks* est passé ? Ce sont des allumés. Le problème c'est que la haine est permise. Mieux, elle est organisée par l'État ! Mittron commandite des croisades. Tout ça au nom de la morale védique ! Les lynchages se multiplient contre des types qui n'ont rien fait, et qui ont le malheur d'approcher une vache de trop près. Des milices de désœuvrés, des jeunes qui n'ont rien à faire et rien à perdre, sont autorisés à tuer. Ça ne m'étonne pas que les Vigilants fourmillent à Gandapur.

— Pourquoi ? Qu'est-ce qu'ils fichent à Gandapur ? C'est loin de tout !

— Mais le business, comme d'habitude ! Bombay, c'est qu'une histoire de business ! Ça rapporte d'être un *Gau rakshak*. Tu sais combien ils se font payer pour surveiller des vaches ou pour éliminer un bâtard de musulman ou de dalit qui a traficoté de la bidoche ? Le gardiennage de ces dames sacrées : jusqu'à un *lakh*[17]. Un lynchage réussi : un demi *crore*. Les conflits de voisinage se règlent très vite en ce moment.

Shiv est étonné de l'analyse de Lénine.

— Mais enfin, ce n'est pas l'argent qui explique tout quand même.

Lénine s'engouffre :

17 Un *lakh* est une unité indienne de numération qui équivaut à cent mille (100 000).

— Tout à fait d'accord. Être Vigilant, ça occupe et ça donne un but aux paumés. C'est une cause comme une autre, il suffit de suivre la voix du *guru* !

Shiv est inquiet.

— Alors, qu'est-ce qui va se passer ?

— Gandapur est une dynamite. Les hindous et les musulmans, les Dons et les chiffonniers, les riches et les miteux… Les politiques l'ont bien compris… Ça finira mal : il suffit d'une allumette ! Les Vigilants attendent le bon moment. Avec quelques coups bien visibles qui feront monter la haine contre les musulmans, ils peuvent préparer un massacre. Et n'oublie pas que tout ce petit monde vote ! Des dizaines de milliers d'électeurs ! Et dans un an ce sont les élections.

Shiv n'est pas rassuré. Il s'enquiert :

— Pourquoi on nous a suivis ? Ça vient d'où à ton avis ? De la direction de l'abattoir ?

— Possible, mais pas sûr. Tu as bien vu l'abattoir et tu as entendu le Kannada : tout le monde a ses intérêts.

***

Shiv commence à se familiariser avec la décharge. Et elle l'intéresse bien plus maintenant qu'il a rencontré Laleh sur son périmètre.

La vision de Laleh a fait voler en éclat ses résolutions. Il a chaviré, comme si chaque fois était la première. Shiv se souvient très bien du ravissement initial. À l'époque, quoique très jeune, Lénine est déjà une figure de proue du mouvement *gay* bombaïte, il se bat pour la dépénalisation. Il décide de lui présenter sa sœur qu'il « emploie » comme il dit à défendre « ses dossiers difficiles ». Laleh termine ses études de droit à l'Université : il lui revient de traîter les cas compliqués de ses amants accusés de troubles à l'ordre public. La jeune femme parsie, avec son timbre tranquille, surprend ses camarades à s'enflammer de manière si convaincante sur des dossiers à la limite de l'impasse, mettant en cause la bonne morale indienne. Elle se professionnalise, apprend à défendre les causes ingrates. Shiv la rencontre chez Lénine. Elle rentre en riant avec une bouteille de Pepsi qu'elle propose à la place du thé de Mehertaï pour fêter le dossier qu'elle vient de remporter. Shiv est subjugué par sa beauté et son indépendance. Cela ne va pas de pair en Inde. En tout cas pas dans l'Inde qu'il connaît. Ses deux sœurs, dès leurs études primaires terminées, ont attendu à la maison l'époux choisi, et elles élèveront leurs filles de la même manière qu'elles ont été élevées : en acceptant tous les sacrifices que la grande famille indienne exige d'une femme.

Et puis Laleh regarde droit dans les yeux, cela fascine Shiv. Il ne peut s'empêcher de penser à ses sœurs éduquées par leur propre mère à couvrir leur visage de leur voile, car rien ne doit déborder en présence d'un homme, surtout pas un regard. En rencontrant Laleh, Shiv comprend avec force que la place des femmes à Bombay est autre : là elles se tiennent droites parce qu'on leur a appris à se redresser. Ou parce qu'elles ont pris ce droit. Et Laleh a une telle aisance ! Cela aussi fascine Shiv. Laleh passe de son *sari* parsi à son jean sexy avec une décontraction totale. La facilité avec laquelle elle navigue d'un monde à l'autre, du plus traditionnel au plus moderne, est l'apanage de la haute société dont elle est issue.

Shiv se rappelle cette époque où il vient presque chaque jour après ses cours chez Lénine, sous prétexte de travailler avec ce dernier. Chaque fois que Laleh rentre, il est subjugué. Elle en revanche n'est jamais surprise de le voir, lui le meilleur ami. Elle s'accoutume même. Shiv poursuit ses visites à heure précise comme on attend une biche : on patiente à l'orée de la clairière, on sent sa présence bien avant de la voir, tout frémit et soudain elle se montre. Alors avec précaution, on s'avance sans bruit en suppliant le ciel qu'elle ne recule pas.

Shiv vient de surprendre la biche en plein abattoir, au milieu de Gandapur.

Pourquoi Lénine l'a-t-il mis en garde la veille avec tant de véhémence ? Pourquoi lui-a-t-il déclaré comme pour raviner tous ses espoirs : « Tu n'as aucune chance » ? Lénine aurait-il peur de quelque chose ? Shiv a presque failli se fâcher.

— Qu'est-ce que tu as, c'est notre histoire Laleh et moi, laisse tomber !

Alors Lénine a asséné un dernier coup, l'argument suprême.

— J'arrête Shiv, mais sache une chose, c'est bien plus facile d'être homo en Inde que de déroger à la loi des castes. Et avec les Parsis, c'est pire que tout. Tu vas te brûler les ailes. Et je ne veux pas encore te voir souffrir.

***

Londres relance Shiv, demande les premières études, les évaluations du sol, la liste des interlocuteurs. Shiv se sent à la fois excité et dépassé par la démesure du pari. Car le pari est vertigineux. Après un mois de visites quotidiennes, il a compris une chose : Gandapur est une cité à part entière, avec ses règles, ses lois, ses interdits. Pour l'instant, il n'en saisit pas la logique.

Il décide de parler de ses doutes à Shantiji. Il la rejoint dans le salon. Le bungalow paraît gigantesque à cet endroit : dans la pièce centrale, l'impressionnante hauteur sous plafond forme comme un atrium. La pièce est épurée, meubles d'acajou sur murs blancs. Un bureau aux boiseries travaillées accompagne la grande bibliothèque et deux divans sur lesquels sont jetés des cotonnades de *khadi** rouge aux dessins de paon. Assise, Shantiji. L'étude, dans ce coin de la pièce habitée de livres, le renvoie à la maison de son enfance et à la figure aimée de celui qui n'est plus. Une pièce le fascinait, l'aimantait même, le bureau de son père qui l'autorisait à rester sans bruit pendant qu'il travaillait. Alors, enfant, il y rêvait des heures, entouré de livres par centaines, récits d'histoire ou cahiers de comptes, aux calculs savants et pyramides de chiffres, glissés dans les alcôves ou perchés sur une pierre saillante. La poussière avait recouvert les pages et les livres se confondaient à la pierre grise, donnant l'impression d'archives telluriennes. Son père lui manque étrangement en cet instant.

Shantiji l'accueille et l'écoute. Elle le conforte dans son intuition.

— Pourquoi crois-tu que j'aie sillonné ainsi les campagnes pendant quarante ans ? Ce ne sont pas tes visites de quelques heures qui vont te permettre de comprendre. Il faut te réveiller à Gandapur, t'y assoupir, la connaître la nuit aussi bien que le jour, saisir son rythme, son pouls, sa circulation. Et tu comprendras alors à quoi tu t'attaques !

Shiv ne répond pas. Elle l'anime :

— Te souviens-tu seulement de ce tu as appris de tes expériences. De tes voyages avec moi ? De tes premières missions ?

Shiv ne peut s'empêcher de rétorquer :

— Là c'est un monde que je ne connais pas. Je l'ai à peine croisé… Je ne connais bien que les villages. La ville, c'est mille fois plus compliqué…

Elle réplique, imparable :

— Détrompe-toi ! Les hommes sont tous les mêmes : la seule chose qui compte c'est faire vivre la famille, la nourrir, éduquer les enfants. Il n'y a que le cadre qui change. Réfléchis à ce que tu as appris.

Shiv laisse remonter sa toute première expérience dans les campagnes. Il a presque l'impression de la revivre tant il est ému.

Comme tous les jeunes lauréats qui débutent dans la haute fonction publique et que le gouvernement veut dégrossir, Shiv est mis sur un dossier difficile. Il a tout juste vingt-trois ans. Il s'agit de superviser la dernière phase du déplacement de villages ennoyés suite à la mise en service du barrage de la Kalhanaru : onze villages, environ mille ménages, soit 4 619 personnes exactement et 12 298 hectares d'habitations et de champs cultivés. Il officie à une soixantaine de kilomètres de son village natal, à la frontière du Maharashtra et du Karnataka, là où les eaux du fleuve sont disputées par chaque État, et où l'enjeu colossal des barrages rythme la vie des villageois.

Shiv répond au bureau de protection de l'environnement de l'État. Une première équipe venue de Delhi s'est heurtée aux villageois, remontés et organisés en comités qui refusent toute compensation. Plusieurs villages ont déjà été ennoyés. Shiv doit dénombrer les maisons et les terres restantes, préparer les arrêtés d'acquisition, proposer les montants des indemnités, préciser toutes les échéances des plans de déplacement à venir. Son rôle de technicien s'arrête là.

Shiv se souvient de son trouble en arrivant dans les villages qu'il prétendait connaître. Face à ces familles qu'il s'agit de déplacer, il se trouve muet. L'administration lui demande de traiter des drames humains sous forme de tableaux. Or, en face de lui se tiennent des pères de famille. Shiv comprend alors le principe : perdre espoir pour soi, les plus pauvres savent l'endurer, mais perdre espoir pour ses propres enfants, ce n'est pas supportable. Il faut donc trouver des promesses tenables si on ne veut pas sacrifier deux générations aux projets de développement. Tout ça pour le barrage, « ces temples de l'Inde moderne » comme les appelait Nehru, qui détruisent pourtant des familles entières.

Shiv veut comprendre le grand barrage qui justifie tout. Il demande à le visiter, à parler aux ouvriers. Il est d'abord ébloui par la puissance de l'œuvre, c'est une cathédrale avec des jeux de lumière féeriques par ses ouvertures, qui, selon l'angle et la taille, jouent comme des vitraux d'or et d'ombre. À l'intérieur, dans la ruche noire, des hommes silencieux travaillent, migrants amenés par filières pour des chantiers de quelques mois. Ils vivent et dorment sur place. À certains endroits, s'accumulent leurs maigres balluchons où tient toute leur vie. Shiv échange avec le contremaître : ces types sont là pour un an, ils viennent de loin, sont tenus par des contrats qui paient parfois directement les familles au village. Ils ont tous charge d'âmes. Certains ne rentreront jamais, ils partiront pour d'autres contrats ou crèveront sur place. De maladie, d'épuisement, de désolation.

Le ventre humide du barrage surplombe toute la vallée. Shiv abasourdi, se sent minuscule dans la fourmilière géante. Elle pourrait abriter tous ces hommes perdus en tour maudite des ennoyés.

Et à présent, Shiv revoit ces tableaux gravés dans sa mémoire. Le premier, celui des villages déplacés : des maisons abandonnées, à moitié déconstruites, comme après une guerre, une famine ou un grand ravage. Quand le niveau de l'eau monte, un lac impassible engloutit les maisons, les ancêtres et les terres. L'étendue immobile emporte le regard très loin, l'arrête un moment sur le seul pignon qui pointe encore, le sommet du temple en résille de pierre, balise étrange entre les rondins qui divaguent comme une flottille de bois. Le second tableau montre les nouveaux villages reconstruits sur les terres stériles distribuées par le gouvernement : quelques baraquements épars sur des terres étales, vides de toute âme.

Cette première mission de dix-huit mois n'a pas produit sur Shiv l'effet escompté par ses supérieurs : au lieu de lui donner l'assurance attendue, elle précipite ses doutes. Après des mois de relevés et de discussions, il a rendu son rapport avec les chiffres précis et des recommandations. À l'époque, il ne sait pas comment être plus habile face à l'administration et inclure dans ses calculs le coût de la corruption. Cela, il l'apprendra bien plus tard. La difficulté vient aussi de sa stupeur devant les familles qui tentent de suivre sans bien comprendre, n'imaginant même pas qu'elles pourraient se défendre, car on ne se défend pas de l'État. Le gouvernement utilise les tableaux de Shiv pour achever la distribution des compensations, sauf que les chiffres sont muets, ne souffrent pas, ne respirent pas, ils gèrent des cohortes, des cadastres de bâtis et des terrains. Shiv a ainsi brillamment réussi sa mission, mais est profondément ébranlé, au point qu'il quittera bientôt la fonction publique et les programmes de développement.

Dans le salon du bungalow, voilà Shiv qui frissonne à l'évocation de ces souvenirs.

— *Shivering Shiv* ! *Shiver is back* ! jacasse Dayanand avec une pointe d'ironie.

Shiv ne l'a pas vu, assis dans le salon à lire le journal, tandis qu'il discute avec Shantiji. « *Shiver, Shiver* », cela fait longtemps qu'il n'a pas entendu ce surnom, petite méchanceté de ce snob de Dayu. Il résonne maintenant, et Shiv se souvient du surnom jeté avec violence au milieu de ces murs pour mieux le suivre, pour mieux l'écraser.

— Souvenez-vous Shantiji comme nous avons pu discuter de ces nouveaux villages. Vous-même vous étiez inquiète pour les jeunes, ceux dont les pères avaient perdu leurs terres et qui imaginaient des reconversions faciles en ville. Les jeunes s'impatientaient, ils voulaient leur part de modernité. Ils rêvaient de moto, de vitesse, d'autres routes. Or dans ces villages mourants, ils étaient renvoyés à l'immobilité de leur destin.

Elle acquiesce et soupire.

— Mais trouvent-ils tellement mieux en ville ? Regarde les bidonvilles, regarde les décharges…

— Au moins, l'espoir les anime encore.

— Tu as raison, réplique-t-elle, presque sévère. Je vois que tu as appris de ces hommes. Quoi d'autre ?

Shiv reprend :

— J'ai appris, Shantiji… que l'État peut tuer. Que ces foutus plans de développement peuvent tuer. Que des intérêts économiques peuvent tuer.

Elle rétorque vivement :

— Certes. Mais ce n'est pas tout. Tu as aussi appris que rien n'arrête un père de famille. Que des hommes organisés peuvent empêcher un barrage. Qu'un village mobilisé est une mine de vie. Ton Gandapur est un grand village avec des familles. Il est tenace.

***

Shiv prend Shantiji au mot. Il faut plonger dans le bidonville, sortir de ces visites de surface. Il est décidé que Shiv habitera chez Hari une dizaine de jours.

Shiv s'installe serein : fort de ses missions spartiates, il se pense rompu à la vie dure. Il est accueilli comme un *raja**, dont la sainte présence honore les hôtes et les lieux. Une ribambelle d'enfants s'est postée aux abords de la maison, curieuse de ce seigneur qui vient les visiter, prête à jouer les valets pour l'accompagner partout où il le désirera.

La maison de Hari est une des rares maisons en dur. Cette maison-là, elle ne s'effondre ni ne s'envole à la mousson. La bicoque abrite Hari, sa femme et ses deux enfants, sa mère et sa sœur. Le voilà à l'intérieur, fasciné par cette cahute minuscule, atelier le jour qui se transforme en maison le soir. Au fond, palpite le plus intime, la cuisine minuscule réduite à un foyer, avec, sur une planchette branlante, l'autel des dieux. Un coin sert à dormir, et devant, le seuil sert à trier. Au premier étage, à travailler encore, sous la fournaise du toit. Il est frappé par un drôle d'étalage sur les étagères. Les planchettes portent les ustensiles de cuisine, les cotonnades pour dormir, et dans une seconde rangée des bocaux et des fioles de toutes les couleurs, remplies de cordons, de racines, de cheveux, de remèdes et de poisons. La mère de Hari, qui tout le jour demeure assise, trop âgée pour se déplacer, prévient le visiteur qui s'étonne :

— Ce sont mes épices à moi !

Elle est une personne importante dans le bidonville, c'est la *daï**, l'accoucheuse. Elle insuffle tranquillement son autorité sur les futures mères. Car elle a de grands savoirs, celle qu'on appelle aussi l'enfanteuse. On continue de la consulter, les femmes inquiètes viennent la voir pour préparer une naissance ou se débarrasser d'une grossesse dont elles ne veulent pas. On vient la voir de loin parfois, et même des quartiers brahmanes. Car elle sait comment agir dans ces moments de transition, pour faciliter l'arrivée du nouveau-né, conserver le cordon ou encore expulser la larve avant qu'elle ne devienne esprit, car il faut négocier avec les forces invisibles qui se vexent vite. À chaque naissance, Hari voit sa mère marmonner des prières pour l'enfant qui vient d'on ne sait quel invisible, un rejeton qui naît sur cette couche pourrie, une lueur de ciel dans ce monde renversé : elle ménage son arrivée comme une apothéose. À chaque avortement, elle prie longtemps la déesse pour apaiser les âmes. On la paye de ce qu'on a, un peu de farine ou de légumes, parfois de gros billets.

Hari vénère sa mère, celle qui a partagé la hantise des mères d'ici, toujours inquiètes pour leurs enfants. Car ils risquent tous d'être happés par le danger du dehors. Alors elles deviennent redoutables, les serrent, exigent, protègent, giflent souvent, les enferment si elles s'absentent. La *daï* incarne ce mélange de prodigieuse autorité et de torrents de tendresse des mères du bidonville.

La *daï* accueille Shiv avec simplicité, elle a l'air de le connaître. Shiv est surpris. Elle lui explique qu'elle est familière de son quartier et du bungalow. Elle y a travaillé souvent quand les chiffonniers manquaient de bras. Elle y a accompagné son fils encore enfant. Pendant cette période dans les beaux quartiers, elle avait rencontré l'amie de Hari, la petite fille aux grands yeux noirs. En entendant parler ainsi de Manju, Shiv comprend que celle-ci a toujours regardé ailleurs, hors du monde trop étroit du bungalow. Et soudain il réalise : les étagères, les fioles et les bocaux, ce sont les mêmes que ceux de la cabane. Cet univers d'apprenti magicien, de savoirs de la vie minuscule, c'est aussi celui de Manju. Elle est si présente à travers ce décor de bric et de broc.

Depuis presque vingt ans qu'ils se croisent, Shiv et Hari ne se sont quasiment jamais parlés. Et jamais ils n'ont évoqué l'incident de Manju, ce jour de colère ravageuse où elle a presque détruit la cabane devant leurs yeux. Ils sont unis par un vœu de silence, un vœu solide. Shiv a l'impression de rencontrer Hari pour la première fois. Il s'étonne de ses yeux qui s'allument quand il entend sa mère prononcer le nom de Manju. Shiv se souvient de ce que lui a raconté Shantiji de l'amitié entre les enfants. Alors il le questionne :

— *Haribhai*, vous étiez ami de Manju quand vous étiez petit ?

Hari dodeline de la tête, se lève, farfouille sous les couvertures, sort un carnet de tissu d'une pochette plastifiée, qu'il tend à Shiv. Devant les sourires encourageants de ses hôtes, Shiv dénoue le ruban doré qui l'entoure, l'ouvre et se met à lire la petite écriture en marathi, d'abord hésitante, puis plus rapide :

« – Pijon brin « *L'Adoptée* »– pate goche cassé – atèle

– Souri « *La Fuyante* » blessé au nivo de l'orèlle droite – mèrcurocrome

– Mésenge bleue « *La Joyeuse* » – aile abimé par le grillaje des voisins – du repo

– Le chien de Mira « *Kohinor* » cé raclé le do – pensemant… »

Plus bas, la liste des remèdes et des potions magiques : « cristeaux blan, cristeaux rouge, onguant de Mère, eau du temple, eau à l'oxigène, uile de lampe, cotton… » Puis des fragments et des commentaires sur les visiteurs : c'est le registre de la cabane que tenait Manju, les miscellanées joyeuses de son petit monde. C'est aussi le temps de l'amitié loyale, qui ne tolérait aucune autre hiérarchie que celle du jeu de rôle :

elle la trésorière, lui l'aventurier. Manju avait fait de Hari son chercheur d'or et ses fouilles étaient devenues des trouvailles prodigieuses. Il venait étaler à ses pieds ses découvertes : un gratte-langue, du vernis à ongle qui sentait le cinéma, des lames de rasoir, des boutons de nacre, des capsules, des pellicules photos avec des petits personnages gesticulant dessus... Elle choisissait les plus belles pièces pour son musée à elle, dans sa cabane.

Shiv comprend la force de leur lien. Sa grâce aussi. Il a une impression curieuse, comme si Hari et lui partageaient le monde du bungalow, alors qu'ils appartiennent à des univers opposés. Mieux, il comprend que les chiffonniers connaissent du bungalow beaucoup des secrets qui lui sont tus. Peut-être même Hari et sa mère savent-ils pourquoi Manju est partie ?

Il aimerait en savoir plus. Mais il sent bien que toute question trop directe amènerait au mieux une demi-réponse, au pire un silence gêné. Sa priorité est de se faire accepter par ses hôtes. Alors il écoute. Mais les conversations sont rares, car la vie à Gandapur est un combat qui ne se commente pas.

Shiv se laisse guider par les enfants qui l'emmènent partout. Il découvre un autre monde, se dit que du bidonville il n'avait rien vu. La visite de Lénine ne lui a montré que la façade des ateliers. Derrière, c'est un labyrinthe incompréhensible de ruelles qui laissent à peine passer une personne, des *galli** si étroites qu'il faut rebrousser chemin si un autre a le malheur d'emprunter la venelle en sens inverse. Au moins elles retiennent un peu de fraîcheur dans leurs murs d'ombre. Il demande à visiter chaque rue, avec les enfants il a l'impression d'un jeu, à celui qui sera le plus rapide pour imposer son passage. Il tombe sur les petites distilleries illégales, qui mitonnent des tord-boyaux et cristallisent la noix vomique en poison mortel. Il comprend enfin la couleur rouge des eaux de la crique où se déversent les écorces des tanneries interdites. Une autre puanteur lui signale les courettes sanguinolentes où sont abattues les bêtes refusées à l'abattoir, des moutons malades et prostrés.

Les hommes s'épuisent. L'eau n'est pas potable. La terre est infectée. Les cahutes sont brûlantes. Pas question de se soulager dans le bidonville, il faut rejoindre la crique à plus d'une demi-heure, enjamber les fosses de merde. Une fois Shiv escorté, les enfants se volatilisent pour le laisser à sa besogne, et réapparaissent quand il se redresse. Et repartent avec lui dans le paysage dévasté des mangroves et des terrains jonchés de détritus, annonciateurs du dépotoir. Shiv se sent devenu un des figurants des spots publicitaires sur « L'Inde propre » et il hurle au fond de lui : il participe de la honte des habitants du bidonville, qui supportent, supportent et supportent encore jusqu'à ce que la merde déborde. Jusqu'à ce que la honte se transforme en haine.

Les fins de journée, lorsque la moiteur s'allège, ce sont les enfants qui l'invitent à venir les applaudir. Il les regarde jouer dans les courettes qui lui rappellent le quartier des intouchables de son village. Ce sont les mêmes : pieds nus, garçons aux shorts sales, fillettes aux jupes traînant la crasse dans des tracés de lutin. Ils se tiennent en petits groupes accroupis, les yeux rivés au sol, jouant aux *sagargotés** avec pour osselets des cailloux, à des marelles fugaces, dessinant dans le sable des morpions, et leur connivence fait envie.

Shiv se souvient de ces jeux interdits à ses sœurs et lui, de haute caste. Ils n'ont pas dix ans. Ils ne doivent pas y aller. Les enfants intouchables, eux, sont interdits d'école, ils doivent garder les plus jeunes et aider aux corvées de l'eau, aux corvées de bois, aux corvées d'enduit, aux corvées de corvées. Mais le reste du temps, ils jouent comme ils veulent. Ils jouent avec n'importe quoi. Shiv ne sait pas jouer avec n'importe quoi et il les envie. Il revoit les enfants des équarrisseurs qui s'amusent avec le squelette de bœuf, la fillette qui a endossé la carcasse comme on aurait endossé un corset, et les vertèbres qui lui font une gaine dentelée autour de son petit torse. La bande hilare a revêtu queues, sabots et cornes dans un petit carnaval d'intouchables. Devant la fantaisie hérétique de ces territoires reclus, il n'ose s'approcher, lui, le rejeton brahmane voué à l'étude.

Et voilà soudain que les enfants commencent une partie de *kabaddi*[18]. L'invitation est trop pressante. Lui, Shiv, un des meilleurs joueurs de son village. Il a toujours eu la réputation d'être un excellent chasseur, non pas tant à cause de son attaque, il n'est pas très agressif, il n'ose que rarement les rentre-dedans furieux. Mais il sait retenir son souffle longtemps et garder la tête froide pour ne pas être encerclé par l'ennemi, au roulement de « *kabaddi, kabaddi, kabaddi* » qu'il claironne sans respirer. La règle numéro un du jeu, il la maîtrise mieux que personne. Et

18 Sport populaire qui se joue en deux équipes de sept joueurs, où l'attaquant retient son souffle quand il passe à l'action et répète « *kabaddi, kabaddi, kabaddi* ».

là, avec les enfants de Gandapur, il a l'impression de la maîtriser encore. Il est accueilli comme un allié.

La famille de Hari lui ménage tout ce qu'elle peut. Il est servi en premier par ses hôtes avec un respect qui tient de la dévotion, il ne manque pas de légume avec les *chapati*. Alors que Shiv peut sentir le fumet de viande préparée dans les bicoques d'à côté, jamais l'épouse de Hari n'a l'inconvenance de lui proposer, lui brahmane, le « légume rouge » comme on appelle pudiquement ce qu'on n'ose nommer. Pour dormir, ses hôtes lui réservent ce qui fait office de lit, un *charpaï** tandis que les autres s'allongent, serrés, sur les nattes qu'on déroule. Les hommes d'un côté, les femmes de l'autre. Shiv s'écroule et ses yeux se ferment. Il s'endort, mais sans que la nuit l'enveloppe de sa caresse. Car il n'y a pas de nuit dans le bidonville, les ateliers continuent à travailler, les hommes restent en alerte. Le matin, Shiv se réveille encore fourbu, la tête qui bourdonne des bruits de la nuit. Il remarque la *daï*, la femme de Hari, sa sœur et sa fille qui se réveillent dans les bras l'une de l'autre, comme si la nuit les avait portées à se rapprocher, à confondre un peu de leur peine dans la chaleur des corps, à laisser s'épandre l'immense fatigue. Rien à voir avec Bheeramal Mansion, où tout le monde vit sous le même toit mais dans ses quartiers distincts, luxe des familles riches.

Après une journée à marcher dans Gandapur, Shiv ne sent plus ses membres, c'est tout le squelette qui est engourdi et brûlant. Son corps part en mille morceaux. Et au bout de quelques jours, il se sent contaminé par des germes insidieux qui obstruent son nez, ses yeux, sa bouche et qui l'ont choisi pour territoire. Il ne s'en inquiète pas outre mesure, même si l'étrange inflammation qu'il ressent sur son torse, son cou, jusque sur son cuir chevelu, est insupportable. Il tousse, tentant d'expectorer un mucus puant, tandis que ses ongles sont noirs du jus infâme de la décharge qui suinte sous les pieds. Il remarque les maladies de peau, et ces taches sombres qu'il avait repérées dès sa première visite, sur les bras et les torses nus, quelquefois étendues en urticaire, quelquefois en taches brunes. Mais la curiosité l'emporte chez Shiv et il se félicite d'être resté : son corps semble se modifier, non pas s'altérer, mais exiger de lui une telle résistance à la chaleur, à la crasse, au poison de l'air, qu'il se mobilise, s'affermit presque.

Tous les jours aux aurores, Hari emmène Shiv sur la décharge avant de partir à Vikas Nagar. La décharge est vivante. Elle aimante tout, les hommes, les femmes, les enfants, leurs vies entières. La décharge est rouge, elle fait suer les corps, elle les blesse, les saigne même. Tous ont un mandat. Tous ont une place assignée et il faut entretenir la montagne nourricière sinon elle les éjecte. Les plus volontaires se postent à l'aube pour recevoir les premiers camions. Ils sont là quand Shiv et Hari arrivent. Vers sept heures, se positionnent les recycleurs qui viennent chercher les marchandises juste triées, et les négociations commencent : pesage, estimation, versement, empaquetage et chargement. Le défilé des recycleurs progresse comme sur une place marchande, sauf que cette place est répartie savamment aux quatre coins de la décharge, chacun avec sa spécialité. Shiv regarde Hari qui négocie avec ses mandataires et vérifie les premiers arrivages de plastique du jour. Il comprend vite les hiérarchies, les loyautés, et repère les recycleurs importants qui mobilisent les escadrons d'hommes jetables de jour comme de nuit : l'Albinos tacheté a la main sur les e-waste, le Rouquin s'occupe du mâchefer, le Manchot contrôle l'aluminium, son frère le cuivre, un autre le papier, celui-là le carton. Une partie des déchets triés part dans des ateliers de recyclage extérieurs, une autre va directement nourrir les hommes du bidonville qui attendent, affamés, dans leur bicoque. Ils se mettent au travail, en roulement de trois huit. De sorte que le bruit de frappe, de cylindre, de découpage, de tri ne s'arrête jamais. Chaque bruit, chaque odeur est le signal du débit de la décharge. Réglée précisément, la vie ne laisse la place à aucun écart : l'inattention provoquerait la blessure, et l'abandon la mort. Shiv partage la transe générale quand une cargaison exceptionnelle s'annonce et qu'une rumeur pleine d'ivresse parcourt le bidonville. Il sent la main invisible des Dons, ceux dont personne ne prononce jamais le nom. La montagne enfle le matin, dégonfle le jour. Mais au fur et à mesure, année après année, elle ne cesse de grandir. Sa présence est comme celle d'une gigantesque divinité qui veille, possessive, sur les portes de l'enfer.

Surtout le décor se transforme, Shiv perçoit d'autres logiques, déchiffre les bruissements du bidonville, ses plaintes déchirées aussi. Il a l'impression d'avoir enfin quelques pièces du puzzle.

***

Voilà Shiv de l'autre côté du miroir, celui qu'il n'a pas soupçonné lors de ses premières visites. Les maisons n'en sont pas, elles ne protègent pas, elles ne gardent pas les secrets et les hommes titubent. Tous les hommes titubent le soir. Shiv entend les cris. Il entend le coup dans la baraque d'à côté et la femme qui tombe, puis le silence. Il distingue maintenant la femme les yeux baissés de honte. Ce n'est pas de la pudeur. L'alcool frelaté fait des ravages, Shiv le voit aux yeux injectés de sang et aux rictus hébétés de ses interlocuteurs, auxquels il ne faut plus parler, ils ont commencé à se noyer dans la nuit. Les chiens fous la tête dans le plastique, ce sont eux. Ils sont pris par les éthers des déchets et les effluves du tanin qui montent à la tête et font oublier.

Ce soir-là, Shiv tombe sur le Kannada fou furieux. Le Kannada a trop bu sans doute, il a glissé comme tous les soirs un peu, après le départ de Zubin *Saheb** et Shiv *Saheb*. Ces deux-là ! Devant eux, tout le monde fait semblant de bien se tenir. Le Kannada glisse dans sa nuit pleine de marionnettes qui lui racontent des histoires de sa campagne d'avant et le consolent. Soudain il aperçoit Shiv, et le hèle :

— Hé, j'ai entendu, toi, tu parles de l'amie de Hari. Je me souviens ! La petite fille du beau quartier !

Shiv s'arrête. Il est atterré de voir le Kannada dans cet état pitoyable, excité, hors de lui. À côté, un autre homme plus âgé est affaissé, sa bouteille à la main. Il se met à faire de grands gestes en roulant des yeux comme pour expliquer qu'il connaît lui aussi l'affaire. Il parle fort, secoué par les hoquets d'ivresse. Il abonde :

— La petite fille ! Le beau quartier ! Tu te souviens *bhai* ?

Le Kannada répond d'une voix tonitruante :

— Dans la cabane, regarde dans la cabane frère, qu'est-ce qui se passe ? Hein ? Qu'est ce qui se passe ?

L'autre essaye de se lever, titube un peu, se redresse. Shiv a peur, il ne sait pas de quoi, il continue de les fixer. Le type se met à mimer le geste, avec sa bouteille maintenue au niveau de son sexe, et éructe :

— La petite fille, je la tiens tiens bon, je la tiens, et han et han, et encore petite fille.

Il met sa seconde main sur sa bouche et émet des sons rauques étouffés, fait mine de se débattre. La bouteille balance en avant en arrière, il gémit et rote et s'écroule. Shiv veut partir mais le Kannada est là qui insiste :

— OOOH, arrête, arrête, il faut arrêter, le salaud, le fils de sa mère, le fils de pute, il faut l'arrêter ! Viens *bhai,* on va l'arrêter.

Shiv recule. L'un et l'autre se jettent sur une ombre imaginaire en frappant dans l'air « salaud, salaud ! » Le vieux fait exploser sa bouteille par terre : « Sur la tête, ça, prends ça fils de pute » et les deux s'écroulent en pouffant de rire.

Shiv détale. Plus loin, il s'arrête, s'assied comme il peut sur une pierre, prend sa tête dans ses mains. Il est seul. Il ne sait pas quoi faire. Sa tête cogne. Ses pensées vacillent. Qu'est-ce que ces deux bougres viennent de révéler sans même s'en rendre compte ? Le Kannada a connu la bande des chiffonniers de Vikas Nagar, il a travaillé avec le père de Hari à son arrivée dans le bidonville. Il imagine l'homme entrer dans la cabane, là devant Manju. Il s'est mis devant elle, la petite fille, et a posé sa main sur sa bouche. Il l'a immobilisée, l'empêchant de se débattre, elle sent la main venue se planter entre ses jambes, et la pression sur ses seins, et la bouche comme coincée sur la sienne, et la douleur clouée dans son bas-ventre soudain inscrite là. Elle sent son haleine de cinglé et sa voix de fou, « Viens ma déesse laisse-toi faire et surtout pas de bruit » tandis que ses mains fourragent déjà dans son sexe, ses sales doigts dans la vulve rose et vierge. Elle croise soudain l'ombre gigantesque et le rugissement des chiffonniers débarqués. Les chiffonniers frappent et font voler la cabane autour d'elle, mais elle n'est sans doute déjà plus là, ses yeux arrêtés et sa pensée aussi et sa bouche muette.

Shiv est épouvanté. Dans quelle circonstance impossible vient-il d'apprendre le secret ? Par le bidonville. Pire, par les intouchables du bidonville. Et pourquoi lui, seulement maintenant ? Et les autres, ils savent ? Bien sûr qu'ils savent. C'est un double secret. Une double trahison. Au moins il a compris maintenant : le sérieux de Manju, le noir de son regard, son départ, son impossible retour.

Il lui faut longtemps pour reprendre ses esprits. Il se relève. Il rentre très lentement jusqu'à la maisonnette de Hari. Il sait qu'il n'en parlera pas. Pas même à Lénine. Seulement, peut-être, à Shantiji.

***

Les trois dernières nuits dans le bidonville sont brûlantes, Shiv demande à dormir dehors comme au village, et s'étend sur le *charpaï*, le ciel éperdu au-dessus de lui. La lune le tient éveillé, elle le regarde et le questionne. Il n'arrive pas à dormir. Il suffoque. Dans sa tête défilent les mots du Kannada et de son compère, avec les images, épouvantables. Au moins le Kannada, qu'il a recroisé la veille, n'a pas l'air de s'en souvenir. Autour de lui, rien n'a changé, le monde n'a pas basculé. Son monde, en revanche, s'est renversé.

Il est trois ou quatre heures du matin. Les ateliers travaillent. Il entend des bribes de conversation : tout près Hari discute. Les feux bleus éclairent les visages. Il distingue une famille et des baluchons empilés en face de Hari. Une femme qui doit avoir l'âge de sa mère est entièrement enveloppée de son voile, il ne distingue rien d'autre que son hoquet. Peut-être un sanglot, mais c'est inaudible. Les filles sont contre elles. Elles ont ramené leur voile sur le nez. À l'évidence, elles ne supportent pas la puanteur épaisse. Hari n'a pas l'air affecté. Il n'a jamais l'air affecté. Est-ce qu'il ne la sent plus, l'odeur ? Celui qui est né dans la fange, a-t-il perdu l'odorat à force d'être infecté de merde ? Ou est-ce à l'inverse un odorat de fauve, à l'affût perpétuel de la bonne proie ? Comme ses yeux perçants qui lui permettent de distinguer la pépite dans la mer d'ordures ? Tout cela, tous ces savoirs de la décharge, les nouveaux arrivants n'en ont aucune idée. Pour l'instant, ils vacillent de dégoût, ils sont humiliés. Cela passera. Ou pas.

Les filles portent les tout-petits sur leur hanche. L'une repousse un jeune garçon qui l'énerve. Il traîne derrière. Shiv entend Hari lui demander d'où il vient.

— Manpur, répond l'enfant.

— Où vous allez ?

— Nous cherchons un endroit.

Hari désigne une maisonnette en dur à droite de la petite mosquée, c'est là qu'habite un des « oncles » du réseau du

Don. Ils s'approchent des murs blancs au long minaret vert, petit joyau étrangement préservé au milieu des cahutes.

Hari aperçoit Shiv, lui fait signe de se rendormir. Mais la conversation inachevée tourne dans sa tête. Ce regard perdu de l'enfant qu'il a saisi à la lueur du feu, ce regard qui cherche à s'extraire de la violence du monde, lui en rappelle un autre, celui de l'enfant qui avait mal tourné. Et ces arrivants sont de Manpur, si proche des terres ennoyées. Finalement, il s'assoupit dans la nuit inquiète malgré la protection de la lune.

Le lendemain à l'aube, Shiv part à la recherche de la famille. Elle est facile à retrouver, quelques baraques plus loin, le même tableau que la veille. Shiv a besoin de savoir. Il s'adresse au chef de famille. Il se présente en quelques mots, précise son lien avec Manpur, proche de son village natal. Il ne parle pas de sa première mission. L'autre le jauge, épuisé. C'est lui qui lui dit de s'asseoir, ils vont discuter. L'homme s'accroupit en face de lui sur ses talons crevassés et cendreux comme de vieilles racines. Et le voilà qui s'adresse à Shiv avec une autorité qui le déstabilise, le tutoyant d'emblée, car son âge, son savoir, son expérience balayent tous les titres.

— Je suis un ennoyé. Nous sommes des ennoyés. Et tu as de quoi frémir car ce n'est pas seulement la mémoire de mes ancêtres qui est condamnée, c'est ma vie, celle de ma famille, de mes enfants et de mes petits-enfants.

Shiv frémit en effet, tandis que les failles de l'histoire se rouvrent, là, dans le récit du vieil homme. Ce dernier poursuit, d'une traite :

— Tu veux donc savoir pourquoi je suis ici, pourquoi je suis parti de ce foutu lieu… Cela a duré dix ans, de lutte, de réunions sous le grand figuier, de marches et de manifestations dans les campagnes. Mais le gouvernement avait tout prévu et nous serions déplacés quarante kilomètres plus loin à l'intérieur, là où la terre est ingrate et cela le gouvernement le savait. J'ai toujours travaillé la terre. Nous avons toujours travaillé ensemble dans le village, à prévenir les sécheresses. C'était la maison que mon grand-père avait construite. C'était aussi ma terre, car j'avais ma terre, je n'étais pas comme les saisonniers qui n'ont rien. Lorsque nous avons appris que tout allait disparaître, nous n'y avons pas cru, car on ne pouvait pas ainsi déplacer les maisons, les temples, les *dargahs**, les morts enterrés, nos arbres de prière. Et puis un jour, ils sont arrivés, les agents du gouvernement…

Shiv repense à la machine administrative, mécanique aveugle qu'il a pourtant servie des années.

L'homme poursuit :

— Ils sont entrés dans les maisons, ont demandé aux chefs de famille le nombre de résidents et la taille de chaque pièce. Nous ne comprenions pas réellement ce qui allait se passer. Comment veux-tu croire quelqu'un qui te dit que tu dois reconstruire ailleurs la maison où tu es né, où tes parents sont nés, parce qu'elle va se retrouver sous l'eau ? Ce n'est pas concevable. Alors j'ai vu ceux qui y croyaient, j'ai compris : ils démontaient leur maison, brique après brique, pour la reconstruire le plus à l'identique possible, espéraient-ils, sur le terrain quadrillé que l'État nous avait désigné. Un immense terrain sec, de cailloux et sans arbres. À l'orée de la forêt, que nous connaissions mal, dont certains avaient peur. Il y avait les esprits des lieux. Certains parlaient des âmes errantes. Alors, le chef du village, le *sarpanch** a organisé des conseils durant lesquels, à la craie, nous avons retracé l'emplacement de chacune de nos maisons, la mairie, l'école et sa cour et même la marelle des enfants — oui, on a retracé la marelle des enfants avec les chiffres et le ciel tout en haut —, la place centrale, le temple. Mais là où il n'y avait ni terre, ni arbre, rien, où mettre la grange à faux, l'enclos des bêtes, les aires de battage ? Ce n'était pas la peine de les dessiner. Moi je me demandais même comment on pourrait continuer à tenir ce conseil du village car il n'y avait pas de grand arbre et plus d'ombre pour nous rassembler. Seul le soleil tapant, jusqu'à rendre fou. Mais ils y croyaient, les autres qui faisaient la queue des jours entiers au bureau du canton pour obtenir leurs noms sur les registres, leurs initiales tamponnées de *Displaced People*, pour …

Un jeune homme à ses côtés, que Shiv n'a même pas remarqué, interrompt soudain le vieux d'une voix qui se veut ferme :

— Arrête maintenant, arrête de raconter ça pour la centième fois, c'est fini maintenant.

L'autre est ébranlé. Shiv, lui, est plongé dans la description minutieuse, ce tableau qui fait remonter la honte : les initiales des *Displaced People,* DP, sur les listes de compensations, DP#132, DP#4981, et la nouvelle carte du pauvre, celle qui rapporte le plus, celle qui place sous la ligne de pauvreté, sous la ligne de vie possible…

— J'accuse le gouvernement !

Qui vient de parler ? Le vieil homme ? Shiv ?

Ce dernier s'adresse au jeune qui les a interrompus :

— Laissez-le poursuivre je vous prie.

Les larmes du chef de famille coulent mais il continue de sa voix de révolte :

— Je ne sais pas comment te décrire les nouveaux villages. Ce ne sont pas des villages. D'abord une partie seulement des habitants a pu reconstruire, peut-être un tiers, les autres sont encore dans les maisons de tôle, les baraquements temporaires, comme j'étais moi, et ma famille, en attente, mais pour nous l'attente est devenue définitive. Dans ces villages fantômes, l'État a accepté de construire quelques bâtiments, l'école ou la mairie. Moi je ne me retrouvais pas dans les carrés de ciment, j'ai toujours vécu dans des maisons de terre et de brique, des maisons pleines d'histoires. Et puis le déplacement a tout désorganisé car le gouvernement n'a pas tenu compte des anciens quartiers. Nos nouveaux voisins ne sont pas ceux qu'on attendait, on se retrouve loin de nos propres frères. On nous a non seulement pris nos maisons et nos champs, mais aussi nos familles ! Mais peut-être que je me suis trompé car j'ai vu des familles heureuses du ciment et des grandes pièces. Elles vivaient enfin dans la modernité, les routes avaient été goudronnées, cela faisait penser à la ville. L'État avait mis l'électricité, les bus passaient plus nombreux. Oui, j'ai vu des familles si fières… On s'occupait d'elles, c'est l'impression qu'elles avaient… Et maintenant, que veux-tu savoir d'autre ?

Shiv se sent accablé. Il demande pourtant :

— Pourquoi ici ?

— Parce que j'ai tout essayé, sur les terres stériles, des années de tentative à faire pousser quelque chose entre les cailloux. Parce que la baraque de tôle est maudite. Alors j'ai pris le peu d'argent qui restait et nous sommes partis. Pour une autre baraque de tôle. Je n'ai même pas pu mettre ma famille à l'abri.

Un silence pesant suit. C'est comme si la honte de Shiv s'était désormais abattue sur l'homme. Ou l'inverse.

— Mais pourquoi ici à Gandapur ?

— Qu'est-ce que tu veux dire ? Il n'y a qu'ici qu'on peut atterrir, il n'y a que la décharge qui peut nous aider.

Il change soudain de ton, Shiv ne comprend pas s'il y a de l'ironie dans ses derniers mots. Du renoncement peut-être.

— La décharge de Gandapur : notre terre d'accueil. Les dieux nous y ont mis, alors…

Le vieil homme se tait désormais. Shiv sait tout cela, mais chacune de ces vies échouées le renvoie à l'échec des projets de développement : des vies englouties par le barrage, et maintenant par la ville.

***

Shiv vient saluer la *daï*. Son calme a quelque chose de majestueux. Celle qu'il avait pris pour une simple sage-femme de basse caste, avorteuse à ses heures, est une femme puissante. Il se dit qu'elle détient la tutelle de vie. Il vient aussi remercier la femme de Hari. Il repart avec le groupe des chiffonniers jusqu'à Vikas Nagar.

Hari doit encore vérifier une cargaison de plastique. Seul avec sa mère, il commente :

— Il a été surpris de voir le petit carnet.

— Oui, parce qu'il ne connaît pas toute l'histoire. Il sait peu de choses.

Après un temps…

— S'il savait tout, il nous éviterait. Il ne viendrait pas jusqu'ici.

Ils se taisent un moment. La *daï* reprend :

— Pauvre petite fille. J'aurais voulu faire plus pour elle. Quel salaud ! Les salauds de là-bas ne valent pas mieux que les salauds d'ici. Ils sont même pires, parce qu'ils se croient tout permis. Au moins nous avons notre justice ici.

Elle avait lu dans les yeux de la fillette de douze ans, avec les seins juste poussés et leur aréole rose, durcie sous les mains rugueuses qui n'auraient jamais dû les toucher. Le meilleur âge c'est douze ans, la *daï* le sait bien, les seins et le sexe s'ouvrent comme des bourgeons. La *daï* ressent encore la colère vive du petit corps prisonnier. Elle savait déjà que la rage y resterait enfermée.

— Vous l'avez aidée, murmure Hari.

— Un peu. Mais pas assez pour la retenir.

— Elle a bien fait de partir. Je pense que Shiv *Saheb* doit partir aussi. Il ne devrait pas revenir.

***

Après dix jours dans le bidonville et la décharge, Shiv rend les armes. Il a eu l'impression de se battre en permanence contre un ennemi invisible. Il en sort exténué, il a besoin de s'étendre des heures sur sa couche silencieuse pour remettre de l'ordre dans son corps fiévreux et dans ses pensées retournées.

La nuit ne vient pas. Shiv est envahi par la violence sourde. Il se demande qui va venir le visiter dans son sommeil. Il a peur de s'endormir, il ne veut pas glisser dans l'antre de la nuit, trop de fantômes l'y attendent, trop d'obsessions vont surgir. Mais c'est un homme épuisé qui réclame la paix : il s'endort fourbu.

Dans son rêve, il se trouve dans la baraque de la *daï* au milieu du bidonville, entouré du Kannada et de Hari qui a l'air contrarié. Il y a aussi des créatures couvertes de la suie du mâchefer, ils sont noirs comme de la cendre, seuls leurs yeux disent qu'ils sont des hommes.

Manju et Hari sont des adultes mais parlent comme des enfants. Les voilà tous les deux qui se mettent à courir, ils traversent les ruelles et vont à l'abattoir, près d'un alambic local qui distille un tord-boyaux. Manju s'adresse à Hari :

— Tu es mon ami. Tu vas m'aider à prendre l'alcool pour réparer les animaux.

Hari lui répond tristement :

— Toi tu étais mon amie. Mais maintenant tu es partie.

Manju rétorque :

— Mais non, je suis là, regarde. Je suis toujours ton amie. Moi, ça ne me fait pas peur du tout les poux dans tes cheveux. Tes traces de sale partout, tes pieds nus. Tes mains crasseuses qui égrainent les osselets dans un bruit de grelot. Tes coupures. C'est à cause de la décharge, je le sais bien.

Elle fait mine de saisir son sac.

— Oh ! montre-moi ce que tu as trouvé.

Hari en sort un triangle de toile rouge.

— Tiens, je t'apporte un cerf-volant.

Soudain émergent des recycleurs, Shiv reconnaît l'Albinos et le Rouquin, les gars qui tiennent les réseaux de la décharge. Ils se mettent à courir après Manju et Hari, ils veulent attraper le cerf-volant. Shiv les regarde courir et tourner sur la décharge, il est spectateur, quand il essaye de crier à Manju et Hari de faire attention, aucun son ne sort de sa bouche, et ils courent encore et encore.

Soudain, Shiv se voit dans son rêve et il croise le regard de Manju. Alors elle explose sur un ton plein d'acrimonie :

— Ah ! Shiv mais je t'ai déjà mis en garde. Tu insistes ! Qui es-tu pour penser résoudre le désordre du monde ! Le sang noir reste noir. Tu plonges dans ce trou que tu ne connais pas, l'antre de la misère, le ventre de Bombay. Attends-toi à l'étincelle qui va te brûler. Tu es un grand naïf ! Tu vas fourrer ton nez là où la violence n'a pas de fond !

Shiv entend des voix fortes qui approchent, et celle de Manju qui contraste, plus perçante que les autres. Elle le poursuit de ses mises en garde.

— Reste loin de tout cela. Le pacte qui me lie aux hommes de suie te dépasse ! Il vous dépasse tous, petit monde protégé des beaux quartiers de Bombay. Je n'aime pas ces idioties de superstitions, mais fais attention, il risque de t'arriver malheur. Toi Shiv, personne ne te protège plus. Ni ton père, ni ta mère, depuis longtemps. Ni ma mère. Shantiji ne protège personne. Et un *guru* qui ne protège pas, est-ce un vrai maître ?

Shiv est traversé de cette pensée étrange : il ne faut surtout pas que les hommes noirs rient, car s'ils rient, ce sera terrible. Et voilà que l'un d'eux se dresse comme un pantin désarticulé, sans doute est-ce le vieux qui traînait avec le Kannada, et il hurle :

— Tu paieras bâtard, tu paieras ce que tu as fait à la petite fille.

Manju reprend avec fougue :

— Les hommes noirs m'ont aidée. Moi, je les connais bien. Ils m'ont accueillie, petite noiraude que j'étais, petite va-nu-pieds que ma mère laissait jouer avec tout et n'importe quoi, elle qui voyageait, qui n'avait pas le temps, qui travaillait si fort pour des choses importantes. Les chiffonniers, ils m'ont protégée. Bien plus, ils m'ont sauvée. Mais toi Shiv, ils ne te protégeront pas. Ils n'ont rien à voir avec toi, tu te trompes quand tu crois que tu peux faire quelque chose pour eux. Tu avances vers leur monde. Je le sais, tu vas y farfouiller. Hari me l'a dit. Il a peur pour toi, toi qui veux tout savoir… Il ne faut pas. De toutes les façons tu ne sais rien et tu nc sauras rien. Tu n'as pas d'étoile.

***

Ce matin-là, Shantiji retrouve Shiv, elle est frappée par sa mine défaite.

— Tu as vu beaucoup de choses à Gandapur.

Shiv ne peut cacher son trouble.

— Shantiji, ce sont surtout eux qui savent beaucoup de choses sur nous.

Elle ne dit rien, mais son silence semble approuver. Shiv entreprend de raconter ce qu'il a compris du viol de Manju. Sa voix tremble, il est ému, au bord des larmes.

— Comment est-ce possible ? Pourquoi n'en ai-je rien su ?

Shantiji répond doucement :

— C'est bien que tu saches maintenant. Je voulais t'épargner toute cette violence, tu en as connu suffisamment.

Shiv est sidéré, il ne sait pas comment interpréter la phrase de Shantiji. Il n'y trouve aucun réconfort. Il n'aime pas être l'orphelin dont on a pitié. Il n'est pas le protégé de Shantiji. Il a été accueilli au bungalow comme on accueille le fils d'un ami, c'est tout. Jamais il n'a quémandé de l'indulgence, encore moins de la compassion.

Et puis, ces non-dits le terrifient : il sait que ce sont eux qui lui ont volé Laleh.

— Qui est le monstre qui a fait ça ? répète Shiv plusieurs fois.

— Mandev.

— Oncle Mandev ! Shantiji, comment une telle horreur a pu se produire ? Tout le monde devrait savoir ! Il devrait être condamné pour une chose pareille.

— Shiv, as-tu oublié ce qu'est une famille indienne ? J'ai fait tout ce que je pouvais, d'abord obtenir de mon époux que jamais le cousin Mandev ne remette les pieds ici. Jusqu'à sa mort. Et qu'il soit exclu de cette partie de la famille.

— Est-ce pour cela que Manju est partie ?

— Sans doute. Je n'ai pas su la protéger. Et le mal n'est pas venu d'où on l'attendait. Son père et moi avons été dépassés. Cela je crois, Manju n'a pas pu nous le pardonner.

Shiv ne respire plus. Finalement il ne souhaite pas vraiment ces confessions. Ce n'est pas la femme puissante qu'il est venu retrouver. Ce n'est pas celle qui l'a fait entrer dans la vie adulte, lui a donné confiance, permis de prendre ses marques. Il souhaiterait qu'elle demeure inflexible et endurante, qu'elle n'hésite jamais. Sa perplexité la rend trop humaine, vulnérable.

Pour la première fois face à Shantiji, il doute. Est-ce qu'un *guru* est faillible ? Il pense à elle. L'image qui lui vient est celle d'une femme en marche, escortée de ses disciples. Pas celle d'une mère entourée de ses enfants. Il la voit s'arrêter dans sa course, attraper dans sa main le nœud du *sari* pour relever le pan de tissu qui risquerait d'entraver sa marche. Le bas-ventre, c'est là où le souvenir de l'enfant appuie, où les organes se sont contractés, où reste ce creux qui a fait place il y a des années, maintenant vide. Comme si, avec son ventre trop bas et ses hanches devenues larges, son corps refusait de se refermer complètement et gardait la trace d'un manque. Car Shantiji avait décidé de quitter la mère pour devenir une combattante. Shiv le comprend brusquement. Comme si ses enfants, elle ne les avait jamais vraiment portés, écoutés, laissés grandir, messagers de vie venus d'autres mondes, esprits affiliés qu'il aurait fallu accueillir avec les horoscopes, les rituels, les fêtes du septième mois, les auspices. Mais tout cela lui pesait, elle n'en avait rien fait. Alors avait-elle assez accueilli l'enfant ? Le miracle de l'enfant ? Le monde de l'enfant ? Ce qu'il exigeait d'attention, de gestes, d'écoute ? De sensibilité au monde des petites rougeurs sur la peau de lait, de mots chuchotés au creux des oreilles dessinées comme de la dentelle, au monde de ces yeux à la fois rieurs et embrumés d'une larme toujours prête à perler ? Était-elle prête à la cueillir, cette larme glissée sous l'aile du nez, et à resserrer tout doucement l'étreinte pour que l'enfant s'apaise ? Car en même temps que l'enfant naissait, que sa petite fille l'appelait, que son petit garçon la demandait, il y avait sa mission qui l'exigeait, les écoles, les voyages, les discours, il y avait son devoir de persuader, d'avancer, toujours plus loin contre le grand voile de l'ignorance, kilomètre après kilomètre, de village en village. Y avait-il seulement place pour ses enfants ?

Shiv questionne encore, et cette fois sa voix se teinte de reproche.

— Alors c'est ce que vous avez fait ? Recouvrir de silence ?

— Pas recouvrir. Nous avons condamné par le silence. Pour Manju aussi. Tout en sachant que nous la perdrions, de toute manière.

***

Shiv est troublé. Il prend congé de Shantiji et sort dans le jardin. Il fait face à la cabane. Sa drôle d'impression se précise. Jamais il n'a vu Manju rentrer dans la cabane. Sauf ce fameux jour, dix ans plus tôt, pour la détruire. Jamais il n'a vu quelqu'un y rentrer. Car personne n'a le droit de rentrer dans la cabane de Manju. Il s'approche. De manière plus évidente encore que de la fenêtre à l'étage, il lui semble, en cette saison tiède où il y a moins de feuilles sur les arbustes, que le jardin est offert aux regards importuns, aux regards de l'autre ville, celle d'en face, la ville des chiffonniers. Plus encore il lui semble que la cabane est liée à ce monde du dehors, comme connectée, elle aussi de bric et de broc. À vrai dire, elle lui rappelle les cahutes de Gandapur, accueillante comme elles de tous les scrofuleux de la terre. Il approche encore, franchit le seuil. Hier, renversée et à moitié détruite par Manju. Aujourd'hui, immobile et intacte. Mais qui range si soigneusement l'endroit ? Qui prend tellement soin de l'histoire de la petite cabane ?

Il distingue de petits cris au fur et à mesure qu'il entre dans la cahute. On dirait ceux d'un animal. Il se souvient de l'histoire de la mangouste, un mythe familial. Serafina dehors l'appelle, pressante, par des gémissements :

— Shivji *bhai* ! Non, non, entrer non !

Il découvre Serafina tremblante. Dans sa tête, les pensées défilent à toute allure : une petite fille seule dans la cabane au fond du jardin. Personne n'entre dans la cabane. Il entend les mots des deux ivrognes :

— Dans la cabane, regarde dans la cabane, qu'est ce qui se passe ? Hein ?

Et les mots de Shantiji :

— Je n'ai pas su la protéger. Le mal n'est pas venu d'où on l'attendait.

Il demande :

— Pourquoi Serafina ? Pourquoi on ne peut pas entrer dans la cabane ?

Une voix semble répondre à travers la petite tourneboulée :

— Malédiction.

— C'est quoi la malédiction ?

— C'est oncle Mandev.

— Que s'est-il passé ?

— Mandev Kaka. Dans la cabane.

— Il est venu voir Manju dans la cabane ? Qui est dans la cabane avec Manju ?

— Les *kachrawalas*, ici la bagarre. Mandev Kaka pas content.

— Les *kachrawalas* sont entrés avec Manju dans la maison ?

— Oui, entrer maison. Dans cabane, pas entrer, non, non. Encore Mandev Kaka.

— Mais non Serafina, Oncle Mandev n'est plus là, il est mort il y a plusieurs années, souviens-toi, juste après le décès du mari de Shantiji.

Serafina tremble.

— Non, Mandev Kaka là, chien.

Elle tremble plus fort maintenant, de peur pense Shiv. Il lui demande doucement :

— Il te fait peur Oncle Mandev ?

— Très peur, moi très peur !

— Pourquoi ? Il ne va pas te faire de mal ?

— Si, mal à moi, chien. Moi, cabane, vu. *Kachrawalas* battre comme ça.

Il demande :

— Serafina, c'est toi qui t'occupes de la cabane ? Tu la ranges ?

— Tout pareil, tout pareil.

— Qui t'a demandé ?

— Manju didi *. Tout pareil.

Serafina a ainsi replacé le monde d'avant son renversement. Comme Manju aurait peut-être souhaité qu'il restât. Shiv regarde Serafina et la voit enfin, son visage ridé et jeune à la fois, de ces visages arrêtés, petite fille fanée très vite ou poupée sans âge, témoin de la honte des hommes.

Shiv fait asseoir Serafina sur une chaise pour enfant laissée dans la cahute. Il s'assied en face d'elle. Ils sont entourés du monde interrompu de Manju. Shiv veut que Serafina lui confirme ce qu'il peine à formuler.

— Serafina, c'était quand cette histoire ? Pourquoi Oncle Mandev est entré dans la cabane de Manju ? Il était dans le bungalow, non ?

Serafina parle vite, comme essoufflée, elle semble simuler le désordre. Elle montre la maison et tente d'énumérer en comptant sur ses doigts :

— Ganesh Chaturthi, Ganesh Chaturthi ! Upa Mama, Nilesh Kaka, Meenataï, Shalinitaï, Devji, Shirishji, Nandita didi…

— D'accord, d'accord, et Mandev Kaka, c'est ça ? l'interrompt Shiv.

Elle reprend en faisant une mine épouvantée :

— Mandev Kaka, oohhh !

Pendant la fête de Ganesh, le bungalow recevait tant de visites. Il devenait une grande ruche où toute la famille élargie se déplaçait, passait et repassait dans un défilé sans fin de visiteurs joyeux, une parade tintamarresque. Pendant dix jours, les portes du bungalow demeuraient grandes ouvertes, et s'y répandait toute la jubilation débordante de la fête du dieu protecteur.

Shantiji n'était pas mondaine, trouvait ces fêtes démesurées, mais elle savourait la joie des enfants. Elle leur laissait le soin de décorer la statue du dieu l'éléphant, un plâtre de deux mètres tiré par quatre hommes sur un diable à roulettes qui semblait l'animer. Les enfants rajoutaient des attributs au dieu débonnaire, le grimaient même de khôl, ils lui faisaient porter bonbons et fleurs. Oncles et tantes maternels, oncles et tantes paternels, proches et lointains, Kaka, Mama, Dada, Taï et tant d'amis, tous venaient. Shiv le sait, même si Shantiji avait mis fin à la tradition des festivités après la mort de son époux et qu'il ne les a donc pas connues, il imagine parfaitement ce que ces fêtes avaient dû être, comme dans toutes les grandes maisons de Bombay.

Une petite fille seule dans la cabane au fond du jardin. C'était Ganesh Chaturthi, Mandev s'était invité, tout le monde était occupé à festoyer dans le bungalow. Personne ne prêtait attention à la petite cabane.

— Serafina, Mandev a fait du mal à Manju ? Qu'est-ce que tu as vu ?

— Mandev Kaka, Grrr, Grrr.

Elle mime des grognements et roule des yeux.

— Méchant Mandev Kaka. Peur, Peur. Après *Kachrawala,* tout cassé.

Serafina s'est arrêtée net. Elle prend sa tête dans ses mains et la secoue. Shiv se demande si c'est ainsi qu'elle conjure le souvenir. Lui, se dit-il, n'a pas trouvé de moyens pour oublier.

— Et que s'est-il passé après ? demande Shiv.

Il insiste presque malgré lui.

Et voilà sa pensée qui divague, Serafina s'égare, elle se perd dans le temps, les fantômes surgissent, sa mère, son père, les coups, la souffrance. Maintenant elle sanglote à la requête de Shiv, qui la console, effrayé :

— Ne t'en fais pas Serafina, tu as tout fait très bien, tu as tout fait très bien, vraiment.

Soudain elle se faufile et il sait où elle va. Elle court jusqu'à l'église des convertis, celle qui dit dès la porte, *light a candle and stand.* L'Église de Notre-Mère-de-la-Miséricorde-Éternelle pardonne tous les péchés, les plus anciens et les plus récents, avec cette Vierge dans ses voiles bleus au visage éperdu devant son fils en croix, le sang des stigmates déferlant de ses mains, de ses pieds, de ses genoux. Là Serafina va prier longtemps, pour tous, pour les villageois de 1897 morts de la Grande Peste, pour les victimes innocentes des attentats qui ont fait saigner Bombay et pour l'âme noire d'Oncle Mandev.

Jamais Manju n'était revenue dans la cabane. Les trois jours qui avaient suivi, une douleur cuisante et rouge palpitait désormais au creux de ses cuisses et dans sa poitrine et quelquefois même au milieu de son visage, tant elle avait honte sans comprendre de quoi il s'agissait. Elle n'avait pas dormi jusqu'à la rentrée des classes où elle était arrivée tête baissée, elle, le feu follet qui gambadait tête haute, désormais silencieuse et pensive. Shantiji n'aurait jamais imaginé un tel changement chez l'enfant : du jour au lendemain, Manju avait abandonné ses petits jeux de docteur spécialiste des bêtes-amies et s'était engouffrée dans les livres. Ces livres sur l'ennui de femmes esseulées qui racontent leurs peines comme on tisse la tapisserie de sa propre vie.

Shiv se débat avec ses pensées contradictoires. Vingt-cinq ans plus tôt, c'était une autre armée d'hommes aux pics de fer. Faut-il aller plus loin ? Faut-il demander des éclaircissements à Hari ? Aux chiffonniers, qui connaissent depuis des générations tout de la vie du quartier ? Quel intérêt ? Il n'a pas envie d'en savoir plus. Le secret à demi déterré est inutile, il ne délivre de rien.

Shiv sort du bungalow, passe le seuil, et s'arrête entre l'immense poubelle d'un côté et les arbustes de l'autre qui séparent la rue du jardin où se tient la cabane. Il jette d'un geste de rage cette sale histoire de viol dans la coque retournée et frappe du poing sur la benne. Hari à l'intérieur, qui travaille encore à cette heure, est entouré de la résonance sonore du gong. Leurs regards se croisent et se soutiennent, longuement.

***

Lénine retrouve Shiv, lui aussi est surpris de son air dépité. Il s'enquiert de son séjour à Gandapur.

— Qu'a donné l'expérience, mon ami ?

Shiv raconte, affecté :

— Mon vieux, tu n'as pas idée. C'est un autre monde que celui qu'on connaît toi et moi : gouverné par autre chose. Ce n'est pas la vie, c'est la survie. Ce n'est pas un problème de logement. C'est un problème d'espace vital. C'est la loi de la décharge, c'est elle qui donne le rythme, il faut bien la traiter, s'allonger sur elle, la baiser longuement, tu l'épouilles, tu la chatouilles avec ton pic de fer, tu la tries et tu la soulages ! Ils ont raison Hari, le Kannada, et les autres, il ne faut pas y toucher, car si la décharge se fâche, ce seront des milliers d'affamés rendus fous.

Au fur et à mesure il parle plus vite, tout se déverse, toutes les images. Il essaye de dire les déchets, les arrivants, en flot continu.

— Tu vois quand je te demandais qui étaient les hommes du bidonville… d'où ils venaient… tu m'as répondu *peu importe*. Mais en fait c'est très important. Cela il faut absolument le comprendre.

Il poursuit :

— Tu vois, ce n'est pas tant une histoire de caste : c'est une histoire de migrants. Tu es un local ou tu es un migrant. Et plus tu viens de loin, Uttar Pradesh, Bihar, moins tu as de chances… Oh ! finalement ce qui les fait partir c'est toujours la même chose. La faim d'abord ou les mauvaises moussons ou l'ennoiement des terres ou un malade dans la famille ou une dot, et c'est l'usurier et l'engrenage des dettes… Alors tu vois ces hommes décident de partir. Et la seule ville qui vaille, c'est Bombay. Mais une fois ici, il faut s'accrocher pour tenir.

Lénine propose :

— Mais il y a ceux qui rêvent d'être acteurs au pays de Bollywood…

Shiv tempère :

— Oui, enfin… ils ont surtout compris que Bombay remplit le ventre. Et qu'à Bombay, même si l'école se fait sur les trottoirs, ça reste une école. Alors tu vois, il y a ceux dont les familles restent au village en attendant qu'ils envoient l'argent. Mais alors, quand la reverront-ils, leur famille ? Parce que pour la revoir la tête haute, il va falloir trimer. Et patienter, des mois, des années, une vie parfois. Tous ces migrants, c'est d'abord ceux qui ont un vide dans le cœur en plus du vide dans le ventre. Et il y a les ennoyés, ils laissent les familles dans les nouveaux villages. Ou alors ils viennent tous ensemble. Il y avait une famille de Manpur tu sais, partie après ce foutu barrage sur lequel j'ai travaillé. Ce dénuement… L'homme prend sa maison sur son dos en balluchon, sa femme et ses enfants et c'est tout. Ils s'installent là où le Don leur dit de s'installer, quatre planches et une bâche, et commencent leur nouvelle vie, avec la même question qu'hier, à se demander aujourd'hui ce qu'ils vont manger demain… Il y a aussi ceux qui sont venus à cause des *atrocities*[19]. Tu les remarques parce qu'il y a les vieux et les enfants agrippés à leurs jambes, aux yeux habités par le cauchemar. Les pères ne sont plus là, on les a brûlés avec le quartier intouchable. Et eux tous, la ville leur fait tellement peur au début, mais moins que les atrocités qu'ils ont subies parce qu'ils étaient dalits ou musulmans.

Lénine lance :

— Tu en a appris des choses en quelques jours ! Mais au moins ils vont pouvoir trouver de quoi vivre à Gandapur, non ? C'est une telle misère dans les villages…

— Justement, rétorque Shiv, il y a beaucoup trop d'âmes à Gandapur, beaucoup, beaucoup trop. Et bientôt il n'y aura plus de place.

Lénine poursuit en spécialiste :

— Une armée de réserve ?

— Tu ne crois pas si bien dire avec tes références marxistes : cette décharge c'est le bagne. Une partie y crèvera.

— Et la révolution ?

---

19 Les *atrocities* (atrocités en anglais) désignent les violences perpétrées à l'égard des castes intouchables, en particulier dans les villages.

— Il ne se passera rien. Rien. Les Dons et les gros recycleurs ont tout verrouillé.

Ce rien est le rien de la désolation. Leur conversation rappelle à Shiv les explications infinies et inutiles avec les familles ennoyées, parce que, dans le fond, leurs vies et la sienne ne se rencontreraient jamais.

— Si, ça peut casser, ajoute Lénine.

Shiv nie de la tête.

Lénine insiste :

— Il y a les Vigilants, je te dis. Et ils ont flairé le bon coup : incriminer les *Kasaï* et autres musulmans pour récupérer les voix des hindous.

Après une pause…

— Ça explosera.

De retour dans le bungalow, Shiv repense au bidonville. Trop d'histoires s'y rencontrent et s'y croisent. Celles de la misère, du désastre environnemental et maintenant des violences nationalistes. « Bombay est une déesse en colère, se dit-il, Lénine a sans doute raison, ça explosera. »

En remontant dans sa chambre, il est à nouveau saisi par l'histoire de Manju. Il se demande s'il ne vient pas de perdre un des rares lieux où il peut trouver la paix dans la ville furieuse, le bungalow de Shantiji. Il a besoin de Laleh, soudain il a terriblement besoin d'elle. Elle saurait, n'est-ce pas, elle saurait le guider dans ces méandres où il a l'impression de se perdre, et l'apaiser de la vague d'émotions qui le submerge. Laleh, elle, saurait s'enquérir de cette folie, la décrypter pour lui. Sauf qu'il n'ose pas. Pas encore.

***

Quelques semaines plus tard, Lénine rend son étude, son équipe termine sa mission. Il remet, comme d'habitude, un rapport aussi parfait que mensonger. Ranchi Architects est satisfait.

Shiv l'interroge sur ses conclusions. Lénine est critique.

— On a beaucoup de données dérangeantes. Si on veut avancer, il faudra faire comme si on ne savait pas.

La question, pour lui comme pour Shiv, est de rester à la bonne place, averti du crime organisé de Bombay, qui mêle l'administration vendue, les hommes politiques véreux, la police corrompue, et la mafia de la drogue et de la prostitution.

— Combien de personnes recensées à Gandapur ?

— Au moins huit *lakhs*.

— Combien allez-vous en déclarer ?

— Nous déclarerons le nombre de *slum dwellers** interrogés. Et la préfecture le trafiquera à la baisse si elle veut pouvoir empocher le contrat avec la M.M.M.W.A. et prendre sa part.

— Sale.

— Classique. Car des milliers d'âmes doivent disparaître. Les comptabilisés, l'État et la ville feront tout pour être sûrs qu'ils ne s'accrochent pas. Ils les appâteront avec des promesses d'argent et de modernité : un toit, des toilettes. Ils les persuaderont : « Toi qui croupis dans ces bas-fonds infects, l'État est prêt à passer un contrat avec toi. Prends ces 12 000 roupies pour construire des toilettes et pars le plus loin possible, et ta femme et ta fille ne risqueront plus leur dignité sur l'étendue maudite. » Sauf que tout le monde se servira, les élus un peu, les ONG douteuses un peu, les constructeurs un peu, et les toilettes construites se fendront, et l'heureux bénéficiaire se retrouvera dans le trou, bouché, à nettoyer à mains nues. Pas le choix.

Et Lénine conclut, avec cette ironie cinglante que Shiv lui découvre :

— Heureusement, cher bénéficiaire des programmes de réhabilitation, tu es malin, tu as vite compris. Tu as tôt fait de prendre l'argent et de continuer à chier dehors. Le cul au beau milieu de Bombay, ta ville chérie.

Lénine peut accompagner Shiv un moment, en attente de sa prochaine mission. Shiv doit rapidement commencer, le siège de Londres s'impatiente. Il vient de faire monter quelques modules de préfabriqué pour son futur chantier. Ils détonent dans le bidonville. C'est la plus attrayante des constructions, blanche et moderne. Il a fallu improviser une *puja*[20] de bénédiction. Maintenant que les réunions y sont possibles sans risquer le mauvais œil, et avant que le baraquement ne soit envahi par quelque famille, peuvent s'y tenir les réunions préparatoires. Shiv réunit le Kannada, Hari et les autres chiffonniers, ceux qu'ils rencontrent depuis des semaines de manière informelle. Hari est donc resté aujourd'hui sans aller travailler à Vikas Nagar.

Shiv introduit la réunion en présentant les partenaires et le métier de W.A.R.R.I.O.R. Il expose leur mission et les hypothèses de développement à Gandapur. Soudain Hari lance :

20 *Puja* désigne un rituel religieux à la divinité, avec des offrandes de fleurs, de fruits, de sucreries.

— Shivji, il nous faut vous expliquer quelque chose. Nous connaissons la décharge depuis que nos parents sont venus des villages. Nous n'avons pas besoin de nouveaux intermédiaires.

Shiv appelle Lénine à la rescousse qui poursuit :

— De toute façon le bidonville sera réhabilité. Donc autant profiter du projet de recyclage de la décharge.

Il tente de les persuader.

— Regardez, on trie mieux, on recycle ce qui peut l'être mais cette fois dans les bons réseaux qui sauront vous payer. Et l'autre partie sera incinérée par la centrale qui produira l'électricité pour les nouveaux immeubles. Je veux dire, celle dont vous aurez besoin une fois installés dans les immeubles réhabilités.

Hari rétorque vigoureusement :

— Il ne faut pas tout brûler comme ça. On a toujours quelque chose à faire de ce qui reste, et ça coûte moins cher de réutiliser que de détruire. Pourquoi brûler ? Vous n'en ferez pas de l'énergie, ce n'est pas assez sec.

Shiv est interloqué : la remarque de Hari est une remarque d'expert. Et il n'a même pas commencé l'évaluation des déchets. Alors il rétorque, trop vite :

— Pas assez sec ? Je croyais que vos sols étaient secs, puisque votre réservoir est vide.

Le Kannada, resté jusqu'à présent silencieux, réagit :

— On ne parle pas de la même chose Shivji. Là on vous parle de comment ça se passe ici.

Hari interrompt à nouveau :

— De toute façon l'énergie, vous l'avez déjà, c'est celle de vos villes. Pour elle, vous avez ennoyé nos villages. À cause d'elle nous sommes partis. Mais maintenant si vous faites sans nous, avec vos plans de centrale et de recyclage, vous allez aussi nous chasser des villes.

Comment Hari peut-il frapper si juste ? Comment peut-il savoir que les ennoyés sont la mauvaise conscience de Shiv ? Shiv est stupéfait car Hari possède, à l'évidence, une vision globale du système que les ingénieurs de W.A.R.R.I.O.R. mettent des années à acquérir. Il voit les récupérations circulaires sur une échelle inédite, il fait le lien entre villes et campagnes. Bien plus, il envisage une place pour les hommes, là où Shiv n'y parvient pas encore.

Le soir va bientôt tomber, il est temps de prendre congé du Kannada, de Hari et des autres. Ils croisent la bande de chiffonniers de retour de Vikas Nagar. L'un des compagnons de Hari tient à la main deux petits sacs de plastique : dans le premier, une portion d'*upma* donnée au bungalow. Dans le second, de petites boulettes de papier journal.

Shiv et Lénine marchent désormais vers la gare.

— Dis-moi, crois-tu qu'on y arrivera ? demande Shiv. Ce projet est catapulté d'en haut. Ce que nous a dit Hari me fait réfléchir : ça ne changera rien de tout incinérer, on va perdre des possibilités de recyclage, et envoyer encore plus de fumées toxiques dans l'air. De plus, on prolonge la pyramide des pauvres, car tout en bas, il y aura toujours le plus lépreux des lépreux pour aller trier le mâchefer…

Lénine est plus optimiste.

— Écoute, il y a du mieux. Hari n'est pas en train de nous expliquer la vie comme le faisait le Kannada au début en donnant les Dons pour prétexte. Là, il nous imagine dans le décor, c'est un grand pas.

Shiv n'est pas convaincu. S'engage une discussion d'experts. Finalement, Shiv rappelle :

— La règle suprême : ne pas agir trop vite.

Lénine sourit, un rien moqueur.

—J'allais te dire la même chose. Le jeu est floué d'avance à Bombay. Ça va prendre un peu plus de temps que prévu. Préviens W.A.R.R.I.O.R. que c'est plutôt une affaire d'un an que de six mois.

Lénine précise :

— Et il faut faire attention, car dans quelques mois ce sera l'Aïd, puis les élections. Et avec ce que nous a dit le Kannada sur les Vigilants... D'autant que dans le fond, la ville n'attend qu'une chose : raser Gandapur et y planter ses tours de luxe…

Le train arrive. Sur le quai bondé, ils jouent le jeu, fébriles, et attrapent le train comme on attrape une proie, en se jetant dessus.

Soudain, une violente secousse arrête l'engin. C'est une cohue inimaginable, les mains empoignent ce qu'elles peuvent pour se retenir, poignée, chemises, bras, épaules. Dans la bousculade, Shiv et Lénine sont emportés quelques mètres plus loin, et Shiv cogne violemment le châssis métallique, au point qu'un œuf de pigeon grossit en quelques secondes sur son tibia. Le sang coule à travers le pantalon. Les regards se tournent vers lui, concernés. Un jeune homme tend son mouchoir immaculé.

— Qu'est-ce qui se passe ?

— Rien, des vaches qui traversent la voie il paraît.

Au bout de quelques minutes, des cris, au loin, semblent se rapprocher. Dans le wagon, tandis que les hommes reprennent leurs esprits, s'est installé un calme suspect. Les cris sont maintenant plus perceptibles, comme scandés. À cet instant, Shiv, Lénine et tous les autres, comprennent : le train, les vaches. Si une bête a été touchée, c'est la mort du conducteur. Les cris sont tout près désormais :

— *Jaï Shri Ram* ! Gloire au dieu Ram !

Par contraste, un silence de stupeur règne dans le wagon.

Lénine attrape Shiv par le bras.

— Viens, on file !

Vœu pieux dans ces trains aux fenêtres condamnées par des barreaux de fer. Heureusement dans les trains locaux, les portes demeurent toujours grandes ouvertes.

— Viens, comme je t'ai appris, ordonne Lénine qui a déjà empoigné les barres latérales pour se hisser vers la sortie du wagon et qui enjambe les sièges avec agilité comme s'il avait des échasses. Dépêche-toi. Si ce sont les Vigilants, il faut décamper le plus vite possible.

Shiv traîne avec sa jambe blessée ; la douleur lance, obsédante. Alors, ils encaissent la secousse brutale contre le wagon, le poids de dizaines d'hommes se ruant sur le train pour en dévisager les passagers et chercher le musulman, innocent il y a quelques minutes, maintenant coupable de la mort d'une vache. Une odeur de pneu brûlé commence à se répandre. Shiv sent l'empoignade vigoureuse de Lénine. Tandis que ses jambes cherchent appui sur les barreaux de la fenêtre, il entend ses encouragements haletants et en quelques secondes il se retrouve couché sur le wagon, à plat ventre au sommet du train, avec à ses pieds une foule d'excités.

— Cours, à l'arrière, cours ! hurle Lénine.

Et il se met à courir et il sent son souffle puissant qui le porte. Et ils ont soudain quinze ans tous les deux, à voltiger sur le toit du monde, à battre le vent, à bondir d'une voiture à l'autre, remontant la rame. Ils sont invincibles.

Leur équipée est de courte durée.

— Regarde devant, ces dingues vont réussir à renverser un wagon.

— Arrête-toi, ils nous regardent, on dirait qu'ils vont monter.

En effet, une cinquantaine d'hommes les entourent des deux côtés, regards exaltés, poursuivant leurs invectives haineuses. Certains sont armés de bâtons et de battes de cricket, et ils leur font signe de descendre. Shiv attrape Lénine par le bras.

— Explique-leur, on n'a rien à voir avec ça.

Pourtant c'est bien à eux qu'ils s'adressent. Et voilà que maintenant deux d'entre eux se font la courte échelle pour monter sur le toit, d'autres à l'évidence suivent, et Shiv se met à hurler :

— Quoi, on n'a rien fait, qu'est-ce que vous voulez ?

— Où sont les bâtards de musulmans ? vocifère le premier qui est désormais sur le toit et le toise, l'œil torve, la bouche grimaçante.

Lénine et Shiv ne savent pas s'ils doivent empêcher les autres hommes de se hisser sur le wagon, la panique les retient. Que répondre ? Celui-là, en débardeur graisseux qui laisse paraître ses muscles, porte sa main à sa ceinture, où son *lunghi* retient un drôle d'outil. Il se baisse pour aider un second à monter, et celui-ci, plus agile, se retrouve, dans une pirouette, planté en face de Shiv. L'autre a sorti l'instrument de sa ceinture, un rectangle de bois avec à son extrémité comme un tampon encreur. C'est l'instrument que Shiv a aperçu à l'abattoir pour marquer les viandes. Le plus jeune le dévisage. Ce regard, il connaît ce regard brutal et noir, contrarié par la peau vérolée. Par réflexe, Shiv cherche les pieds de l'agresseur, et il le reconnaît : c'est lui, le garçon aux six orteils. Le regard de l'autre repère les mains de Shiv. Ce dernier se souvient de la phrase d'alors, que Shantiji avait répétée tant de fois.

— Six doigts de son pied, quatre doigts de ta main, vous faites la paire !

Alors que l'homme en débardeur se dirige vers eux, main levée avec son tampon comme pour les estampiller, le jeune ordonne :

— Fiche-leur la paix. Je les connais, ce ne sont pas des musulmans. On continue.

Ils descendent aussi rapidement qu'ils sont montés. Lénine et Shiv ne bougent pas, tétanisés.

— Tu le connais ? s'enquiert vigoureusement Lénine.

Shiv n'a pas le temps de répondre. Les hommes à leurs pieds s'emploient à déstabiliser l'engin dans des ruades furieuses. Les coups sur le wagon se font plus forts. La voiture tangue, balance dangereusement, elle va se renverser, alors Lénine indique l'autre côté.

— Vas-y, saute !

Au moment où la voiture s'élève de terre, Lénine pousse violemment Shiv, et ils s'effondrent sur la foule dans une grande bousculade de têtes, de bras et de jambes. L'effroyable bruit de la ferraille écrasée, la cohue qui s'ensuit, les hurlements de terreur, « Il y a des hommes en dessous ! Appelez les secours, il y a des hommes sous le wagon ! », tout cela ajoute à la confusion. Shiv et Lénine mettent plusieurs secondes à se relever et reprennent leur course, malaisée cette fois, haletante et gauche, pour échapper à cette fureur.

Les deux amis mettent des heures à rentrer. Silencieux, malades. Leurs chemises tachées d'encre violette. Shiv, la jambe gourde. Pas une trace des événements, nulle part dans les rues de Bombay. Et pourtant, soudain, il leur semble que la suspicion est partout présente, derrière chaque regard, tapie au fond des hommes.

La Prophétie

Shiv ne trouve ni les mots ni les explications. Il peut juste dire à Shantiji la foudre qui s'est saisie des hommes. Non il n'est pas blessé, mais il est bouleversé. Shantiji l'apaise par ses encouragements :

— Que cela ne t'arrête pas, même si tu as vu la mauvaise part des hommes, celle qui surgit quand ils ont peur.

— Shantiji, il y avait Mukut parmi ces enragés. Vous vous souvenez ? Mukut, ce gamin à Manpur, le fils du fermier de mon village qui s'était suicidé. Le gamin toujours en colère…

— Comment sais-tu ?

— Six doigts de son pied, quatre doigts de ta main…

Shantiji ferme les yeux. Shiv la regarde. Le souvenir est difficile.

Shiv est ramené à leurs multiples excursions, celles qui avaient jalonné sa jeunesse auprès de Shantiji. À l'époque, elle vaque avec une véritable escorte. Il y a toujours quatre ou cinq passagers dans la vieille Ambassador[21], souvent des éducatrices en formation, et l'éternel chauffeur Ali, qui écoute parler les jeunes enseignantes comme jamais il n'entend les femmes parler. Chez lui les femmes se taisent.

---

21 Berline familiale, automobile emblématique de l'Inde, construite par Hindustan Motors des années cinquante à 2014.

Ce jour-là, Shantiji a prévu de visiter Manpur. Elle a jeté son dévolu sur ce gros bourg connu pour son temple d'Hanuman qui attire des foules, mais qui ne possède toujours pas d'école maternelle. Le temple séduit les adeptes du dieu singe et les aliénés venus des campagnes habitées d'histoires et de folie. Les dérangés des champs secs s'y déplacent par centaines car le regard magnétique de la divinité les libère des forces obscures.

Shiv se rappelle bien l'entrée du bourg, des arbres gardiens les accueillent, leurs racines en lacis ancrées dans la terre comme scellées. Shantiji cherche à qui s'adresser, mais à cette heure chaude de midi, les villageois sont aux champs ou reclus dans l'ombre des maisons. C'est alors que Shiv et Shantiji rencontrent un garçonnet poussant une vache : le petit Mukut. Lors de cette première rencontre, Shiv se souvient que l'enfant a décampé.

L'escorte de Shantiji poursuit sa marche dans le village désert, lorsque soudain les hommes du *sarpanch* accourent. Les saluts, les mains jointes, les torses inclinés, les bénédictions, Shantiji les balayent ; elle veut rencontrer le chef du village rapidement pour lui parler de l'école. L'homme au turban rouge attend qu'on vienne à lui, assis à l'entrée de sa maison comme un gardien du temple ou un roi du désert. Sa demeure s'élève comme une petite forteresse. C'est la seule maison au toit neuf. Les autres se ressemblent toutes, basses, aux toits de briques éparses s'affaissant sous les galettes de bouse.

Shiv secoue la tête.

— Quelle figure ce Bizman ! Avec ses airs de saint.

Ils se souviennent d'un homme adipeux, qui s'étale avec aisance, le front couvert par le *tilak* vishnouïte, dessin d'un U blanc orné d'une langue rouge, le torse toujours nu ceint du cordon sacré.

— Mais il n'avait rien d'un ascète et ne professait rien de bon… Bien au contraire, il se sentait supérieur à tous et s'en vantait, celui qui se faisait appeler *Bizman*… c'est que son entreprise marchait fort bien, poursuit-il.

Le chef du village avait en effet ouvert dix ans plus tôt un business d'urine de vache, une coopérative liée au temple. L'urine, *a fortiori* de vaches de haut pedigree, intéressait de plus en plus les fermes organiques : elle remplaçait les pesticides sans en avoir les effets néfastes. Elle était aussi collectée pour les rituels thérapeutiques et autres usages religieux. La petite entreprise marchait à merveille.

Shiv se remémore la scène, le *sarpanch* en position de yogi jusqu'à ce que les replis de son ventre cachent complètement ses jambes enflées, idole parmi les idoles, entouré des effigies de dieux et d'hommes célèbres. Il les reçoit avec suffisance, peu convaincu par la nécessité d'une école maternelle dans le village. Il a la respiration bruyante, tousse continuellement, doit souvent s'arrêter au milieu d'une phrase : on lui connaît une insuffisance cardiaque au stade terminal.

Soudain, le garçon malingre au short sale sort de derrière la véranda et passe devant eux. Shiv est à nouveau frappé par son regard fuyant.

— Mukut, grogne Bizman, viens ici. Tu as pu ramener la vache à l'étable ?

Puis, se tournant vers ses interlocuteurs.

— Shantiji je vous présente Mukut, il travaille pour moi.

Shantiji demande tout net :

— Pourquoi n'est-il pas à l'école aujourd'hui ?

Bizman ajoute alors d'un ton paternaliste qui ne trompe personne :

— C'est une triste affaire Shantiji, heureusement j'ai pu recueillir le petit chez moi. Vous avez certainement entendu parler de ces tragédies : plusieurs fermiers se sont donnés la mort l'an passé par ici, une région décimée.... Ils sont trop endettés pour payer les usuriers… Son père était de Nandigaon, à côté d'ici. Il a avalé la bouteille de pesticide devant l'enfant et sa mère. Je connaissais son père, il avait fait appel à moi pour sauver le petit de la variole, je me suis senti obligé, vous comprenez…

Et en disant cela il attrape l'oreille de l'enfant qui grimace de douleur.

Shiv se souvient d'avoir sursauté au nom de son village. En même temps qu'il fixe le garçon au regard perdu, il se sent pris de tendresse pour lui. L'enfant n'écoute pas, ses bras pendent comme des branches mal assurées, ses mouvements sont hargneux. Shiv s'adresse à lui doucement :

— Bonjour petit frère, *chota bhai* ?

Mukut ne le regarde pas ni ne lui répond, les yeux rivés au sol. C'est alors que Shiv remarque la difformité, les six orteils, une banalité dans ces villages où des siècles d'endogamie ont conduit à des malformations dans toutes les castes. Il est lui-même une victime collatérale avec ses quatre doigts.

Shiv se souvient avoir tout tenté.

— Mukut, nous venons du même village. On s'est sûrement rencontrés même si j'ai quelques années de plus que toi. Je suis le fils de Rajeev Saudagar, l'ancien comptable. La grande maison de pierre à côté du puits.

Lorsqu'il prend la main de Mukut dans la sienne, Shantiji a cette exclamation rieuse :

— Six doigts de son pied, quatre doigts de ta main, vous faites la paire !

L'enfant leur renvoie son silence buté, comme sa manière à lui de s'extraire du monde.

Shiv entend encore la discussion interminable qui s'en était suivie, scandée par la respiration poussive du personnage défendant son affaire : « Car c'est pour les vaches que je me bats, et pour le rétablissement des étables en lieux de retraite digne. Car ce n'est que justice de remercier les vaches de l'or qu'elles prodiguent aux hommes – elles qui les nourrissent de leur lait, les soignent de leur urine, les réchauffent de leur bouse, les transportent de leur force. Car elles sont menacées par des fous cruels qui ne respectent pas l'être saint de *Gau Mata**, la Mère Vache, notre déesse, notre mère nourricière. »

Shiv reprend :

— Vous vous souvenez Shantiji, de la démonstration de Bizman sur l'hindouisme, ses principes de non-violence et le culte de *Gau Mata*. Sous ses airs de yogi, il appelait au meurtre !

Ils se souviennent d'autant mieux que, à Manpur, les musulmans avaient été pris pour cible, en particulier les bouchers musulmans, les *Kasaï.*

— Et il se fichait bien de la petite école, continue Shantiji. C'est grâce à l'instituteur du village que j'ai compris son double discours. Il n'avait absolument pas l'intention à l'époque de permettre autre chose qu'une coterie sanskrite, une de ces inventions des hindouistes pour bourrer le crâne des enfants de *shlokas*[22] inutiles.

— Ce qui s'est passé ensuite est terrible.

— Oui, et ce gamin… quel drame.

Grâce à son temple et son *sarpanch*, Manpur était devenu un lieu de prosélytisme pour les nationalistes hindous. Un jour de visite, Shiv et Shantiji avaient aperçu sur le mur de la petite mosquée, tel un écusson de bande dessinée, une tête de tigre aux oreilles pointues : le blason de la Shiv Sena[23], l'armée de Shivaji, le parti nationaliste hindou local. La gueule rugissante appelait aux croisades pour éliminer les envahisseurs musulmans. Bien sûr Bizman était de mèche. De plus en plus de jeunes du village étaient sensibles aux campagnes de haine : jeunesse révoltée par la soumission de leurs pères, refusant de travailler aux champs, les yeux fixés sur la route qui menait à

22 Poèmes en sanskrit appris comme règles de conduite et louanges à Dieu.

23 Shiv Sena (*litt.*, l'armée de Shivaji) est le nom du parti nationaliste hindou fondé dans le Maharasthra en 1966, dans un contexte pro-marathi. Il est très visible à Bombay, qu'il a rebaptisé Mumbai, du nom de la déesse locale Mumba Devi, en 1996.

la ville. Cette ville où ils avaient espéré un autre avenir les avait rejetés comme dégueulant des épaves, renvoyés vers les rives oubliées de leur village, et ils en étaient revenus plus révoltés encore. Ils avaient trouvé de quoi soulager leur rancune dans les camps martiaux et l'endoctrinement facile. Autour d'eux volaient de petits papiers orange, les prospectus estampillés de cette main glorieuse brandissant le flambeau, le symbole de la jeunesse safran.

Mukut grandissait en travaillant sa haine. Il mûrissait sa revanche.

***

Shiv a du mal à croire que l'enfant chétif de Manpur est devenu l'homme enragé du train de Bombay.

— C'était une prophétie, traduit Shantiji. Tu te souviens Shiv ? Ce gamin nous avait prévenus. Il préparait la guerre.

Pendant ces quelques années où ils avaient fréquenté Manpur, Shiv revoit leurs multiples tentatives pour parler à Mukut l'impénétrable. Il évolue alors comme petite main du prospère Bizman, autrement dit il n'évolue pas. Dans ses rares moments de détente, il s'entraîne à renforcer une musculature inexistante, biceps qu'il enfle, tentant de trouver en lui l'image de l'homme qu'il cherche. Parfois il disparaît toute la journée, il file rejoindre le camp d'entraînement à dix kilomètres de là. Les centres militants hindouistes ont essaimé la campagne. Au fur et à mesure qu'il marche, malgré le soleil plombant, Mukut sent son pas s'alléger, son esprit se renforcer, sa force décupler. Il retrouve la cinquantaine de jeunes qui vient ici apprendre à manier le bâton, le sabre, et l'arc, les armes de la guerre divine. Dans ces camps, on réapprend l'histoire, la vraie histoire des vétérans de Ram qui combattent le démon. Ce que Mukut préfère par-dessus tout, c'est la lutte, ce moment où il se tient autour du carré de terre, juste vêtu de son *langota* rouge, tissu qui ceint son sexe et le rehausse. Aux côtés des jeunes assemblés comme lui, il attend le signal de la joute où leurs corps se jetteront éperdus l'un contre l'autre, et dans l'emballement des jambes et des bras, sentant le transport de leurs muscles, se battront avec brio comme on leur a appris. L'ivresse du combat le rend invincible. Soudain il est fort, prêt pour l'attaque.

Shiv ne comprend pas l'exaltation de cette jeunesse damnée : il n'a jamais appris à lutter ainsi, avec son corps. Il n'a jamais appris à chercher les ennemis autour de lui. Mukut est une énigme. Il ne cesse de se demander, alors qu'ils sont nés dans le même village, pourquoi leur destinée est si radicalement opposée. Et pourquoi l'échange est impossible. Mukut a été placé en bas de l'échelle pour subir. Mukut ne décide rien, ne choisit rien. Le visage de Mukut, troué par la variole, affiche tous les stigmates de ses fautes, passées et futures. Il ne peut même pas honorer la mémoire de son père, il ne peut même pas chérir sa mère. Il a honte des maigres ménages de celle-ci chez l'usurier musulman, auquel elle doit parfois vendre ses attraits pour quelques roupies. Alors Mukut s'échappe dans un rêve de revanche, où il serait roi et profiterait enfin du monde où il est né. Puisqu'il y a des victimes, il y a forcément des coupables. Shiv, lui, est né dans la bonne maison. Shiv porte ses doigts difformes comme un signe distinctif, l'autre porte les siens comme une infamie. La route devant Shiv lui ouvre un monde de possibles, celle de Mukut est à sens unique et termine sur une impasse.

C'est l'époque où dans les villes, les nationalistes hindous développent leurs partis et leurs syndicats, ils enflamment les universités. L'idéologie se propage et détaille ses cibles, les mangeurs de bœuf, les anti-nationaux : musulmans, chrétiens et dalits. Le feu prend à la poudrière, la haine est galvanisante. Il suffit d'exciter les foules par une sandale de cuir sur l'autel du culte, par des pieds de bœuf introduits dans un temple : de quoi lyncher les impurs.

À Manpur, il suffit d'une rumeur : un jeune musulman, accusé de mener deux vaches loin de l'étable, alors qu'il a décidé de les reconduire par un autre chemin. Il les a laissées brouter quelques heures de trop. Le détour se révèle mortel. Les hommes de main du *sarpanch* préviennent les milices de Vigilants : un musulman parti avec deux bêtes de grande valeur ! Bizman confirme qu'il n'a rien autorisé du tout.

Il est si facile de trouver des hommes, la région pullule de voyous entraînés qui attendent leur heure. Mukut prend la tête de la bande, visages innocents et imberbes, jambes grandies trop vite comme celles d'adolescents pas encore dérouillés. Ils sont nombreux, une trentaine, ceux qui ne sont ni musulmans, ni dalits. Mukut les connaît tous, et pour une fois il est le premier. En croisade, il est un pur-sang bien entraîné. Il leur intime de se presser et de prendre des bâtons. Les matraques ressemblent au gourdin sacré du dieu Hanuman.

Bientôt les jeunes entourent le boucher accusé de voler les vaches. Autour de lui, ils se resserrent. Le poussent en arrière.

Et le poussent encore même s'il est déjà à terre. Le traînent pour que son corps racle les pierres et que son crâne s'y fracasse. Les coups de pied et de poing, puis la volée de bâtons, puis les crocs du fer, les griffes, les déchirures. L'accusé ne distingue plus rien qu'un brouhaha de rage furieuse. Le soleil devient noir comme une étoffe de crin. Il perd connaissance. Et les coups se dispersent, encore une ou deux fois, un dernier coup de pied, un dernier coup de poing pour sceller la haine, sale musulman ! *Muslim bastard* ! *Jaï Shri Ram* ! *Jaï Gau Mata* ! et les jeunes regardent le résultat : devant eux git une masse informe et sanguinolente : le corps inerte de celui qui a commis l'offense suprême.

Shantiji est émue à l'évocation de ce drame. Elle ajoute, et sa voix condamne :

— Quand je pense que la police n'est arrivée que trois heures plus tard. Le pauvre agonisait au milieu du champ.

À l'entrée de la parcelle, le grand arbre voit tout. La police hésite car elle discerne les paupières du boucher qui frémissent encore. Il n'a pas rendu son dernier souffle. Finalement elle retourne le corps du pied, face contre terre. S'il vit, ce sera pire, il risque de tout raconter. La police de Bombay viendra se mêler des affaires locales. Or c'est l'heure de la sieste, et l'hôpital est loin. Lorsque le corps est enfin emmené à l'hôpital de la ville, il est en fait bien trop tard : hémorragie interne. Mais le cœur est intact. Le cœur, lui, ne demande qu'à battre encore.

L'âme de l'homme a rejoint les *pretas**. Elle s'est perdue dans le grand feuillage de l'arbre qui a tout vu et elle y demeure, car sa mort n'est pas pardonnée, et toujours une âme rôde affamée, que la vengeance ne console pas, que les larmes ne lavent pas. Désormais, personne n'approche de l'arbre maudit de Manpur après la tombée de la nuit, il abrite les malemorts. Ce ne sont pas les fantômes, les cléments, les bien morts de mort naturelle. Ce sont les suicidés, les assassinés, les trop jeunes pour partir, les enfants qui ne trouvent pas la paix et leurs âmes tourmentées assaillent les vivants. Ce sont les musulmans lynchés. Ce sont les dalits lynchés. Car les *pretas* souffrent toujours, leur âme demeure coincée dans les demi-limbes. Alors les familles cherchent comment apaiser la colère, par des prières, par des sacrifices, mais il est difficile de calmer la fureur du ciel.

Face à Shiv, Shantiji se tient bouleversée, le visage soucieux enfoui derrière les montagnes de paperasse jaunie, les liasses empilées sous tout ce qui peut faire office de presse-papier. Les feuilles battent comme des ailes de papillon au souffle du ventilateur dont les pales brassent l'air lourd. Soudain Shantiji regarde Shiv.

— Et voilà que tu me parles de Mukut que tu as vu, à nouveau ivre de vengeance. Vois-tu, je tente de comprendre les racines de cette violence : la colère ? Le désespoir ? Mais ce qui me trouble, c'est la jeunesse, la prodigieuse jeunesse qui l'a mené à ça. Je ne me l'explique pas.

À cet instant Shiv et Shantiji partagent un sentiment de ratage. Voilà donc ce qu'il est devenu, ce gamin : une débâcle annoncée. Mukut est mal né. Né avec une tare. Né pauvre. Né de basse caste. Mukut n'a cessé de tomber. Pourquoi Shiv se sent-il responsable ? Il ne peut pas condamner Mukut. On ne condamne pas la disgrâce. Il a l'impression d'avoir participé à l'engrenage. Il a assisté avec Shantiji aux soubresauts du garçon pour les prévenir, mais ils sont demeurés impuissants.

Shiv est déstabilisé. La violence infiltre tout, jusqu'à ses souvenirs. Elle est toujours plus physique, toujours plus visible. Et voilà maintenant le gouvernement qui agite l'épouvantail des vaches sacrées… « Jusqu'où ? se demande Shiv. Jusqu'à des lynchages massifs ? Jusqu'à se débarrasser de tous les musulmans ? De tous les dalits ? De tous les pauvres ? Des bidonvilles ? »

Shiv pense aux familles parties. Pour éviter la suite, le brasier. Les parents, les frères, les sœurs du boucher. Sans doute d'autres familles musulmanes ou dalits, fuyant l'horreur. Loin, à Bombay, là où peut-être ils pourront tenter de se fondre dans le jour, tenter d'oublier, tenter de recommencer.

Shiv balbutie, d'une voix altérée, pris dans le cauchemar :

— Shantiji, je les ai vues. Ce sont les mêmes. Je les ai vues, ces familles. À Gandapur.

***

Shiv doit voir Laleh. Elle accompagne chaque image du passé qui lui revient. C'est comme s'il manquait une pièce essentielle au puzzle qu'il doit résoudre depuis qu'il est à Bombay. Alors il faut oser : « Quoi, presque trois mois maintenant, le nez dans le guidon… à retarder notre rencontre ! Demain, on se voit. » Shiv refuse de s'enfermer dans l'oubli qu'il s'était promis. Car Laleh innerve tout son désir. Quoiqu'en pense Lénine, il ne ressasse pas, il continue de rêver, c'est tout. Oui, demain, un rendez-vous.

Ce n'est pas si simple de la joindre. Lui qui la pensait toute proche, elle ne l'est pas, elle est gardée comme une citadelle maintenant qu'elle vit dans sa belle-famille. Il ne peut plus simplement rendre visite à Lénine pour tomber sur Laleh. Shiv laisse alors un mot à son cabinet d'avocats. Elle répond aussitôt. Il est heureux, encore un signe. Mais elle est très pressée, ce sera un café entre deux rendez-vous professionnels, s'il peut se déplacer dans le centre.

Shiv a le cœur qui bat. Tout de suite les grands mots se bousculent dans sa tête : « Non, calme-toi, pas encore, là c'est juste une reprise de contact. Prendre son temps, ne pas agir trop vite. » Il pousse la porte de verre fumé d'un de ces Starbucks qui ont envahi Bombay. Pourquoi a-t-elle choisi un de ces décors sans charme, aussi glacé que l'air conditionné qui vous congèle sur place, où l'on sert des *chaï* au goût de synthèse à dix fois le prix ? Pour se fondre dans le décor sans doute, une femme mariée à Bombay. Là elle est en routine professionnelle, entre collègues.

Shiv attend le ravissement. La biche arrive pressée et joyeuse. Étrangement, l'enchantement ne vient pas, et à la place, c'est presque un sentiment de déjà-vu.

— Laleh, tu es toujours aussi ravissante.

— Shiv, quel plaisir !

Oh oui, elle est belle ! Shiv remarque son collier, rien de discret. Pourquoi a-t-elle besoin de porter ça ? Remonte un lointain sentiment, le malaise de voir sa mère débarquer au milieu de ses jeux d'enfant, dans la petite troupe qui jouait au *kabaddi*, avec à son cou le plus beau collier de mariage du village, dont la rangée de perles d'or rivalisait avec les perles noires. Il ne voyait que ce collier qui semblait gonfler au cou de sa mère, imposant sa richesse et sa caste. Par rapport au reste du village, sa famille était supérieure, ce collier l'attestait, même si c'était le seul bijou de famille. Shiv le détestait.

Le voilà qui ne peut s'empêcher de dire :

— C'est incroyable, non, cette coïncidence dans l'abattoir ? C'est tellement improbable !

Elle rétorque d'une voix légère :

— Oui Shiv, c'est fou ! Notre équipe est en mission pour P.F.E.R.A. et la boîte exige un comité chaque semaine. Pas plus, heureusement, quel endroit sordide ! Et voilà que, juste en sortant de réunion, je tombe sur toi et Zubin. Bien sûr, il m'avait parlé de ses enquêtes pour le recensement dans le coin, mais là ! Et toi surtout !

— J'ai cru à un mirage Laleh. Mieux, un sortilège. Les dieux sont avec nous.

Elle ne relève pas ni ne cille.

— Et toi Shiv, ta mission ? Raconte !

Ils déroulent, lui W.A.R.R.I.O.R. et Gandapur, elle la défense des bêtes : c'est aussi intéressant que celle des hommes, mieux en fait, moins personnel.

Il tente :

— Tu en penses quoi, toi, de ces histoires de *beef ban* ? Vous les Parsis avec votre culte du taureau blanc, nous les hindous avec notre vache sacrée, c'est d'un rétrograde…

Elle rit.

— Là n'est pas la question mon cher, mon dossier c'est la lutte contre la torture animale. Moi je défends les intérêts de P.F.E.R.A, c'est tout.

Il murmure :

— Pourtant, Laleh, c'est toute la question.

Shiv décide alors de ne pas toucher aux éléments dérangeants du décor, les Vigilants, le gouvernement Mittron, l'attaque du train, la violence rampante. Elle décide de ne pas aborder sa vie, le bungalow de Malabar Hill aux grilles dorées.

La conversation se poursuit, faussement détendue. Lorsqu'il évoque ses nuits dans le bidonville, chez la *daï*, elle se raidit. Il connaît par cœur l'ombre de contrariété qui vient de passer dans son regard. Ses lèvres se ferment comme une serrure. Elle déclare :

— Shiv, j'étais si contente de te voir. Je dois filer, j'ai du boulot ! À bientôt peut-être, dans l'abattoir ! Comme c'est glamour !

Elle accompagne ses adieux de son rire joyeux comme un grelot.

— Tu me raconteras la suite des aventures !

Elle lui tourne le dos trop vite et virevolte entre les tables avec l'aisance qui est la sienne. Dehors sa voiture avec chauffeur l'attend. Il a juste le temps de penser que la femme qu'il a connue aurait détesté avoir un chauffeur.

Shiv la regarde partir. Il a un pincement au cœur. « La suite des aventures » : les mots flottent, décalés, dans sa tête. Bien sûr il faudrait la rattraper, courir, et lui dire, tout lui dire, que la suite des aventures, il n'arrive pas à l'imaginer sans elle. Mais finalement il ne bouge pas.

***

Shiv a le mandat et les fonds. Il a une partie de l'équipe, il attend les autorisations. Mais il n'a pas l'élan. Ses sens se sont aiguisés, il perçoit un possible danger. Et l'attaque du train, Mukut, le souvenir du lynchage, tout cela l'a ébranlé. Et puis la rencontre avec Laleh le laisse insatisfait. Il ne l'a pas retrouvée.

Il pense à remettre de l'ordre dans ses idées et à passer quelques jours ailleurs.

C'est à Pune, à 120 kilomètres au sud de Bombay, qu'officie le meilleur institut d'études sur l'environnement de l'Inde — qui ne craint jamais les superlatifs — et les cabinets d'experts en droit social. Shiv décide de partir et de prendre le temps de sentir mieux les choses : cela, il l'a désappris en Europe ou peut-être simplement n'en a-t-il jamais été capable. « C'est incroyable, pense-t-il, ici on passe la journée à attendre un changement d'air. Il ne s'agit pas de guetter ; non, mais de demeurer sans désir, jusqu'à l'heure propice : c'est peut-être là la sagesse. Ou c'est peut-être là l'erreur : pactiser sans se battre. » Cela le fascine presque, lui qui est incapable d'honorer le flegme indien.

Shantiji a également à faire à Pune, elle doit y rencontrer le bureau des femmes que chapeaute son ONG. Depuis une dizaine d'années, elle a arrêté ses voyages. Elle admet difficilement cette discordance entre son esprit qui continue à courir et son corps qui refuse désormais de la suivre. Alors elle renoue avec le terrain par ces allers-retours au bureau de Pune où travaillent celles qu'elle a formées. Même s'ils l'épuisent.

Les pieds nus de Serafina frappent le sol dallé. Dans la cuisine, levée depuis l'aube, elle donne un *chapati* à un corbeau posté à l'embrasure de la fenêtre. C'est dimanche. Elle trépigne d'impatience. Aujourd'hui, c'est jour de messe dans son pays de Goa, jour de visite à ses parents dont elle ne se souvient pas. C'est son unique sortie de la semaine. L'église de Notre-Mère-de-la-Miséricorde-Éternelle accueille les âmes inquiètes. Hommes et femmes viennent se ranger sur les petits bancs de bois, serrés comme une rangée d'oiseaux peureux, sous les ventilateurs grands comme des hélices d'aéronef qui dispersent la Parole dans leur souffle.

Lorsqu'elle le voit, Serafina sourit à celui qu'elle nomme Shiv Kaka, l'oncle Shiv. Elle lui lance, espiègle :

— *Good day-God day, good Day-God day.*

Un ruban doré habille ses cheveux. Avec le papier cadeau où sont dessinés de petits cœurs rouges de la Saint-Valentin, elle a recouvert sa Bible qui trône à côté des épluchures de pommes de terre. La Bible est donc là, toute prête pour sa messe à elle. Si seulement Serafina savait lire, se dit Shiv. Mais elle sait prier.

Elle sautille de joie.

— Regarde, Shiv Kaka, mes robes, robes à moi, la malle, toutes belles, toutes gardées bien !

Sous l'escalier, la voilà qui sort des jupons multicolores dans un nuage de poussière, des reliques d'enfance interrompue…

« Quel âge peut-elle avoir ? » se demande Shiv qui remarque à travers les chiffons de petits carnets de tissus entourés de ruban. Où a-t-il vu récemment de semblables carnets… oui, le cahier de Manju, chez Hari…. C'est drôle, pourquoi donc Serafina a-t-elle des carnets, elle qui ne sait ni lire ni écrire ? Il avance la main, la petite bossue se tend, elle veut fermer la malle et répète sur tous les tons comme un merle persiffleur :

— *Good day-God day, good Day-God day* !

C'est un jour de bon augure pour un départ. Cela mérite un repas spécial, préparé dès l'aurore par Serafina. Elle les regarde manger, Shantiji et Shiv, Dayanand, Neelima et le petit Rahul. Du coin de l'œil, comme elle fait d'ordinaire. Shiv se fait la remarque qu'il ne l'a jamais vue manger. Il est rare que la maisonnée prenne ensemble le petit déjeuner. Pourtant Dayanand, qui n'admet pas d'intrusion dans son emploi du temps, veut partager ce moment-là.

Neelima s'intéresse à Shiv.

— Tu vas faire quoi à Pune ? Tu y vas avec ton copain Zubin le Parsi ?

Ses longs cheveux noirs sont à peine retenus par une pince mal ajustée, elle ne porte ni ses boucles d'oreilles ni son bijou de nez, et cette déesse sans ses couleurs est étrangement fade ce matin. Ses lèvres sont pâles, son teint cireux et ses cernes sans fond. Que d'artifices faut-il pour la rendre séduisante ! Shiv la regarde et se dit que Laleh, elle, n'a besoin de rien, surtout de rien, et c'est le dessin de son nez fin, la blancheur de sa gorge et le vermeil de sa bouche qui font ressortir le noir éclatant de ses yeux et de ses mèches de jais. Aucun maquillage ne révélerait mieux sa beauté, aucun artifice ne saurait.

La semoule cuite dans le beurre clarifié et le sucre sont une friandise qui les ravit tous, à commencer par le petit Rahul. Pourtant du haut de ses quatre ans, la miniature fait maintes mines et mignardises en triturant de ses doigts minuscules le *sheera*, ôtant les pistaches et les raisins secs un à un, exigeant plus de *ghee*, amenant progressivement sa mère au chantage. Neelima entre soudain dans le manège, cheveux lâchés, se met à rouler des yeux, incarnation de la déesse en colère, ce qui laisse l'enfant de marbre. Devant son refus de manger et son désir de jouer, elle lance des mitrailles de « *Atta noko, atta noko, not now, not now* ! » dans un marathi rugueux qui claque de la langue comme le rythme talonné du *kathak**. Rahul répond par une petite moue de dépit, empruntée à sa mère dans ses moments d'humeur.

Devant le ravissant spectacle, Shantiji éclate de rire et pince la joue de Rahul : elle se permet ces éclats d'enfance spécialement avec le petit. Est-ce son âge qui fait que plus elle vieillit et plus l'enfant en elle cherche à revenir ?

Elle s'enquiert gentiment auprès de Dayanand des nouvelles qu'il parcourt dans le supplément local du *Times of India*.

— Toujours cette histoire de Vigilants et des mangeurs de bœuf.

Shiv sursaute, renvoyé à sa peur panique dans le train quelques jours plus tôt.

— De quoi s'agit-il ? demande-t-il, d'un ton faussement calme.

— Rien, poursuit Dayanand, un train a heurté mardi un troupeau qui traversait les voies. Évidemment ça a énervé, le conducteur a failli se faire lyncher. Puisque la police ne bougeait pas, *comme d'habitude* – il insiste avec mépris —, les brigades de Vigilants se sont pointées. Les excités, ils ont renversé un wagon. Deux types ont été écrasés. Finalement le conseiller municipal a dû se déplacer et constater que les vaches étaient seulement blessées. Heureusement, sinon ce crétin de conducteur y passait. Ils mettent un musulman et après ils s'étonnent du désordre ; ça a arrêté tout le trafic pendant trois heures. La ville a été entièrement bloquée à cause d'un fou d'Allah qui ne sait pas conduire. Moi, ces bâtards, je les virerais tous, conclut Dayanand.

Shantiji sent l'impasse.

— Toute cette violence inutile.

Mais Dayanand aime avoir le dernier mot.

— Ces bouffeurs de viande, ils n'ont qu'à arrêter d'en bouffer justement, et on leur foutra la paix.

Soudain, comme pour mettre fin aux discussions, Shantiji fait signe à Shiv de se lever.

— *Chalo* ! Allons-y !

Toujours au moment du départ, elle est cette force ardente et contrôlée, ne laissant place à aucun débordement. Il n'y a que son regard qui vibre. Toutes les grandes âmes sont-elles ainsi, à exiger tant d'elles-mêmes qu'elles en deviennent abruptes ? Sans doute Shantiji, toute dans l'action, n'a-t-elle jamais besoin de séduire. *She is on duty*. Mais là, il s'agit d'une femme malade et fragile, elle semble l'avoir oublié.

Sur l'écran de son téléphone, un texto de Lénine avertit Shiv : « *Cops R on case. Quit Bbay* ». La police de Bombay fait semblant de s'agiter. Deux morts, un lynchage arrêté de justesse, elle déploie les grands moyens, commission d'enquête et tout le tralala. Cela permettra de capter l'attention ailleurs. Et de poursuivre tranquillement le jeu avec la mafia. Cette histoire met Shiv mal à l'aise. Il n'a nullement envie de répondre aux appels à témoin que Dayanand lit à haute voix dans le journal.

Shiv a sans doute l'air assommé car Shantiji doit s'y reprendre à deux fois :

— *Chalo, Chalo !*

Neelima paraît soudain plus détendue. Elle se sent libérée quand sa belle-mère lui confie la maison. C'est si satisfaisant de faire régner l'ordre. La demeure va taire aussitôt ses hôtes invisibles. Une fois sous l'intendance de Neelima, la bâtisse redevient le bungalow imposant de Vikas Nagar, un édifice typique du Bombay des années vingt. Serafina retrouve alors sa couche de papier journal dans la cuisine, et ses incursions se limitent aux pièces de la maison qu'elle astique tout le jour. Elle ne parle plus aux oiseaux, ignorant désormais la présence des mânes dans les corbeaux noirs et dans leur coassement sec comme un oukase.

Shantiji et Shiv embarquent dans l'attelage fidèle de l'Ambassador. Sur le seuil, Neelima balance sa main pour l'adieu, et entonne d'une voix mélodieuse une roucoulade à l'adresse de son fils. En cet instant, elle ressent une joie intense. Elle garde le trousseau de clés contre elle. Elle est maîtresse des lieux.

***

Pendant la mousson, la route entre Bombay et Pune à travers les *Ghats*, montagnes enveloppées de brume, est éblouissante. La pierre noire suinte de petits torrents, comme les humeurs d'un corps minéral. Des myriades de cascades bondissantes dévalent les pentes. La végétation recouvre la roche de sa chevelure bouclée, invasion touffue sur la pierre volcanique. L'anthracite des nuages fait ressortir l'émeraude de la forêt et le vert cru des cultures. En approchant des rizières, le vert se fait encore plus tendre, et soudain s'émaille de petites taches colorées, femmes accroupies dans les champs pour le repiquage, *sari* relevé aux genoux.

L'Ambassador passe les Ghats*. La ligne harmonieuse qui dessine la rencontre entre les collines et le ciel ouvre sur la grande vallée. À juste considérer le lit courbé de la rivière, gracieux serpentin en pente douce, un sentiment de complétude prend les passagers. Face à cette nature vaste et généreuse, prête à accueillir bien plus, le spectateur se sent comme un enfant contre le sein de sa mère, comblé par le trop plein de lait. Shiv est émerveillé. Il égrène le nom des villages alentours comme autant de souvenirs, il les connaît tous.

C'est que Shantiji a embarqué Shiv dans toutes ses équipées à l'époque. Ils poursuivent, et soudain croisent quelques huttes de paille coniques très particulières, montées en hameau séparé du village. Shantiji questionne d'un signe de tête. Shiv répond comme à une devinette :

— Des *Lambani*.

Et dodelinant :

— Oui, tu te souviens.

Des années plus tôt, en route vers les villages, Shantiji repère des huttes semblables, campement de castes nomades venues du Rajasthan qui se déplacent selon les récoltes. Shiv aperçoit un de ces hommes-racines aux épaules larges, puis une de ces femmes aux caracos de feu et jupes incrustées d'éclats de miroir. Shantiji descend, s'avance en ignorant les hommes, franchit la barrière d'enfants curieux, et se plante devant les femmes. Resté à côté de la voiture, Shiv la suit du regard, fasciné. Elle cherche la plus âgée, splendide matriarche dans sa jupe orange.

— J'ai à te parler.

Et même si aucune ne comprend la langue de l'autre, les voilà qui s'entretiennent de choses sérieuses. Shantiji désigne les enfants, les plus grands chargés des petits sur leurs hanches fragiles, elle s'étonne de leur présence. La matrone lui répond : trop de pauvreté, trop de voyages, l'école est impossible. Shantiji se met alors à dessiner des tableaux sur le sol avec des craies de brindille ; elle trace le calendrier des récoltes et des déplacements du campement. Elle présente ses institutrices. L'une parle le lambani. Personne n'y croit et pourtant le sens pratique de Shantiji est imparable : le temps de quelques récoltes, et la cinquantaine d'enfants du campement apprendra à lire et écrire.

Shiv et Shantiji sourient.

Une fois dans la vallée, la ville s'annonce vite. Brutalement, des constructions gigantesques se dressent, cités lunaires quelque quarante kilomètres avant Pune. C'est un vaste saccage qui avance à une rapidité inouïe, puisqu'il suffit de dix-huit mois pour construire un de ces édifices. Ils se répandent sur les vallées à toute allure. Que va-t-il découvrir à Pune, qu'il n'a pas vue depuis sept ans ?

Ce qui rassure Shiv pourtant, c'est que pas une seule de ces tours hideuses ne peut s'ériger sans développer le monde d'en bas, petits baraquements et échoppes de guingois, qui renvoient leurs couleurs criardes aux mornes citadelles de béton, et qui grouillent de vie, contrastant avec leur radicale indifférence. Au pied du monde moderne, la vie démultipliée et rampante se poursuit.

Enfin Pune. Elle s'annonce par sa périphérie high-tech et ses condominiums fermés. Shiv est stupéfait de la rapidité avec laquelle ces nouveaux quartiers sortent de terre. Sa réputation de *fastest-asian-growing-city* s'incarne à l'infini dans ces tentacules modernes, greffées sur le centre marathe de la ville. Et partout les rejetons de son industrie automobile florissante, des voitures par millions, entravent les rues grouillantes. Pourtant, remarque Shiv, Pune respire encore en cette saison, comparé à l'enfer de Bombay. Tandis que la mousson ravage celle-ci et fait ressortir les immondices qui cuisent dans son ventre, à l'inverse les pluies rafraichissent Pune et déploient ses allées aux larges fleurs.

Ils se garent. Shiv aide Shantiji à descendre, puis ils parcourent ensemble une de ces allées arborées d'hibiscus, avec en leur centre, l'étamine d'or que ciblent les colibris. Au bout, se dresse l'édifice moderne et carré comme une banque qui a remplacé un vieux bungalow. On a rasé la demeure, mais on a gardé le grand mahogani au tronc rosé. Le cabinet de conseil que Shiv vient visiter propose les services d'experts en droit social. Il souhaite leur avis sur le dossier de Gandapur. Peut-être pourraient-ils accompagner la partie sociale du dossier et envisager à terme les milliers de chiffonniers dans des réseaux formels de recyclage ? Shiv a l'impression d'être à nouveau confronté à l'éternel dilemme qui l'a accompagné dans toutes ses missions indiennes : comment être efficace sans faire payer les plus pauvres ?

***

La réunion se tient chez les experts. Shiv demande à Shantiji de rester, elle connaît aussi bien les milieux de Bombay que de Pune. Les deux avocats qui les reçoivent arborent une décontraction qui tranche avec leur allure ringarde, chemise à col blanc amidonnée et cheveux gominés. Ils ne s'encombrent pas des prémices du thé et autres rituels.

Shiv plante le décor. Il questionne les limites de Bombay et lance directement la remarque de Bhosle :

— Pune peut se permettre ses traitements de luxe car Pune est petit. Pas Bombay.

Sauf qu'il va falloir précisément un traitement de luxe, car il n'est pas question de nettoyer la glèbe pour l'offrir ensuite aux entrepreneurs voraces. Que faire du travail de milliers de chiffonniers ? Shantiji le reprend :

— Entre Bombay et Pune ce n'est pas une question de taille, Shiv, c'est une question de culture. Tu peux négocier à Pune. À Bombay, la négociation se fait à coups de valises et d'intimidations, c'est plus compliqué.

— Des intimidations quelquefois définitives, ajoutent les experts.

Ils poursuivent :

— À Pune, les interlocuteurs sont identifiés. Notre rôle est de structurer des contrats où tout le monde trouve son compte : par exemple on propose des coopératives. À Bombay c'est différent, car il faut compter avec les acteurs cachés : les Dons et la police. D'autant que ce qui fait marcher le système ce ne sont pas les documents, ce sont les loyautés. Vous comprenez ? Les *loy-yau-tés.*

Les voilà qui soulignent chaque syllabe, comme s'ils énonçaient les ficelles invisibles du système.

Shiv cherche à répondre sur le mode pragmatique. La logique des hommes au ventre creux n'est pas celle de l'État, ni celle des jeunes ambitieux qui cherchent le pouvoir et l'argent. Il le sait bien. Impatients, les deux avocats s'enquièrent :

— On va prendre le problème autrement. À qui êtes-vous redevable dans cette affaire ?

Le visage du Kannada présentant sa fille ou regardant les enfants réciter dans l'école de rue revient à Shiv. Il soupire.

— C'est bien le problème, je travaille pour W.A.R.R.I.O.R. mais je veux que la transaction profite aux familles de chiffonniers.

— Entendu. Alors commencez par répondre aux intérêts à court terme de la population et faites d'elle votre principal allié. Il faut débuter par là avant de brandir vos plans. C'est quoi LA question qui occupe le bidonville en ce moment ?

La question, Shiv la connaît, c'est l'eau. À Gandapur comme ailleurs. Ce que lui disait l'ennoyé dans le bidonville revient en boucle dans la tête de Shiv.

— L'eau qui était notre amie est aujourd'hui notre ennemie. Soit il y en a trop, soit il n'y en a pas assez. Toute la région du grand barrage souffre. La mise en eaux des terres a déréglé les humeurs du fleuve. D'étranges phénomènes se produisent, débordements, crues et pollution des eaux. Lorsque les pluies raniment le fleuve après l'été fiévreux, son lit s'obscurcit, plein de remous, il se charge d'une boue épaisse. Le fleuve se déchaîne alors dans une danse furieuse et tue.

Shiv n'a pas osé lui répondre que l'eau manque aussi dans la ville, la tragédie n'épargne personne, les moussons capricieuses ne remplissent plus les réservoirs, celui de Gandapur est à sec. Les femmes devenues tigresses ont révélé le drame, il se changera bientôt en révolte. À Bombay, évalue Shiv, la question est à la fois plus et moins grave. Moins grave car la ville est au centre des hubs mondiaux : s'il faut acheminer un iceberg de l'Antarctique pour faire boire ses habitants, Mittron le fera, Mittron peut tout. Plus grave car il ne s'agit pas d'abreuver une centaine de villageois mais vingt millions d'assoiffés.

Par les ondes et les réseaux, Mittron annonce le lancement d'une flotte d'avions débitant de l'iodure d'argent : des nuages de pluie artificielle pour sauver les sols asséchés. C'est son grand ministère-de-l'eau-sacrée qui débloque le budget. Les fermiers réunis regardent dubitatifs les oiseaux de fer survoler la terre brûlée. Les télévisions font passer les images sur fond d'hymne national. Au Parlement, les députés se lèvent, et avec ardeur, entonnent le chant patriote. Dans les bureaux, les experts se tapent la tête contre les murs. Dans les campagnes et dans les villes, les hommes ont toujours aussi soif.

Shiv résume :

— La population de Gandapur a soif. Et elle n'a plus confiance dans l'État et la municipalité.

Les avocats l'ont entendu. Après un silence, ils concluent :

— Assurez-leur l'eau. Commencez par là.

Shiv semble hésitant, il n'a pas envie d'une opération vitrine.

Shantiji insiste :

— Bangada, c'est le lieu sacré de Gandapur. Le tank asséché, c'est pour tous un signe des dieux. Ramène la vie, après tu y feras ce que tu veux, les hommes suivront.

Shiv attrape le journal. Une nouvelle le happe. Bhosle. Pratap Bhosle dans les notices nécrologiques. Mort. Le fonctionnaire haut placé. Sa carrière retracée jusqu'à son poste. Chef du département de l'environnement à la M.M.M.W.A. Ce collègue que tous regretteront, dévoué, sérieux, un modèle. Mort de quoi ? L'article évoque une nouvelle victime de la formaline, le conservateur dont sont saturés les poissons pendant la mousson. Il faut qu'il en ait fait de véritables banquets pour que la dose devienne toxique. Shiv ne peut s'empêcher de revoir son interlocuteur la main plongée dans la sauce rouge, en train de se repaître de curry de poisson, la chair défaite sous les doigts orange de curcuma. Le glouton est mort. Et Shiv n'a pas sa réponse à ses mises en garde. Sa mort en devient étrange. Chacune de ses phrases transpirait la corruption, le sous-entendu mauvais. Et voilà que des poissons puants l'ont empoisonné ? Shiv recherche la composition de la formaline, conservateur de la pêche pour retarder le pourrissement ; le même produit qu'utilisait sa mère pour décontaminer la cuisine des excréments de pigeons ou de souris.

Il appelle Lénine, qui ne s'étonne nullement. Ce dernier va droit au but.

— Ce salopard de Bhosle a été éliminé et ce n'est pas bon pour nous.

— Lénine, que s'est-il passé ? Pourquoi maintenant ? répond Shiv avec une inquiétude non dissimulée.

— Sans doute Bhosle a été trop loin à Gandapur. Il a touché au trafic, ça ne pouvait pas tenir.

— Ce n'est pas qu'il m'était sympathique, ce type était répugnant. Mais il venait juste de débloquer l'argent de la M.M.M.W.A. pour le projet de recyclage.

— Je sais.

— Qu'est-ce que tu en penses ?

— Je crois qu'il avait ses intérêts. Sans doute négociait-il avec les Dons. Débloquer les fonds, c'était sa manière de nous tenir aussi.

— Qui a fait le coup ?

— Ça peut être aussi bien des jaloux de son camp que les hommes de Gandapur.

— La presse parle de la formaline.

— Il a été empoisonné. Mais pas avec un conservateur de poisson. Comme un chien. Tu sais comment on tue les chiens ? Avec de la strychnine.

Shiv et Lénine ne sont pas de ceux que ce genre d'affaires excite. Elles les plombent. Lénine conseille :

— Reste quelques jours à Pune, prends l'avis des avocats. La police fait semblant de rechercher des témoins de l'accident du train, elle va vite laisser tomber, comme toujours. Pour Bhosle, elle a déjà réglé l'affaire avec la formaline. Après tu pourras revenir. Et on s'y mettra.

Sauf que Shiv ne sait plus trop s'il a envie de s'y mettre.

***

Est-ce Pune qui l'apaise ainsi ? Shiv ne saurait dire. Ou la compagnie de Shantiji ? Ensemble, c'est elle qui dirige. Même malade.

Il va falloir rentrer à Bombay. Shiv est saisi d'appréhension, la même que lorsqu'ils rentraient dix ans plus tôt de leurs équipées rurales, où la transition vers la mégapole relevait du cauchemar : l'envasement dans l'entonnoir urbain. Shiv traverse la frontière amère des périphéries : elles n'ont ni l'âme des villages, ni l'énergie de la ville. Il remarque des spectres qui croisent les voitures sur le bas-côté. Une lépreuse se tient en croix au milieu de la route, bras tendus, elle s'offre aux regards, éperdument. Elle quémande non plus aux hommes, non, ceux-là l'ont oubliée ; elle supplie les engins de ferraille. Elle approche et attrape de ses deux moignons la pièce qu'on lui jette. La vie violente surgit dans les corps dévastés. Des hommes en guenilles sur la chaussée se ruent sur un sac oublié. Ils s'emparent du pain, oubliant les voitures si près, les regards, les corbeaux, oubliant tout. Ils se figent soudain devant la bouteille d'eau, arrêtés dans leur soif : eau pure aux purs, eau souillée aux intouchables. Ils ne boivent pas ; il est trop dangereux de renverser l'ordre des choses.

À l'arrivée, les portes de Bombay sont fermées, elles paraissent presque hostiles à Shiv. Toutes ces maisons, closes au-dedans, taisent leur bouche de pierre. On les dirait maudites. À l'inverse, les maisons des villages sont encore ouvertes, laissées entrebâillées, et la curiosité permise. Shiv regrette presque ce monde de murmures, où tout bruissait jusqu'aux regards. Les silences inhabités lui font peur. Il a vu Bombay, de quartiers presque villageois devenir ville agitée, de ville agitée devenir mégapole écrasante. La métamorphose a été si bruyante. Bombay se ferme désormais à la vue, les familles se séparent dans des appartements, les pièces communes disparaissent. La cuisine où les femmes venaient autrefois s'affairer et prouver qu'elles étaient les meilleures épouses, où les enfants venaient jouer entre leurs jambes, où, plus tard, les hommes étaient servis en premier sous leur regard exigeant, cette grande cuisine a disparu. Le nouveau compagnon des familles modernes s'appelle télévision. C'est qu'avec elle on peut tout faire : partager la prière matinale, apprendre des lectures didactiques du *Ramayana*, expérimenter des cours de cuisine, commenter les nouvelles du jour. Grâce à elle, le Premier ministre et son double digital s'invitent tous les soirs dans les foyers de centaines de millions d'Indiens, lors de son émission où il arbitre le Bien et le Mal. Au moins, dans son village natal, puis dans le bungalow de Shantiji, Shiv n'a pas eu à partager ses journées avec les ondes cathodiques. Et puis cette télévision, il la fuit. C'est elle qui a diffusé le mal, vingt-cinq ans plus tôt, quand, de son village, il a vu la haine anti-musulmane embraser l'Inde lors des événements d'Ayodhya. De cette fureur, son père n'est jamais revenu. Shiv a compris très jeune la force des images : s'il les laisse revenir, elles font de l'horreur l'escorte de ses nuits. Elles minent son champ de vision. Alors il les évite.

Aujourd'hui, le retour à Bombay est d'autant plus difficile que Shiv n'y retrouve rien. Il ne retrouve plus Laleh comme avant, lorsque Bombay était synonyme de son héroïne. Sa présence l'avait accompagné dans ses missions : la sensualité de la démarche indienne, les jeux de drapés, les regards surpris n'avaient cessé de la rappeler à Shiv. Il allait directement la rejoindre. Laleh l'accueillait joyeusement et se laissait séduire. Cela le déstabilisait et en même temps le ravissait. Il ne comprenait pas bien où Laleh se situait dans le jeu amoureux. Probablement était-elle beaucoup plus libre encore que ce qu'il imaginait. Ou retenue par d'autres loyautés qu'il ne soupçonnait pas. Shiv sait bien qu'il n'a pas tout compris. Laleh ne s'est pas juste mariée à un Parsi parce que sa famille l'a décidé. L'histoire est forcément plus compliquée.

Cette fois, rien à attendre de l'arrivée. Shiv a l'impression d'entrer dans un décor d'apocalypse. Il y a, dans la confrontation entre la grève noire, les façades ravagées par la lèpre humide et l'invasion des bicoques de tôle, les traces d'un désastre. Que s'est-il passé ? Le spectacle de mort grouille de millions de vies. L'image revient en boomerang dans l'esprit de Shiv : combien d'explosions ont ravagé le Bombay qu'il a connu ?

Il se tourne vers Shantiji, alors que la ville défile.

— C'est une ville blessée.

— Elle a vécu tant d'épreuves.

— Elle a hérité des splendeurs et des misères du Raj, est vérolée par les plaies de la modernité… mais ce sont les violences actuelles qui la défigurent vraiment. Vous ne trouvez-pas ?

— Elle ne s'est jamais remise d'Ayodhya.

— J'étais au village, vous avez vécu, vous, les semaines de violence en 1993 qui ont suivi la destruction du temple : la haine contre les musulmans qui s'est propagée jusque dans ses ruelles...

Shiv se revoit enfant au village, pétrifié par l'absence du père, à absorber les images atroces de la télévision qui font danser la ville sous les crépitements d'un grand brasier. « *Rajeev Saudagar. Une cible vivante ?* » Le point d'interrogation devient un point final. Le feu et le noir. Shiv ne veut pas penser à ça, Shiv refuse, sa tête cogne.

— C'était effroyable. La suite tu l'as vécu avec moi en 2003. C'était dix ans plus tard… la ville a recraché ses enfants dans des explosions monstrueuses, les a éjectés des rails de la vie sur une étincelle.

Shiv se vide à cette pensée, il ressent l'effondrement de tout son être. À l'époque il avait mis des jours à se calmer.

Shiv lâche avec douleur :

— Quelle perversité ces bombes, une pour la Porte de l'Inde dans le sud touristique, une pour le temple de Mumba Devi dans le centre religieux : une pour les beaux quartiers, l'autre pour le peuple de Bombay qui trime dans son ventre. Une bombe pour chacun.

Sur le coup, les médias désignent l'ennemi car il faut bien se trouver un ennemi pour supporter l'horreur, pour condamner, pour sortir vivant de la mort. Ils l'appellent « Pakistan ».

Shantiji précise :

— Je crois que la vraie menace commençait juste à se profiler, plus insidieuse, plus intérieure, vois-tu. Le pays allait se fissurer. Mais désormais, cela se passait au cœur des familles, dans les maisons, une violence de perdant, pleine de ressentiment. Pas la violence des braves.

— À partir de ce moment-là, les attentats sont réguliers, ça n'arrête plus, commente Shiv.

Sa mémoire rapporte les images par bribes, convulsive.

Onze minutes entre 18 h 24 et 18 h 35, le 11 juillet 2006. Les carcasses incandescentes se verrouillent sur deux-cent-neuf passagers dans des bûchers de métal. Sept cents corps sont marqués à la flamme dans des mutilations définitives. Sur les rails, on trouve des débris de jambes et de bras ; le reste a sauté quelque part. Les terroristes sont encore les islamistes, cette fois des étudiants.

Shiv passe alors trois jours enfermé chez Shantiji. Il n'arrive plus à se raccrocher à son histoire. Il n'a pas d'histoire. Ou plutôt elle commence par le feu et se poursuit par les cendres. De cette série d'attentats, Shiv ne retient que cela, les décombres de l'effroi, éparpillés au fond de lui.

— Réguliers… Et jeunes. Ce sont les jeunes qui s'entretuent. Shiv, nous savons à quel point cette jeunesse enragée est dangereuse, poursuit Shantiji.

— C'était pourtant la période la plus heureuse de ma vie.

« La violence, notre jeunesse », pense Shiv. Le trio de Shiv, Lénine et Laleh est si radieux ! Shiv et Laleh sont épris et leurs mains mêlées. Ils marchent ensemble sur cette grève, à s'aimer éperdument dans le tourbillon affairé de la ville. Ils clament leur liberté, délestés de toutes les traditions de caste, de rang, de religion, de mœurs, de ces traditions qui arrêtent le monde au-dessus d'eux. Rien ne peut rompre le charme, croient-ils. Lénine, lui, est l'amant d'un prince, devant eux. Et ce prince est sa sève, il exulte. Bientôt il sera délivré devant le monde, bientôt on lui reconnaîtra le droit d'aimer l'homme qu'il aime. Ces années d'allégresse ont la fulgurance de l'amour fou, à peine quelques pages d'un livre, où ils mordent la vie dans un décor grisant. 2008, c'est l'Inde qui décolle. L'Inde au taux de croissance encore jamais égalé. L'Inde est le pays du XXIe siècle. Bombay est le fleuron de l'Inde, tout est possible à Bombay, c'est là que se vit, le cœur battant, la dimension future du nouveau millénaire !

Et soudain Shiv comprend que c'est peut-être la violence de Bombay qui lui a pris Laleh.

La voiture qui ramène Shiv et Shantiji traverse la ville. Ils s'arrêtent à côté du bâtiment de la David Sassoon Library. Shiv a une passion pour cette bibliothèque, qui, avec ses vieux pupitres, l'écaille des murs et le silence des pages, le plonge instantanément dans le monde des philanthropes du siècle dernier. Derrière la façade néo-gothique, dans le patio de pierres jaunes, se dresse un jardin, havre de tranquillité qui contraste avec la frénésie des rues. On peut y lire des heures, sous les couples d'inséparables, ces perroquets verts qui se mordillent de baisers rouges.

« C'est là que notre trio s'est fracassé, constate Shiv. La bombe est arrivée au beau milieu de l'histoire. La déflagration a été si violente que tout a explosé. Comment peut-on s'aimer dans un monde qui flambe ? »

Lénine et Shiv se sont donnés rendez-vous ce mercredi de novembre 2008 à la bibliothèque. Lénine termine une affaire dans les quartiers administratifs, tout près de là. Shiv s'est engagé à rendre une série de livres empruntés. Ensuite ils rejoindront Laleh qui se prépare à son concours de plaidoirie sur le campus sud de l'université, sous la tour Rajabai, à deux pas. Avec le cachet imposant de l'histoire, la voix de la justice qu'incarnera la lauréate va résonner dans la salle aux allures de cathédrale. Shiv se revoit, Laleh et lui, ils sont jeunes, impatients et joyeux. Soudain la ville s'arrête. En quelques secondes, il y a plus de sirènes dans le ciel de Bombay que toutes les musiques bollywoodiennes.

Lénine s'est jeté à terre et a entraîné Shiv.

— Ne bouge pas mon vieux, tu entends ? il y a des tirs pas loin…

Shiv entend les hurlements recouverts par les voix stridentes des sirènes. Il voit dans la confusion des centaines de voitures de police débarquer en trombe avec les gyrophares qui balayent de rouge la chaussée. Soudain le vide absolu des rues, le silence de mort. Seuls les tirs et les cris au loin. Ils restent ainsi des dizaines de minutes, des heures peut-être, collés à terre, ils ne peuvent rien faire qu'attendre, étendus sur les trottoirs, terrés de peur, surtout ne pas bouger. Le cœur de Shiv bat à mille à l'heure, mais il ne bat pas pour lui, il bat pour Laleh. Les tirs viennent du campus, Shiv en est certain. La rue est devenue un couloir sans fin, et Shiv tremble de savoir Laleh là-bas, en train de répéter sa plaidoirie dans la salle où on mitraille. Soudain, Shiv se lève dans une impulsion désespérée et se met à courir droit devant, vers la tour Rajabai, dont la gigantesque horloge indique l'urgence implacable. Lénine hurle :

— Tu es fou ! Arrête Shiv, reviens !

Mais Shiv court sans entendre quand subitement il reçoit le coup en plein ventre. Le policier du barrage l'a forcé à tomber, brutalement. Ils sont plus d'une centaine à guetter, postés à l'autre bout de la rue.

— Ne bouge pas ! lui hurle l'uniforme sikh, si tu bouges, on te coffre !

Ils sont évacués quelques heures plus tard, anéantis, dans le silence des ruines. Les médias internationaux se chargent de renchérir. Les chaînes satellites du monde entier, la BBC, CNN, tous s'arrachent cette histoire rocambolesque. Dans le plus bel hôtel de Bombay, des touristes ont été mitraillés. Dans les cafés cosmopolites, des islamistes fous ont tiré à bout portant. Les attentats de 2008 font basculer Bombay dans la noirceur des ténèbres : l'âge du *kaliyuga**. Et surtout, Shiv, Lénine, Shantiji et les autres n'ont plus les moyens de redonner un sens à l'histoire. Elle leur a échappé, sans doute leur destin aussi, mais pourquoi s'en faire, tout est si fidèle à la prédiction des sages.

— Voilà Bombay devenue la baie des bombes, conclut Shiv, maintenant de retour au bungalow.

Il est pris de pensées sinistres.

— Pourquoi suis-je revenu ? Cette ville est l'épicentre de la violence. Finalement la colère de Mukut, celle de Manju, c'étaient de véritables prophéties. Shantiji a raison. La question n'est pas tant de savoir quand Bombay va succomber, mais comment. Par *Matru Bhoomi*, la Terre Mère qui sait si bien reprendre les suppliciés désirant échapper à l'enfer de la vie ? Mumba Devi, la déesse des lieux, telle Sita mortifiée, demandera-t-elle à la Terre de l'engloutir en son sein ? Par le sol et son asphalte gorgé d'eau qui se soulèvera en cratères géants ? Par la mer déjà grise de larmes ? Que laissera alors apparaître le ventre de Bombay ? Qu'en sortira-t-il ? Des cafards et des rats par millions ? Ou alors la ville explosera-t-elle dans un court-circuit géant, étranglée par le feu du zigzag de ses fils électriques qui balancent en pelotes menaçantes ? La morsure haute tension de serpents baladeurs fera-t-elle crépiter les toits, sauter portes et fenêtres, s'écrouler les immeubles ? Le hip-hop local hurlera-t-il son chant endiablé pour recouvrir les grondements de la terre « *Mon cœur est devenu fou* » ? Les corbeaux, avec leur âme contrariée de vautours, reprendront-ils leur ronde noire pour des descentes à-pic et des festins de chair ?

Shiv en vient à espérer une brusque montée de fièvre, une chaleur brutale, qui foudroierait tout le monde. Il rêve d'apocalypse, et ce rêve-là, Bombay le réalise souvent.

Il décide alors, pour lui-même : « En tout cas cette ville n'a aucun intérêt sans Laleh. C'est elle qui justifie tout. Le sens de mon retour ici. Laleh, j'ai les mains vides et je cherche ta main. Ici sans toi, ce n'est pas possible. Je voudrais mêler mes doigts aux doigts de ta main, mes doigts imparfaits à ta main parfaite. À nouveau. Et enfin comprendre ce qui s'est passé. »

***

Quelques jours plus tard Shiv et Lénine se retrouvent dans le bureau en préfabriqué du chantier, entre bouteilles de *mango frooti* et *chaï*. Shiv le reçoit d'un air sérieux.

— Bon, on arrête de tergiverser maintenant ; on se met au boulot, et on se tire avant d'y laisser notre peau. D'abord c'est Bhosle qui y passe, et puis il y a ces lynchages à répétition… J'ai compris. Donc on avance, on boucle le plus proprement possible et puis basta.

« Shiv est rentré de son incursion à Pune plus sûr de lui, pense Lénine. Ça lui a fait du bien. Mais pourquoi est-il si grave ? Où est passé son humour ? » Il s'enquiert, un brin narquois :

— Ce sont les avocats qui t'ont remonté comme ça ?

— Les experts sont catégoriques : l'urgence, c'est l'eau. Le centre de Gandapur, c'est le réservoir. Il faut commencer par régler ce problème. Rien ne se fera tant que la population ne sera pas rassurée. Ensuite, on lance le projet de réhabilitation en même temps que l'assainissement et le recyclage sur la zone pilote. Tiens, voilà l'équipe. Je vais présenter les échéances.

Lénine ne l'a jamais vu aussi décidé.

Shiv se met à dessiner. Il démontre en suivant son schéma :

— Il suffit de creuser et de remonter l'eau sur plusieurs mètres. Bangada se trouve loin de la crique, il n'y a aucun risque d'affaissement ou de salinisation. J'estime la profondeur du forage jusqu'à retrouver les couches aquifères entre cinq mètres et cinq mètres trente. W.A.R.R.I.O.R. a les moyens de fournir les grues, celles qui creuseront les fondations de la future usine, on peut aussi fournir les ingénieurs et les sous-traitants.

Le Kannada s'oppose :

— Shivji, tous ceux qui vivent ici viennent des villages, ils connaissent le fonctionnement d'un puits. Il faut que la population participe. Sinon vous le savez bien, nous ne nous entendrons pas.

Bien sûr il a raison. Shiv se félicite de cette demande, la base d'un pacte implicite avec le bidonville.

Le Kannada, malade, diminué, est investi comme un héros, lui qui a bravé la ville pendant vingt-cinq ans. Il se retrouve bientôt à la tête de la coopérative de quartier pour l'aménagement de Bangada et transforme la pièce unique de sa maison en lieu de réunion, moins intimidant que le préfabriqué de W.A.R.R.I.O.R. Les intermédiaires du coin viennent négocier l'apport de main-d'œuvre : ils proposent d'engager les *Dombari* qui ont terminé un chantier mitoyen. Une trentaine sont disponibles. La caste des acrobates est capable de tenir sur n'importe quoi. Ne trouvant plus dans les villages le public nécessaire à la survie de leur spectacle, ils ont investi le secteur de la construction et font pousser des fondations de béton de leurs échafaudages de bambou. Shiv voit là un détournement de ces artistes qui ont troqué leurs voltiges ancestrales pour de tristes cascades. Il donne son feu vert pour embaucher deux douzaines d'hommes, ces petites sommes rentrent facilement dans le budget de l'étude préliminaire commandée par W.A.R.R.I.O.R.

Le Kannada exige en outre de faire venir des puisatiers de la région de Hampi, sa région natale, où des techniques traditionnelles de puits à marches qui descendent jusqu'à l'eau se pratiquent depuis l'ancienne dynastie des Chalukya. Dans ces régions, les hommes maîtrisent la technique de l'escalier hélicoïdal. En l'occurrence le tank est grand, il faut donc poursuivre le système de puits à degrés pour y descendre petit à petit, mais sans casser l'équilibre des *ghâts* gradinés. Cela suppose une expertise de géomètre. Shiv a proposé des foreuses électriques bien plus puissantes, des machines qui permettraient un gain de temps considérable. Le Kannada et ses hommes l'ont dissuadé. Il faut des bras, de la sueur et surtout une connaissance parfaite de l'ouvrage.

Trois semaines plus tard, après horoscope et *puja* qui placent le début du chantier sous de bons auspices, le creusement du réservoir peut commencer. Le travail à la pioche exige des remontées de terre fastidieuses, mais avance bien, selon une chaîne humaine minutieusement organisée. Assez rapidement, les obstacles apparaissent : la nappe d'eau a largement diminué, il faut creuser plus que prévu. Les escaliers de pierre se déchaussent et limitent les possibilités d'armature. Il faut choisir : renforcer la structure extérieure ou forer plus profond pour consolider à partir de la base. Les *Dombari*, sur la demande des puisatiers, creusent une charpente à embase au centre du réservoir ; et au fur et à mesure ils se mettent à excaver. La charpente s'affaisse mais reste suffisamment stable pour poursuivre.

Les échafaudages de bambous attachés par des nœuds de rotin se dressent comme une immense toile d'araignée dans le ciel, sur laquelle dansent les hommes-funambules et les femmes-papillons. Les taches miroitantes aux pendentifs d'argent scintillent dans le soleil comme le pouls du danger, lorsque l'une d'elle se prend à un numéro de voltige et dégringole l'échelle du ciel. Shiv se demande où est passée l'ourse des acrobates. Peut-être erre-t-elle quelque part, comme on voit errer des vaches et des bœufs que plus personne n'ose approcher de peur d'être accusé par les Vigilants de trafic de divinités.

Piocher, creuser, pelleter, l'opération demande du temps. Les hommes creusent, les femmes remontent la terre, de jour comme de nuit, la machine ne s'arrête jamais. Il faut retirer des tonnes de terre dans des seaux portés sur la tête par un système de contrepoids ou, pour les plus lourds, par un système de poulies. L'agilité avec laquelle les femmes transportent les énormes bassines les rend indispensables. Elles sont adroites, elles ne parlent pas. Elles essuient de leur voile les perles de sueur. Il ne sert pas à se cacher de regards trop insistants, car ici ces regards sont inexistants : sur un chantier, les femmes ne sont que des bras en plus et moins chers.

Il faut ensuite faire le travail inverse, non plus creuser mais descendre les pierres afin de consolider la gaine du réservoir et les marches. Les hommes et les femmes s'engagent alors dans un corps à corps fiévreux avec la terre, avides de sentir l'eau au fur et à mesure que les sables s'humidifient.

La petite équipe reçoit périodiquement la visite des intermédiaires. Les Dons s'invitent aussi. Lénine et Shiv suivent les tractations silencieuses lorsqu'un de leurs émissaires s'attarde. Une fois ou deux le Kannada doit se débarrasser de ces présences pesantes en dissimulant quelques billets sous sa *kurta*. Cela ne va pas bien loin, mais inaugure mal de la suite si l'opération d'assainissement doit être élargie dans ces zones contrôlées.

Ils creusent huit mètres et non pas cinq, contrairement aux estimations initiales. Lorsqu'ils atteignent enfin, plus de deux mois après le début des travaux, la nappe d'eau souterraine, elle leur apparaît si pure que les hommes la boivent à pleines gorgées, même terreuse.

Cela doit permettre d'assurer quelque temps les besoins de Gandapur. Pourtant Shiv demeure perplexe. Il a fallu creuser bien plus profond qu'il ne pensait, il a fallu se reposer sur des techniques rares et non sur les forages mécaniques. Devant l'échantillon limpide, on touche ce qui reste de la nappe phréatique, dont plus des trois quarts sont déjà utilisés. Shiv sait que les techniques locales de rétention d'eau sont désormais les seules solutions viables. Lénine s'étonne de son air soucieux, il est, lui, satisfait de l'aventure.

— Bravo mon vieux. Avec ton savoir des villages, tu as fait du beau travail.

— Ce n'est pas moi, tu le sais bien, c'est le Kannada, les puisatiers et les *Dombari*.

— En tout cas, je pense qu'on peut y aller en confiance désormais, et attaquer les choses sérieuses avec les habitants.

Ils font le tour du tank. Devant l'eau claire comme la lune, Shiv est pris de vertige. De loin, en bordure de Gandapur, il aperçoit ce qui reste des mangroves aux racines défoncées, qui ne protègent plus le sol devenu poreux. Il tremble à l'idée de faire expertiser la terre qui entoure le fragile réservoir : mercure-arsenic-plomb, il est sûr de les trouver.

Tout autour du chantier de Bangada, la vie du bidonville et de la décharge a repris, confiante, affairée, bruyante. Dans chaque courette, sur chaque toit, les mains des plus jeunes comme des plus vieux continuent le grand orchestre : frou-frou des papiers, couinement des plastiques, cliquetis des ferrailles, travaux d'orfèvre des experts.

***

Hari rentre, épuisé, comme tous les soirs. Mais ce soir est une fête : l'eau est de retour.

— Qui a permis cela ?

— C'est Shiv *Saheb*, répond Hari à sa mère. Et on a tous participé. Tout le quartier.

De la baraque de Hari, les habitants sortent avec les citrons et les piments percés d'un fil que leur donne l'accoucheuse, ils vont les suspendre autour du réservoir pour éloigner le mauvais œil. Toute une partie du bidonville est réunie. L'équipe est félicitée. Les hommes se sentent plus forts. Les femmes rient. Il y a les épouses, il y a Kamal, revenue de l'université. On fait une *puja*. On distribue des sucreries aux enfants. Shiv assiste à la bénédiction. Il reste longtemps happé par le spectacle des gamins qui s'amusent à faire de minuscules chemins avec les restes de l'offrande pour nourrir les fourmis. La pâte sucrée a fini moitié dans leur bouche, moitié dans des traînées blanches bientôt noircies par les insectes. Les petites mines réjouies triturent le mélange du bout de leurs badines de bois. Shiv voudrait imaginer l'avenir devant eux, mais il n'est pas sûr.

Hari, lui, est maintenant seul avec sa mère, assise là, toujours sereine. Il appose sa main sur ses genoux immobiles. Les murs de la pièce vont s'allumer avec le soleil couchant et les premiers feux du soir. Les ouvertures béantes des fenêtres laissent passer les ombres dansantes comme de l'or. Hari regarde les lumières animer les fioles de couleur, les mêmes que celles de la cabane de Manju.

Sa mère dit doucement :

— C'est bien ce qu'a fait Shiv *Saheb* pour nous.

— Oui. Mais maintenant il doit s'arrêter là.

— Pourquoi ?

— Parce qu'il traverse des frontières qu'il ne doit pas franchir.

La *daï* commente doucement :

— Il est différent des autres qui passent ici, prennent ce qu'ils veulent et partent. Il cherche autre chose.

Après un long moment de pause, Hari s'enquiert :

— Mère, vous vous souvenez lorsque Manju didi est venue avec Laleh didi ?

— Bien sûr je me souviens de Laleh didi. Si bouleversée. Incapable de faire avec les désordres du monde. Manju didi était plus douée qu'elle à ce jeu-là, moins craintive. L'autre, il a bien fallu l'aider à se débarrasser du bébé, il le fallait. Je me souviens, elle était si ébranlée.

C'est Manju qui a amené Laleh. Manju connaît bien Hari et sa mère. Elle n'a jamais oublié les savoirs de cette femme qui a su l'apaiser. Pas de sa rage, mais de sa honte. Manju sait où habite Hari et la *daï*, et lorsque étudiante, engagée dans des associations caritatives, elle a cherché à mettre en place des réseaux d'entraide, elle a travaillé dans le bidonville des chiffonniers.

Ce jour-là, quelques jours après les attentats du Taj, Laleh est arrivée défaite, le regard si bas qu'il frôle les pieds des intouchables. Elle se présente au bungalow, franchissant le seuil comme pour une visite. Sauf que ce n'est pas une visite, c'est un appel au secours. Il ne s'agit pas de l'accueillir, mais de la sauver. Remettre de l'ordre, à tout prix. Seule Manju peut comprendre Laleh et la fleur dévastée qui pousse en elle, elle qui connaît intimement la violence des hommes.

La *daï* reprend de sa voix lente :

— Manju didi a la tête sur les épaules. Elle a su quoi faire. Elle a guidé Laleh jusqu'ici.

À plus d'une heure de train bondé, crissant et dégueulant les vies épuisées, elle l'accompagne dans la marche puante entre les terrains vagues, où les cerfs-volants poursuivent leur danse. Enfin, elles parviennent dans le bidonville où Manju se sent en sécurité. Elle sait que les enfants à la voix d'oiseau ont déjà annoncé leur arrivée. Il faut faire attention dans les ruelles, et Manju essaye de conduire Laleh le mieux possible, la belle Laleh, elle l'aide à poser ses pieds sur les dalles tremblantes et dans la terre infectée, ce qu'elle fait avec grâce comme une fée enchante le chemin qu'elle traverse. Laleh ne pense qu'au petit cœur dans son ventre qui bat déjà, elle le sent dans ses tempes, ce petit cœur qui lui donne la nausée.

— Regarde Laleh, tu vas te faire mal, attention, tu vas tomber, attention c'est sale ! lance Manju.

Sa sandale a lâché, Laleh continue sans chaussures. Elle ne sait où marcher, mais ses pieds nus le savent.

— Elle s'était enveloppée dans son voile qu'elle avait baissé le plus possible sur sa tête. Elle ne regardait plus. Elle était perdue… continue la *daï*.

Elles croisent des femmes au visage fatigué. Trop sèches ou trop flasques, les hanches larges et le ventre tombant, elles ont toutes porté des enfants. Les pensées de Manju sont ramenées à ces hommes qu'elle ne supporte plus, ces obsédés des membres durs. Manju veut demeurer intacte comme une femme intouchée. Rien à voir avec ces femmes au bassin élargi qui semblent avoir recueilli toutes les vies possibles, même les plus infâmes. Manju sent monter la rage. Mais elle a confiance en l'accoucheuse. La *daï* va les aider.

La *daï* se remémore, elle les voit arriver, Laleh pieds nus et le visage couvert du voile de la honte.

— Je vais te soulager de tout cela, dit-elle en l'accueillant.

Et Laleh tombe à ses pieds.

— Laleh didi était l'amour de Shiv *Saheb*. Mais pas sa promise. Ils n'ont pas pu se marier. En fait, ils n'avaient pas le droit. La famille des Parsis était contre : perdre ainsi une fille, pour les Parsis, c'était impensable ! Parce que Shiv Saheb, lui… Il n'a pas de famille. C'est comme s'il venait de nulle part.

— Oh ! fils, cela je l'ai compris lorsque Shiv Saheb a dormi chez nous. J'ai senti une tristesse chez lui, il parle comme s'il ne portait personne avec lui dans sa voix, pas de parents, pas d'épouse, pas d'enfant. Il parle seul. Pourtant il regarde tout, comme s'il ne cessait de chercher quelque chose. Comme s'il avait perdu quelque chose. C'est donc lui le père. Je le sentais.

La *daï* réfléchit.

— Comme c'est dangereux de transgresser les frontières comme il fait. Il ne devrait pas. Il risque d'y laisser son âme. Comme il a laissé celle de son fils. Sait-il seulement ?

L'accoucheuse se tourne vers les petites fioles dont l'ombre danse avec la lumière.

— Surtout il ne faut pas qu'il sache.

***

Shiv a assisté à la bénédiction du réservoir. Il rentre désormais au bungalow. Un sentiment de joie intense le transporte. Mobiliser ces hommes est plus gratifiant que n'importe quelle affaire. Ils ont agi ensemble ; ils ont réussi. Comme Londres lui paraît loin. Il veut partager ça avec Laleh. Aujourd'hui, il exulte, il se sent le courage. C'est peut-être sa présence à elle, à quelques centaines de mètres, qui lui a porté chance ? Il faut qu'il la voie.

Il appelle Laleh, il lui dit qu'il veut partager un grand jour avec elle. Elle accepte. Voilà qu'elle propose à nouveau le Starbucks. Il ne cherche pas à négocier l'endroit, il veut lui dire, lui dire que grâce à elle, à son étoile tout près, il peut déplacer des montagnes. Après tout, ne travaillent-ils pas pour la même cause ? Tout se passe à Gandapur, dans la fange, il faut défendre les invisibles, les aider à s'affranchir.

Laleh a aussi plein de choses à lui raconter des semaines passées, que dire, des mois qui se sont écoulés depuis leur dernier café, comme le temps file ! Elle a terminé sa mission à l'abattoir, enfin, quel endroit épouvantable. Son client P.F.E.R.A est content.

Shiv la regarde s'enthousiasmer et ses yeux dansent tandis qu'elle raconte son ascension comme un météore. Il aime passionnément la manière dont elle parle, dont elle pose un diagnostic sur ce qui est acceptable et ce qui ne l'est pas. Et pourtant il ne la retrouve pas là, dans ce qui l'anime.

Il lui explique le chantier du réservoir de Baganda, il est heureux. Elle l'écoute attentivement. Elle lui demande alors quel est l'objectif et le coût ; il s'étonne. Elle reprend :

— Tu es satisfait de ta mission ?

Il bredouille :

— Ma mission ? Tu veux dire ma mission anglaise ?

Comme Laleh acquiesce, il s'entend répondre :

— En fait, je me dis qu'il y aurait tant à faire pour changer le cours des choses... mais là, ce serait une tout autre mission…

Elle ne comprend pas bien, mais elle manque de temps pour approfondir.

Elle retourne à la voiture qui l'attend, non sans avoir taquiné Shiv sur ses cheveux en broussaille :

— Pour un *high potential*, Shiv, il faut que tu te ressaisisses !

Elle est de bonne humeur car, confie-t-elle en le quittant, la promotion approche.

— À la prochaine fois ! Ça m'a fait plaisir de te voir !

Il la regarde partir pour son monde perché dans les hauteurs du beau Bombay. Dans ce monde-là, ce monde de la grande bourgeoisie indienne, a-t-il seulement sa place ? Il ressent presque un sentiment de délivrance, alors qu'il est planté là, à la table désertée par Laleh. Shiv se rappelle sa victoire du jour, le bidonville et le réservoir. De ce côté de l'horizon, le monde est ouvert. Alors il se répète :

— Tu trouveras ce que tu ne cherches pas.

***

Shiv a désormais son équipe : des ingénieurs compétents, des environnementalistes et les deux avocats du cabinet de Pune. Lénine est là comme expert. Les liens tissés avec des contremaîtres permettront d'accélérer la cadence et de trouver la centaine de bras nécessaires au premier chantier sur la décharge. Surtout les chiffonniers sont de son côté maintenant. Shiv se sent prêt.

Il a fait soigneusement délimiter la zone pilote : un kilomètre carré soit un cinquième de Gandapur environ. Il a fait prélever une douzaine d'échantillons des sols. Il attend les résultats. Il a décidé des contrats : financements publics pour les opérations de transit de population et le réseau d'assainissement sur la zone résidentielle, financements mixtes publics-privés réservés aux réhabilitations – Lénine est spécialiste. W.A.R.R.I.O.R. investira dans la construction de l'usine d'incinération sur la zone industrielle nouvellement créée. Ça, c'est sur le papier.

Dans la pratique, il faut mettre sur pied une tout autre organisation. Cela signifie négocier avec le Kannada qui représente les intérêts des chiffonniers, avec la municipalité, avec l'État et avec la police.

Surtout, il faut se mettre d'accord en amont avec les Dons et d'abord avec Suddhir Bhai, celui qui tient le bidonville. C'est chez le Kannada que la réunion a lieu, en terrain neutre, pas dans le préfabriqué de W.A.R.R.I.O.R. Shiv appréhende la rencontre, il s'attend à une discussion tendue, il ne sait pas jusqu'où iront les demandes du Don, il n'est pas sûr de la stratégie à adopter. Il ne connaît pas exactement le statut de celui qui va venir négocier. Sans doute un homme de confiance, car les vrais chefs n'apparaissent jamais, leur tête est mise à prix par la police, voire des mandats internationaux. Shiv s'attend à un patibulaire au visage dévoré par la petite vérole et aux doigts bagués.

De loin, Shiv voit arriver deux colosses, les gardes du corps du Don, qui viennent se planter en silence à la porte de la cabane. L'homme qui surgit derrière leur imposante stature est tout l'inverse de ce qu'il pensait : Suddhir Bhai est menu, vêtu d'une tunique sobre. Il porte un petit chapeau blanc, un *Gandhi cap* qui rajoute à son air de clerc protocolaire.

À l'arrivée du Don, Shiv sent Kamal se figer, elle cherche à se dissimuler, et son aversion pour l'invité est si palpable qu'elle a du mal à saisir les verres pour servir le thé. Le Kannada fait signe à sa fille de partir. Shiv remarque aux muscles raidis de sa mâchoire qu'il tente de se contenir. Chacun de ses gestes et de ses dires est désormais contrôlé.

— Que puis-je faire pour toi *bhai* ? commence le Don d'une voix paisible.

Shiv est déstabilisé par cette entrée en matière. Il tente l'alliance.

— *Sahebji*, nous proposons d'aménager le bidonville et la décharge, car personne ne pourra lutter contre les réhabilitations. Autant en faire une opportunité.

Le Don sourit, avare de mots.

— Bien sûr que si, tout se négocie... Que veux-tu exactement ?

— Il faut aménager la décharge, distinguer un espace d'incinération qui permettra de récupérer une partie de l'énergie.

Le Don réplique, impérial :

— Je m'occupe de cinquante mille familles à Gandapur. Je ne vais pas leur faire prendre des risques pour ton business.

— Je ne touche pas au business, *Sahebji*, je cherche à améliorer la situation des personnes ici, répond Shiv faussement calme.

Le Don ricane.

Pour l'instant Shiv ne voit pas de sortie. Ou plutôt les sorties supposent des garanties qui le dépassent. Le Don rajoute du « frère » et du « *bhai* » à chaque phrase, ce qui ne facilite pas la négociation. Shiv s'emmêle avec son « *Sahebji* » en retour.

Finalement Shiv décide d'attaquer plus franchement.

— Quelles sont les conditions ?

Le Don semble apprécier. Il répond, plus prolixe :

— Comme toi, je suis du côté des pauvres. Alors il y a trois conditions pour qu'on te laisse t'installer sur Gandapur. Un, tu t'engages à acheter un tiers des déchets en liquide aux chiffonniers. Deux, c'est à nous que revient le choix des employés de la future usine d'incinération. Trois, c'est nous qui assurons le service de protection et de sécurité. Avec nous c'est la garantie qu'il n'y aura aucun problème.

La négociation se poursuit, monde masculin de calculs et manigances. Avec les bouteilles au centre, les visages ombrageux se détendent. Les plaisanteries insistantes, les démonstrations d'amitié à la limite des déclarations d'amour rythment quatre heures de rituel. Le Don s'adresse à Shiv comme à un novice auquel il souhaite épargner l'épreuve de la réalité. La réalité, il connaît : c'est la vie ou la mort.

— Une dernière condition, impose le Don. Laisse les réhabilitations en dehors de notre affaire. Ce n'est pas ton problème.

Les discussions ouvrent finalement le marché de la décharge à W.A.R.R.I.O.R. Pour l'achat des déchets, un tiers sera bien en liquide, mais les taux seront fixés sur ceux de la nouvelle loi fiscale. Personne n'ira contrôler la correspondance entre les factures et l'argent versé. Pour ce qui est du choix des hommes, c'est le Kannada qui indiquera, il connaît tout le monde dans le bidonville et il est respecté. Le Don accepte facilement l'entremise du Kannada. « Trop facilement ? » se demande Shiv. Enfin, pour ce qui est de la sécurité, elle n'a pas besoin d'être incarnée : tant qu'il y a la bienveillance du Don, il y a automatiquement protection.

Le projet W.A.R.R.I.O.R. est ficelé. Son objectif : la mise en place sur une partie de la décharge étiquetée zone pilote #1 d'un premier incinérateur express, avec récupération d'énergie. En amont, les déchets seront traités par des équipes spécialisées.

Son périmètre : le choix de la zone #1 s'est fait d'abord géographiquement, de l'autre côté de l'abattoir, à un kilomètre, le plus loin possible des premières habitations du bidonville, pour diminuer les risques de contamination et tenter un début de distinction entre espace de travail et espace de vie. Il faut bien se donner quelques règles.

Ses termes : le siège de W.A.R.R.I.O.R. n'est prêt à accepter aucun compromis. Cela signifie que rien, ni la structure ni les résultats, ne doivent porter la trace du compromis avec le Don. Il faudra faire basculer la zone grise vers plus de transparence : sa hiérarchie peut reprocher à Shiv sa négligence mais surtout pas sa corruption.

Son recrutement : les hommes seront directement choisis en fonction du métier et de l'expérience. W.A.R.R.I.O.R. salarie les hommes, cela veut dire leur assure une sécurité inespérée. Pas un travailleur sur dix en Inde ne jouit d'un tel luxe. En échange, cela évite le *turnover* très préjudiciable et l'entreprise pourra bénéficier d'une main d'œuvre loyale et expérimentée.

Ses partenaires : W.A.R.R.I.O.R. négocie pour le terrain avec la municipalité et le service des eaux et d'assainissement. Le M.M.M.W.A. a donné son accord.

Faut-il y croire ? Une des clauses du contrat permet d'espérer : ne seront contractés que des hommes dont les enfants seront scolarisés, preuve à l'appui. La mesure permettra d'accélérer la création d'une petite école primaire, directement financée par une collaboration entre l'ONG de Shantiji et un trust.

Les grands traits du projet pilote sont dessinés, mais tant de choses demeurent opaques à commencer par les véritables intentions du Don. Et puis il y a la manière dont le M.M.M.W.A. a versé l'argent, sans suffisamment de garanties pour empêcher les réseaux de financement parallèles. Or Shiv redoute plus que tout une opération vitrine qui favoriserait le blanchiment. Surtout la mort de Bhosle lui rappelle sans cesse que le jeu est dangereux.

Le Don est parti, ses acolytes aussi. Shiv tente de récapituler. Il est à la fois enivré et inquiet. Car un doute le prend : vient-il de pactiser avec le diable ? Est-il allé trop loin ? Comment faire autrement ? Il vient de négocier avec un homme qui peut le tuer.

Ce doute terrible, il le connaît. C'est celui qui l'a submergé lors de ses premières missions de développement, lorsque son ardeur avait tourné au désespoir. C'est le désarroi de Lénine derrière son ironie acerbe lorsqu'il a rendu son rapport. C'est le déchirement du nécessaire compromis si on veut avancer. Si on veut tenir sa place dans le système. Mais là, il sent que le compromis ne sera pas possible, car c'est de milliers d'hommes qu'il s'agit, de la vie de dizaines de milliers d'hommes. Qui maintenant lui font confiance.

Les Obstacles

Au bungalow cet après-midi-là, Shiv et Shantiji sont animés.

— Je vous l'avais dit, Shantiji, sur cette affaire, nous allons faire équipe ! La scolarisation des enfants comme une condition d'embauche, c'est une belle idée que vous avez eue.

Elle tempère :

— Voyons comment ils se débrouillent, entre ceux qui feront de faux certificats de scolarité et ceux qui n'imaginent pas leurs enfants à l'école… mais le pari en vaut la peine.

Au fond, ils se posent la même question, et seul le temps leur fournira la réponse : l'école se montera-t-elle plus facilement en ville dans la grande ruche mouvante que dans le village immobile ? Pas certain.

Shiv a-t-il rêvé ou a-t-il bien entendu la pointe moqueuse « *Shiver, Shiver* » ? Non, il se trompe, Dayanand n'est pas au bungalow, il n'est même pas rentré de la banque.

Shiv part se reposer dans sa chambre, la chambre de Manju. Elle est plus grande encore que d'habitude. Les pensées s'y allongent, s'y étirent, flottent. Ou alors les murs sont simplement en train de découvrir peu à peu leurs secrets. Shiv regarde par la fenêtre. Le jasmin embaume délicieusement l'air du soir. Dans le « grand jardin », ses yeux tombent sur la cabane. À l'extérieur, la coque renversée de la poubelle géante paraît pencher comme une épave. En cette saison, la haie de lilas des Indes préserve un peu le jardin des regards indiscrets. Shiv se souvient de la dévotion de Manju pour ces arbres buisson. En été les taillis de couleur rose poussent vers le ciel avec une telle ardeur que la vie autour prend des couleurs de révolte. Puis les arbres semblent s'éteindre doucement à l'arrivée de l'hiver, leurs troncs, encore marbrés des teintes flamboyantes de l'été, craquent à chaque bruissement de feuilles tombées. Ils ne protègent plus alors et les regards extérieurs ont vue sur la cabane.

C'est ce qui a permis aux chiffonniers d'intervenir et de défendre la petite fille. Il se remémore maintenant la colère furieuse de Manju, lorsqu'elle avait à moitié détruit la cabane. C'était après ce dernier repas tous ensemble. C'est d'ailleurs la dernière fois qu'il a vu Manju. Elle aux États-Unis, lui à Londres, ils ne se sont plus croisés depuis. Il se fait la remarque qu'ils se sont quittés sur une scène terrible. Elle lui revient, en détail maintenant.

Trois jours après les attentats de 2008, Shantiji, Dayanand et Neelima, Manju et lui sont réunis dans le bungalow. La ville est en deuil, la maison en désordre. Manju vient d'atterrir des États-Unis, à la nouvelle des attaques de Bombay. Secouée, comme tout le monde ici.

Serafina, fébrile, sert le thé dans des exclamations inquiètes. Elle fait des bonds maladroits, manque de renverser les tasses. Elle ne s'occupe plus d'inaugurer le jour en dessinant le *rangoli** auspicieux sur le seuil. Tout pèse, impur, implacable.

Et tous espèrent des mots lénifiants après le tumulte des derniers jours. Ils attendent Shantiji.

C'est le commentaire de Manju qui met le feu aux poudres.

— Ayodhya, Delhi, Ahmedabad, et maintenant Bombay… comme si toutes les villes allaient s'embraser… À croire que la violence est la destinée de l'Inde !

— La violence ne s'arrête jamais. Mais moi non plus je n'ai pas l'intention de m'arrêter. Je veux que vos enfants connaissent autre chose. Tous ceux qui ont connu la Partition veulent autre chose, répond Shantiji qui tente de l'apaiser.

Manju s'exclame, écœurée :

— Ça ne sert à rien. Les hommes sont mauvais. Arrêtez de penser qu'ils sont bons, Mère, c'est inutile.

— La violence ne peut pas être une destinée nationale. Cette façon d'instrumentaliser la religion est terriblement dangereuse. Je suis d'accord avec Panditji Nehru : ce dont nous avons besoin c'est de science et de spiritualité, pas de politique et de religion.

Manju soupire avec rage, comme exaspérée, et laisse tomber cette drôle de phrase qui se répand comme un frisson :

— Que l'ennemi soit intérieur ou extérieur, sa violence nous dévore.

Alors quelque chose bascule. Pire, cède.

— C'est bon, lui lance Dayanand, jusqu'alors silencieux, il n'y a que les lâches qui partent.

Manju se met à hurler :

— Tais-toi le collabo !

Shiv tente quelques mots, réprimés par un violent « *Shut up, Shiver* ! » de Dayanand.

Manju est hors d'elle.

— *Better shivering than collaborating* !

Shantiji arrête net cette passe d'armes par un « *Bas karo** ! Ça suffit ! » définitif. Nulle tristesse dans sa voix, mais un sérieux imposant.

— Il y a une forme de haine que nous ne pourrons jamais arrêter, ni vous, ni moi, ni personne. C'est la déferlante du désespoir. Mais il faut pourtant continuer.

Shantiji vient de s'exprimer avec l'autorité d'un leader, pas avec celle d'une mère. Manju saute de sa chaise et regarde sa mère intensément. Elle sent la colère prête à exploser, le cri monter. Mais elle voit son cri s'écraser, une fois de plus, contre un mur de silence. Comme dix ans plus tôt. Peut-être réalise-t-elle qu'elle peut faire le deuil, là, à cet instant, de son enfance et de sa mère ? Manju se prépare à quitter la pièce, et au moment de disparaître, glapit, avec une aigreur qui déchire :

— Comment pouvez-vous dire une chose pareille, Mère ? Continuer quoi ? À vivre dans cette hypocrisie ? À réparer au lieu de condamner ? Sans moi !

Puis ils entendent un effroyable vacarme qui vient du jardin. Manju est entrée dans la petite cabane qu'elle dévaste de toute sa rage, elle a envoyé rouler la table et la chaise, ensuite la dînette et les trésors, elle jette avec fureur les flacons de verre qui se brisent et se vident de leur merveilleux ; les poudres dorées, les fées de l'enfance sont renvoyées à leurs mensonges et c'est un immense saccage. Manju hurle. Mais qu'hurle-t-elle ? Shiv se souvient avoir tenté de le distinguer, ne pas y parvenir, lui qui est resté seul, debout devant la fenêtre du salon, tétanisé par tant de fureur. Les autres sont partis ailleurs, dans leurs appartements. Soudain Shiv surprend Hari dans le jardin, il a franchi le seuil. Il est auprès de Manju qui défait les planches et les branchages et il s'exécute, il emporte ce qu'elle lui désigne dans sa grande poubelle. Et soudain, Shiv est saisi par la scène inouïe qui est en train de se dérouler devant lui, le tableau du grand renversement du monde : Manju a attrapé les mains de Hari et les a portées à sa tête, puis elle se prosterne de tout son long jusqu'aux pieds blessés et infâmes de l'homme noir et y appose un baiser.

« Comment ai-je pu rester sur cette scène pendant toutes ces années ? se demande Shiv. C'est inimaginable. » Le voilà qui dévale l'escalier, bouscule le chat apeuré, frôle Serafina sans même la voir. Il tombe sur la malle. Les carnets de tissu ? Il s'approche, avance la main pour ouvrir. Mais Serafina bondit, vient se poster sur la malle, elle se rétracte en boule comme le chat, et tend l'échine aux coups. Shiv recule, effrayé.

— Serafina, arrête !

Quelques minutes passent. Il regarde autour de lui. Par la porte du salon, il distingue Shantiji à son bureau. Elle est en veille perpétuelle. La pièce est plongée dans une pénombre habitée. Il approche. Elle pose son livre, les *Psaumes de Toukaram*, les poèmes du saint paria. Plusieurs vers ont été copiés pour elle dans une large police sur des feuilles glissées à l'intérieur. Elle tourne vers lui ses yeux malades et lui sourit.

Shiv demande à brûle-pourpoint :

— Shantiji, je peux vous poser une question ? Je n'ai pas l'impression que cela plaise à Dayanand toute cette histoire de décharge. Et si Manju était là, je ne sais pas non plus…

Alors soudain, Shantiji semble s'affaisser.

— Quelquefois je doute moi aussi Shiv, et je comprends tes inquiétudes que je fais mine de ne pas croire légitimes. Elles le sont pourtant.

Shiv est moins stupéfait par cet aveu que par la force du doute qui prend Shantiji. Celle qui est son *guru* depuis toutes ces années ne peut se permettre de douter ; il faut une foi continue pour mener une action comme la sienne. Il est pris d'effroi à cette drôle de confession.

Pour une fois, elle parle d'elle et de ses enfants, elle qui le fait si rarement.

— N'en veux pas à Dayu. Lui-même ne sait pas comment faire. Il ne veut plus voir les choses en face, il ne veut aucune aventure, aucun incident. Depuis longtemps. Depuis le Gujarat je crois. Il ne reconnaît pas ta démarche. Dans ce bidonville si loin de lui. Il ne veut pas connaître d'autres mondes. Ce n'est pas qu'il méprise ta mission, c'est juste qu'il ne l'imagine pas. Dayu et toi êtes si différents. Vous êtes quasiment des demi-frères et, finalement, il voit bien que tu prends de moi tout ce que j'aurais aimé lui transmettre. Tu le prends naturellement. Tu comprends ?

Shiv acquiesce. Puis vient la question qui le taraude :

— Et Manju ?

— Tu le sais désormais, Shiv. Tu l'as compris. Elle ne supporte plus cette violence. Elle ne croit plus au monde d'ici. Elle ne croit pas en une possible rédemption.

Ils ressentent le souffle frais d'un courant d'air. Ils frissonnent ensemble. Shiv se lève pour vérifier. La fenêtre est pourtant bien fermée. Quel esprit s'est réveillé à leurs paroles ?

Les nuits trop lucides sont sans répit. Dehors les oiseaux se déchirent, mainates et corbeaux, leurs chants sont des cris. Shiv n'arrive pas à s'endormir. Cette fois il s'attend à ce que Manju vienne le visiter dans ses rêves, et il est prêt à l'entendre. Il s'endort après des heures batailleuses, elle déboule dans le songe, entourée d'oiseaux. Elle court dans un grand parc, comme pour un jogging. Elle entreprend de lui parler, le souffle court : « Franchement Shiv, pourquoi as-tu décidé de me faire revenir comme ça ? Je ne veux plus y penser. Ça ne sert à rien. Tu vois, je suis dans le parc à côté de l'Université. Ces longs lacs dont je fais le tour en trottinant, ces immeubles de brique carrés, la pelouse bien tondue des campus américains, les brins d'herbe parfaitement coupés, comme aux ciseaux, tout cela n'a rien à voir avec le « grand jardin », où tout n'est qu'herbe folle et arbres bavards. Et pourtant, ça y est. Je les entends, les oiseaux. Voilà, c'est à cause des oiseaux que le jardin du bungalow revient. Je vois des pigeons bruns aussi ici. À cause de toi, je suis revenue ! La bergeronnette est là, avec ses petites exclamations « Oui, oui, entre ! » Regarde, il y a un coucou voleur de nid. Il vient de déloger l'oiselle et ses petits. Ah ! ah ! on m'avait pourtant dit que les coucous américains n'étaient pas des parasites comme les coucous de chez nous. Mais peut-être est-ce un de nos coucous d'Orient, perdu ici. Oui c'est ça ! Je reconnais le grand orchestre des oiseaux de mon jardin chéri. De mon jardin honni. Je ne devrais pas me retrouver là et pourtant j'avance dans le jardin. Tu sais maintenant ce qui m'est arrivé. Quand je pense à ce monstre qui a toujours été là. Même ma mère n'a pas pu l'empêcher. Même le bienheureux Ganesh n'a pas pu me protéger. C'est ça, la grande famille indienne. Tu parles ! La grande folie indienne. Moi j'ai rompu avec tout cela. Je n'ai plus rien. Je ne suis rien ici, je ne suis pas la fille attendue, la femme qu'on voulait, l'épouse qu'on prévoyait, je ne suis la mère d'aucun fils ; je n'ai aucune connaissance de mon sexe. Tout s'est arrêté là pour moi en Inde. Oh ! Hari, je n'ai même pas eu le temps de te connaître mieux, de grandir avec toi. Oh ! mon unique ami ! Oh ! mon impossible aimé. Tu l'as toujours su n'est-ce pas Hari, qu'après cela, la fleur qui poussait en moi était morte. Et la fleur qui poussait en toi est allée chercher d'autres rives. Nous étions maudits. Condamnés par nos castes. Et ce bourreau a tout arrêté en moi, il a coupé la fleur, asséché définitivement ma soif. Mon sexe est froid et n'a aucun désir. Je n'ai faim que de solitude. Et je m'en porte très bien. »

Manju s'arrête de courir. Maintenant son visage fier se dessine sur le fond des arbres et des oiseaux. Ils ont arrêté de piailler, on dirait qu'ils l'écoutent, comme Shiv.

« Mais Shiv, toi, ne va pas t'aventurer par là. Pourquoi veux-tu voir de l'autre côté ? Quel intérêt ? Tu vas te brûler, tu te brûles déjà. Attention. Tu vas découvrir ce que tu ne cherches pas, ce que tu n'as jamais voulu savoir. Dans l'autre ville, dans la ville qui pourrit sur place. Chez ceux qui savent. Eux, ils nous connaissent si bien. Ils regardent nos convenances absurdes et nos licences, et ils décryptent tout ; ils connaissent nos secrets depuis toujours, à nettoyer nos poubelles tous les jours : tout ce qu'on y jette de nous-mêmes, tout ce qu'elles disent de nous, ils le savent. Ils ont vu tous nos excès. Toute la violence dont nous sommes capables. Ils savent le sort des hommes émasculés et des femmes profanées. »

***

Pourquoi la colère de Manju le trouble-t-il autant ? Shiv tente de retracer le fil de l'histoire. Après ce jour, tout a basculé très vite.

Il se souvient de leur conversation, Laleh et lui, sous le choc des attentats. Lui surtout, bouleversé par les tueries de Colaba où il a cru la perdre. Il lui confie son malaise après la drôle de réunion de famille, l'esclandre de Manju et la destruction de la cabane. Il lui parle de la scène impossible : la fille de Shantiji prosternée aux pieds du chiffonnier.

Laleh l'écoute, muette. Lui la presse, las de cette violence éruptive, partout, dehors, dans le bungalow.

— Laleh, pourquoi ne partirions-nous pas ? Regarde, juste après avoir obtenu tes examens, tu ne veux pas partir ?

Laleh se fait soudain lointaine.

— C'est ici chez moi et je ne quitterai pas ma famille, Shiv.

— Laleh, regarde cette violence autour de nous, ces bombes à répétition. Partons, en Europe, aux États-Unis, où tu veux, mais partons, nous serons libres, sans rien devoir à personne.

— Shiv, toi tu es parti depuis longtemps, quelquefois c'est comme si tu étais sans attache. Comment fais-tu ? Je ne partirai pas de Bombay.

— C'est toi mon monde Laleh, tu es mon unique maison dans ce monde.

— Mais ma maison est ici, Shiv.

Ce jour-là est leur dernière fois. Ils sont dans la chambre blanche, elle dénoue ses cheveux noirs et le désir monte à fleur de sens, il veut la prendre et la retenir, ses seins ronds à portée de sa bouche, et ses mains empoignent ses cuisses longues, leur ombre sur le mur s'enlace en une seule liane, il sent son souffle accélérer au rythme de leurs hanches, ils se font à la fois tempêtes et vagues… Mais au fur et à mesure que son désir l'emporte, la voilà qui se dérobe, le laissant assoiffé, leur ombre ralentit, elle s'essouffle. Il lui demande, presque, suppliant :

— Laleh, tout cela a eu lieu, notre amour. Qu'est-ce qui s'est défait dans la baie des bombes ? Qu'avons-nous laissé se défaire ?

Elle ne répond pas.

Le rythme accélère comme le temps qui déroule et défait. Laleh passe brillamment son diplôme d'avocate et, comme prévu la pression se renforce pour la marier. Elle ne s'oppose pas.

— Je peux tout faire, sauf agir contre les miens.

Elle a décidé que Shiv resterait son meilleur ami. Il est au désespoir mais il reste devant tous le meilleur ami. Quelques mois après le mariage de Laleh, Lénine lui conseille de prendre le poste de Londres : Shiv répond parfaitement au profil d'ingénieur formé aux problématiques environnementales pour travailler sur la zone Asie.

— Tourne la page conclut-il, Laleh a fait son choix.

— Mais ce n'est pas elle, rétorque Shiv, je l'ai toujours vue choisir la liberté, pas obéir à ces traditions d'un autre temps… Elle n'est pas amoureuse de ce type…

Lénine soupire.

— Ils n'existent pas ceux qui osent dire non. Ou alors ils renoncent à leur famille. Et chez les Parsis, c'est impossible. Tu imagines Laleh interdite d'entrer dans le temple de feu ?

— Mais qu'est-ce que tu racontes ? Laleh s'est toujours fichue des temples, des règlements stupides, des rituels idiots, n'a jamais supporté les interdits grotesques autour des impuretés menstruelles des femmes…

— Bien sûr, rétorque Lénine, mais la question n'est pas là. La question, c'est de ne plus pouvoir accompagner Mehertaï au temple, de ne pas respecter la mémoire de notre père, de ne plus faire partie de la communauté. Elle est le seul intermédiaire qui reste entre nos deux mondes. Moi je n'en suis plus.

— Tu as vu qui c'est ce type ? Tout ce que Laleh déteste : un gentil garçon sans charisme. Il n'a aucune personnalité. Le genre de type qui vivote sa vie en surface.

— Sauf que sa famille fait partie du sérail et qu'il saura reprendre l'entreprise de notre père. Et puis il est fou d'elle.

Lénine clôt la conversation par ce qu'ils savent :

— Laleh a payé pour moi aussi.

Shiv s'est fait violence pour prendre le poste de Londres. Trop ébranlé par la perte de Laleh, il l'est aussi par cette époque confuse que vit l'Inde. Il ne comprend plus.

Jamais Shiv n'a pu dire à Laleh un dernier mot. Non que l'occasion ne se soit pas présentée, mais les mots ne sont pas venus. Pourtant ces mots, il les a pensés mille fois : « Je ne désire qu'une chose Laleh, que tu reviennes à moi. Maintenant, dans une heure, dans un jour, dans un an, dans dix ans, ou dans une autre vie peut-être, mais reviens-moi, c'est mon unique prière. » Lui dire cela, au moins. Et aujourd'hui, cela le taraude.

***

Un chantier est un chantier. Et en Inde c'est dix fois un chantier. Une fois obtenu le permis, signées les autorisations, multipliées les réunions, il faut attendre le matériel. Pas une livraison sans au minimum une dizaine de tampons. Jusqu'à quinze parfois. Il faut lutter toute la journée. Surtout, au pays de la récupération et du recyclage, il faut s'attendre à des imprévus, parfois à des détournements. Subtil système où tous se surveillent, personne n'est responsable et chacun cherche à profiter.

Étrangement, les résultats des analyses des échantillons du sol de la zone pilote ne sont toujours pas arrivés. Pourtant, Shiv s'est adressé aux filières les plus sûres. Il renvoie des prélèvements.

En attendant, il lance le chantier dans un grand jour de *puja* et d'offrandes. La zone abritera les bâtiments de tri et de recyclage, il faut procéder méthodiquement. Dès qu'il pourra, il entamera la construction de l'usine d'incinération. Les grues de chantier, gigantesques insectes à mandibules, leurs cabines de conduite triangulaires comme la tête d'une mouche, attendent, prêtes à s'animer. Quelquefois un de leurs bras gémit dans un long crissement de rouille et semble s'affaisser de quelques centimètres. Dans l'espace de la décharge, on se demande si ces engins monstrueux vont survivre plus de quelques jours aux pulsions de démontage des recycleurs.

Les éléments de la future cheminée sont arrivés, mais ne seront pas assemblés avant des semaines. Et bientôt, il n'est même plus question de les monter : ils servent d'abri à plusieurs familles dont les hommes travaillent sur le chantier. Déloger chaque matin les enfants endormis serait un crève-cœur dont Shiv ne veut pas s'acquitter maintenant, il ne le fera que contraint. « Finalement, tout matériau, selon sa nature et sa taille, peut être détourné » se dit Shiv en se souvenant de la proposition du Don. Un service de protection n'aurait peut-être pas été inutile. Il en parle à Lénine qui s'esclaffe.

— Tu es bien naïf ! Ils paient la place, figure-toi ! Dans les grues, dans les tuyaux ! Tout s'achète ici, chaque centimètre carré ! Chaque recoin ! C'est Bombay ! Évidemment qu'il aurait fallu négocier avec le Don dès le début. Maintenant tu vas devoir les payer pour qu'ils partent !

Les premières pelletées viennent brasser des tonnes de détritus. Les dents de la grue se plantent dans le magma et en retirent des monceaux monstrueux, sortes de sculptures primaires, rouges et noires, parsemées de bouts blancs. Le Kannada est le premier à prévenir Shiv de la mauvaise surprise : des milliers d'ossements, fémurs, crânes, vertèbres de moutons et de chèvres, les animaux abattus pour le sacrifice de l'Aïd, composent la couche intermédiaire de la décharge. La voilà qui se révèle être un gigantesque cimetière animal. La découverte plonge les travailleurs dans la stupeur, au point que les grutiers refusent de poursuivre. Les hommes du Pathan négocient finalement avec les ouvriers pour la reprise des travaux et le déblayage nécessaire. Après tout, c'est le Don qui fait venir des centaines de bouchers et d'abatteurs *kasaï* depuis des années pour la saison des sacrifices.

Tout cela prend du temps. Shiv espère secrètement ne pas tomber sur des squelettes de vache. Il faut maintenir les Vigilants à distance.

Un mystère demeure : les ossements sont bien conservés. Or, si proches de l'humidité des mangroves, dans un sol fécondé par les vers et les bactéries, ils devraient entrer en décomposition plus vite. Quelque chose fait office de conservateur. C'est alors que, se penchant plus précisément sur le magma indifférencié, Shiv identifie des déchets de transformateurs et de pile. Est-ce cela qui conserve trop bien les ossements ? Il subodore du résidu de pyralène dans cette espèce de revêtement huileux qui enrobe les squelettes. À moins que ce ne soit le lixiviat, ce fluide épais issu de la décomposition des déchets, qui suinte de partout comme le sang noir de la décharge. Mais celui-là ne devrait pas conserver les ossements, au contraire, il en est le produit… Shiv revient sur les lieux avec ses experts, et opère quelques prélèvements. Cette fois, il décide de les faire envoyer dans le laboratoire le plus réputé de Bombay, à BKC.

C'est une semaine alanguie, où l'élan s'est comme évanoui. Dans la décharge, les hommes travaillent lentement. Shiv n'a qu'un objectif pour l'instant, avancer avec prudence. Ses pensées sont arrêtées dans l'air lourd. Au fond de lui, le doute le travaille en silence.

Les résultats arrivent par mail comme une catastrophe annoncée. Avant même d'en finir la lecture, Shiv détruit le message et téléphone au laboratoire pour prévenir de son arrivée, il faut limiter tout risque de fuite.

— Ces résultats ne sont pas possibles, s'entend-il lâcher au bout du fil, moitié par hypocrisie, moitié pour s'en persuader.

Dans le rickshaw chahutant sur les allées de Gandapur, pressé d'arriver à BKC, il regarde fixement les visages des femmes et des enfants, leurs taches brunâtres. Soudain il le voit, son cours de chimie, là, devant ses yeux : dioxine. Il demande au chauffeur de s'arrêter, il sort, il se poste devant les hommes et les femmes, inspecte leur visage, leurs bras, saisit les mains, les retourne. On le prend pour un dérangé, tous se laissent faire, à la fois étonnés et amusés. Il repère les taches noirâtres, la peau granuleuse par endroit : de la chloracné. Comment n'y a-t-il pas pensé plus tôt ?

Il aperçoit Kamal occupée à tendre le linge sur les cordes qui longent la hutte. Elle le reconnaît et se prête gentiment au jeu lorsqu'il lui demande de montrer ses mains. Sa main parfaite et gracieuse, aux doigts effilés, est d'une délicatesse troublante qui lui rappelle des mains aimées. Ce qu'il a pris pour les restes d'un verni à ongles, ce sont des taches. Il reste sans voix, esquisse un sourire malaisé, elle lui rend un sourire, calme, sans ambiguïté. Sa confiance l'affole cette fois.

Une tache, deux, dix, vingt, cent, mille taches distribuées sur les mains, les bras, les visages, petites ou grosses, mouchetant la peau ou en plaques granuleuses, toujours noirâtres : elles sont trop systématiques pour laisser planer le doute. Ils sont tous contaminés par une forme de dioxine toxique. Il y en a dans l'air et dans la terre de la décharge. Ils doivent être exposés à une très forte dose pour développer une telle réaction. Il y a d'autres symptômes, ils toussent anormalement. Shiv s'en veut, il aurait dû comprendre. Le cocktail est impensable : méthane d'un côté qui risque d'embraser la décharge, concentration de dioxine qui empoisonne les habitants de l'autre. Le désastre est inéluctable. Même les dieux ne pourront l'empêcher.

Shiv remonte dans le rickshaw, profondément perturbé. À côté, un moineau s'affaisse sur ses pattes, bascule sur le dos, bec ouvert.

Bandra-Kurla-Complex, dit BKC ou Bikéci, se dresse à une douzaine de kilomètres au sud de Gandapur. Shiv n'a pas encore revu la grande fierté du *Shining Bombay* depuis son arrivée. Il sent qu'il va détester ce hub pourtant incontournable, concentration inédite des multinationales et de la finance de l'Inde, en un mot, sa réussite.

Pour atteindre cet univers futuriste, il faut quarante minutes de rickshaw. Shiv remercie le conducteur du petit scarabée et prend un taxi, plus en accord avec le flux rapide des bolides arpentant les allées gigantesques : dans BKC, l'encombrement habituel de la rue indienne disparaît au profit de la circulation fluide sur le bitume ouaté.

Dès son entrée dans la planète business, le visiteur est plongé — car il n'y a que des visiteurs et pas de résidents — dans une nouvelle dimension : il se sent épié par les milliers de caméras et les yeux invisibles des façades de verre et d'acier qui le testent : « Pourquoi est-il entré dans le hub ? Que prétend-il y faire ? Est-il à la hauteur ? »

Shiv a voulu une expertise internationale de ses échantillons. Il a toujours su qu'il finirait par chercher quelque expert à

BKC. Des certifications, pas des approximations à l'indienne. Il sait qu'il a besoin de ce décor de roman d'anticipation pour se projeter dans la suite, si effrayante soit-elle. Mais les premiers résultats par mail sont si alarmants qu'il n'arrive pas à y croire.

Il passe devant l'immeuble de la bourse aux diamants. Le bâtiment gigantesque est taillé comme une pierre précieuse, tout en angles et en reflets, jouant la transparence et le bleu de l'acier. Y fourmillent des milliers de diamantaires qui se prêtent toute la journée à l'estimation des pierres : détaillants et gros fournisseurs, acheteurs et vendeurs, habitués et chalands. Tout le trafic de diamants de l'Inde s'y décide. La place expose des ambitions mondiales : elle possède son antenne de services bancaires et douaniers, ses coffres-forts et sa propre police.

Soudain, Shiv se raidit sur son siège, tétanisé : Suddhir Bhai vient d'entrer dans le bâtiment avec deux des sbires qu'il a croisés dans le bidonville. Il est aussi accompagné d'un des recycleurs aperçus sur la décharge, l'Albinos tacheté. Shiv s'en veut de sa naïveté, mais pourquoi s'étonne-t-il donc ? Il n'est plus un néophyte maintenant, il connaît le bidonville. Il sait bien que ces Dons sont millionnaires. Tout le monde sait à Bombay que le recyclage permet de blanchir l'argent des *goondas*. Suddhir Bhai s'est arrêté à l'entrée du bâtiment, semble négocier avec un des hommes. Son visage méfiant scrute la rue. Le taxi passe très près de lui, Shiv a juste le temps de baisser la tête.

Son taxi poursuit vers le laboratoire, il arrive enfin. Shiv demande à récupérer les résultats et les échantillons, il exige de discuter avec la hiérarchie. Devant son insistance, il rencontre finalement le directeur, un homme affable et contrôlé : aucune erreur n'est possible, la concentration de dioxine toxique est confirmée. Elle est d'origine chimique, probablement une usine de pesticide. Par bonheur, le laboratoire n'a aucun moyen de savoir d'où provient l'échantillon. Et Shiv s'arrangera pour détruire toute preuve.

***

C'est un mauvais jour pour Shiv. Il doit voir Lénine. Il n'y a que lui avec lequel il peut discuter ouvertement de tout cela.

Il retrouve Lénine dans un des restaurants traditionnels de Bombay, un *South Indian Pure Veg*, et commande un *masala dosa** par habitude. Le voilà qui passe ses nerfs sur la grande crêpe qu'il découpe en mille morceaux de ses doigts. Il commence par la dioxine. Lénine vaut tous les experts, il sait parfaitement que, dans ce système, tout se monnaye, surtout le silence. Il écoute Shiv paniqué déballer son inquiétude. Il avance doucement :

— Shiv, tu ne pouvais pas savoir. Et heureusement c'est arrivé en début de chantier. Maintenant, la question est : est-ce que tu vas jusqu'au bout de la zone pilote ou tu préviens tout de suite W.A.R.R.I.O.R. ? En tout cas, arrête de t'en vouloir. C'est plutôt bien qu'une analyse solide des sols ait pu être pratiquée en amont, ça permettra d'enclencher des actions sérieuses pour la protection de la zone et des habitants. Les autorités vont peut-être réagir…

Shiv s'étrangle.

— Réagir, mais tu ne vois pas ce que ça veut dire ? S'il y a une concentration pareille, c'est que les usines chimiques, qui entre nous sont censées être hors des limites de la ville, déversent leur merde dans les sols, l'air et l'eau, en toute impunité. Ça veut nécessairement dire que les autorités ont laissé faire, au niveau de la municipalité ou de l'État. C'est gravissime !

— Oui, mais là tu sais très bien ce que W.A.R.R.I.O.R. va te répondre : tu laisses le linge sale aux Indiens.

Shiv n'en peut plus.

— Mais tous ces hommes, ces femmes, ces gamins, ils vont crever de ça. C'est une dioxine toxique ! La population a des signes de chloracné, et ce n'est que la partie visible… Tu imagines les dégâts sur la thyroïde, le cerveau... Ça veut dire que les bébés seront contaminés. Ils sont déjà contaminés. Et ça il faut l'estimer, ce risque, Lénine, il faut faire l'estimation maintenant.

— Tu es là pour le projet de recyclage, pas pour ça.

Shiv rétorque durement :

— C'est toi le *social worker* qui me dit ça ?

Shiv est hors de lui, le *dosa* gît comme un petit monticule de miettes partout sur la table.

— Arrête Shiv, tu n'es pas responsable. Arrête de t'en vouloir. Maintenant il faut trouver comment faire au mieux pour tirer la sonnette d'alarme sans que ça retombe sur les habitants, parce que les autorités vont coincer.

Shiv rentre, sombre, au bungalow. Même Serafina l'énerve à japper comme ça. C'est qu'elle est ébranlée depuis que la croix de l'église a été renversée et que le prêtre a mis les fidèles en garde contre la Saint-Valentin, symbole de la débauche. Ses rubans ont perdu de leur merveilleux, mais elle les garde quand même. Elle a décidé de ne plus les montrer.

Pour Shiv, c'est une nuit hantée qui se prépare, avec tous les protagonistes du bungalow. Il s'assoupit. Apparaît Manju, toujours la première à se présenter dans ses rêves, qui soupire, résignée : « Tu as cru découvrir mon secret. Le secret que tout le monde connaît. Le plus éventé des secrets. Ce secret qui rassemble la famille ne sert à rien Shiv ! Ce n'était même pas la peine de chercher ! Tu perds ton temps. »

Il voit Laleh maintenant, elle lui murmure : « Mon secret Shiv, celui-là tu n'en sauras jamais rien, celui-là est un vrai secret, pas comme tous ces secrets déflorés, où la famille de Shantiji se vautre, c'est un secret occulte. »

Elle disparaît devant Lénine qui occupe maintenant la place. On dirait qu'il est venu le chercher, il veut l'emmener. « Viens mon frère, mon ami, on rentre à Londres. Il y a trop de secrets ici. C'est dangereux, tous ces secrets où il est question de naissance et de mort. »

Le matin lorsqu'il se réveille, Shiv balaye ces nuits agitées. Il faut prendre une décision avec cette foutue décharge.

***

Le siège de W.A.R.R.I.O.R. à Delhi organise la réunion qui vient clore l'année budgétaire, c'est le moment des premiers bilans. Shiv n'a pas beaucoup avancé sur le chantier lui-même, il faudra l'expliquer. À ce stade toutefois, un retour à sa hiérarchie est essentiel, il le sait bien.

Shiv prend le Ghumati Express. Express est un bien grand mot pour ces trains qui datent du temps des Britanniques et poussent difficilement leurs lourds wagons à une moyenne de 50 km/h. Le train, d'abord, exhibe un long tressaillement. Le serpentin tigré tremble sur lui-même puis malaisément s'étire, avec des spasmes chaotiques dans la stridence de ses vieux rouages. Bientôt il prend de la vitesse. Et dans les virages, la bête maltraitée pousse de tristes gémissements de fer.

Le train est une ville. Il a son quartier honteux et ses miséreux : les hommes démembrés, rampants aux genoux des passagers et qui viennent s'y frotter pour quelques centimes. Ces visages n'ont pas droit à l'existence, ils ne prendront pas ce droit, leur regard est marqué du sceau de la misère.

Le train a ses spectacles : les singes chapardeurs habillés de feutrine rouge et de grelots, les enfants pouilleux qui chantent d'une voix d'adulte, immobiles et sans ciller en agitant leurs petits tambourins. Des femmes aux visages d'homme frappent dans leurs mains, *clap, clap*, et s'approchent menaçantes, « Je vais vous toucher, de ma splendide misère, moi le *hijra** à la beauté tapageuse, si vous voulez vous débarrasser de moi, donnez-moi une pièce. Regarde-moi, toi qui t'es planqué dans un coin ! Toi qui, sentant mon ombre, détournes tes yeux, descends ton voile et couvres ton visage. Glisse un billet dans ma main androgyne ! » Soudain les regards se transforment. Oiseau de malheur, l'eunuque est redevenu un prince, l'ange de bon augure, la Cassandre de l'histoire. Les *hijra* sont des dieux impies.

Shiv a envie de leur demander quelle sera la suite de l'histoire. Il tend une pièce, puis sa main. L'eunuque l'attrape, fait mine de la lire, relève la tête sans un mot et signe la bénédiction de son client dans un grand geste qui le découvre nu de stupeur.

Le train s'arrête dans les petites gares désertes et immobiles. Et soudain comme un film animé, la vie gagne les visages, la torpeur fait place à l'excitation frénétique. C'est tout le village qui débarque dans le train comme sur la place du marché : on crie, on vend à la sauvette, les mains échangent dans des marchandages rapides. Shiv se laisse enchanter par la vivacité joyeuse.

Dans les paniers, les femmes proposent des papayes, dont elles découpent la chair rose pour y ajouter du sel. « *Mithai, mithai* ! Sucré, Sucré ! », appâte la marchande goulue. Plus les fruits sont charnus, plus ils sont chers. C'est qu'ils sont énormes, « *bada, bada,* gros, gros ! », roulent-elles des yeux. Shiv achète un petit paquet de papier journal, où les *idlis* blancs, galettes fumantes, répandent l'odeur nourrissante du riz chaud. Lui reviennent en mémoire les petits paquets de semoule dont le bungalow leste Hari. Il hèle un marchand de *falooda**, qui lui vend un verre laiteux parsemé de petites graines noires. Il retrouve le délice des vermicelles au lait de coco et au parfum de rose. L'homme lui tend maintenant un yaourt, gourmandise de caramel, épaisse et sucrée. Il est servi dans un petit pot d'argile où il rêve de mettre les doigts comme dans les fables du dieu Krishna. Il s'amuse de ces inventions miraculeuses, retrouve des saveurs d'enfant et revoit un instant la mine réjouie de son père lorsque ce dernier lui rapportait des friandises de ses voyages.

Soudain, le bruit sec du pot de terre cuite jeté sur le quai signale le départ. Juste avant la première secousse, un gamin entre comme une bombe et, frénétiquement, attrape toutes les bouteilles de plastique vides qu'il trouve, se renverse sous les sièges, se hisse sur les couchettes, et emmagasine sous sa chemise, une, deux, trois bouteilles, le petit bonhomme s'enfle, quatre, cinq, six, le petit voleur grossit, sept, huit, neuf, le voilà qui va exploser, dix, onze, douze, ce n'est plus qu'un bibendum de plastique. Il court les revendre. Il rappelle à Shiv les enfants de la décharge.

La campagne défile. Les mots de Tagore lui reviennent en mémoire, les poètes chantent l'exubérance de la création, l'impétuosité de la mousson et la caresse gantée de la brume. Pourtant la beauté de ces paysages lui paraît, à cet instant, fragile, leur sérénité est trompeuse. Ils semblent offerts au drame, imminent. Shiv sait que la terre est en colère. Et celle de Gandapur l'obsède.

Dans les trains, Shiv rencontre des êtres uniques. Des rois sans royaume qui trouvent là un auditoire et pérorent toute la nuit durant, alternant sujets du ventre et sujets de politique. Il y rencontre de vraies familles, jamais assez nombreuses et qui accueillent le convive esseulé, le prenant sous son aile, le dorlotant, le gavant, lui imposant son rythme de mère tyrannique. On a trop joué comme on a trop bu : on s'endort et on oublie tout. Les familles, ivres des odeurs de lait, ronflent comme des hommes. La nuit, les corps emmaillotés dans les draps gris, rangés par dizaines sur les couchettes du train, font penser aux cultures de vers à soie.

Dormir. Manger. Dormir. Manger. Les journées dans le train sont des journées à l'indienne qui passent heureuses si on sait savourer le temps. On a tôt fait d'oublier le voyage. Le train siffle en partant de chaque gare, en lançant l'appel, comme s'il savait où il allait. Pour beaucoup, il est l'unique maison. Ce sont les mêmes visages qui montent et qui descendent. Et soudain un matin, la petite ville se défait. Et l'on serre dans ses bras sa famille d'un jour.

Shiv savoure cette pause avant Delhi. Peut-être parce que ce voyage l'éloigne de ses soucis, de la décharge, de ce sac de nœuds. Pourtant, il n'a pas envie de Delhi, de sa stupéfiante beauté, de ses espaces imposants. De sa population de moustachus lorgnant les femmes. Il a assez de Bombay, il y observe déjà l'écart effrayant entre la femme couverte jusqu'aux chevilles et les jeunes lianes en short court qui dandinent leur nombril dans des danses serpentines. Shiv souffre suffisamment du décalage entre le culte et le statut des femmes. Et pourtant, il sait à quel point Delhi est différente, bien plus conservatrice encore que la cosmopolite Bombay. Il dit Delhi, mais Delhi n'existe pas, seul existe son héritage, qui engouffre dans ses ruines le dessein somptueux des Moghols, ce monde de grands mausolées, où la froide sueur des marbres continue de faire vivre les âmes des empereurs et des djinns. Il songe à ces lieux inouïs, qui s'imposent à la ville et à sa cour des miracles, et qui, entre cahutes lépreuses et bancales, étincellent de leur éternité. Delhi aussi a ses deux villes qui s'opposent, mais à sa manière. C'est, au centre de Old Delhi qui pourrit de sa misère, les coupoles blanches de la mosquée qui émergent sereines, de grès rouge et de marbre, d'une grandeur écrasante. Son minaret entre en dialogue avec le ciel bien au-delà de la cohue des gueux.

Shiv demande au chauffeur de passer devant le fort rouge, *Lal Qila*, qui, l'instant d'un regard, parvient à le faire voyager au temps des grands Moghols. C'est, plutôt que sa magnificence, sa démesure qui l'emporte : son enceinte sur des kilomètres laisse imaginer une civilisation entière derrière ses murs, ses palais, ses bazars, ses ruelles, les méandres complexes d'une administration impériale, des bureaux secrets où se sont décidées des guerres retentissantes et où se sont conclues des paix provisoires.

Shiv file maintenant au siège, laissant au rickshaw le soin d'emprunter les allées les plus longues et de le berner, comme prévu. Devant le bâtiment de W.A.R.R.I.O.R., modernité de verre et d'air conditionné, la pancarte gravée comme une pierre tombale « *Trespassers will be prosecuted* » refoule les indésirables. « Persécuté il l'est, se dit-il, par la décharge, par Bombay, par des amours vaines, et soit, il va gagner ou trépasser. » Il entre dans les bureaux. Sol marbré, portes de verre : on se croirait à Londres. Dans l'ascenseur, la chansonnette de crécelle tintant la lambada lui rappelle qu'il est en Inde.

***

Le Corporate Council reçoit tous ses représentants au niveau national. Shiv expose le contexte : le recensement du bidonville de la décharge, l'opération préfiguratrice autour du réservoir de Bangada qui a permis de rallier une partie de la population — un demi-million de personnes quand même —, les premières possibilités de développement et la mise en chantier de la zone # 1.

On lui demande de préciser les risques. Sa tête bout, il pourrait la cracher en une phrase sa conclusion définitive : construire sur cette décharge où le terrain est bourré de saloperies chimiques, c'est l'échec programmé. Mais, comme il se doit, il entreprend la démonstration. Un, la variable technique : dans quelle proportion incinérer et recycler pour être profitable à long terme ? Deux, la variable humaine, avec sa part d'avouable — comment intégrer une population de chiffonniers qui est déjà à la limite de la survie — et d'inavouable — faut-il coopérer avec la mafia partout présente ? Troisième variable : la politique. La présence des extrémistes hindous au gouvernement et une forte proportion de musulmans à Gandapur font partie des risques.

Surtout, et enfin, seule la direction de W.A.R.R.I.O.R. peut décider, la quatrième variable : la menace environnementale. Shiv l'expert a naturellement procédé aux analyses de sols de la zone. Comme toute décharge saturée en déchets domestiques et qui double de volume tous les dix ans, elle possède un fort taux de concentration de méthane. Ce taux est même particulièrement haut, on est dans le rouge, c'est une masse très inflammable. Shiv essaye de sensibiliser les costumes figés qui l'écoutent, impassibles.

— Pensez aux feux domestiques qui brûlent le jour, aux lampes à huile allumées le soir, la décharge peut s'embraser avec une allumette…

La salle est inerte. Il reprend, plus dramatique cette fois dans le ton. L'expertise des sols a permis de mettre au jour un autre risque écologique : le sol est contaminé par des dioxines.

— Oui chers collègues, des dioxines toxiques, en particulier des polychlorobiphényles. Je sais, vous vous demandez qui peut encore utiliser et fabriquer des PCB, eh bien nous sommes en Inde.

Il poursuit sur les règlements en zone résidentielle, la périphérie de Gandapur en principe soumise aux lois de protection environnementale.

— Pourtant, les taux de dioxine repérés évoquent des industries proches qui émettent des polluants à haut risque.

Un collègue le coupe.

— Vous faites une erreur de raisonnement, cher confrère. Les bidonvilles ne sont pas des zones résidentielles. On ne peut donc pas les prendre en compte dans le calcul des risques.

Shiv est si déstabilisé qu'il décide de conclure.

— Les risques environnementaux sont à mesurer précisément avant de poursuivre quoi que ce soit sur cette zone.

Mais dans son for intérieur, il conclut autrement. Il faut arrêter tout. Immédiatement. C'est une cause de santé publique, nationale. Son choix est fait : il refuse de jouer avec la vie de dizaines de milliers de personnes.

Ses collègues le mettent en garde : il n'est pas possible de tolérer des tractations douteuses, le siège londonien les a interdites sur tous ses chantiers. Sur la question des incinérateurs en zone inflammable : les conclusions des scientifiques ne sont pas celles des entrepreneurs. Quant aux dioxines, cela n'étonne personne, mais là aussi, il n'est pas question de rentrer dans ce qui relève de la responsabilité des partenaires indiens. Il faut donc faire le point avec Londres. L'entreprise préférera sans doute ne pas donner suite. Ou, pour préserver l'investissement déjà engagé, W.A.R.R.I.O.R. décidera peut-être de sous-traiter des parties du projet aux partenaires locaux. En attendant, on compte sur la discrétion de Shiv et de son équipe. Le Corporate Council le soutiendra lorsqu'il ira en discuter avec Londres.

Shiv sort dépité de la réunion. Pire, mortifié. Ainsi savent-ils, probablement savent-ils tous, la Réserve Fédérale, l'Institut national de technologie, le ministère de l'Environnement. À Delhi. À Bombay. À Londres aussi. Tous complices ? Tous irresponsables ? Ou tout simplement des hommes, au jour le jour, dans le *carpe diem* de la survie. Et des marchés.

Les Sacrifices

De retour à Bombay, le bungalow de Bheeramal Mansion lui semble étroit et chancelant dans la ville monstre. Pourtant ce dernier vient encore de résister à la mousson débordante de juillet. Shiv a quitté Bombay pour Delhi alors que les premiers signes des fêtes commençaient à l'électriser. Le mois termine sur l'Aïd, puis viendront les festivités de Ganesh Chaturthi, qui tombent tôt cette année avec le calendrier lunaire. La voiture longe la côte, passe devant un des villages *koli* de Bombay. Shiv remarque la plage, bondée. Il se souvient du vœu avorté de Laleh. Il n'a jamais rien su de ce voeu.

Il se rend à Gandapur. Bien avant d'être reçu par la montagne, l'odeur l'accueille de ses bras visqueux, imposant ses effluves de chairs décomposées. Instantanément, dans son esprit, le décor de l'enfer se met en place.

Les travaux sont arrêtés pendant les jours de fête. Le chantier est silencieux, les grues et leurs têtes d'insecte sont endormies.

Les musulmans se préparent à fêter l'Aïd. La ville va devenir le grand autel du sacrifice, avec chèvres de six mois et moutons de deux ans, offerts dans chaque courette. On parle de centaines de milliers de bêtes. Il faut les meilleurs abatteurs. « Si vous tuez, tuez de manière parfaite. Si vous égorgez, égorgez de manière parfaite. » Alors cent mille fois sera prononcé le nom d'Allah. Et cent mille fois la viande du sacrifice sera partagée. Le jour suivant, la ville entière se lèvera dans les fumets épicés de *sheer korma, mutton biryani, payas*…

— Shiv, regarde ! C'est complètement dingue ! Il faut bien que quelqu'un cautionne ça !

Lénine lui désigne une camionnette brinquebalante qui transporte deux gros bœufs et avance lentement vers l'abattoir.

Les Vigilants passent le temps de l'Aïd à guetter les courettes et culs-de-sac de Gandapur, là où les abatteurs *kasaï* sacrifient moutons et chèvres selon la liturgie. Ils cherchent la bavure, autrement dit, le bœuf. Comme dirait le directeur de l'abattoir : « C'est l'époque où ça débite. » Cette fois, il n'y a pas d'incident majeur. Le Pathan est satisfait.

Suddhir Bhai, quant à lui, est déçu de la lenteur du chantier, c'est en tout cas ce que Shiv comprend en sondant les ouvriers. Or il ne faut pas mécontenter le Don. Il va falloir une nouvelle discussion. Le Don s'annonce par sa délégation d'hercules empressés. Shiv ne peut pas encore lui transmettre les doutes du siège, rien n'est officiel. Quant aux analyses du sol, les résultats relèvent de la confidentialité la plus totale. Le petit homme aux allures de clerc s'assied face à lui sous la bâche branlante retenue par quelques tiges de bambou. Elle abrite du soleil écrasant. Lorsque le Kannada et Hari proposent d'accompagner Shiv, des torses bombés les en empêchent.

Les costauds entourent Shiv et le Don. Le silence est si solennel que semble se préparer un crime. Le cœur de Shiv bat à cent à l'heure. Il sait que chaque mot compte.

Le Don entame la conversation avec une lenteur calculée.

— On se revoit si tôt, *bhai* ? Comment vas-tu ?

Shiv n'a pas le temps de répondre.

— J'entends des choses qui ne me plaisent pas, poursuit le Don.

Shiv se raidit, il sait le pouvoir des rumeurs, les bruits galopants du mal qui, lorsqu'ils se répandent, peuvent être bien plus dévastateurs que n'importe quelle arme. Il commence aussi à comprendre que la rumeur est un outil sans pareil pour attiser les violences, elle peut justifier un pogrom. Shiv a en tête le meurtre atroce du boucher de Manpur. Il appréhende la suite.

Le Don poursuit avec calme.

— Ça ne me plaît pas les mélanges. Et toi tu mélanges. Par exemple tu mélanges ton chantier et ton école. Tu mélanges les hindous et les musulmans. Ici ce n'est pas tout le monde ensemble. Et les Vigilants n'ont pas apprécié que les mangeurs de bœuf laissent leurs restes dans la terre. Tu imagines cette grossièreté ? Cette impureté ?

Le Don respire fort. Shiv a peur de ce qu'il va dire et il a peur que le Don remarque sa peur. Ce dernier articule en insistant, il veut être parfaitement compris.

Donc écoute-moi. Les *Kasaï*, il vaut mieux qu'on ne les voie plus. Et pour toi, et pour eux. Sinon, c'est nous qui arrêtons tout. Les Vigilants s'en occuperont. Entendu *bhai* ?

Évidemment, il n'attend pas d'autre réponse que le petit signe de tête affirmatif de Shiv. C'est compris.

Au moment de partir, un des colosses lui tapote l'épaule. Les jambes de Shiv flagellent. Il se sent désagrégé par les mots du Don. Soit il obéit et n'embauche plus de *Kasaï*, mais alors il lâche des hommes qui le soutiennent, trie ses ouvriers selon leur religion et joue le jeu des hindouistes : son entreprise s'écroule. Soit il refuse et risque de se faire tuer, lui ou d'autres. Il est pris au piège.

***

Deux jours plus tard, Shiv converse à table, avec Shantiji, Dayanand, Neelima. Rahul est couché. Dayanand a souhaité un repas *sattvik**, le plus pur des purs, cuisiné au beurre clarifié, il fait attention à son alimentation, il apprécie les bienfaits d'une diète végétarienne parfaitement contrôlée, il évalue tout ce qu'il absorbe. Il commente le sain, le parfait, le bon en savourant les perles de tapioca grillées.

Shantiji remarque à peine, elle discute avec Shiv sur l'avancée de ses projets. Elle vient de remettre le rapport annuel de son ONG et fait le bilan de ses écoles.

— Et l'école de Manpur se développe remarquablement bien.

— C'est inespéré.

— Tu ne crois pas si bien dire. Bizman a beaucoup changé. Il a non seulement financé la construction de la maternelle, mais il a aussi agrandi l'école primaire. D'ailleurs on l'appelle *sarpanch* depuis. Et il vient d'être réélu pour son cinquième mandat…

— Comment expliquez-vous une telle métamorphose Shantiji ?

— Je n'ose imaginer… Sa greffe du cœur ? Vraiment, il est revenu transformé après son opération. Aujourd'hui il défend les musulmans et les dalits de son village. Et donc l'éducation pour tous.

— Bizman le prédateur est devenu un *sarpanch* vertueux. C'est incroyable. De quel cœur a-t-il donc hérité ? s'exclame Shiv.

Leurs regards complices se croisent, ils partagent les mêmes pensées hérétiques, un cœur musulman greffé sur un extrémiste hindou. Ils sourient avec malice.

Shantiji reprend :

— Il est devenu un allié d'autant plus important que tout ne va pas très bien dans la région. Ces campagnes ne sont pas tranquilles.

— Oui, ces lynchages à répétition, c'est horrible. Et j'ai entendu parler du *love jihad*, renchérit Shiv.

— Ils accusent les musulmans de prendre les femmes hindoues et de profiter du mariage pour les convertir.

Shiv ajoute, préoccupé :

— Et l'État qui commence à s'en mêler… d'ici qu'il interdise les mariages interreligieux…

— Mais c'est très bien, rétorque soudain Dayanand. D'ailleurs, pour ceux qui veulent revenir dans le droit chemin, il y a les conversions à l'hindouisme.

Shiv est choqué.

— Quelle aberration ! Tant de violences inutiles. Comme si l'Inde n'était pas autant musulmane que hindoue...

Dayanand riposte d'une voix fanfaronne : jusqu'à preuve du contraire, mon cher, l'Inde est hindoue. Et ce n'est pas une minorité de tarés qui va changer le cours des choses. D'ailleurs tu es ici dans une maison hindoue et tu es hindou. Un peu de respect pour tes ancêtres.

Shantiji l'interrompt sèchement.

— Je ne tolèrerai pas ce genre de discours dans ma maison, Dayu. Je te rappelle que le meilleur ami de ton père était musulman, que Ali le chauffeur depuis trente ans à notre service est musulman, que Serafina est chrétienne. Nous n'avons jamais fait cas de la religion, *jamais*. Donc tu évites de proférer de telles inepties dans cette maison, compris ?

Dayanand se tait, il est visiblement content de lui. Il regarde Shiv. Va-t-il chanceler ? s'emporter ? quitter la table ?

Shantiji remarque son air triomphal. Elle est contrariée.

Après un temps, elle s'adresse à Shiv :

— Et la décharge ? Hari me donne des nouvelles régulièrement, il me dit que vous êtes très présents sur les lieux, Lénine et toi.

Après les remarques de Dayanand, Shiv n'est plus prêt à discuter. Il répond, laconique :

— Oui, Shantiji. Nous réfléchissons depuis plusieurs mois. On a eu une bonne expérience avec les habitants autour du réservoir.

Elle demande des précisions. Shiv raconte les hommes et les techniques. Elle le félicite en retour.

— Bravo, toujours partir des hommes. Et des techniques simples. Commençons par les savoirs que nous avons. Après tout, la Terre est notre religion à tous.

Dayanand emprunte un ton faussement empathique.

— Il s'agit d'une zone de bidonville près d'une décharge, Mère. Alors la Terre avec une majuscule…

Elle rétorque en souriant :

— Je parle de notre berceau de vie, Dayu…

Et, après une pause…

— Lorsque je pense à Gandapur, je me dis qu'une partie est morte, mais l'autre est vivante.

Shiv traduit :

— La zone morte est pour le recyclage ; la vivante, c'est le futur compost.

Shantiji s'amuse.

— Avec quelques semences, vous pourriez faire pousser un potager alors !

Dayanand ironise.

— Et pourquoi pas un golf ? Mère, vous devriez leur dire de faire pousser une pelouse sur la décharge !

Shiv regarde Dayanand, pris de pitié. Il se demande ce qu'il cherche. Il ne cache plus un mouvement d'humeur.

— Je propose qu'on change de sujet, la décharge ne passionne sans doute pas un banquier. Qui en plus n'y connaît rien.

Dayanand jubile.

— Ah ! bon, je n'y connais rien ? Et qu'en sais-tu l'ami ? Figure-toi que j'ai certains de mes meilleurs clients à Gandapur ! Et je sais très bien comment fonctionne ton bidonville, j'y finance des projets depuis des années.

Shiv le dévisage, abasourdi.

— Gandapur ? Des clients ?

— Suddhir Bhai par exemple. Le député. Là tu es séché hein, frérot ?

Shiv réplique d'une voix troublée :

— Tu m'expliques ?

— Eh bien c'est simple, je t'ai déjà expliqué, mais tu n'as pas bien écouté. Moi je suis une banque d'investissement, je finance les projets de construction… Je prête aux promoteurs immobiliers une partie, l'autre est assurée par l'État. Il y a de quoi faire à Gandapur, entre le projet de réhabilitation du bidonville et ton usine d'incinération. Suddhir Bhai est l'élu local et il siège au comité d'administration de la société de gestion de la décharge. On passe par lui pour s'assurer qu'il gère bien les fonds et les hommes.

Shiv est en train de comprendre, par bribes, et dans sa tête tout se bouscule. « Mais alors, Dayanand connaît Suddhir Bhai… qui a pour mission d'assurer les emplois publics sur Gandapur… qui doit s'en mettre plein les poches. Et Dayanand trempe là-dedans… » Il fait maintenant un autre lien, bien plus affolant. « Et Bhosle, Dayanand connaissait nécessairement Bhosle puisqu'il était le partenaire clé du contrat public-privé. Bhosle devait se servir aussi. Comme ça pue tout ça. Si ça se trouve, Dayanand sait quelque chose de la mort de Bhosle… » Il hésite, il transpire. Il aimerait tant que Lénine soit là. Il s'apprête à évoquer le Don, mais Neelima ne lui en laisse pas le temps, qui les interrompt de sa voix nasillarde, quasi par principe, pour ramener l'attention à elle, et parce que les conversations sérieuses l'ennuient.

— Comment va la famille de Zubin ? demande-t-elle à Shiv. Et sa sœur Laleh ? Elle vit à Malabar Hill avec son mari n'est-ce pas ? Ce doit être compliqué pour elle, loin de Parsi colony ?

— Ils vont tous très bien, je te remercie, répond Shiv pour clore la question.

Mais Neelima adore les ragots. Elle le titille.

— Pas encore d'enfants ? Mais il faut qu'elle se dépêche, il paraît que l'enjeu est important chez les Parsis.

Dayanand en profite.

— Ce n'est pas comme les musulmanes, celles-là, si on pouvait les arrêter de pondre…

Shiv n'écoute pas la suite, cela ne l'intéresse pas. Pire, cela le révulse d'entendre parler ainsi de Laleh. Et des femmes.

Neelima, le voyant reparti dans ses pensées, se moque.

— Ah ! je n'aurais peut-être pas dû prononcer un nom…

Shantiji, comme toujours, demande à chacun son « programme ». Dayanand passe son tour, cela ne surprend personne. Neelima est tout excitée. Elle a oublié Laleh et parle désormais de ses futurs plans. Avec les cours particuliers de cuisine qu'elle vient de prendre pendant deux ans, elle se sent capable d'ouvrir un restaurant, et d'importer des éléments de la nouvelle cuisine à Bombay. Son *Neelima Coffee* va faire fureur, mix de la *best traditional spicy Indian food with the French herbs refinement*. Sauf qu'elle ne connaît pas suffisamment la cuisine française et que, là, elle a besoin des conseils de Shiv. Londres, Paris, c'est pareil.

***

Bombay s'arrête pendant Ganesh Chaturthi. Les calendriers paresseux épuisent Shiv. Cette ribambelle de jours fériés, de festivals, de pèlerinages l'exaspère. Chacun rajoute sa célébration ou son jour de jeûne. Or il faut agir et il en est empêché.

Bombay est colonisée par la fête. Shiv voit arriver les sculpteurs des villages, de lignées d'artistes renommées, avec leur cargaison de plâtre et leurs poudres de couleur. Ils envahissent les larges trottoirs, les proximités des gares et tendent leurs bâches. Bientôt le cliquetis des outils résonne : des dizaines de milliers de sculptures du dieu éléphant naissent sous leurs mains et viennent occuper les stands de rue. Chacune doit se distinguer pour être adoptée : patte au repos ou bénédiction, trompe encombrante ou minuscule, petites oreilles roses ou déployées comme des ailes d'ange. Mais toujours la divinité apparaît avec sa bedaine bonhomme, escortée de la souris malicieuse. Tandis que les statues se multiplient, de toutes les tailles, couleurs, matériaux, styles, traditions, les commerces viennent encombrer l'entrée des temples et des marchés. Pour les guirlandes de fleurs qui ornent les femmes et les dieux, de gigantesques ballots d'œillets jaunes et orange, soucis et jasmins blancs débordent sur les trottoirs. Pour les palanquins et les autels du dieu, la soie rouge et jaune, les tissus de brocard et de satin. Pour les *pujas*, les plus beaux fruits, régimes géants de bananes et cocos velues.

Shiv regarde la grande invasion et pense à son projet arrêté. Il est d'autant plus énervé qu'il faut bien contribuer un peu aux festivités : quelques billets à l'association de résidents qui achète la statue, l'installe, l'habille, la décore, la purifie, la nourrit, la révère, la visite, la transporte. Dans le quartier bourgeois du bungalow, proche du bastion local des nationalistes hindous, Ganesh trône en tenue de camouflage, mitrailleuse à la patte, entouré de portraits de héros nationaux, officiers valeureux et pilotes de guerre qui ont résisté, une fois de plus, à l'envahisseur pakistanais. Quelques billets pour la grande famille, car dans la ville riche, c'est l'époque des cadeaux, des plaisirs et du luxe. Shiv glisse un billet à Serafina.

— Pour tes rubans dorés.

Elle rit comme une petite souris quand Shiv lui dit qu'elle doit se faire belle pour honorer Ganesh.

— Tu seras sa petite *Mushika*[24] !

La ville est fébrile. Shiv n'apprécie que moyennement cette effervescence joyeuse, la liturgie mi-hindoue mi-païenne, ce grand relâchement. La fête va éclater, la frénésie s'emparera de chacun. Puis aura lieu le drame, toujours recommencé, les doses aberrantes de peinture et de plomb qui finiront dans les flots de Chowpati Beach pour le rituel d'immersion. Monde fou. Monde fou mais sacré. Monde fou mais mystique. Monde fou mais de correspondances, qui fait qu'on a mille vies pour vivre toutes les dimensions du monde, alors que l'Occident est muet, à dimension unique. Shiv obtempère.

La ville est en transe et attend le signal de la lune. L'astre opère sa dernière voltige. Soudain, la fabuleuse clameur des tambours et des cuivres parcourt Bombay. Enfin la ville est hindoue. Et cette année, Ganesh n'est pas partageur : pas question de laisser les familles musulmanes se joindre aux festivités. La manifestation demeure le meilleur des baromètres pour mesu-

24 Dans l'hindouisme Mushika est la monture de Ganesh. Elle a l'apparence d'un rat.

rer les tensions religieuses : les parades sont le grand prétexte pour délimiter le territoire. Alors éclate toute la démesure de la ferveur safran, toute la volonté guerrière de reconquérir les territoires hindous de Bombay sur ceux de l'Aïd. Bien sûr dans le bidonville, c'est plus compliqué. La promiscuité empêche les guerres de tranchées.

Shiv en a assez de ce Ganesh en habits de guerre. Les récupérations des hindouistes l'exaspèrent. Il quitte Vikas Nagar pour Gandapur. Il y retrouve le Kannada et Hari, non loin du réservoir. Dans la ville pauvre, le grand carnaval financé par de l'argent sale est comme toutes les fêtes de la démesure, à la fois primitif et corrompu. *Compassionate and Benevolent Lord Ganesh* pardonnera tout. *Jaï Lord Ganesh* !

Les femmes participent à la décoration de l'autel. Il y a Kamal, joyeuse, habillée d'un sari fuchsia resplendissant. Elle est très belle, se dit Shiv. Il est surtout sensible à autre chose, qu'il ne sait pas nommer, sa douceur peut-être, une forme de délicatesse dans sa retenue. Les enfants courent partout, la féerie brille dans leurs yeux d'écureuil. Là, l'imagination et le manque de moyens ont permis un prodige : la statue du Ganesh local est entièrement constituée de bouteilles, papiers et aluminium recyclés, impressionnante composition de six mètres de haut, avec une trompe en chiffons et des oreilles en éventail de cartons. L'autel revendique son décor naturel : le kaléidoscope de la décharge avec vue sur un panaché d'ordures. C'est l'élu Suddhir Bhai qui finance la fête. Il a payé l'alcool frelaté, les pétards et le feu d'artifice. Il s'amuse à répéter que, des dieux de la décharge, il est le prêtre, et il en espère des marques de vénération.

Lénine les rejoint. Tandis qu'ils discutent, le regard de Shiv croise les petits yeux au milieu des chiffons et du papier mâché. Mais soudain il réalise : ce ne sont pas des billes de verroterie, c'est un regard d'homme. La statue est habitée. Shiv est si troublé qu'il interrompt le Kannada pour lui demander comment la statue peut être articulée, lui qui connaît le secret des marionnettes. Peut-être même a-t-il aidé à monter cette statue-là ? L'expert esquisse un signe de désapprobation.

— Ce n'est pas parfait, pas *pakka*, ces compositions sont fragiles, s'ils veulent cacher des personnes dedans pour les animer, ils risquent de les casser.

Le dieu éléphant bénit complaisamment la foule, avec ses allures de pacha satisfait. La première main porte la conque, symbole de la victoire. Sa seconde main est décorée de fleurs de lotus, signe de l'illumination. Dans la troisième main, les enfants se servent de sucreries. Dans la dernière main, le dieu tient l'arme protectrice qui ôte tout danger. Mais Shiv ne voit ni le lasso, ni la hache. La grosse main de chiffons roses est doublée d'une seconde main, qui tient une petite forme noire : une arme. La main de la bénédiction est là pour frapper. Soudain la statue s'anime. En sort brusquement un homme qui saute du palanquin et se dirige droit sur Shiv et Lénine.

Shiv interrompt brutalement Lénine, et le tire, le pousse, paniqué.

— Cours ! Cours !

Il est évident que l'homme armé est là pour eux. Ils se mettent à bondir parmi la foule compacte. Il faut pouvoir percer l'essaim impénétrable que Lénine ratisse de ses bras grands comme des rames. Alors ils perçoivent, quelques mètres derrière eux, la voix que Shiv reconnaît, cette voix qui change d'octave lorsque la haine l'excite, et qui se met à rire, maléfique : celle de Mukut. Il hurle :

— Je te maudis *chota bhai*, petit frère, tu es depuis toujours avec eux, les sanguinaires, les anti-nationaux !

Il provoque les hommes de sa voix suraiguë.

— Regardez-le, c'est un mangeur de vaches, l'ami des bouchers musulmans, il embauche ceux qui tuent nos vaches, attrapez-le !

Shiv perçoit de loin les réprobations du Kannada et de Hari, et tandis que leur toux de tuberculeux les empêche de poursuivre, ils crient, entre deux râles :

— C'est un fou, n'écoutez pas !

Le brouhaha confus de la foule en liesse recouvre leurs cris. Et Mukut a les mots pour emporter :

— Nous sommes des protecteurs de *Gau Mata* ! nous sommes des gardiens ! Des *Gau rakshaks* ! Arrêtez les mangeurs de vache ! *Jaï Gau Mata, Jaï Shri Ram* !

De plus en plus, les hommes se retournent et répètent :

— *Jaï Gau Mata* ! *Jaï Shri Ram* !

Et les scansions deviennent démence.

Ils sont brusquement arrêtés par trois matraques dressées devant eux. La voiture de police, postée au coin, guette les incidents un jour de rassemblement. Les mouvements de foule, les débordements et les piétinements sont choses courantes. Des uniformes kaki les ont immobilisés. Cet arrêt brusque fait remonter chez Shiv un sentiment de détresse immense, lui, arrêté dans sa course vers Laleh dans l'épouvante des attentats de 2008. Ces policiers, que leur veulent-ils ? Ils leur demandent de décliner leur identité. Shiv est plié en deux, hors d'haleine, il peine à répondre, lui, le garçon pourtant connu dans toute sa région natale pour son souffle exceptionnel. Les voilà qui s'énervent, qui hurlent de plus belle. Shiv désigne l'homme grimaçant arme à la main et articule comme dans un réquisitoire :

— Mukut Mane, du village de Nandigaon, il a tué Sahil Sayed à Manpur, il a organisé le lynchage du conducteur de train de Govandi. Et il veut me tuer.

Cela lui a échappé, il en demeure interdit. Il sent s'abattre sur lui le fer rouge de la honte.

Quelques secondes passent pendant lesquelles les trois policiers lui renvoient un rictus étonné. Puis dévisageant Mukut, arrêté en pleine course, les yeux hargneux et le visage fou, ils s'approchent de lui. Le coup part avec une violence inouïe, lui cassant les genoux. Mukut tombe par terre brutalement. Son arme roule : le tampon encreur marque la chaussée d'une traînée d'encre violette. Shiv est pétrifié. Le rictus des trois policiers s'est transformé en un sourire moqueur. Il y a un mouvement de stupéfaction ; puis de relâchement.

Les policiers veulent s'offrir un peu de détente. La situation s'y prête.

— C'est une blague ? demande l'un des uniformes.

— On va leur demander, s'amuse l'autre. Alors toi tu poursuis le mangeur de vache avec ton pistolet à encre ?

Puis dévisageant Shiv :

— Tu ne ressembles pas à une vache toi, mais alors pas du tout. Plutôt à un buffle…

Et soudain, jubilant de sa trouvaille :

— Allez, le buffle vigoureux, montre-nous comment tu fais !

Shiv ne comprend pas. Le plus âgé des policiers, celui qui a frappé Mukut, lui désigne alors le sol.

— À quatre pattes, grouille-toi qu'on rigole un peu. Montre-nous, buffle vigoureux.

Le coup sur les jambes, avec une force cinglante, ne lui laisse pas le choix.

— À quatre pattes ! vocifère-t-il.

Se tournant vers Mukut :

— Eh bien vas-y, marque la bébête, qu'est-ce que tu attends ? Elle est prête pour l'abattoir ! C'est pas loin d'ici !

Mukut, ahuri, met du temps à comprendre, toujours cloué au sol de douleur. Le policier doit lui désigner l'instrument à quelques mètres.

Shiv remarque soudain qu'on les observe : au pays du spectacle, les Indiens forment un prodigieux public. La galerie est nombreuse désormais, les entourant, murmurant, excitée par ce numéro Grand-Guignol. Il y a du suspense : avec la police de Bombay, on ne sait jamais comment cela va finir. Shiv constate que Lénine a sorti des papiers de son portefeuille. Le policier en chef s'avance maintenant vers lui et lui fait signe de se relever.

— Allez, dégagez !

Puis se tournant vers ses acolytes et désignant Mukut :

— Lui, on l'embarque.

Shiv et Lénine se dirigent vers la gare, comme par réflexe. Le silence s'installe. Les paumes de Shiv sont violettes, de l'encre qui numérote les bestiaux. Elle va mettre du temps à disparaître.

Il claudique, sans un mot. Il n'est même pas humilié, il est épouvanté. Sauvé par sa caste. Il y a quelque chose d'abject qu'il n'arrive pas à supporter. Ce sentiment de honte, il le connaît par cœur. Pas de rédemption, ni pour lui, ni pour Mukut. Ils font toujours la paire.

La nuit, le sommeil refuse de le border. Le vertige et la fièvre le prennent. Le tourbillon, un toboggan, les crécelles, la tête tourne, il ne sait où ses pensées partent. La nausée et les vagues montent. Le monde tangue. Il ne doit pas fermer l'œil. S'il ferme l'œil, il ne se réveille pas. S'endormir est un abandon : quitter l'état de veille est une décision qui ne se fait pas sans tractations avec soi-même. Il fait un mauvais rêve : d'une statue de Ganesh sort un homme comme une poupée mécanique. Il marche en croix, hagard, vers la folie. Shiv se réveille en sueur. Cet homme, il ne l'a pas rêvé, il l'a vu. Il l'a vu à Manpur, il l'a vu dans son quartier de Vikas Nagar, il l'a vu dans la décharge, il le voit partout. Les images dansent, obsédantes ; il a beau chercher un soulagement en se forçant à penser à autre chose, Londres, ses amis là-bas, bientôt son anniversaire, rien n'y fait, le film passe en boucle et s'impose, dans toute sa démence : blason safran, tête de tigre, cris, « *Jaï Shri Ram* », et tout cela dans une ambiance de guerre. Monte en lui un sentiment de peur atroce.

***

— Lénine, j'ai l'impression d'une machine lancée toute seule. Ça va mal finir. Il faut arrêter.

Au bout du fil, la voix de Lénine se veut rassurante.

— Tu vas rentrer à Londres pour discuter. Tu verras bien.

— Je vais rentrer à Londres pour arrêter.

Shiv s'énerve.

— On a été suivis, on a été attaqués. Le Don veut se faire les *Kasaï* et nous menace. Lénine, on va finir comme Bhosle. Ça suffit ! Ce sont des tueurs. Et, avec les élections, ça va devenir de plus en plus compliqué.

Une pause.

Lénine ironise.

— C'est ton copain Mukut qui te fait peur comme ça ?

— Mukut est fou, il est obsédé. Je ne sais pas s'il est venu jusqu'à Gandapur poursuivre les *Kasaï* et organiser sa vengeance. Je ne sais pas s'il est venu galvaniser les jeunes par toujours plus d'outrance, de fièvre, de démence ! Je n'en sais rien. Mais ce que je sais, c'est que l'homme qui nous a poursuivis est un dingue. Et il y a une foule de dingues derrière lui. Il m'en veut depuis toujours, pour ce que je représente, moi le brahmane qui a tout facile, et là il veut juste me tuer parce que j'ai pactisé avec ses ennemis.

Lénine résiste.

— D'accord Shiv. Mais il a été arrêté. C'est un paumé. Ça n'enlève rien à l'importance de ce que tu as commencé à Gandapur. De ce qu'on pourrait y faire. Pour une fois, on a compris les ficelles, toi et moi. Où ça se joue. Les hommes du bidonville ont les ressources. Tu le sais.

Shiv est définitif.

— Arrêtons de jouer les naïfs. Je n'ai pas envie d'y passer.

Mais Lénine connaît bien son ami.

— Ce n'est pas la peur qui te fait reculer Shiv. C'est autre chose.

Shiv avoue :

— O.K. Dayanand est mouillé. Je ne sais pas si tu vois. Là, je laisse tomber. C'est la famille de Shantiji qui est en jeu.

Lénine entend. Il propose :

— Dis à Dayanand que tu pars à Londres, tu obtiendras peut-être quelques clés s'il sent que tu lâches.

C'est l'heure du petit déjeuner. Shantiji doit se reposer, elle n'est pas descendue ce matin. La domestique que Neelima vient d'embaucher arrive aux aurores depuis deux semaines, depuis que le quartier est rationné en eau. Les lacs artificiels qui alimentent Bombay sont quasi à sec désormais. Elle remplit vers six heures les grandes bassines. Elle a préparé un petit déjeuner comme le lui a demandé Dayanand.

Rahul est sage ce matin. Il est expert pour décapiter les œufs à la coque du *breakfast*. Il n'abîme pas ses petits shorts car il n'est pas comme les enfants des rues qui traînent par ici. Rahul est peigné et gentil. On en est aux toasts. Neelima tourne autour de Shiv, elle lui ressert du jus d'orange. Finalement elle veut étudier six mois au Cordon Bleu pour ensuite ouvrir une pâtisserie française dans le quartier de Vikas Nagar. Maintenant c'est décidé. Bien sûr que c'est une bonne idée et que cela va marcher. Elle organisera toute la maison pendant son départ, la *nanny* de Rahul, les *nurses* de Shantiji. Elle a commencé les entretiens de recrutement. Car Shantiji est malade et il est temps d'arranger tout cela. Elle demande à Shiv si W.A.R.R.I.O.R. a bien une filiale française. Il travaille au siège anglais, mais W.A.R.R.I.O.R. a des bureaux à Paris, non ? Elle questionne désormais :

— Shivu, peut-être que tu as des collègues à Paris ? Quand toi tu vas les voir, tu habites dans un *flat* ou dans un hôtel ? Et *paying guest*, ça existe *paying guest* ? Comme ça, le matin, tu manges des *French* croissants et de la *French* baguette ?

Dayanand repose le *Times of India* dans un soupir.

— Toujours la même chose... l'article 377, mais ça fait dix ans que la Cour Suprême hésite à dépénaliser l'affaire, que les types reviennent dessus. Qu'ils fassent leurs saletés sans nous. Deux pleines pages rien que sur ça. Mais on s'en fout, nous, des *gays*. Nos magistrats n'ont rien d'autre à faire ?... Dis-donc Shiv, ton copain homo, le Parsi au catogan ... ça y est ? Il est content ?

Shiv l'ignore.

— Et cette campagne politique ça nous bouffe un temps. Mais évidemment qu'il faut voter pour les hommes de Mittron. C'est le seul capable de mettre un peu d'ordre. Et de faire taire ces fous d'Allah.

Shiv regarde Dayanand impassible qui, après son invective sur les nouvelles indiennes, s'occupe désormais de son deuxième œuf. Il se raccroche comme il peut. Peut-être Dayanand n'est-il pas complètement perdu : il continue avec les œufs du matin. Il n'a pas encore adopté le plus pur des régimes *sattvik*.

Dayanand s'enquiert :

— Alors tu rentres ? Tu laisses tomber ?

Shiv avance prudemment :

— C'est un peu compliqué à Gandapur.

— Qu'est-ce qui est compliqué ?

— Le Don, les négociations. La place de chacun, quoi. Et l'État n'est pas très clair.

Dayanand s'engouffre, comme s'il n'attendait que ça, et lance dans un sarcasme :

— Tu aurais pu me demander, je t'aurais expliqué. Je t'aurais guidé, *chota bhai*, petit frère.

Il s'étrangle de rire.

Shiv a un choc. Un instant il veut disparaître. Il se ressaisit, c'est sa dernière chance d'en savoir plus.

— En fait quand Bhosle a débloqué l'argent de l'État, j'ai bien senti que ce serait…

Dayanand se saisit de la perche.

— Ah ! ah… Ce foireux de Bhosle. Eh bien il nous avait demandé, à la banque, de structurer le montage financier de cette opération de recyclage. Il était venu nous voir après votre rendez-vous à la M.M.M.W.A. Mais moi je m'y connais, pas besoin de venir de Londres pour savoir traiter ce genre d'affaires. Je te monte n'importe quelle transaction. Tu n'as pas compris un truc : les contrats publics-privés ça permet de récupérer les fonds internationaux pour l'environnement, en même temps que les entreprises friment avec leur budget responsable. De l'autre côté, on rencontre les intérêts des locaux. Le but c'est que *chacun* y trouve son compte. *Chacun* tu comprends ? Sauf que Bhosle a été un peu trop loin… ça faisait longtemps qu'il se prenait un bon pourcentage sur les transactions. Il avait des intérêts dans la décharge, et pas n'importe lesquels.

Dayanand prend une gorgée de jus d'orange, le repose avec une grimace, et exige un jus de pastèque car l'acidité de l'orange ne lui convient pas.

— Tu sais tout alors, lance Shiv.

Il voudrait que Dayanand précise les « intérêts », mais l'autre repart sur sa lancée, la voix de plus en plus forte.

— Ben oui, je sais tout. Toi et ton pote, pas la peine de jouer les saintes-nitouches et de partir en campagne pour le salut des gueux. C'est comme ça ici, tous ceux qui veulent réussir ont un pied dans la fange. Je ne connais pas un programme qui ne soit pas…

Dayanand semble se délivrer d'un poids. Il lance :

— Tu penses que l'argent peut être propre ? Mais enfin comment penses-tu que ça marche ? Tu vois, Monsieur le *Global Indian*, tu viens avec ton modèle de *world class city* et tes leçons, tu n'as rien compris. Mon vieux, c'est une erreur de *mufassir*, tu es toujours resté un provincial… Et cette manière que tu as de te donner bonne conscience avec tes histoires de recyclage propre. Mais ça n'existe pas ! Et c'est toi qui pollues ! C'est l'Occident qui pollue l'Inde depuis des décennies. Oui, depuis des décennies, vous nous balancez par cargos entiers vos déchets parce que vous pensez que les sous-développés vont faire le boulot pour vous. Des intouchables quoi ! Mais c'est fini mon vieux. On ferme ! Débrouillez-vous ! Ce n'est plus à nous de ramasser votre merde.

Shiv réplique :

— Écoute Dayanand, on est tous dans le même bateau et pour l'instant, l'Inde pollue plus que l'Europe. L'Europe est certainement coupable mais elle peut aider à trouver des solutions qui profitent à tous.

Dayanand s'étrangle. Il se ressert du jus comme carburant pour poursuivre ses invectives fielleuses.

— Ah, ah ! vous me faites rire en Occident, prophètes catastrophistes de mes deux, vous appelez ça la fin du monde, la collapsologie, vous jouez à vous donner des frissons ! Tout transis de super pouvoirs, comme de petits pyromanes, vous avez mis le feu et vous êtes bien embêtés. Vous projetez vos sinistres dégâts en accusant le monde ravagé. Que VOUS avez ravagé ! Vous ne cessez de vouloir détruire ce que vous avez vous-mêmes produit. Mais là, vous avez trois mille ans de retard sur nous, sur l'Inde. La Nature se cabre comme elle s'est toujours cabrée, et on s'arrange avec elle depuis toujours. Mais la différence, c'est que nous, nous la vénérons !

Et soudain sur un ton plus personnel, il dit :

— Et arrête de te faire appeler Shiv, ça m'énerve. Shiv, c'est ridicule. *Shiver,* ça te va mieux, en fait. (Il ricane.) Bon, tu peux respecter nos dieux et ta culture un peu ? Ton prénom c'est Shivashankar.

Un silence suit, jusqu'à cette question.

— Dis, pourquoi tu es revenu ? Restes-y, à Londres !

Shiv répond vaguement, d'une voix fatiguée, il est en train d'abandonner la partie :

— Londres n'est qu'un passage, j'y suis en transit.

— Tu y es en transit, tu y es en transit ! Laisse-moi rire. Tu vis bien aux crochets de ta Londres chérie, *Indian-Brit.* Je te dis un truc : il n'y a que les purs et durs qui peuvent y arriver ici.

— Dayanand, ton histoire de purs est complètement délirante.

— Mon cher, pas sûr que ce soit si délirant. Car ce que je vois c'est qu'on va y arriver, à nettoyer l'Inde, des musulmans, de la vermine qui encombre notre ville. Tu sais très bien de quel côté je me place dans ma famille, après tout nous descendons d'un des plus grands héros nationalistes du pays. Quand j'y pense ! Là-dessus ma mère, ma chère mère se trompe. Elle se trompe complètement.

Shiv quitte la table. Il est secoué. Ses pensées partent dans tous les sens : ce délire fasciste, cette histoire d'Europe et de déchets, les intérêts de Bhosle. Il s'arrête : quels « *intérêts* » ? De l'argent ? des filles ? de la drogue ? Il veut dire que le Don s'est arrangé pour faire disparaître ce gêneur ? Oh ! il suffirait pour ça que le Don l'accuse de tous les maux : moins de subventions, salaires impayés, c'est sa faute… Il a dû se mettre à dos les chiffonniers… En tout cas, Bhosle est bien dans le coup. Et Dayanand à sa manière. Le ver est dans le fruit depuis le début.

À vrai dire, le Kannada, Hari et tous les autres savaient parfaitement par où transitait le repas de Monsieur Bhosle, préparé dans les cuisines de Madame. Les *dhabbawalas* connaissaient par cœur son *tiffin box* avec son numéro écrit en bleu et ses cinq lettres d'identification. Il avait été si facile de lui régler son compte avec une dose de strychnine. Quand les hommes de la décharge avaient compris qu'une partie de l'argent des projets de construction finissait dans les poches de Bhosle, ils s'étaient énervés. Comme quoi, Suddhir Bhai connaissait bien ses hommes.

Et du poison, on en trouve partout, même dans la petite cabane. Les grands vomiquiers poussent aussi bien dans les territoires parias que dans les beaux quartiers de Bombay.

***

Ce n'est pas la danse incandescente des flammes qui surprend les habitants de loin, de très loin. C'est la déferlante de fumées épaisses et jaunes qui a envahi tout l'horizon, sur des dizaines de kilomètres dans le ciel, tirant le rideau sombre de la mort sur des milliers d'âmes. Tout Bombay apprend que la décharge est en feu.

Ce sont alors des milliers d'hommes, de femmes et d'enfants qui apparaissent, silhouettes noires, insectes s'échappant de la montagne. Ils tentent de fuir le piège de la nuée toxique qui les enveloppe. Ils détalent par les côtés du gigantesque dépotoir comme si celui-ci crachait sa vermine.

Le Kannada a senti le désastre approcher. Aux premières odeurs du feu, il a appelé sa fille, hurlé le danger aux voisins, attrapé sa bourse de cuir glissée sous le petit autel, et il court désormais avec elle. Ils sont rejoints par d'autres leur emboîtant le pas, ils sentent les suies mortelles approcher. Ce n'est qu'en atteignant la gare qu'ils se retournent enfin et voient les grandes traînées de flammes.

Pour la seconde fois, le Kannada quitte sa maison. Pour la seconde fois, il perd son toit. Le bois des murs et la tôle se déforment sous la chaleur comme un corps se tordant de douleur, se disloquent et s'écroulent. « Finalement, se force à penser le Kannada, je ne possédais rien, donc je ne perds rien. » Cette perte est pourtant aussi cruelle que celle du premier départ, celui du village natal. Car même dans le bidonville le plus misérable demeure la possibilité d'amitiés et d'amours, de jeux et de palabres, de souvenirs et de chemins familiers, qui tracent les pans d'une vie. Et voilà que cette vie aussi s'est évanouie en quelques minutes.

Gandapur l'insubmersible n'a pas dit son dernier mot. Le méthane développé par des années de décomposition d'ordures dans un sol brûlant offre une série d'explosions d'une stupéfiante violence, bien plus excessives que tous les pétards et les feux d'artifices de Ganesh Chaturthi. Dans les déflagrations, ce sont des centaines de déchets qui volent, pourritures, plastiques, ferrailles éclatant au contact du sol où le gaz les projette.

Le Kannada et sa fille voient des silhouettes les rejoindre, tétanisées par la peur. Eux au moins n'ont pas à supporter l'angoisse, le reste de la maisonnée travaille loin, entre Santa Cruz et Borivli. Ils voient Hari revenu paniqué de Vikas Nagar, accompagné de la troupe des chiffonniers. Chacun cherche les siens, le regard possédé, sautant d'un visage à l'autre, suppliant le ciel de faire apparaître le visage aimé. Ils retrouvent, entre les cris et les larmes, la sœur de Hari, son épouse et ses enfants. Pas sa mère. Et vient l'attente, long puits d'impuissance, à voir brûler le feu qui ne s'éteint jamais. Et couvent les braises enfumées, et couvent encore au fond des âmes désespérées.

Le drame nécessiterait une évacuation massive avec tous les services de pompiers et renforts express de l'État. Mais rien. Aucune effervescence patriote où le corps sauveur de la ville se jette sur les flammes, où les héros de la nation vont au sacrifice, dans le rythme prophétique des sirènes et des hélicoptères. Que fait le gouvernement ? Qu'attend la municipalité ? Pourquoi les pompiers mettent-ils tellement de temps à intervenir ? Sans doute Bombay attend-il que le feu lave la glèbe.

Le Maharashtra apprend les ravages de ce brasier : cinq secondes sur les chaînes régionales. Il suffit de parler des pauvres, des musulmans ou des dalits pour que les médias s'en détournent vite et le pays aussi. Les antennes de ZeeTV plantent trois caméras dont l'objectif est trop rapidement enfumé pour permettre de filmer. Et puis, plus captivant que les silhouettes noires déboulant avec terreur de l'amas de feu, les images de la panique animale sont autrement plus saisissantes : les buffles, lâchés de l'abattoir au milieu des décombres, font des bonds de deux mètres, les chèvres geignent en lamentations suraiguës et les porcs se roulent sur le dos comme des suppliciés. Ce qui fait la une des journaux locaux est une photo : une ourse brune échappée des flammes, au poil désormais tout roussi, sans que personne s'explique ce qu'elle fait là. Parmi les bestiaux, certains ne sont pas des buffles, mais bel et bien des bœufs. C'est leur bosse saillante qui le confirme. Jusqu'où les collusions d'intérêt entre l'abattoir et les services municipaux ont-elles pu permettre un tel sacrilège en plein *beef ban* ? C'est la commission d'enquête qui le dira.

Le vent tourne. Alors que, depuis plusieurs heures, le nuage de fumée semble vouloir s'échapper vers les campagnes, il s'avance soudain à la vitesse d'un cheval au galop vers les tours luxueuses du centre-ville. C'est toute la noirceur de Gandapur qui va se déposer en poussière de mort sur le Bombay des purs, le Bombay des riches. C'est la contamination de tous les temples, de tous les fidèles. Et l'odeur de méchoui participe à l'ironie de la fin du monde.

Shiv s'est précipité en urgence, il s'est arrêté au niveau de la gare. Il a peur. Il cherche ceux qu'il connaît, le Kannada, Kamal, Hari, les autres. Il les voit enfin, ils pleurent, c'est un soulagement qui le déchire. Où est la *daï* ? Il sent que l'attente va être longue. Sans fin peut-être.

Il reste quelques heures, silencieux, envahi de tristesse. À un moment, il va falloir nettoyer ce grand incendie, se dit-il, décharger la décharge. Qu'y trouvera-t-on ? Pas certain qu'on distingue les cœurs au milieu du mâchefer.

Il ne peut s'empêcher de retrouver ses réflexes d'ingénieur. Il évalue pragmatiquement le désastre, la contagion de l'air par les poussières empoisonnées, l'infiltration des eaux. Il estime les conséquences pour les hommes : cancer des poumons, embolies des voies respiratoires, maladies de peau, problèmes vasculaires. Pour ce qui est visible.

C'est un incendie criminel. Cela ne fait aucun doute. Pour personne. Une enquête sera engagée, avec de très nombreux acteurs, de très nombreux dossiers, sur de très nombreuses années. Et tout le monde — hommes politiques, députés, conseillers municipaux, direction de la décharge, de l'abattoir, service d'assainissement — concordera sur un point : l'enquête ne débouchera sur rien. L'État central procédera à des renvois en cascades, ce qui permettra, on ne sait trop comment, de renforcer considérablement le gouvernement Mittron.

Shiv se demande qui a pu commettre un tel crime. Les Vigilants peut-être ? À l'évidence, les liens avec les Dons se sont trop distendus pour que les affaires continuent sans heurts. Les rapports dans la zone se sont crispés. Une rumeur a couru, elle a déstabilisé tout le monde : un nouvel employeur, un international, qui paye mieux, aurait débauché, entre autres, plusieurs dizaines de *Kasaï*. Cela n'aurait pas plu dans le bidonville. Le tir est donc parti.

À moins que cette histoire de Vigilants ne soit qu'une excuse. Les mots de Lénine reviennent, implacables : « Bombay ce n'est qu'une histoire de business ! » Shiv ose à peine imaginer : l'industrie toute puissante nettoie le terrain. C'est dans l'intérêt de tant de partenaires. Même des banquiers. Et si c'était ça ? En une dizaine d'heures, ont brûlé, à moindre coût, tous les déchets dont il est si compliqué de se débarrasser. Shiv mettrait des années à effectuer un tel travail ; toutes ses usines d'incinération réunies ne sauraient mieux faire. Au prix de quelques vies certes, mais que vaut une vie à Bombay au regard d'un contrat international ? Derrière la fumée toxique de cet incendie, s'ouvrent des possibilités d'investissement inespérées.

Il ne reste rien des eaux de Bangada, rien qu'une petite mare souillée. Shiv imagine le réservoir interdit d'accès par le service municipal, les hommes du bidonville interdits de rituels, interdits de sacré. Ils mourront sûrement encore plus vite, se dit-il. Shiv tente de reconstruire le scénario, mais il ne souhaite pas remonter jusqu'à la cause de l'étincelle. Au moins, avec l'incendie, l'affaire est close. Il part.

***

Le soir tombe sur le bidonville dévasté de Gandapur et sur le bungalow. Shiv se dit qu'ils partagent le même ciel. Shantiji dans la chambre à côté ne dort pas non plus. Il passe comme une ombre, elle l'arrête et elle le fait asseoir auprès d'elle.

— Tu as vu le feu. C'est dur pour toi, commence-t-elle, je sais à quel point c'est dur.

Elle vient de raviver la vision dans l'esprit de Shiv, ce feu qui galope à travers les ruelles et vient embraser les maisons habitées, tandis que lui, stupéfait, interdit d'épouvante, l'enfant du village, l'ingénieur brillant, assiste au supplice des ombres.

— Est-ce nous qui avons causé cet incendie de Gandapur ? Avec ce projet idiot ? Nous qui avons réveillé cette bande d'excités ? Si c'est cela, je ne me le pardonnerai jamais.

— Shiv, arrête de croire que tu as une quelconque responsabilité. Tu n'en as aucune. Nous le savons, le mal couve depuis si longtemps. La violence devait déborder, tu le sais.

— Je ne savais pas, Shantiji. Et je ne sais pas si je voulais le savoir.

— En tout cas, tu as été jusqu'au bout de ce que tu pouvais espérer de Bombay, analyse-t-elle calmement.

— Alors j'ai juste été le détonateur ? demande-t-il, perplexe.

— Pas le détonateur, le messager.

— Pourquoi ? À quel prix ? Regardez toutes ces victimes.

— Non Shiv. Ce n'est pas ce que je t'ai appris. La logique est toujours plus compliquée, elle est cachée. D'autres forces gouvernent.

— La décharge ne va plus fonctionner. Le réseau des Dons est arrêté, le recyclage et l'abattoir aussi. La municipalité va sans douter raser le tout… Qu'est-ce qui va se passer pour les habitants du bidonville ? Shantiji, je vois le dénouement du pire !

— Réfléchis Shiv. Ça c'est ce que tu constates, et c'est ce que ta hiérarchie calcule. Mais la leçon est ailleurs.

Après un silence, Shiv propose :

— C'est comme si la décharge se rebellait. Il y a cette maladie insidieuse, ce poison qui infiltre ses habitants… Et nous qui voulions faire de Gandapur un nouveau marché, c'est comme si la terre disait non.

— La terre a toujours le fin mot de l'histoire, acquiesce Shantiji.

Une pause. Shiv gémit presque :

— Ce feu… Je voudrais sortir ces images de ma tête.

La voix de Shantiji se fait enveloppante.

— Peut-être à partir de maintenant vas-tu pouvoir oublier. Ranger tout cela dans le passé. Laisser le chaos s'éteindre et se dissiper comme la fumée. Repartir tranquille cette fois.

— Pourquoi ces images me suivent-elles depuis si longtemps ? Depuis la mort de mon père ?

— Car tout était écrit, Shiv. Depuis la première minute. Souviens-toi. La fausse paix de ton village. Les dalits et les musulmans méprisés. La rage de Mukut. Ton père en est mort, de cette violence. Et toi surtout, marqué pour toujours. Toi qui n'étais pas seulement spectateur. Tu étais aussi un témoin. Et un témoin a un rôle. C'est lui qui fait éclater la vérité.

Alors qu'elle parle, Shiv revit la scène. Sa famille attend le père depuis longtemps maintenant. Il est parti dans la « capitale » comme il appelait Bombay, pour affaires. Ils n'ont plus aucune nouvelle. Et puis soudain les nouvelles arrivent, galopantes, comme une traînée de poudre. Les ondes parlent d'une colline de la ville d'Ayodhya, d'une mosquée, de l'empereur Babur et du dieu Ram. Sur le destin d'une modeste côte d'herbes sèches, tous les sages, prêtres, *pandits,* ascètes, *sâdhus, rishis**, *swamis* et *gurus* de l'Inde concordent : le lieu de naissance de Ram doit être rendu aux Fidèles, et c'est enfin le jour de la reconquête. Shiv et ses sœurs assistent ahuris, par l'entrebâillement de la porte du *sarpanch*, aux images que diffuse le petit récepteur : des silhouettes gesticulantes comme possédées, escaladant les grilles puis la cime de la grande mosquée, plantant pioches et marteaux sur le dôme, déchaussant les pierres de leurs mains. « *Jaï Shri Ram, Jaï Shri Ram* ! » À côté des enfants, les hommes du village les appellent avec respect des serviteurs, des *kar sevaks.* Pourtant ils n'ont pas l'air de sages, ils ont l'air de fous. Shiv se souvient de l'angoisse débordante qui monte en lui, de l'impression d'exaltation qui égare le monde du village. Et dans ce monde son père a disparu.

Tout a dû se passer très vite pour lui, et peut-être tout près du bungalow. La violence saisit les hommes. Dans leur radar, la cible s'appelle musulmans. Bombay devient en quelques jours un champ de morts. On en a toujours vu, des corps allongés par terre dans cette ville, des gens qui sommeillent, étendus de tout leur long, relâchés, s'abandonnant parfois. Mais là, ils sont n'importe où, au milieu des rues. Des cadavres. Ils ne dorment pas, ils gisent. Ils ont des blessures. Surtout ils ont les yeux ouverts, pas les yeux fermés du repos. De ces yeux sans fond qui renvoient l'horreur grande ouverte à ceux qui les regardent. À ceux qui ne peuvent pas s'empêcher de regarder. À Shiv par exemple.

Pendant des semaines, on ne parle plus que de Bombay. Bombay qui grandit monstrueuse sous chaque exclamation, Bombay qui flambe. Shiv continue de découvrir les images devant le téléviseur, elles viennent se greffer dans son esprit comme des stigmates indélébiles d'une guerre civile hideuse : victimes brûlées vives, défénestrées, émasculées. Et toujours pas de nouvelles de son père.

Il imagine que des hommes armés de barres de fer et de bâtons se sont rués sur les suspects. Ils les ont entourés et leur ont demandé leur nom. Ils cherchent les Saïd, Khan, Hassan et les Akbar. Et après les noms, ils veulent voir la verge et sa petite calotte. Comme une corolle de fleur. Ils déchirent brutalement les *lunghis* des hommes trop lents à se déculotter, quelquefois d'un coup de sabre qui saigne la peau en une fine coupure. Le sang ne coule pas, il gicle de partout.

Shiv imagine. Les chiffonniers sont là, blottis d'horreur, fuyant les *kar sevaks*, les guerriers du *dharma*. Shantiji lui a confirmé qu'elle leur avait permis de venir se réfugier jusque dans le bungalow. C'est la première fois qu'ils ont le droit de franchir le seuil. Ils tentent d'alerter, mais ils ne peuvent pas, ils pleurent. À côté, dans la rue du marché, Mohammad Azad, le barbier dans sa bicoque, a été sorti à deux mains et traîné par terre.

— Baisse ton pantalon !

Mais il n'y arrive pas, il tremble trop pour dénouer le cordon, ses mains sautent, il ne sait plus où il se trouve. Il est perdu devant l'imminence de la mort. Alors les serviteurs font tomber son pantalon et confirment le sexe circoncis : la preuve de l'opprobre, le sceau du vil. La lame coupe, le sang jaillit de toute part, de son ventre et de sa gorge, le barbier a juste le temps de comprendre que le lambeau sanguinolent de chair par terre est son membre.

Shiv se représente son père pris dans le chaos. Il a rencontré Shantiji deux jours plus tôt. Il ne doit pas être trop inquiet, il est du bon côté de la frontière, lui un hindou, brahmane qui plus est. Il a dû serrer dans sa poche son billet de train portant son nom parfaitement identifiable. Il a dû se rassurer en se disant qu'il n'avait rien à craindre, les enragés peuvent toujours le déculotter, ils ne trouveront rien qu'il doive cacher.

— Dis ton nom, baisse ton pantalon, ton nom, ton pantalon, ton nom, ton pantalon…

Shiv enfant ne comprend pas l'équation, c'est son cousin qui lui a expliqué :

— Les musulmans sont circoncis. Ta verge de musulman égale ton nom de musulman égale ta mort.

Shiv songe à son père hésitant à sortir, hésitant à rentrer. Mais comment revenir au village ? Car il ne faut pas s'approcher des gares et des trains. C'est là que campent les Fous de Ram. Shiv imagine à partir des images qui le submergent : la torche humaine. Comme l'insigne du flambeau sur l'écusson de l'écharpe safran. Ensuite Shiv n'imagine plus rien, juste le rideau noir. Il n'a plus aucune nouvelle du père.

Mi-mars, les treize bombes vengeresses ensanglantent Bombay, brisant tout espoir pour la famille de Shiv de revoir le père. Puis, un jour, un billet dans le journal : « *Rajeev Saudagar. Une cible vivante ? Pris dans un incendie pendant les émeutes de Bombay* ». Mais ce n'est là que spéculations, car rien, aucune trace, aucune preuve ne permet de dire ce qui s'est passé. Alors ils exécutent les rituels du défunt dans le vide de leur âme. Ils doivent inventer une mémoire à partir des ruines. Ils font le dernier repas du mort ensemble, la mère, l'oncle et les trois enfants.

« *Jaï Shri Ram* ! » Voilà ce que le cri, le cri victorieux éveille en lui. Et le feu. Sa peur grandit comme à chaque fois qu'il sent les hommes devenir fous.

Shiv comprend soudain pourquoi Serafina trouve du repos auprès de la vache du temple. Lui enfant, à cette époque, se réfugiait aussi derrière le temple de son village, là où se tenaient les vaches, il avait l'impression qu'elles le consolaient de leurs yeux paisibles et compréhensifs, alors que les yeux de sa mère avaient perdu leur calme. Ces témoins tranquilles des vicissitudes du monde le toléraient, lui, l'enfant qui se réfugiait entre leurs pattes, leurs museaux humides et chauds venaient l'interroger sans hargne. Son père avait disparu. Les vaches, elles, étaient toujours là, éternelles. Il passa ainsi presqu'une année scolaire à attendre le retour du père, le miracle du dieu du temple, le miracle de la ville, puis simplement le miracle de la vie. Le miracle ne vint pas.

Sa mère dut quitter la maison de pierre pour une dépendance de la ferme de son oncle. C'est ce dernier qui s'occupa de la faire vivre quelques années. Sa mère déclina très vite. Sans doute avait-elle attrapé un mal silencieux ou tout simplement la tristesse la consumait-elle. Lorsqu'elle mourut, Shiv était installé à Bombay depuis un an et demi, il lui avait rendu visite quelques jours plus tôt. Une fois de plus, il n'avait rien vu venir, lorsque les larmes de sa mère l'avaient aveuglé dans son dernier baiser, il n'avait pas senti le sel des adieux.

Tout cela n'est que brume de souvenirs, tout le tableau de son enfance est désormais teinté d'une nostalgie désolée aux couleurs de sanguine. Il n'y a rien à regretter puisqu'il ne fait plus partie du tableau. Jamais Shiv n'a pu revenir dans son village. Le choc a été trop fort : son père mort, sa famille était décapitée. Et puis, dans le fond, il avait eu bien trop peur d'être happé par les loyautés de la filiation, lui, le fils unique, l'héritier en titre, et d'être contraint de composer avec ses devoirs de caste. Il avait rompu avec ses premiers liens, tandis qu'à Bombay, un nouveau monde lui avait ouvert les bras.

Le Départ

Après l'incendie de Gandapur, la hiérarchie W.A.R.R.I.O.R. cherche à se dégager de l'affaire. Le coût investi n'est pas trop important, on peut encore limiter les pertes.

Shiv doit passer au bureau de Delhi avant de repartir à Londres, une affaire de quelques semaines. Il rentrera avec l'ensemble du dossier, on fermera le projet à partir du siège londonien. Après une semaine passée à Delhi, Shiv revient mortifié : W.A.R.R.I.O.R. a décidé de quitter le jeu en silence, laissant la tragédie s'accomplir.

Comme chaque fois qu'il retourne à Bombay, même après quelques jours d'absence, Bheeramal Mansion l'impressionne : le bungalow semble indétrônable, même s'il rapetisse toujours plus dans le décor monumental. De chaque côté, les nouvelles tours seront bientôt terminées, elles font chacune vingt étages. À leur pied, la luxueuse agence de vente affiche « *calm and beauty in the heart of Bombay* ». Le bungalow est minuscule.

Serafina n'accueille pas Shiv, qui s'en étonne. Contre toute attente, c'est Dayanand qui se tient sur le seuil. Il manque étrangement un personnage à la scène. Shiv cherche la domestique du regard et ne la trouve pas. Blotti près du seuil, le chat le regarde. Le chat, qui s'est avéré être une chatte lorsqu'il a mis bas quatre petites larves, a fait le tour des maisons, sa progéniture au bout de la gueule, cherchant un endroit plus sûr pour l'abriter. Il a finalement repris sa place sous l'escalier, qui cache désormais cinq galeux terrés dans l'ombre.

Dayanand informe Shiv que Serafina était trop lunatique, de ce *lunatic* qui veut dire fou pour les uns et rêveur pour les autres. Elle ne travaillait plus assez bien. Et puis elle était de plus en plus pénible récemment, l'écervelée. On l'a remplacée, après trente ans de service, par deux femmes du bidonville d'à côté qui se partagent lessive et vaisselle. Et il y a la nouvelle domestique qu'il connaît et qui donne toute satisfaction.

Shiv est atterré. C'est si brusque. Il demande ce qu'en pense Shantiji. Dayanand lui rappelle que c'est précisément l'état de santé de Shantiji, qui a considérablement décliné ces derniers mois — « Tu en es bien conscient, n'est-ce pas ? » — qui a exigé cette réorganisation. Neelima a mis beaucoup de temps et d'énergie à trouver les bonnes personnes. Serafina faisait trop d'erreurs. Shiv est très affecté. Il lance avec réprobation :

— Mais enfin Dayanand, jamais Shantiji n'aurait souhaité une chose pareille !

L'autre a cette réponse qui le cloue :

— C'est moi le fils ici. C'est moi qui décide.

Dès le lendemain, Shiv part à la recherche de Serafina. La cabane de Manju, il commence par là. Pas l'ombre des chimères de Serafina autour des dînettes et des bouts de coton, pas un de ses rubans qui l'emportaient dans le monde des fées. Aucune trace, la frontière entre les mondes est étanche. Manju et elle ne rêvaient pas des mêmes choses. Et puis Serafina avait peur de la malédiction.

On dit à Shiv d'aller voir dans un foyer chez les Sœurs, dans un pensionnat chez les Frères. Il pousse les grilles de fer, il attend dans de vastes halls. Des gamins sans sourire jouent ensemble et pourtant ils semblent seuls. Leurs jeux restent sommaires. La cour est bien balayée, leurs habits sont propres.

Le supérieur arrive. Shiv se met à décrire Serafina, son visage amusé, ses gestes désarticulés, ses cicatrices, ses silences et ses souvenirs de Goa. Sa maigre histoire tient en une phrase. À qui importe sa collection de rubans de la Saint-Valentin, sa Bible déchirée qu'elle ne peut pas lire et sa petite croix d'argent noircie ? Personne ne la connaît, personne ne l'a vue.

Peut-être s'est-elle échappée loin, dans la forêt, dans les eaux du fleuve ? Pourtant Shiv ne peut l'imaginer sans sa maison, sans sa malle de robes roses et bleues qu'elle ouvrait malicieuse, les yeux brillants, dépliant ces haillons, se souvenant du temps où elle était une reine. Sans ses papiers dorés récupérés dans les boîtes de cigarettes dont elle faisait des figurines, modelant son père et sa mère inconnus. Sans sa lucarne entrouverte par où les rayons de la lune, dessinant des histoires sur le mur, lui faisaient croire à l'arrivée du cheval blanc. Sans surtout une maîtresse pour lui ordonner de taire ses petits rires dérangés.

Et puis au bout de plusieurs semaines, alors que Shiv insiste dans les foyers alentours, qu'il sort incrédule d'une conversation policée avec un Jésuite, le gardien le hèle et, peut-être pour le réconforter ou pour se donner de l'importance, lui raconte comment elle a en effet séjourné ici. Et elle s'est enfuie, elle « *la petite christian dalit* ».

— Mais elle était un peu fofolle, non ? ajoute le gardien en faisant tourner son doigt autour de sa tempe. Elle était tombée d'un train toute petite, en tout cas c'est ce qu'on nous avait dit. Elle faisait des choses… Elle allait manger du bœuf en cachette. On l'avait prévenue que c'était dangereux…

— Pourquoi est-elle partie comme cela ? demande Shiv incrédule, sûr de l'importance d'un refuge pour la petite orpheline.

— Une histoire de chien, répond le gardien. Elle avait très peur des chiens, elle disait qu'ils la regardaient et lui en voulaient. Et vous savez ici, les chiens, ils se baladent partout.

Elle a donc reconnu une âme dans ces regards piteux.

Shiv ne sait que penser. Manger de la viande de bœuf est prendre un risque dont Serafina n'a pas conscience dans la ville qui s'électrise. Les chrétiens, les dalits, les musulmans, c'est pour revendiquer, pour affirmer, pour s'opposer. Mais elle, elle est si loin de tout cela. Alors, elle, c'est peut-être par goût, un goût très ancien, le goût d'avant, avant d'être une petite orpheline transbahutée dans des maisons de maîtres où cette odeur de ragoût n'existe pas.

Désemparé, Shiv pense à Serafina, si confiante malgré les grondements de la terre. Il espère qu'elle l'a recueillie sans souffrances.

Et puis le gardien le tire de ses pensées.

— Il y a ses affaires encore dans le dépôt, elle a disparu du jour au lendemain, elle n'est pas venue les récupérer. Vous pouvez les prendre ? Si vous êtes de la famille ?

Shiv suit l'homme. Dans les deux grands sacs de jute où Serafina a roulé toutes ses affaires, il y a les jupons défraîchis par les années de poussière, les rubans et… les carnets de tissu. Shiv signe le registre et sort. Il rentre précipitamment.

Dans la chambre blanche, fébrile, il ouvre les carnets. Il y en a sept. Chacun semble correspondre à une ou deux années : l'écriture au fur et à mesure s'affermit, les fautes se font plus rares. Le journal de Manju est là. Avec les quelques dates pour repère, il classe les cahiers. Shiv se rend compte qu'il cherche, mais il ne sait pas quoi. Dans les premières pages, la voix de Manju est celle du registre de la cabane. Elle y parle de ses pensionnaires, décrit la mangouste et le pigeon brun, leurs blessures et leur convalescence entre ses mains expertes. Elle parle de Hari, qui lui apprend à faire des cerfs-volants. Shiv se dit que Manju a donc eu le droit de jouer à ce jeu-là, réservé aux enfants des rues, laissés à eux-mêmes sur les espaces de friches, les grèves où on vient chier le matin.

Il feuillette encore et arrive à l'année des douze ans de Manju. Le cerf-volant casse et la cabane aussi. « Le jour où c'est arrivé. » « Le jour de la fin. » Il est question de la mère de Hari, elle l'appelle la tante, *taï**. « C'est celle qui s'occupe d'accueillir les petites âmes. Elle est spécialiste des âmes. » Elle recopie les mots qu'a dû lui dire la *daï* : « L'âme de celui qui t'a fait mal est damnée », « Je suis toute blanche et pure, et je grandirai toute blanche et pure. Pourtant, je me sens rouge et sale au fond de moi, et je voudrais que cela s'arrête. » Elle raconte leurs rencontres : « Aujourd'hui *taï* m'a donné un petit paquet de tissu bleu avec dedans un morceau de *pecoti* * spécialement pour moi, pour faire partir l'ombre qui me fait mal. »

Et puis : « Aujourd'hui Hari est venu avec un sachet de cristaux blancs. Il m'a dit qu'il l'avait rangé dans la cabane pour tuer le monstre. Ça me fait peur. Je ne veux plus aller dans la cabane. »

Puis Manju parle de l'école. Sur plusieurs carnets, elle raconte ses amitiés et ses enseignants. Ses lectures aussi. Elle ne parle plus de Hari.

Le dernier carnet semble être celui de la fin du lycée et après. Elle parle comme si elle était en colère contre son monde : « Je n'en peux plus. Je n'en peux plus de Bombay, de la folie de Bombay qui nous oblige à vivre tous ensemble, les riches, les pauvres, les hautes castes, les basses castes, les normaux, les fous, les brahmanes, les étrangers, et les rats, et les pigeons, par millions jusqu'à la suffocation. Et surtout moi et ces salopards. Je veux partir. Un seul but maintenant : partir. » Et encore : « Pourquoi ai-je mis si longtemps ? Est-ce la part d'ombre de ma famille ? Cette part qui m'écrase ? Je connais trop bien le côté vil des Savarkar, ces assoiffés de race pure, ma mère l'a pleuré mille fois dans ses silences. Cette honte-là : la honte du lignage, la culpabilité. Mais il ne suffit pas d'avoir honte pour réparer. Je n'en peux plus de la maison, du grand silence autour de moi. Je hais ce silence abattu comme après un grand drame. C'est un silence de condamné. Mais qui condamne qui ? Qui est le condamné ? »

Plus loin, d'une écriture nerveuse : « Personne ne comprend rien ici. Même pas ceux qui pourraient. Peut-être Shiv ?

Non, il est trop naïf. Il croit en ma mère comme à une sainte. Il croit en l'amour, il croit trop dans les choses humaines. » Shiv sursaute à son nom. Il s'est souvent demandé qui il était pour Manju. Pour lui, elle est une demi-sœur, absente certes, mais c'est plus qu'un lien de sang qui les unit.

Soudain apparaît le nom de Serafina : « Ma petite simplette adorée, innocente-Serafina-de-toujours, comme j'envie ton monde réduit à tes rubans et à nos sourires. Tu sais tout n'est-ce-pas, et je sais que tu garderas tout. Alors je te confie mes peines, toi qui ne sais pas lire. Tant mieux. Garde bien mes secrets fermés avec tes rubans dorés, petite gardienne de la cabane. »

Et puis dans les toutes dernières pages : « Je veux partir. Ça m'agace tellement de voir la cabane de ma chambre. Pourquoi ma mère la garde comme une relique ; personne n'y va, elle tombe en ruine, petit tas de bois, lieu déchiré. Le dedans est trop obscur, comme la béance de mon enfance stoppée net. »

L'écriture se fait plus rapide, presque fébrile. « Ça m'irrite de voir Hari, — voilà le nom de Hari qui réapparaît, se dit Shiv — ça m'irrite de voir ceux de sa caste venir trier les poubelles de l'autre côté de la rue. Je les trouve pitoyables et c'est insupportable de les trouver pitoyables. Hari, c'est une pensée horrible de te trouver pitoyable. Je me fais horreur. C'est vraiment la fin de tout. Je suis la fin de tout. Je veux partir loin de tout ça. »

Shiv feuillette dans tous les sens maintenant. Il cherche sans comprendre. Pas de mention de Dayanand, ni du père, une fois seulement de lui. Car Manju se tient d'abord face à sa mère et face aux ombres. Soudain le nom de Laleh, dans les deux dernières pages. Shiv a l'impression de trouver ce qu'il cherchait. « Laleh est arrivée en pleurs aujourd'hui. J'imagine bien ce qui s'est passé. Je vais l'emmener chez la *daï.* Il n'y a qu'elle qui peut l'aider. »

Cette fois, Shiv n'attendra pas que les choses se révèlent toutes seules.

***

Il ne reste que quelques jours à Shiv avant de rentrer définitivement à Londres. Comme toujours avant un départ, il est nerveux. Il ne sait quitter Bombay sans un violent sentiment d'abandon. Il a l'impression de l'imminence d'un désastre. Comme lorsque adolescent, il partait pour des mois à Bombay, laissant derrière lui sa mère et ses sœurs. Sa mère pleurait en même temps qu'elle le poussait dehors, et le souvenir de ses baisers mouillés sur ses joues, mêlés à l'injonction bienveillante du départ, est un crève-cœur. Il se souvient du trou noir le jour où il a compris qu'il n'était plus besoin de revenir. Sa mère était morte avant qu'il ait pu dire adieu. Toujours dire adieu.

Partir, ça se prépare. Il faut d'abord retourner à Gandapur.

Le feu a mis plusieurs semaines à s'éteindre. Les panaches de fumée opaque ont stagné longtemps dans l'air. Puis la couche de cendre a recouvert les toits. Shiv est convaincu que le taux de retombées toxiques est mille fois supérieur au seuil tolérable. Dans un autre contexte, on exigerait un chantier de dépollution. Mais il n'y a pas de négociations possibles sur le terrain de la corruption. Si bataille il y a, elle se fera ailleurs.

On déplore au final trois morts, un disparu et une vingtaine de blessés. La municipalité s'enorgueillit du peu de victimes. Un cinquième du bidonville a brûlé environ, celui de la zone de Bangada. Plus loin, la partie de la décharge correspondant à la zone pilote est un tas de cendres. Il reste peu de choses à récupérer. Les habitations sont détruites. Un bilan trop modeste pour déclarer une catastrophe ou imaginer des indemnités ; de toutes les façons, avec deux départs de feu simultanés, l'enquête a de quoi se poursuivre longtemps avant de donner les premières conclusions.

Une partie des déchets a été emportée par les bulldozers et les bennes carnassières. Plusieurs zones sont déclarées inhabitables. Il s'agit de protéger ces espaces nouvellement vierges plus que de protéger les hommes. Shiv n'a aucune idée de la suite. Si un entrepreneur fait une offre intéressante, le destin du bidonville peut être scellé en quelques jours. Mais tant que la décharge demeure, elle attirera toujours des bras. Par milliers. Et elle fera naître des villes. « Quel pouvoir de vie », se dit Shiv. Et déjà les hommes s'activent, reconstruisent. Il peut le constater.

Empruntant le chemin depuis la gare, Shiv tombe sur le Kannada, à quelques centaines de mètres de son ancien quartier. Le vieil homme le regarde en plissant les yeux comme s'il cherchait autre chose derrière les formalités de départ.

— Shivji, vous croyez encore qu'il y a des choses à faire sur cette décharge ? Mais les déchets, c'est nous. Pour les autres de Bombay, il n'y a pas de distinction. Les rebuts, c'est nous. Ici sur les rives pourries où les baraques ne tiennent pas, ici sur cette terre brûlée. C'est là qu'on habite. Nous n'avons pas d'autre terre, alors nous revenons comme des spectres.

Shiv ne veut pas de ce désespoir. Il est venu lui dire au revoir et le remercier. De son courage. De son soutien.

Lorsqu'il lui annonce son départ définitif pour Londres, le Kannada se fait plus personnel, comme s'il lui délivrait un message ou même sa protection, celle d'un ancien.

— Shivji, toi et moi nous sommes des exilés, nous n'avons plus de terre, nous n'avons plus de maison. Personne ne nous attend sur notre terre natale. Les autres savent d'où ils viennent, tous les hindous reviennent chez eux pour les fêtes de Diwali[25] et tous les musulmans reviennent chez eux pour l'Aïd, et tous les frères ici ont glissé une poignée de terre dans leur poche. Moi non et toi non plus. C'est un sentiment terrible d'être sans attache, dans cette ville qui ne recueille personne. Alors nous avançons seuls.

Shiv regarde le Kannada, il aimerait lui donner sa version de l'histoire, sa version du *Global Indian,* celui qui semble échapper aux désordres du monde, en profiter même, mais qui finalement perd au jeu. Non, ils ne vivent pas le même exil. Même dans l'exil, il y a une hiérarchie. Shiv est payé pour partir et s'installer au cœur des capitales internationales. Pourtant il donnerait tout pour souffrir du mal dont le Kannada souffre, de cette intense nostalgie, de la quête incessante de

25 Fête des lumières qui célèbre en quatre jours et quatre nuits le triomphe du bien sur le mal.

sens et de sacré, en un mot, d'espérance. Or, dans le fond, Shiv n'en souffre même plus, constat amer.

Shiv dit au revoir à Kamal. Elle lui sourit, son sourire est un don.

Hari les rejoint. Lui aussi sa maison est dévastée. Il est encore en deuil, il pleure sa mère comme tout le bidonville pleure l'enfanteuse. Shiv a sa gorge qui se serre en regardant cet homme dont le corps noir est devenu un parchemin qui imprime toutes les épreuves. Mais il a tant de savoirs de vie, se dit-il. Leur salut est mutuel, simple, respectueux.

Shiv sent qu'il saura reconstruire sur les cendres. Le Kannada aussi. Ils ont la force.

Shiv repart sans avoir demandé à Hari pour Manju, Laleh et les carnets. Ce n'était pas possible. Avec la mort de la *daï*, l'experte des âmes s'est éteinte.

La nuit, Manju vient le visiter dans son rêve. C'est un incroyable sarcasme. « Et si la bonne société des brahmanes veut sauver les pauvres du blasphème, elle n'a qu'à dire que la mort de la *daï* était un bûcher de veuve. Une crémation gratuite. Alors que ça coûte si cher. Inabordable pour les pauvres. Disons cela, consolons-nous comme cela, la *daï* est allée rejoindre son époux dans les limbes sacrés. Mais non, ça ne marche pas car chez les basses castes, on enterre, le saviez-vous ? C'est la Terre qui porte les défunts, pas le feu, pas les eaux du Gange. Sauf que la terre de Gandapur ne peut plus rien porter. Avec la mort de l'enfanteuse, le secret est enfoui pour toujours. C'est une affaire de femmes, dans ce pays où les femmes endurent et se taisent. »

Shiv se réveille brutalement. Laleh, il ne reste que Laleh.

***

Shiv retrouve Shantiji. Elle sait tout de son désarroi. Elle se tient dans l'embrasure de la chambre, sa silhouette droite malgré les douleurs. Même si la vivacité quitte progressivement son regard qui s'affaiblit sous la maladie, il y a toujours l'ardeur.

Shiv lui propose un thé, un dernier, il le prépare pour elle, puisqu'il n'y a plus Serafina pour la servir, avec du lait non bouilli. Il sait qu'elle goûte ce lait du village. Ils le savourent ensemble, quelques gorgées, celles qu'elle peut boire, très lentement, sans trop trembler. Shiv s'amuse à faire passer le thé de la tasse à la soucoupe pour en diminuer l'épaisseur brûlante ; elle sourit de sa dextérité. Il voit dans son sourire revenir la réprimande bienveillante, l'interdiction de boire le *chaï* si chaud, comme lorsqu'il était adolescent. À l'époque, seul Shiv prenait le thé avec Shantiji. Manju était dehors et Dayanand rêvait de cette boisson qui arrivait alors à Bombay, le Coca-Cola dans ses bouteilles sexy. Shiv récupérait les capsules que l'autre jetait pour faire des collections d'osselets. Shiv se souvient du jour où Dayu avait accepté de jouer avec lui. C'était rare, d'ordinaire Dayanand passait son temps au cricket avec ses amis de classe. Shiv avait expliqué les règles locales. Dayu avait mis en doute son habilité avec ses doigts d'éclopé. Piqué au vif, Shiv avait relevé le défi et avait attrapé les capsules, il s'était coupé avec le bord de fer blanc en serrant l'une d'elles. Le sang souillait le jeu, il s'en apercevait à peine et continuait à faire sauter les jetons. Dayanand avait arrêté de jouer.

— C'est drôle on n'a pas la même couleur de sang, avait-il observé. On n'a déjà pas la même couleur de peau, donc c'est logique, on n'a pas la même couleur de sang.

Surpris, Shiv avait demandé des précisions.

— Le tien est plus noir, comme ta peau.

Pourquoi l'épisode revient-il à cet instant dans la tête de Shiv ? Peut-être est-ce à partir de ce moment-là que Shiv a, sans trop se l'avouer, commencé à se méfier de Dayanand.

Cette veille de départ, Shiv passe chez Lénine emprunter son scooter qu'ils rapportent ensemble au bungalow. Les voilà qui marchent un peu pour cette dernière soirée à l'ombre fraîche des arbres de pluie. La nuit est vaste.

— Tu as vu ? On a gagné, jubile Lénine. Dix ans, que dis-je, vingt ans de combats avec des atermoiements, des allers-retours, mais ça y est, on a gagné ! Fini les condamnations ! On peut être *gay* et libre en Inde ! On va fêter ça avec mon chéri, des années qu'on attend ce moment !

Shiv est profondément heureux pour son ami, il sait ce que cette loi représente d'espérance, il la voit comme un baromètre de l'ouverture de l'Inde.

— Bravo mon vieux, quelle victoire ! C'est un virage énorme ! Tout ce travail, tu te souviens, toutes ces années, tu as tant fait, combien de cas avez-vous soutenus, combien de luttes ! Toi et ton association ! Et même Laleh !

Lénine réplique comme s'il n'attendait que ça :

— Justement, Laleh fête ça avec nous ce soir à l'asso, elle va passer me prendre, elle va en profiter pour te dire au revoir.

Se dire au revoir. Shiv ne supporte pas l'idée de dire au revoir à Laleh. Et il veut lui demander, il doit lui demander. Ses pensées se bousculent. Lénine se moque.

— Tu viens de marcher dans une merde, Shiv !

Il poursuit, amusé :

— Tu vois, les associations de résidents de ton quartier ont peint les troncs en rouge et blanc pour prévenir du danger, il y a tellement de crottes de chien. Les toutous des riches, on les balade habillés en tutu en louant les services de *dogsitters*, comme des enfants de stars. C'est affreux.

Shiv se rattrape à la perche que lui tend son ami.

— Donc, il est question de dignité et de respect. Parlons-en. D'abord je préfère les crottes de chien que les merdes des hommes. Ce que je vois à Gandapur, le long de la crique, c'est juste impensable. Et puis, je suis pour une campagne anti-chiens-riches. On devrait les taxer d'exister. Je préfère les chiens pauvres, ces âmes libres qui n'appartiennent à personne et qui purgent des peines de réincarnation.

Lénine en profite pour renchérir :

— Les chiens riches sont une espèce protégée. Tu n'as pas vu la nouvelle campagne #DogsofInsta ou comment multiplier les abonnés de ton *pet* sur Insta ? Trouve quelque chose qui marche mieux si tu veux que ça rapporte. Je propose une taxe sur les étrangers, aussi nombreux à Vikas Nagar que les chiens. Qu'en dirait notre gouvernement ?

Ils arrivent devant le bungalow, où la voiture de Laleh les attend. Lénine s'éclipse au moment où elle en sort. Elle sourit.

Le cœur de Shiv saute, il va exploser. Non il n'explose pas, car Laleh est paisible. Car mille barrières invisibles la rendent inaccessible. Elle le regarde droit dans les yeux pourtant, elle ne s'échappe pas. Il tremble, pas elle. Son calme l'apaise progressivement. Elle continue de lui sourire et murmure doucement :

— Shiv, je suis contente de te voir. J'ai appris pour la décharge… bien sûr. Tu sais, l'abattoir aussi… C'est terrible.

— Oui, peine-t-il à répondre.

Au fond de lui remonte sa prière et finalement pas assez fort, elle commence à refluer comme une vague sans ressort. Va-t-il lui dire enfin, ces mots qu'il s'est répétés cent fois ? Ces mots qu'il a imaginés pour elle, son invitation à lui, si les retrouvailles devaient enfin advenir. Mais non, il va abandonner. Et la question, la question de la *daï*, va-t-il oser lui poser la question qui le déchire ? Il cherche les mots. Mais il n'a pas le temps, c'est elle qui évoque le départ.

— Shiv, je sais que tu rentres à Londres.

— Oui, dit-il, le souffle court.

Et soudain :

— Laleh, tu connaissais la *daï*. Manju te l'avait présentée, tu sais la mère du chiffonnier qui est morte dans l'incendie ?

Laleh le fixe intensément.

— J'ai appris pour elle. Quelle tristesse.

Shiv la taraude :

— Dis-moi.

— Que veux-tu que je te dise ?

— Tu la connaissais ?

Elle blêmit, ses lèvres se ferment.

Shiv répète :

— Tu es allée la voir ? Tu es allée la voir, n'est-ce pas ?

Laleh se tait, résolument. C'est insupportable. Shiv suffoque.

— Dis-moi ce qu'il y avait pour que tu ailles voir la *daï* avec Manju. C'était juste avant qu'on arrête tous les deux. Dis-moi !

Il est bouleversé. Elle semble perdue elle aussi. Ses yeux se voilent. Il ne veut pas croire qu'elle soit si troublée.

Il lâche, d'une voix blanche :

— Laleh, tu es allée voir l'accoucheuse pour quoi ? Pour qui es-tu allée la voir ?

Elle ne répond toujours pas.

— Pour toi ? Ne me dis pas que c'est pour toi !

Il a presque crié en proférant ces mots. Il ne peut pas croire que ce soit ça. Il ne peut même pas le formuler.

Elle se débat.

— Laisse ça au passé Shiv, cela appartient à nos vies antérieures.

— À nos vies présentes.

— À nos vies antérieures.

Shiv se rapproche d'elle, il a envie de hurler, mais qu'as-tu fait Laleh ? Comment as-tu fait une chose pareille ?

Elle murmure d'une voix si tenue qu'elle semble venir d'un autre monde :

— Shiv, nous étions perdus. Shiv, nous avions transgressé. Notre amour était impossible.

Il pousse un gémissement rauque comme un râle de douleur. Sa gorge est nouée de sanglots retenus. Il s'avance, titubant, comme s'il voulait se retenir à elle, pour ne pas tomber.

Soudain ils sont enlacés tous les deux, là, sous l'auvent du bungalow. Dans leur étreinte d'un instant, c'est toute l'ivresse de leur amour qui les traverse. Alors les mots enfin, ceux de la prière, il les chuchote à son oreille :

— Je t'en supplie Laleh. Tu reviendras. Laleh, dans une autre vie peut-être, mais tu reviendras n'est-ce pas ?

Et il entend le murmure de sa voix, à nouveau, ce murmure si tenu :

— Dans une autre vie, tu le sais bien, Shiv.

Elle s'engouffre dans sa voiture, qui démarre.

***

Ce soir-là, il ne craint pas la nuit. Il se sent prêt à parler à Manju lorsqu'elle viendra le visiter dans ses rêves.

La voilà qui déclame comme un oracle : « Laleh ne reviendra pas. Sais-tu seulement d'où venait son rire ? Shiv, Laleh était follement courageuse, le comprends-tu ? Elle a tout tenté pour rassembler vos mondes, elle s'est donnée au risque de se faire exclure. C'est tellement rare, une femme qui se donne sans contrepartie. Mais elle a été rattrapée par nos lois !

Shiv l'écoute. Et soudain elle se met à crier :

— Ce monde, je l'abhorre. Sur quelle terre suis-je née ?

Shiv lui répond doucement, si doucement qu'il voit dans les yeux de Manju perler une larme. Il voudrait la rallier à autre chose que la violence. Il voudrait l'approcher avec les mots feutrés de la tendresse.

— Manju, arrête d'en vouloir à tout le monde, ta colère est stérile. Elle ne mène à rien.

Manju rétorque, tremblant de rage :

— Mais toi Shiv, tu n'as même pas eu la moindre colère lorsque ton père a disparu, laissant votre famille décapitée, et faisant de toi la girouette que je connais ! Tu ne sais pas où tu vas ! La colère au moins aurait pu te guider ! »

Shiv se réveille. Ce rêve le trouble. Non, il n'a pas connu la colère, mais la douleur sans fond de la perte. Alors il s'adresse silencieusement à Manju : « Non, Manju, pas la colère, car je vois bien, la haine ne sert qu'à justifier le crime suivant. Non, je ne veux surtout pas de cette colère, c'est elle qui fait que l'histoire se répète. Il faut arrêter. »

***

Shiv se demande s'il reviendra à Bheeramal Mansion. Il sait que Shantiji va bientôt mourir et sans elle, il n'y a pas sa place. Les frontières du temps sont désormais de plus en plus floues : sous ses tempes fragiles et bleuies, Shantiji développe d'autres sensibilités, occupée par l'invisible. Que sera la maison sans elle ? Sans doute en quittant le monde, elle remettra définitivement les clés de la maison à Neelima et Dayanand. Et rejoindra les mânes des oiseaux.

Du trousseau qu'elle tiendra à la main, de ces clés patinées aux pouvoirs anciens, Neelima refusera de s'embarrasser plus longtemps. Elle aura persuadé Dayanand que le bungalow croule. À celle qui rêve de troquer la maison de plain-pied contre une promesse dans les étoiles, l'entrepreneur aura vendu le ciel et même un jardin en hauteur, avec terrasses et vue sur la mer d'Oman. Le couple négociera le terrain à prix d'or. Sauf que Neelima ne sait pas qu'elle quittera la terre, l'ancrage des choses, les racines du monde. L'entrepreneur avide la rassurera de son sourire satisfait : « Vous avez le plus bel appartement de Bombay. » Elle aura fait un grand pas dans la modernité, enfin extraite de la misère d'en bas. Et elle sera perdue en haut de la tour, le regard qui se promène en vain dans le gris de la mer ou du ciel, elle ne sait pas, car c'est un grand buvard qui l'entoure, elle n'a rien d'autre à voir qu'elle-même, seule, inutile et riche. Elle regardera la tête des cocotiers qui balancent débiles dans le vent, plient un peu et se relèvent, et un jour, flanchent.

Shiv se demande aussi s'il retournera un jour dans son village. Il a trop peur d'y retourner désormais, de voir ce qu'il en reste. Trop loin. Trop longtemps.

Il a dit au revoir à Lénine la veille. Les deux hommes sont peu démonstratifs dans ces moments-là. Une accolade, un sourire amical et confiant.

— *Phir Milenge, we'll meet again.*

Lénine récupérera son scooter plus tard à Bheeramal Mansion.

Shiv doit encore régler deux ou trois choses dans le quartier de Colaba, avant de prendre l'avion tard le soir. Il se souvient avec amusement de sa balade initiale une dizaine de mois plus tôt, où il s'est perdu dans les rues, lorsqu'il partait retrouver Lénine à Parsi colony. Alors il a titubé, il a senti les plans lui échapper, il a laissé filer le puzzle insensé pour mieux se le réapproprier. Pour mieux se sentir le maître à l'arrivée, croyait-il.

Sur le Bajaj vintage qui ressemble aux vespas des films italiens, il a l'impression de traverser des paysages comme au cinéma. Il décide de poursuivre le travelling. Devant lui, Bombay défile : la mosquée de marbre, le gigantesque temple de Ganesh, le temple de feu. Il traverse le quartier de Girgaum dont il apprécie les petites maisons portugaises aux boiseries anciennes de Kotachi wadi, ce qui reste de cet ancien quartier traditionnel dans la baie sud de Bombay.

Il essaye vainement de trouver un signe d'espoir pour la suite, n'importe quoi. Le vol des hirondelles dans le ciel qui trace un grand V de victoire ? Les nuages dessinant un calice ? La symétrie de la cime d'un arbre de pluie ? Mais ce jour-là, rien, aucun signe ne veut répondre.

Projetant son regard à plus d'un kilomètre dans la mer devant lui, il imagine la future statue la plus haute du monde. Le projet vient juste de recevoir l'habilitation des autorités environnementales de la M.M.M.W.A. et du M.O.E.F.&C.C. de Delhi : d'ici un an, la statue de Shivaji de 212 mètres de haut sera construite dans la baie et irradiera sur tout l'empire marathe, nouvelle idole de la ferveur hindouiste. Mittron l'a compris, lui et son royaume : seuls les symboles comptent et la volonté de puissance permet de rallier plus d'un milliard d'hommes autour de totems implacables. La raison s'épuise face aux rêves de grandeur.

Mais Shiv a perdu toute inspiration, l'Inde est dure et cogne au regard. Pourquoi s'éreinte-t-il à chercher l'Inde magique ?

Sont-ce ses dettes qui le poursuivent ainsi ? Les choses ont perdu de leur relief.

Il se demande s'il apprendra de cette mission qui a pris un tour inattendu, s'il restera fidèle à l'esprit de son *guru* : éprouver. Garder les yeux ouverts… mais il supporte de moins en moins la grande métaphore indienne et son jeu de correspondances. Il ne supporte plus que l'Inde le renvoie sans cesse à son propre déchirement. Femme engrossée qui accouche d'un enfant dans un train, métaphore du sacrifice maternel. Enfant renversé au poignet ensanglanté, image de l'abandon. Et maintenant ce soleil qui sombre dans un crépuscule rouge sang, symbole du naufrage de ce monde.

Shiv remonte la ville sur le scooter. Après les bungalows et les gratte-ciels, l'autre ville. Il circule devant les huttes, les bâches et les tôles, brun et bleu. Devant les hommes et les femmes, silhouettes affairées à chercher de quoi tenir jour après jour. Il passe très près, car la route colle aux cabanes ou plutôt les cabanes collent à la route, se tassent sur le petit territoire qu'elles ont pu préempter, serrées et minuscules.

Il n'est pas dérangé. On l'ignore. Il se demande soudain pourquoi ces pauvres hères sont si nombreux. Il se met à les regarder, à les observer même ; ralentissant sur son scooter, il gamberge. « Et si au bout du compte nous en étions tous réduits à cela, quand il n'y aura plus assez d'eau, plus assez d'air pour tout le monde… »

Sans doute ces pensées lui viennent-elles de ce qu'il s'approche d'une décharge qui évoque la montagne sur laquelle il vient de passer de longs mois sans pouvoir tirer aucune conclusion. Ou plutôt en tirant la seule conclusion possible, qu'il est meilleur pour tout le monde de rester à sa place, les chiffonniers, les recycleurs, les politiciens véreux, les activistes, les ingénieurs, les utopistes, les hommes, les dieux et les vaches. Et tous ces hommes finalement, ne faut-il pas leur donner raison, ils se sont déjà adaptés, depuis longtemps, ingénieusement même, à l'apocalypse prochaine… Il pense à Dayanand et son estomac se noue. Soudain l'image s'impose : les millions de bras du monde d'en bas fourmillent dans le noir des soupentes ignorées, à trier, sélectionner, distinguer, séparer, nettoyer, décrasser, poncer, frapper, récurer, découper, sectionner, morceler, réduire, récupérer, recycler, réutiliser les déchets du monde d'en haut qui vit, lui, à l'air libre, mange sans compter, jouit même, et ne cesse de rejeter comme d'un ventre trop plein ses déjections. Ces déjections qui précisément permettent de faire vivre à Bombay des millions d'hommes et le double de rats.

Les ennoyés, les déplacés, les affectés, les exilés. Tous des déchargés.

Les monticules d'ordures fraîchement déposées, non encore triées par les chiffonniers, lui rappellent Gandapur. L'insubmersible Gandapur. Le prémonitoire Gandapur. Il repense à ses adieux à Lénine. Il s'aperçoit qu'il a pu saluer son ami sans que le souvenir de Laleh vienne immédiatement le bouleverser. Il s'en étonne. Peut-être un jour pourra-t-il enfin penser à elle sans se sentir submergé, sans le poids immense du temps passé trop vite, du désir resté vain, de la vie avortée, sans espérer encore. Car finalement, ce n'est pas tant Laleh qu'il a perdue. Non, c'est Bombay. C'est l'Inde. C'est son pays. C'est le pays qu'il a tant aimé qui a disparu.

Au milieu de la décharge, émergent deux trompes et trois oreilles roses, des moignons de Ganesh, les déchets du dernier festival.

Shiv regarde le soleil couchant flouter la ligne d'horizon et sombrer lentement. Comment faire pour réaligner les étoiles… Commencez par faire la paix avec vos dieux. Pris dans ses pensées, il se sent soudain aspiré dans une longue chute, et le scooter lui échappe. Le coup est brutal mais suffisamment lent pour qu'il vive pleinement ces instants et tente de saisir ce qui lui arrive, en même temps qu'il sent désormais les ordures moites obstruer ses narines, rentrer dans sa bouche et ses yeux et que, s'asphyxiant, il tente de retenir son souffle en bon joueur de *kabaddi* et de revenir à la surface, mais ses bras et ses jambes luttent en vain contre des tonnes gluantes, alors il comprend, se demande en quel rat ou chien il sera réincarné, et trouve lumineuse cette formidable métaphore de la déperdition, qui signe aussi sa fin.

La Renaissance

C'est un couinement qui le réveille. Puis vers les pieds, un frôlement, qui se répète comme si on lui chatouillait la plante. Shiv tressaille. Sa tête est lourde, sa respiration bruyante et empêchée. Il distingue mal l'endroit où il se trouve, la pénombre est redoublée par la noirceur des murs. À ses pieds, la caresse l'effleure à nouveau. De petits bruits infimes lui font tendre l'oreille. Il comprend soudain et tente de porter un coup vif aux rats avec sa jambe, mais le geste impossible lui arrache un gémissement de douleur.

Où est-il ? Dans quel cauchemar ? Où se trouve-t-il ? Des images lui reviennent. Le rat d'égout dans le bungalow… mais il n'est pas à Bheeramal Mansion. L'évanouissement devant la gare de Gandapur, chez le vendeur de cerfs-volants… Mais la cabane était tout autre, pleine d'ouvertures, pas de ce noir d'étuve. Et la fièvre, la fièvre. La longue fièvre des nuits dans Gandapur ? Il a si mal qu'il a envie de replonger dans le coma de sa somnolence. Il sent une main qui tâte son front. De l'eau qu'on verse à ses commissures. De ton eau je ne la bois pas, de ta sale eau. Mais les gouttes percent les lèvres, il s'aperçoit qu'il a très soif. Mais où est-il ? Il se souvient soudain de sa balade sur le scooter le long de la corniche et la chute comme un glissement, l'avalanche d'ordures, cette sensation de boue gluante. Deux femmes sont là qui le regardent et qu'il ne connaît pas. Elles s'affairent autour de la couche, replacent la couverture de coton.

Il se sent nu. Peut-être l'est-il. Il ne sent pas le voile de sa chemise. Il tente de regarder, mais il n'arrive pas à se redresser, à nouveau la douleur l'immobilise. Il retombe et gémit.

Il tente de comprendre. Il distingue les murs de la cabane, mélange de tôle et de toiles tendues pour boucher les ouvertures. L'odeur pestilentielle annonce une décharge pas loin. Il tourne le visage. Les femmes ne sont plus là. Il se rendort.

Maintenant c'est un homme qui surgit de la minuscule porte et qui va droit vers lui. Un de ces hommes aux yeux fous qui se détachent sur le visage de crasse ; il porte un *lunghi* délavé. Il s'adresse à lui. Shiv ne comprend rien. Shiv a un sursaut de panique, est-ce cette langue qui lui est étrangère ? Ou lui qui ne sait plus parler ? Il n'arrive pas à comprendre et il préfère fuir dans sa fatigue.

Huit jours plus tard il est assis sur la couche sale. Il parvient enfin à se redresser seul. Sa poitrine brûle encore et ses plaies commencent seulement à se refermer, même si la plus grosse, à la jambe, celle où il a dû recevoir de plein fouet un cylindre du scooter, suinte encore, enflammée. Pour l'instant, le but n'est pas de se lever pour Shiv. Ni de marcher. Car il ne sait pas encore où aller.

C'est une famille de *Madiga*, des intouchables venus d'Andhra Pradesh qui l'a recueilli. Ils sont plusieurs *Madiga* dans ce bidonville installé sur les terres arrachées à la mer au centre de Bombay, anciens tanneurs venus travailler en ville après avoir perdu leur travail dans les villages du Sud. Ce sont les enfants qui jouaient à côté du dépotoir au bord de la crique qui ont vu l'accident : l'affaissement de la montagne d'ordure lorsque le scooter est allé se planter droit dedans. Ce sont des zones de vase instables, le scooter a roulé sur Shiv et s'est enfoncé dans la mer de déchets où il a coulé. Les enfants ont appelé, les hommes s'y sont mis à plusieurs pour tenter de ressortir le corps avant qu'il ne soit trop tard. Blessé par la ferraille lourde, sonné par le choc, asphyxié par les immondices, ils l'ont ressorti. Depuis huit jours Shiv gît sur la couche. Les femmes s'en occupent. Le nettoyer d'abord. Qui est ce corps étranger dans le bidonville ? Les habits déchirés et fétides ne disent rien de lui. En revanche son torse mince et fort dit qu'il ne souffre pas de la vie des pauvres.

Au fur et à mesure sa toux se calme. Il y a juste cette blessure. Shiv se souvient progressivement. La décharge et le bidonville. Il s'est mis à regarder, il commençait son diagnostic, quels types de déchets, beaucoup d'ordures ménagères par ici, des taches noires peut-être sur les bras des habitants, il s'est approché, il a regardé de trop près. Et la tache noire l'a avalé.

Il se décide à demander un téléphone. On lui apporte un vieux *nokia*, une antiquité. Il appelle Shantiji. Il entend le soulagement au bout du fil.

— Merci mon Dieu. Tu ne partiras pas avant moi, Shiv. Je le savais.

— Je ne peux pas vous expliquer, mais je vais bien, Shantiji. Je vous expliquerai bientôt. Pour l'instant, je suis à Bombay, chez des amis, j'ai eu un accident, rien de grave.

Elle le bénit d'une parole et sourit.

— Je t'attends, Shiv, comme toujours, je t'attends.

Il appelle Lénine, qui se met à éructer de joie et explose :

— Mais Shiv, Shiv que s'est-il passé ? On n'a rien compris, le jour de ton départ, volatilisé, comme ça, et mon scooter disparu, c'était quoi, mais tu n'as rien dit, j'ai cru que c'était encore une histoire avec Laleh, mais non. Après j'ai cru que c'était peut-être un coup de ces dingues, les Vigilants, Mukut, je ne sais pas, je ne savais pas quoi faire, prévenir la police ou pas. En tout cas on a appelé Londres, ils sont sans nouvelle de toi, ils s'inquiètent aussi. Shiv, où es-tu ? Qu'est-il arrivé, mon ami, tu vas bien ?

Il pleure.

Shiv sourit, bouleversé par l'émotion de son ami.

— Oh ! frère, je suis là, je suis là, plus près que tu imagines. Je suis là cette fois, enfin, j'y suis vraiment. Dans ma ville.

Au huitième jour, il comprend qu'il a frôlé la mort.

Au neuvième jour, il réalise que les intouchables l'ont sauvé.

Au dixième jour, il connaît enfin la maisonnée des Madiga, la seule où il y avait une possibilité de le garder allongé tout le jour. Il ne comprend pas le télugu mais en bredouillant quelques mots du hindi des films bollywoodiens, il a retenu les noms de la mère, de la fille et du père et quelques bribes de leur histoire.

Au onzième jour, il a choisi son camp. Désormais sa bataille, sa vraie bataille, ce sera Gandapur. Et pas W.A.R.R.I.O.R., cette boîte qu'il n'aime pas, ces intérêts qui déraillent, cette terre anglaise qui n'est pas la sienne.

Au douzième jour, il a pris sa décision : il reste à Bombay. Au fond de lui, il sent sourdre à nouveau le désir, le désir effréné d'embrasser le monde et ses correspondances.

Maintenant il va falloir renaître.

***

Avant de quitter la famille *madiga*, Shiv a fait un relevé mental du taudis, évalué la porosité des sols et la distance de la mer, réfléchi aux risques d'effondrement de la décharge, scruté les sols. Il a tamisé la terre et les sables entre ses doigts, les a humés et en a même goûté le sel, sous l'œil surpris des intouchables. Ils ont compris qu'ils avaient affaire à un expert. Deux semaines plus tard, maintenant qu'il se sent ferme sur ses jambes, Shiv part avec la promesse de revenir bientôt. La dette qu'il a contractée est une dette de vie.

Il sonne à la porte du bungalow, et ce n'est déjà plus chez lui, se dit-il. Une des nouvelles domestiques lui ouvre.

Il a une conversation importante à tenir avec Shantiji, il n'a même pas besoin de lui expliquer. Lorsqu'il arrive, elle tient son protocole de lutte contre la douleur. Son corps de vieille femme, il lui faut désormais l'apprivoiser tous les jours. Sa peau molle et douce est lasse comme du velours frappé. Chacun de ses gestes est d'une lenteur méthodique, comme si l'air devenu épais les retenait. Elle a appris par cœur le rituel de la maladie. Chaque objet, seringue, flacon, pilules, est minutieusement placé sur le chevet pour l'office. Elle va à son lit, prend la bouteille, s'allonge, range ses pieds, relève la tête, fait couler les gouttes, quatre fois, précises. Puis elle récite les versets de l'attente, en comptant le temps sur ses doigts. La douleur passe, les paupières cessent de trembler. La douleur est passée, les pieds se détendent. Elle a entendu la voix de Shiv s'adressant à la domestique, elle se relève pour accueillir Shiv.

— Alors tu es là. Tu restes avec nous cette fois, n'est-ce pas ?

— Oui.

— Tu vas me raconter, mais j'ai quelque chose à te raconter aussi de ces jours où tu avais disparu. C'était une longue nuit. Vois-tu, avec la fatigue et la douleur, je sais composer, mais pas avec ma vue. Mon regard se voile et c'est le monde qu'on me retire. C'est une nuit aveugle, mon esprit souffre.

Shantiji a perdu la vision centrale. Voir les choses en face, se dit Shiv, est la qualité qui dégénère avec l'âge. Le risque est le même pour tous, pour lui aussi qui a tenté de regarder le monde en face, et perd de la précision, le contour des choses se floutant. Les multiples significations s'emmêlent, se contredisent, pour, finalement, se perdre. Cela c'était avant l'accident. Car il n'est plus question de passer à côté du monde qui est le sien. Il n'est plus question de laisser s'éteindre le désir.

Shantiji est toute tendue vers lui.

— Alors voilà ce que j'ai à te dire : j'ai besoin que tu continues pour moi Shiv, que tu poursuives avec ton regard à toi.

Shiv confirme ce qu'elle a senti.

— Je suis revenu pour cela, Shantiji.

Il lui raconte l'accident et les *Madiga*.

Avec les gestes hésitants de l'aveugle, Shantiji sort un châle konkani aux reflets moirés. Elle le place sur ses épaules doucement, apprivoisant les nouveaux pouvoirs de ses doigts sensibles. Shiv frissonne à ce geste. La confusion le prend, disciple habitué à répondre aux demandes du *guru*, mais il est honoré. Elle lui dit en souriant :

— Voilà un châle qui appartenait à mon époux, il aurait été fier de te le donner. C'est pour toi. Qu'il t'accompagne dans tes futures missions.

W.A.R.R.I.O.R. ne peut admettre qu'un de ses cadres les plus prometteurs s'évapore avec le dossier en cours. C'est donc sèchement que Ron le D.G. exige le retour de Shiv à Londres, avec l'ensemble des éléments constitutifs du dossier, de l'analyse de la zone pilote à la mesure de l'impact du récent incendie, en passant par le calcul des risques et les comptes rendus de Delhi. Le DG, évidemment, est très sensible à l'accident de Shiv, il espère que ce dernier va bien, lui qui bénéficie de toute façon d'une assurance qui couvre entièrement les frais de soin et de rapatriement, mais il doit désormais rentrer de mission. La machine se crispe.

Au bout du fil, Shiv tergiverse.

Ron s'impatiente.

— Si tu ne rentres pas mon gars, on te considère comme démissionnaire. Et tu sais ce que cela veut dire en termes de bonus et de prime.

Shiv répond, laconique :

— Eh bien, considérez-moi comme démissionnaire.

Il raccroche, surpris de la vitesse avec laquelle il vient de quitter sa vie antérieure, en quatre mots et trois secondes.

— Shantiji, vous m'aviez parlé de ranger mon histoire dans le passé, oublier peut-être, repartir tranquille. Avant cela, une dernière chose : je crois que je suis prêt désormais pour y retourner, là-bas, dans mon village, que j'ai quitté trop vite. La blessure est encore ouverte, on n'a même pas pu faire les rituels correctement pour mon père… Ensuite, je pense que je pourrai faire définitivement la paix avec tout ça. Accepteriez-vous d'aller une dernière fois dans un village ? Dans le mien ? Je vous montre cette fois, c'est moi qui guide, je serai vos yeux.

Celle qui répond est animée par son théâtre intérieur.

— Bien sûr Shiv, si c'est toi qui me mènes, alors je t'accompagne.

***

Cela fait vingt ans qu'il n'y est pas retourné.

Le village natal de Shiv appartient à ce grand maillage de petits points imperceptibles sur les cartes. Difficile d'accès, vivant en réseau fermé avec quelques autres bourgs, ce village est irrigué par une route de terre engluée d'une boue épaisse pendant la mousson. L'été pourtant, le sol est sec et dur comme du granit, les roues des charrettes sautent, déchaussées par le moindre caillou. En cette période plus clémente, la route est accueillante.

Les voilà qui dépassent les huttes de paille et de terre du quartier intouchable. Elles sont frêles, tenues à l'écart de sorte que l'air vicié n'atteint pas le village. Elles sont aussi nues que vingt-cinq ans plus tôt, sans lopin de terre, sans auvent.

Ils aperçoivent les premières maisons de brique.

L'Ambassador s'arrête sur la place du marché à l'entrée du village. Elle est vide. Seule, devant une maison non loin, une femme travaille à enduire le sol. Accroupie sur ses jambes minces, les pans de son *sari* dégouttant l'eau, son regard silencieux aspiré par le sol, elle caresse la terre avec patience, dessinant de larges spirales. Ses paumes plates et ses longs doigts s'usent à recouvrir le sol de bouse humide. Et dans sa génuflexion, cassée par le sort, la hanche désaxée par sa position de grenouille, elle laisse parler ses doigts qui disent que ses pensées sont ouvertes sur de grands savoirs. Shiv se penche vers elle.

— Où est le *sarpanch* ?

Elle sourit à son adresse.

— Mon fils, j'entends qu'on vient à vous.

L'arrivée de Shantiji dans un village de la région ne passe pas inaperçue. Immédiatement, quelques badauds ont prévenu le chef du village qui accourt. Certes, elle n'est pas venue depuis des décennies, certes le temps a transformé la pionnière fougueuse en un vétéran fragile, mais tout le monde la reconnaît. Personne en revanche ne sait qui est cet homme prévenant qui la conduit, lui parle et lui décrit tout ce qu'il voit.

Ils sont invités pour le repas. On s'occupe déjà du chauffeur. Bien sûr, répond Shantiji, mais auparavant ils veulent faire le tour du village. L'émissaire s'étonne du regard qui dévie, c'est une aveugle qui lui a répondu. Il comprend que l'autre est son guide.

Shiv sait où il l'emmène. Il remarque la maison du tenancier. Devant, les deux marmites, l'une d'écume blanche de lait, l'autre du sirop noir de thé, semblent bouillir depuis toujours. Il hume les effluves de caramel, lorsque le blanc rencontre le noir. Ils atteignent le puits, dont l'œil abyssal le laissait livide de peur lorsqu'il était petit. Là se dresse la demeure de pierre où il vivait avec ses parents et ses sœurs. La maison est habitée : le linge pend, la porte est entrebâillée. Habitée par qui ? La famille de son oncle ? Il ne s'arrête pas, sans doute l'émotion est trop forte. Il ne veut pas croiser une bicyclette noire à cet instant, la figure de son père reviendrait alors d'un coup, et avec elle, le grand déchirement, et Shiv a peur d'être submergé. Il demande à un jeune homme quelle est la famille qui habite la maison. On lui répond que la famille des presseurs d'huile *teli* s'est agrandie avec le commerce, elle l'occupe depuis une dizaine d'années maintenant.

Un peu plus loin, se dresse la maison du fou, lugubre, avec toujours sa porte et ses fenêtres condamnées qui entretiennent la légende. Shiv renseigne :

— À l'époque, personne ne savait trop qui l'habitait, un homme, un possédé, un aliéné, un fantôme ? Elle grinçait et gémissait, on aurait dit parfois qu'elle implorait : on racontait qu'un homme, dans une crise de folie furieuse, y avait tué sa femme et s'était claquemuré depuis.

Shantiji remarque :

— J'ai bien senti que tu pressais le pas quand tu es passé devant.

Shiv ne répond pas, il retient son souffle. Pour ne pas respirer l'air contagieux de la folie ? Par crainte de la malédiction qui rôde ? C'est que ressurgissent, bien vivants en lui, ses superstitions et ses réflexes d'enfant.

Ils croisent un groupe de femmes, tête-à-tête mouvementé. Shantiji demande combien elles sont, s'amusant de leur cancan et de leur parler percé d'exclamations. Elles s'adonnent soudain au chant de la meule[26], la chanson qui accompagne la corvée du moulin de pierre. Shiv se met à fredonner d'une traite, il n'a pas oublié un mot. Combien de fois s'est-il tenu dans les jupes de sa mère à l'aube tandis qu'elle préparait la farine du jour avec ses sœurs et leur apprenait à chanter au moment de l'effort pour manœuvrer les gros cylindres ? La meule antique avait un bruit de concasseur gourmand qui les accompagnait.

« *Je tire la meule, elle vrombit comme une gazelle*

J'ai bu le lait de ma mère, c'est lui qui fait jouer mes poignets…

Ma mouture est terminée, cinq grains de blé dans mon panier

Dieu m'a donné un frère. Nous, les sœurs, nous chantons pour l'honorer[27]. »

Envahi de nostalgie, Shiv pense à ses sœurs, mariées jeunes dans un autre village. Il ne les a pas revues, elles aussi ont perdu leur village et la possibilité d'un refuge.

Shantiji éternue, Shiv également, ils viennent de dépasser les piments mis à sécher en de grandes couvertures vermillon qui poivrent l'air de leur effluve brûlant.

— Dis-moi ce qu'on plante dans ton village.

Il décrit, derrière les cahutes, de minuscules lopins de terre, cultivés avec respect, présentant les pousses vert tendre d'arachides et de haricots.

---

26 Les « chants de la meule » du Maharashtra étaient chantés par les femmes lorsqu'elles actionnaient la pierre à moudre, avant l'arrivée du moulin à moteur électrique. Au début du XXIe siècle, ces chants traditionnels sont encore connus des femmes qui les ont appris de leurs mères.

27 L'auteur de ce chant est Umbre Renuka, une femme de caste *Koli Mahadev.*

— Vous sentez Shantiji, les odeurs de mon village, l'odeur de la terre si particulière ?

Elle hume l'air avec lui.

— Je sens le soleil sur les palmes. Décris-moi comment sont les palmiers à cette heure ?

Les palmiers recèlent, au creux de leurs rameaux, des essaims de semences jaunes pris dans les rais bruns d'où émane une légère odeur de miel.

Shiv n'a encore reconnu personne. Il scrute les visages. Soudain l'école, la petite école construite par Shantiji avec l'aide de son père. Il s'arrête, son cœur bat, elle le sent.

— Nous sommes devant l'école, n'est-ce pas ?

Il décrit ce qu'il voit par les fenêtres : des murs parsemés de formes de couleurs, triangles, ronds et rectangles rouges, verts et bleus, des enfants qui arborent fièrement l'uniforme, shorts et jupettes, dont les bretelles dégringolent sur les bras nus. De petites têtes toutes respectueuses, comme si elles savaient qu'elles tiennent, dans leur ardoise et leur morceau de craie, leur avenir. Shantiji en rit de joie.

Shiv la prévient :

— Je veux voir encore deux endroits puis je vous emmène chez le *sarpanch*, il est si honoré de votre visite.

Il va vers le temple qu'il fréquentait enfant, se glissant aux aurores pour entendre les premières prières. Car le temple a sa musique : ruissellement de l'eau, bruit touffu des fleurs, cliquetis des offrandes, murmures des litanies, basses et répétitives. Mais surtout ce temple a ses chants des bienheureux saints, qui transportaient le jeune Shiv de leurs rythmes de cymbales. Ce sont les chants de la *bhakti** qu'il a retrouvés, bouleversé, dans le temple de Vitthal près du bungalow.

— Oh ! je me souviens de ce détail, Shiv, murmure Shantiji. Tu n'étais donc pas si dépaysé dans ton Bombay d'adoption !

Elle se laisse emporter par le rythme et se met à dodeliner de la tête.

— J'aime entendre ces chants, c'est le chant des hommes simples, pas ces hymnes sanskrits d'une minuscule élite… Ces chants-là sont un baume et ton village les chante, Shiv.

Ils prennent par un ancien canal. Le parapet qui longe le fossé depuis longtemps asséché est recouvert de galettes de bouse. Un peu plus loin, se dresse la maison de son oncle paternel. Devant le seuil, un homme d'une quarantaine d'années s'entretient avec un paysan qui a remonté son *lunghi* entre ses jambes pour pouvoir sarcler librement.

— Ce pourrait-être mon cousin qui est là tout près, murmure Shiv, il a mon âge environ. C'est drôle, je le reconnais presque à ses oreilles décollées.

Shantiji le taquine :

— Il suffirait que tu lui montres les quatre doigts de tes mains.

Shiv s'amuse.

— Je laisse ça pour après le déjeuner…

Il poursuit, pensif :

— C'est incroyable d'être ici, rien n'a changé et pourtant, si, tout a changé… c'est le travail du temps, on le croit de surface, alors qu'il ravine tout.

Il cherche à entendre ce que lui disent les arbres gardiens de la mémoire, le *pipal* central qui recueille les paroles des sages, l'arbre de pluie les doléances des basses castes... et surtout le grenadier de la maison de pierre avec ses fruits comme des lampions écarlates qui évoquent à Shiv les lumières rouges du temple.

Ils marchent désormais vers la maison du *sarpanch*, comme ils ont promis. On les attend, c'est l'effervescence. Un homme s'avance les mains embarrassées, tête courbée de respect, avec un sourire contenu qui dissimule mal sa fierté. Les gros colliers de fleurs orange glissent autour du cou de Shantiji et de Shiv. Quelques secondes plus tard, on les débarrasse des colliers : peu importe l'offrande, seul le geste compte.

Le nouveau *sarpanch* est un homme affable et souriant d'une cinquantaine d'années. Il porte sa bonne humeur dans sa bedaine installée, avec un corps sans angle aux épaules rondes, une peau lisse et dorée, qui brille sous les ablutions multiples ; ce corps féminin que l'on prête aux dieux joufflus.

Commence alors ce temps de la discussion où la substance du dialogue est aussi dans sa durée. Qu'est-ce qui amène Shantiji dans ces contrées, où en sont ses projets, son association ? Le progrès est phénoménal, les écoles sont maintenant plus de cent cinquante à fonctionner, cela signifie au moins cinq mille élèves, et presque cinq cents enseignantes ! L'école de Nandigaon fonctionne bien, tous les enfants s'y rencontrent, il n'y a pas de différence. Il y a déjà plusieurs centaines d'enfants qui ont poursuivi leurs études après, dans la ville. Des filles aussi. Des enfants de dalits, oui, et de musulmans.

Bien sûr, la campagne n'est pas tranquille. Il y a les villages ennoyés qui sont toujours en difficulté, même près de quinze ans après la mise en eau du gros barrage. Et puis ces histoires de *love jihad*, et c'est difficile quelquefois, les conflits finissent mal, mais Nadigaon est épargné depuis le début. La déesse du village veille. Plus qu'à Manpur, où cela a toujours été très compliqué, où le temple est très connu, où il y a beaucoup de circulation depuis la ville. Et puis il y a eu mort d'homme quelques années plus tôt, un boucher musulman…

— Vous êtes au courant Shantiji, de ce lynchage épouvantable, car vous avez travaillé à Manpur également, n'est-ce pas ?

Ses pensées traversent leur nuit pour des paroles sages.

— Oui, ces violences sont notre mal, le terrible mal de la politique. Puisse Nandigaon être toujours protégé, répond-elle doucement.

Les visages se tendent, soucieux.

— Justement, cela ne va pas se calmer avec les élections, c'est une période électrique, même dans les villages, poursuit le *sarpanch*. Vous savez comme les tensions des villes se répercutent ici… Nos jeunes sont sensibles… Et soudain, il se tourne vers Shiv.

— Présentez-moi votre escorte, respectée Shantiji. Il travaille dans votre association ? Venu de Bombay avec vous ?

Shiv ne se méfie aucunement. Le *sarpanch*, il ne le connaît pas. Il ne sait pas qui il est, de quelle lignée. Sa maison est cossue, toute de ciment et récemment repeinte, il y a une télévision flambant neuve dans la pièce et une moto devant la porte. Il doit être d'une famille de propriétaires terriens, subodore-t-il.

Shantiji le présente lentement, comme avec précaution.

— Shivashankar Nikhilesh Saudagar. Un enfant d'ici. Le fils de Rajeev Saudagar, l'ancien comptable qui nous avait aidés à monter l'école à l'époque.

Le silence qui suit les foudroie. Le *sarpanch* est arrêté net et semble incapable de proférer la moindre parole. Les trois hommes qui ont participé à l'accueil se regardent.

— Rajeev Saudagar, l'homme de la Shiv Sena ?

Shiv vient de recevoir un coup de massue. Il ne comprend pas.

Le *sarpanch* répète :

— Rajeev Saudagar, mort à Bombay en 1993 ?

— C'est mon père, balbutie Shiv.

Les visages autour de lui sont crispés.

Le *sarpanch* émet avec effort :

— Votre père, comment dire, n'a pas laissé que de bons souvenirs au village.

C'est un nouveau coup qui s'abat sur Shiv.

Shantiji intervient vivement, comme si elle voulait couper court à la discussion.

— La période était compliquée, personne ne sait exactement ce qui s'est passé.

Le *sarpanch* reprend :

— On sait quand même que feu Rajeev Saudagar était engagé auprès des nationalistes hindous.

Elle réplique :

— Non on ne le *sait* pas.

Le *sarpanch* reprend toujours aussi lentement, presque clinique dans sa démonstration :

— On sait qu'il avait détourné une partie du budget pour organiser la collecte de briques. Il est parti à Bombay pour être aux premières loges, au moment des violences.

Shiv est abasourdi. Il a du mal à mettre de l'ordre dans ses pensées renversées, sa tête brûle : son père, un fou de Ram, un *kar sevak* ? Qui en plus aurait piqué dans la caisse ? Son père, le comptable brahmane respecté de tout le village ?

Shantiji interrompt :

— À nouveau, personne ne sait rien. On pense à un accident, la violence a débordé tout le monde.

— Oui renchérit Shiv, c'était un accident, tous les journaux l'ont dit, une « cible vivante », jamais mon père n'aurait fait de mal, jamais…

— Les journaux locaux ? Mais la Shiv Sena et son armée les achetaient tous à l'époque. En tout cas ici, on ne veut pas de sa mémoire… et puis l'accident… Un train qui ne s'arrête pas alors que ces fanatiques s'occupaient de faire disparaître les corps des musulmans sur les voies…

Shantiji réfute, toujours plus directe :

— S'il vous plaît, évitons les élucubrations douteuses. De mon côté, j'ai toujours souhaité garder la mémoire d'un homme que je respectais et qui m'avait aidée dans mes projets. Dans ce village, il a permis l'école. Surtout j'ai accueilli son fils, ici avec nous, et c'est une immense fierté.

Sa voix est si imposante cette fois que les autres battent en retraite.

Shiv n'est plus avec eux pour la suite du déjeuner, il est parti loin, là où sa mémoire veut bien l'emmener, dans les recoins rescapés de son enfance.

Les hôtes s'accroupissent devant les grandes assiettes d'acier, la main droite agile et rapide. Leurs dos se courbent, leurs visages se tendent vers la main nourricière. Le pouce, l'index et le majeur s'amusent à défaire les petites patates jaunes parsemées de coriandre, à tremper dans le rouge des condiments, à malaxer le riz fumant. Shiv ne peut rien avaler. Arrive le thé en cascades brûlantes dans les tasses, où se forme une mousse fine : *best chaï only* ! C'est le signal du départ, enfin.

Le jour va bientôt tomber. Le soleil décline et c'est une autre heure. Les odeurs virent au violet : un parfum de poivre et de framboise s'épand. Shiv ne peut goûter la sérénité du soir. Les enfants sont sortis de l'école, ils portent paniers et jarres d'eau, reviennent les bras chargés de petit bois, s'occupent de rentrer les chèvres. Les garçonnets décorés comme des idoles avec leurs points de khôl et les fillettes aux bijoux de laque comme des femmes marchent pieds nus et travaillent comme les autres. Les hommes se rassemblent sur la place du village pour y tenir conseil.

Ils les aperçoivent, tous saluent Shantiji. Ils ne vont pas la laisser partir ainsi, ils vont profiter de sa bénédiction. Aujourd'hui est un jour de remerciement à la déesse Shitla, qui vient de se retirer : on célèbre la fin d'une épidémie de variole. On appelle la femme qui sait faire le *rangoli* de poudre rouge et blanc. Elle dessine le dieu soleil, le *svastika**, le dieu de la lune et trois fois sept points. On appelle ensuite les femmes de basse caste près du carrefour où se tient la déesse dans la pierre trouée. Les femmes lâchent le coq puis le rattrapent pour lui tordre le cou : son cri est l'assurance de la satisfaction de la déesse. Shantiji alors les bénit, et son pouvoir est d'autant plus grand qu'elle ne voit pas et qu'il est tout de magnétisme.

À l'écart, Shiv vomit tous ces instants, son village idolâtre, ses archaïsmes.

Le chauffeur les attend à la voiture. Il a mélangé le tabac au creux de sa paume pour l'humidifier et a placé la boulette entre sa gencive et sa lèvre. Huit heures après leur arrivée, il est toujours au même endroit, et joue à envoyer avec précision des crachats parfaits entre les pneus : tabac, crachat, tabac, crachat. Une habitude. Jusqu'au départ. Shiv lui demande son tabac, Ali est surpris, mais il le lui tend en silence.

***

Dans l'Ambassador, Shantiji et Shiv ne parlent pas.

Shiv se met à pleurer, il laisse couler les larmes. Cela fait des années qu'il n'a pas pleuré de ces larmes souterraines, qui remontent brûlantes et dévalent son visage désolé.

C'est Shantiji qui brise le silence.

— Shiv, tu sais maintenant ce que je vis depuis toujours. Lorsque sa propre filiation est mise en doute. Lorsqu'elle est flanquée du poids de la honte. Mon père était un homme juste, mais les hommes de ma famille sont des hommes mauvais. Cette tare qui fracture ma famille, je la porte en moi.

Shiv réplique, blessé :

— Au moins elle ne vous aura pas empêchée d'être celle que vous êtes. Moi cette tare vient de me tuer.

— Oh ! non, Shiv. Les choses sont plus compliquées, comme toujours. Ton père était aussi un homme de conviction. Il t'aimait profondément. Mais, brahmane dans un village comme Nandigaon, il était aussi sensible à l'idéologie des hindouistes. Souviens-toi, ces fanatiques avaient été arrêtés une première fois, et à l'époque ils se réorganisaient pour orchestrer la destruction de la mosquée d'Ayodhya puis la reconstruction du temple de Ram. Tu étais tout enfant, je sais bien, tu ne peux pas te souvenir. Moi-même j'ai compris seulement tardivement tout cela, de Bombay… que ton père s'était chargé d'organiser localement le rassemblement des briques. C'est un bruit qui a couru un temps.

— De quoi parlez-vous ?

— Après la destruction de la mosquée, tous les villages indiens devaient participer à l'édification du temple de Ram. Tous devaient apporter des briques pour l'édification future… Cela n'a pas trop marché dans ta région… On est loin d'Ayodhya. Mais ton père s'était rapproché de la Shiv Sena, le parti radical à Bombay qui préparait les émeutes anti-musulmanes. C'est ce qu'on a dit.

Elle cherche sa main et la serre fortement.

— Shiv, tu vas pouvoir laisser ton passé derrière toi. Enfin !

— Imaginez Shantiji. Mon père qui a toujours été un héros pour moi, la victime des violences… Mon père… en fait c'est lui le tueur ! Le héros, c'est pour ces fous ! Lui, un fanatique hindou ! Alors quoi ? Aujourd'hui ce serait un Vigilant ?

— On sait très peu de choses. Et la Shiv Sena a peut-être voulu récupérer la mémoire de ton père.

— Mais comment n'ai-je rien su, rien entendu ? Ce n'est pas possible Shantiji ! C'est totalement incompréhensible !

— On ne voit que ce qu'on veut bien voir, Shiv. Mais maintenant il est temps.

— Temps de quoi ? Je suis anéanti. J'ai l'impression de ne plus être personne.

— Shiv, la gangrène de l'hindouisme radical, c'est bien comme cela qu'elle fonctionne. Je connais peu de familles qui ne soient pas divisées, insidieusement. Entre ceux qui perçoivent le danger et ceux qui défendent la cause, la fracture peut être définitive. La véritable Partition, elle est là. Ta famille, la mienne, n'y ont pas échappé.

— Mais que faire maintenant ?

— *Chalo* ! Avançons ! Pour que tes enfants à toi ne connaissent pas ça !

***

Les semaines qui suivent sont plus simples que ce que Shiv imaginait. Il loue un appartement dans un autre quartier, loin de Vikas Nagar. Il cherche loin des faubourgs modernes aussi, il les trouve insipides. Il s'installe à Matunga, le traditionnel quartier tamoul, il s'y sent bien, l'endroit n'est pas encore défiguré par les projets de ponts routiers et de *malls*.

Il monte son affaire. Pas question de reprendre l'association de Shantiji qui est suffisamment solide pour fonctionner avec le bureau actuel. La célébration de son quarantième anniversaire l'a bien montré : tout Bombay était présent. Celui des sociétés philanthropiques, des clubs, des grandes familles, de l'héritage. Celui avec lequel il faut toujours composer. En revanche, Shiv s'inspire du travail de Shantiji, il reprend tout de ses valeurs. Ce sera *Recycle Earth Coop.*, une coopérative de collecte, traitement et négoce en matériaux recyclés, la première de ce genre à Bombay, entièrement administrée par des chiffonniers et des environnementalistes.

Lorsqu'il a proposé à Lénine d'en être le secrétaire général, il a cru que ce dernier allait l'étouffer dans son étreinte.

— On va faire quelque chose de révolutionnaire, Shiv ! La révolution, enfin ! On roule pour les bidonvilles. Et tu imagines l'opportunité, avec les élections qui arrivent ! On sait où passe l'argent, on a les hommes avec nous, on peut carrément aller voir Suddhir Bhai, le *deal* qu'on va lui proposer va être énorme. C'est nous qui tenons les ficelles ! Gandapur va renaître de ses cendres, ça va être un modèle d'autogestion participative et de développement écologique durable.

— Exactement, insiste Shiv, et on va s'occuper du quartier *madiga* aussi, sur le même modèle… On a intérêt à avoir de bons avocats, parce qu'il va falloir batailler ferme avec la municipalité, l'État et bien d'autres. Ta sœur qui a un pied dans les plus grands cabinets, elle ne peut pas nous trouver un avocat ?

Lénine le taquine :

— Tu veux dire, une bonne avocate un peu comme elle ?

Shiv réplique :

— Oui, comme elle, une professionnelle des causes perdues.

— Et si possible, belle et célibataire.

— Et pas une Parsie, s'il te plaît.

Shantiji a quasiment perdu la vue. Quelquefois elle met au point ce rituel silencieux : elle demande à Shiv de s'approcher tout près, de se placer en face d'elle et elle suit de ses doigts les contours de ses traits, de son nez, de son front, de ses joues, dessinant ainsi son visage jusqu'à le voir. Elle le remercie, comblée. Lui demeure attendri par ses efforts pour tenter de discerner le monde une fois encore.

Avec l'âge, elle revisite les langues. Bientôt Shiv sait qu'ils seront très rares ceux qui pourront encore s'entretenir avec elle. Sa langue maternelle, le konkani, lui revient, langue venue de très loin, langue de l'enfance qu'elle est en train de rejoindre en même temps qu'elle s'approche du départ. Alors voilà Shantiji qui conte à Shiv des aventures que ses enfants ne comprennent pas, et c'est une immense histoire qui claque et qui roule. Elle raconte tout ce qui ressurgit, ce qui peut expliquer le chemin de sa détermination. Elle lui parle de sa vie qu'il connaît si peu. Bien sûr, il y a Dayu et Manju. Ses enfants qui ont grandi si vite, ses enfants qui lui ont échappé, elle les cherche et croit les retrouver un peu en les appelant de leur prénom. Il y a tous les autres que Shiv a peu connus, et qui sont là, ceux qui lui ont donné son élan, ceux contre lesquels elle s'est dressée, ceux qui l'ont taraudée jusqu'à ce que s'affirme son dessein. Et il y a ses erreurs, ou ce qu'elle considère comme telles et qui ne sont dans le fond que la logique des choses. Elle parle doucement à des voix tues depuis longtemps, une mère, un père ; elle leur parle dans leur langue à eux, c'est son parler de toute petite fille qui vient frapper dans sa langue. Puis soudain, cette phrase en anglais, cet anglais de la classe éduquée qu'elle a réservé pour Shiv le cosmopolite, et elle se tourne précisément vers lui une des dernières fois.

— *The long journey… the whole journey… you'll write it all.*

Reviennent à Shiv les murmures du temple de son enfance et les grands mythes que lui racontait sa mère : à combien de vies futures serons-nous condamnés ? Les femmes ne peuvent renaître que femmes pour dix millions de vies, dit-on. À moins que Shantiji n'ait pas le *dharma* d'une femme, mais celui d'un *guru*. Une femme comme elle ne trouvera-t-elle pas la libération immédiate ? Il ne peut se l'imaginer que mêlée à l'univers, ses cendres jetées au loin dans le fleuve sacré, se confondant pour toujours avec le mouvement de la vie.

Et d'elle, que retiendra-t-on ? Car de ceux qui sont dans l'action, que retient-on, sinon leur élan qui emporte ? Il l'imagine consacrée en *guru*, ce qu'elle prendrait pour un canular. Alors de ses enseignements, que doit-il retenir ? Le premier : éprouve le monde. Le second : regarde le monde les yeux ouverts, ne détourne jamais ton regard. Le troisième : fais ce que tu as à faire sans peur. Enfin, un quatrième tout droit sorti d'une chanson de Tagore : confie tes peines à la Terre, soigne-la.

Shiv se dit que finalement un *guru* ne protège pas. Un *guru* n'apaise pas. Un *guru* ne guide même pas. Un *guru* accompagne le plus loin possible dans la quête de soi, et c'est bien ce qu'a fait Shantiji, confiante de ce qu'il trouverait ce qu'il ne cherche pas.

Il espère que Shantiji viendra le visiter dans ses rêves.

***

À Londres, les anciens collègues de Shiv parlent de l'Inde. Ce sont bientôt les élections législatives. Puis ce seront les élections nationales. Mittron fera-t-il un deuxième mandat ? Il est secondé par une armée de gnomes numériques qui active sa campagne dans le monde entier. Sur les marchés, on calcule les risques. L'Europe regarde de loin, indifférente. Les peuples épuisés par l'angoisse de présents difficiles réclament des leaders autoritaires, qui peuvent dire tout haut ce qu'ils pensent tout bas, désigner les ennemis, laisser libre court au ressentiment. Mittron ne se soucie pas des quelques millions de musulmans qui en feront les frais. Quant aux dalits, ils parlent trop fort. Le rêve nehruvien n'est plus de mise depuis longtemps. Ce n'est pas en Inde qu'on peut espérer la justice sociale, les inégalités modernes redoublent si bien les vieilles hiérarchies de caste. Par bonheur, l'Occident ne comprend rien. Ni les basses castes d'ailleurs, ce magma intermédiaire ni très pauvre ni très riche, qui attend sa part : il suffit de les flatter, de leur laisser miroiter la place qu'on leur a toujours refusée, et surtout de raconter une histoire aux jeunes. Il n'y a que ça qui marche : raconter une histoire, faire rêver. Dans ce monde où les hommes sont trop nombreux, où tous risquent de se perdre, Mittron peut faire n'importe quoi au nom de la-plus-grande-démocratie-du-monde et de la future-plus-grande-puissance-mondiale.

Pour la première fois, Shiv pense à son pays sans sentir se démonter tout son être, pris par ce monde tourmenté auquel il n'a cessé de revenir. Car désormais, ce qui fait Bombay, c'est l'appel de Shantiji, sa promesse.

Il a quelques minutes pour attraper un thé en parcourant le journal, ensuite il part retrouver les autres, à la coopérative. En première page, une photo comme Shiv n'en a jamais vue, une vague démesurée à l'entrée de la baie de Colaba. Un tsunami d'ordures, de bouteilles, de plastiques, des tonnes de mètres cube qui s'abattent sur les bungalows victoriens. La voie ferrée est coupée. C'est la déesse Mumba Devi qui recrache tous les déchets d'un coup, dans un gigantesque dégoût. C'est la mer qui vomit les milliers de statues, les bras, les sceptres, les pieds et les trompes d'éléphant qui pourrissent dans ses entrailles depuis des décennies de fêtes. Il y a même les noix de coco vertes qui roulent sur la grève, que l'océan a rejetées en les tirant comme des boulets de canon, comme s'il refusait l'offrande des pêcheurs *koli*. Ce sont des eaux moirées de peintures et de détergents, qui sentent l'huile et qui viennent enduire les rues. Pour l'instant on ne sait comment faire. La vague, unique et gigantesque, a recouvert plus d'un kilomètre carré du quartier historique. La municipalité a appelé les services spécialisés de la M.M.M.W.A. Probablement on se tournera vers les experts internationaux. Dans les temples on prie. Cela fait un objet de supplique.

Shiv appelle Lénine, le Kannada et son avocate, Kamal, tout juste embauchée par *Recycle Earth Coop*. C'est son premier job. Elle est un peu novice, mais, se dit Shiv, elle connaît intimement le terrain, elle saura se battre pour la cause. Et Shiv aime sa présence, sa jeunesse, le sourire qu'elle lui réserve, à lui, comme une offrande.

Il lance :

— Il y a du travail les amis ! On se retrouve dans une heure. Allez ! *Chalo* !

Dettes

Il en est des remerciements comme des dettes, et je suis une éternelle obligée à celle qui fut mon *guru* même si cette appellation ne lui plairait pas : je remercie Nirmalataï, qui m'a appris tant de choses pour lire le pays marathe et bien plus. De mes trois dettes, je respecte donc strictement celle au *rishi.* Pour ce qui est de ma dette d'épouse et de mère, j'en renouvelle la promesse chaque jour car chaque jour est heureux. Quant à ma dette aux dieux, je ne sais comment l'honorer autrement qu'à l'écoute, du mieux que je peux, des bruissements sacrés de nos vies.

Par ailleurs, il est des créances restreintes au temps de ce livre. Je remercie pour leur accueil et les marches dans les rues de Bombay et de Pune, Nandita W. et Mukund L., Irawati et Padma M., les familles de Sayed I. et Milind S. à Dharavi, B. Jain et S. Singh à Deonar, Himanshu B. et Nalini K. à Govandi, Shariva N. à Bandra, les fantômes d'Usha B., d'Akbar, de Rajeev N., de mon ami Sarang P. grâce auquel j'ai découvert une autre Inde, et de la petite Hema qui savait tant de choses. Pour leur aide précieuse : Swati K. et Rémi de B. Aux lecteurs des innombrables versions de ce livre, pour leur patience et leur bienveillance à toute épreuve, Odile et Jean-François S., Nicolas Y., Muriel T., Sophie H., Marguerite D., Ibrahim S. D., Victor H., Anne G., Albert C., Corinne A.-G., Frédéric

L., Ananda D., Annie M., et celui qui ne veut pas que je le nomme. À Nicolas, pour ses doigts mêlés aux doigts de mes mains. À Irène pour son mot de la fin. À Pierre pour son rire salutaire. À Alexandra pour sa merveilleuse façon d'y croire.

Enfin, j'ai une dette envers Bombay, mon inspiratrice, que j'ai d'abord connue sous ce nom lorsque je l'ai abordée en 1992 pour la première fois. C'est pourquoi Bombay reste Bombay dans ce livre, malgré la décision officielle de 1996 de la rebaptiser Mumbai. 1992 fut une année brutale pour l'Inde, qui inaugurait une nouvelle ère, celle de la religion comme outil politique, outil follement puissant et dangereux. Bombay a sans doute beaucoup changé depuis, mais elle demeure ce lieu où des millions de destinées s'entrecroisent dans une mosaïque humaine démesurée et fabuleuse, et elle permet de vivre avec ses fantômes.

Glossaire

areh

Interjection en hindi qui exprime la surprise.

bas karo

En hindi, signifie arrête, assez, ça suffit !

bhai

Terme de parenté en Inde du nord qui signifie frère. *Chota bhai* signifie littéralement petit frère.

bhajan

Les *bhajans* (de *bhajana*, adoration en sanskrit) sont des chants dévotionnels de l'hindouisme, accompagnés par des instruments traditionnels comme l'harmonium et les tablas.

bhakti

En sanskrit signifie adoration. La *bhakti* est la piété présente dans les pratiques rituelles de l'hindouisme, par exemple dans les chants (*bhajans*), où le dévot se donne à Dieu.

bhûtas

Fantômes en hindi.

bombil

Poisson typique de Bombay, dont la chair est très appréciée.

bungalow

Les bungalows (du hindi *bangla*) désignent les grandes maisons familiales à un étage au toit de tuiles pyramidal, souvent occupées par les Européens dans les Indes anglaises. À Bombay, les bungalows sont typiques des quartiers traditionnels.

chaï

Thé en hindi. Désigne en général un masala chaï qui se prépare avec du thé noir, du lait et des épices (*masala*) dont cardamome, poivre, gingembre.

chalo

En hindi signifie on y va, on bouge.

chapati

Galettes de farine de blé complet et sans levain.

chappals

Sandales plates de cuir, ouvertes et retenues par une lanière autour de l'orteil.

charpaï

Se dit également *charpoy*. Lit traditionnel, avec structure en bois et cordage en coton.

daal fry

Lentilles (lentilles corail et pois chiches cassés) cuisinées à l'indienne.

daï

Sage-femme traditionnelle.

dargah

Sanctuaire musulman construit sur la tombe d'un personnage saint.

darshan

En sanskrit *darshan* signifie vision. Le *darshan* est la vision du divin ou de l'idole dans le temple. Cette vision met en présence le disciple et la divinité.

didi

Terme de parenté et particule honorifique qui vient après le prénom pour signifier la grande sœur.

dosa

Voir *masala dosa*.

falooda

Dessert froid servi dans un verre qui comprend en général du sirop de rose, des vermicelles et des perles de tapioca dans du lait.

fataques

Longues herbes. Le balai de fataques est un balai souple fait de fleurs de fataques ligaturées en botte.

fog

Brouillard typique de la météo anglaise.

galli

Ruelle

Gau Mata

En hindi, signifie littéralement la Mère Vache, vénérée comme une déesse.

Gau rakshak

En hindi signifie littéralement protecteur (*-rakshak*) de la Vache (*Gau-*).

ghâts

Les ghâts sont les marches qui descendent vers l'eau d'un fleuve sacré ou d'un bassin.

Ghats

Les Ghats sont des chaînes de montagnes qui bordent le plateau du Deccan où se trouve le Maharashtra.

Ghatis

Terme péjoratif utilisé à Bombay pour désigner les villageois ignares qui débarquent des campagnes, derrière les montagnes (*Ghats*) jusqu'à la ville.

ghee

Beurre clarifié.

goonda

Voyou, mafia. Terme utilisé spécifiquement pour désigner les mafieux de Bombay.

hijra

Membre de la communauté qui rassemble les eunuques ou les transgenres, aujourd'hui stigmatisée en Inde.

kachrawalas

En hindi, signifie littéralement ceux qui s'occupent des poubelles. Le terme désigne les chiffonniers. Le suffixe *-wala* peut accompagner de nombreux noms pour désigner celui qui exerce un travail : *dhabbawala, chaïwala, rickshawala*…

kaftan

Tunique longue.

Kaka

Terme de parenté en Inde du nord qui désigne le frère cadet du père. Ici remplace oncle.

kaliyuga

Signifie l'âge de Kali, quatrième et actuel âge de la cosmogonie hindoue, qui est aussi celui de la dégénérescence.

kar sevak

Signifie serviteurs en sanskrit, et désigne les disciples du dieu Ram ou les bénévoles engagés dans une cause philanthropique ou dharmique. Le terme peut désigner plus précisément les hommes galvanisés par les extrémistes hindous qui ont détruit la mosquée d'Ayodhya en 1992 et qui veulent aujourd'hui reconstruire le temple du dieu Ram.

kathak

Danse classique de l'Inde du nord.

khadi

Cotonnades.

Koli

Communauté des pêcheurs de Bombay. Considérée comme une des communautés originelles de Bombay.

kufi

Couvre-chef des hommes musulmans, bonnet de prière.

kurta

Chemise longue commune, descendant à mi-cuisses ou aux genoux, portée aussi bien par les hommes que les femmes en Asie du sud.

langota

Tissu porté comme cache-sexe par les hommes, par exemple les lutteurs.

mall

Terme anglais, centre commercial.

mangalsutra

Collier de mariage typique, de perles d'or et noires, qui identifie l'épouse hindoue. Également connu sous le terme de *thali.*

masala

Mélange d'épices. S'utilise dans la cuisine indienne et pakistanaise.

masala dosa

Grande crêpe de farine de riz et de lentilles, dégustée avec une sauce *masala* et des légumes.

mufassir

Terme hindi péjoratif qui signifie provincial.

naan

Pain rond de farine de blé à la pâte levée, cuit au four.

namaste

En hindi, manière informelle de saluer, correspond à salut ou bonjour.

NRI

Non-Resident Indians, citoyens indiens résidant à l'étranger.

pecoti

Cordon ombilical.

pomfret

Poisson typique de Bombay.

preta

Désigne le cadavre. Si le mort demeure *preta*, c'est que son esprit n'est pas apaisé par les bons rituels.

raja

Souverain d'un État princier.

rangoli

Dessin géométrique de poudre colorée de craie ou de riz, tracé au seuil des maisons et des temples en signe de protection. Appelé également *kolam.*

rickshaw

Véhicule tricycle. À Bombay, les rickshaws jaunes et noirs sont motorisés (et quelquefois appelés *autorickshaws*). Ils transportent les passagers partout, étant moins chers que les taxis et plus rapides que les bus. Ils sont interdits en centre-ville.

rishi

Prêtre, ascète ou guru dans l'hindouisme.

sabbhudana kitcheri

Plat à base de perles de tapioca, de pommes de terre et cacahuètes, souvent préparé pendant les jours de jeûne qui accompagnent certaines fêtes.

sagargoté

Jeu de graines qui se joue comme les osselets.

Saheb

Signifie Monsieur. Peut être utilisé comme terme honorifique après le nom ou le prénom, et peut être suivi de la particule honorifique *-ji* qui redouble alors la marque de déférence comme dans *Sahebji*.

salwar kameez

Le *salwar* est un pantalon ample resserré aux chevilles souvent porté avec une chemise longue dite *kameez*, sorte de *kurta*. Le *salwar kameez,* vêtement unisexe, est très courant dans le nord-ouest de l'Inde.

sarpanch

Représentant du conseil local du village ou maire, il est l'élu du *panchayat* (conseil) et le chef du village.

sattvik

Sattvik vient de la racine sanskrite, *sat,* pur. Une diète *sattvik* est végétarienne, naturelle, saine, elle respecte les critères de pureté de l'hindouisme.

shankarsamskara

Shankar est un des mille noms du dieu Shiva et *samskara* signifie rites. *Shankarsamskara* signfie le lieu où se pratiquent les louanges et rites à Dieu.

shanti aum

Littéralement paix. *Shanti aum* est un mantra pour la paix et la concentration.

shlokas

Poèmes en sanskrit appris par les enfants comme règles de conduite et louanges à Dieu.

slum dwellers

Littéralement en anglais, les habitants des bidonvilles. Terminologie que l'on trouve dans les recensements.

slumlord

Littéralement en anglais, le roi du *slum*, caïd qui tient le marché du logement dans les bidonvilles.

stall

Petit stand, consistant parfois en charrettes à bras, où se vendent des fruits, des noix de coco ou du jus de canne à sucre.

svastika

Symbole hindou, croix aux branches coudées.

Taï

Terme de parenté qui signifie tante. Il peut être apposé comme suffixe honorifique pour marquer le respect que l'on doit à une femme plus âgée.

talipeeth

Galette plate typique du Maharashtra, de farine de céréales complètes grillées (riz, blé, millet, sorgho), cuisinée avec des oignons, de la coriandre et des épices.

tank

Le *tank* (terme gujarati et marathi) désigne un réservoir d'eau artificiel.

tiffin

Tiffin désigne à l'origine un repas léger pris dans l'après-midi. Pour les employés de bureau, les étudiants, ceux qui ne déjeunent pas chez eux, il est souvent transporté dans un *dabba* (en hindi) ou *lunchbox* (anglais) en inox, boîte qu'on appelle ainsi *tiffin* ou *tiffin box*.

Trimurti

Dans l'hindouisme, la Trimurti (« trois formes » en sanskrit) désigne les trois divinités Brahma, Vishnou et Shiva, qui composent le principe divin et ordonnent l'univers.

upma

Plat originaire du sud de l'Inde qui se mange souvent au petit déjeuner, composé de semoule de blé, lentilles revenues et épices cuisinées.

TABLE DES MATIÈRES

CHEZ LE MÊME ÉDITEUR

ARIAS-MISSON Alain, *Autobiographie d'un personnage de fiction*
ARIAS-MISSON Alain, *Le Théâtre de l'inceste*
BAČIĆ ALIMPIĆ Jelena, *Dernier printemps à Paris*
BENGHOZI Pierre, *Loki 1942*
BERG Laura, *Milady la nuit*
BOIDÉ Caroline, *Les Impurs*
BONNAND Alain, *Arthur Cauquin au Yémen*
BONNAND Alain, *La Grammairienne et la Petite Sorcière*
BRENOT Philippe, *Taxi-Thérapie*
CASTANER Béatrice, *Aÿmati*
CASTANER Béatrice, *La Femme-Maÿtio*
CHEON Un-Yeong, *Adieu le cirque !*
COHEN DE TIMARY Éloïse, *Babylone Underground*
DE PAS Patricia, *Figures littéraires de la dépression*
DOMECQ Jean-Philippe, *Deuxième chambre du monde*
DOMECQ Jean-Philippe, *Qu'est-ce que la Métaphysique Fiction ?*
DOYON René-Louis, *Éloge du maquereau*
DRUESNE Anna, *La Vénus aux kakis*

DUSSIDOUR Dominique, *Sade romancier*
ELIZAROV Mikhaïl, *Les Ongles*
ELIZAROV Mikhaïl, *Syphilis*
ENGDAHL Horace, *Café Existence*
ENGDAHL Horace, *La Cigarette et le Néant*
ENGDAHL Horace, *Le dernier porc*
ESTÈBE Christian, *Le Palanquin des caïds*
FIGUEIRÉDO (DE) Patricia, *Vous n'aurez pas mes cendres !*
FILOCHE Pierre, *Ce bel été 1964*
FILOCHE Pierre, *Harcelé*
GENÈVE Max, *Le jeune homme qui voulait ralentir la vie*
GENÈVE Max, *Le Transformiste*
GENÈVE Max, *Le Voyage de M. de Balzac à Turin*
GENÈVE Max, *Virtuoses*
GENTIL Mano, *Très chère Ursule*
GUERRESCHI Jean, *Riyad*
GUIOU Dominique & MORALES Thomas, *La Dame au cabriolet*
HÉAUME Stéphane, *Dernière valse à Venise*
HÉAUME Stéphane, *L'insolite évasion de Sebastian Wimer*
HIRSCH Mikaël, *L'assassinat de Joseph Kessel*
HOCQUENGHEM Guy, *La beauté du métis, réflexion d'un francophobe*
HWANG Sok-yong, *L'Étoile du chien qui attend son repas*
JACCARD Roland, *Le Monde d'avant Journal 1983-1988*
JACCARD Roland, *Les derniers jours d'Henri-Frédéric Amiel*
JACCARD Roland, *Station terminale*
JACQUET Élisabeth, *Mon mari et moi*

JAMET Marie-Christine (sous la direction de), *Casino Venier Venise*
JAURÉGUIBERRY Ève, *Brouillarta*
JAY Salim, *Dictionnaire des romanciers algériens*
KHIYAVI Hafez, *Je puais le sang d'âne*
KHIYAVI Hafez, *Une cerise pour couper le jeûne*
KIM Yeonsu, *Tu m'aimes donc, Sonyong ?*
KIM Un-su, *Jab !*
KLOSSOWSKI Pierre, *Sur Proust*
KO Un, *La première personne est triste*
KRIER Sylvie, *Un cheval dans la tête*
LAIR Mathias, *L'amour hors sol*
LAMY Jean-Claude, *Ma première mort*
LECLAIR Bertrand, *La Villa du Jouir*
LEE Seung-U, *La Baignoire*
LEE Seung-U, *Le Vieux Journal*
LEMIEUX Anne, *Les Retranchées*
LUCIANI Lucrèce, *Le Cochon de Flaubert*
MATHIS Alexandre, *LSD 67*
MATIĆ Andrija, *Burn-out*
MATIĆ Andrija, *L'Égout*
MEYER Shmuel T., *La bouche ouverte*
MINIÈRE Isabelle, *Au pied de la lettre*
MINIÈRE Isabelle, *J'ai dix-huit ans, tous les âges à la fois, et j'ai un papa*
MINIÈRE Isabelle, *Je suis né laid*
MINIÈRE Isabelle, *Je suis très sensible*
MINIÈRE Isabelle, *Le Compagnon idéal*

MINIÈRE Isabelle, *On n'est jamais à l'abri d'une bonne surprise*
MOINE, Alice, *La Femme de dos*
NADAUD Alain, *Dieu est une fiction, essai sur les origines littéraires de la croyance*
OH Jung-hi, *Le Quartier chinois*
OLIVIER Jean-Michel, *Fête des pères*
PARAVEL Dominique, *Alice, disparue*
PARAVEL Dominique, *Giratoire*
PARAVEL Dominique, *Nouvelles vénitiennes*
PARAVEL Dominique, *Uniques*
QUINT Michel, *La Printanière*
RABIHAVI Ghazi, *Le Sourire de Mariam*
RABIHAVI Ghazi, *Les Garçons de l'amour*
RAYMOND-THIMONGA Philippe, *Adrian Æ*
RESENTERRA Olivia, *Le Garçon, scènes de la vie provinciale*
RESENTERRA Olivia, *Nécrologie du chat*
ROIRET Nicolas, *Orgyia Satina*
ROMAND Anny, *Abandonnée*
ROSIĆ Tiodor, *La Robe de madame Kilibarda*
ROUBAUDI Ludovic, *Camille et Merveille ou l'amour n'a pas de cœur*
ROUBAUDI Ludovic, *Nostra Requiem*
ROUZIN Marie, *Circulus*
SERDAN Éliane, *L'Algérois*
SERDAN Éliane, *La Fresque*
SERDAN Éliane, *La Ville haute*
SIEFENER Michael, *Albert Dunkel, écrivain de génie, tueur en série*

SIVAN Isabelle, *Dankala*
STÉNUIT Marie-Ève, *Le Tombeau du guerrier*
STIBBE Isabelle, *Bérénice 34-44*
STIBBE Isabelle, *Les Maîtres du printemps*
TEYSSEYRE Michèle, *Loin de Venise Vivaldi, Rosalba, Casanova*
TEYSSEYRE Michèle, *Patagonie*
TRIBUSON Goran, *Le Cimetière englouti*
VAFI Fariba, *Un Oiseau migrateur*
VERHAEGHE Jean-Daniel, *Le passé définitif*
VIDAL Florence, *L'Affaire des miroirs de Venise*
WAILS Stanislas, *La Maison Matchaiev*
YE Lingfeng, *Confessions inachevées*
ZIZI Bachisio, *Les Troupeaux de la colère*

Collection Boucan

Mensonges en gilet jaune, Sylvain Boulouque
Macron, un roi en bras de chemise, Armand Farrachi

Achevé d'imprimer en octobre 2022 par Books Factory
Imprimé en Europe

Dépôt légal : janvier 2023